Prolog

Siriaki, Ukraine
Oktober 2002

Elena sah zu, wie die Schatten länger wurden, wie die Sonne in einem Schleier aus taubengrauem Dunst versank, noch bevor sie den Horizont berührte. Der Herbst hatte einen goldgelben Teppich über der Ebene ausgebreitet. Langsam, kaum merklich, wurden die Tage kürzer, jeden Abend legte sich die Dunkelheit ein wenig früher über das Land. Nachts zog bereits der Winter über die Felder und hinterließ eine Spur aus Reif und Eis. Es war wie jedes Jahr und doch vollkommen fremd. Dieser Winter würde anders werden als alle vorangegangenen. Härter und kälter.

Elena wollte sich abwenden, die beklemmenden Gedanken an die ungewisse Zukunft abschütteln, als der Schmerz sie mitten in der Bewegung lähmte. Es war, als risse eine ungeheure Kraft ihren Körper auseinander. Sie krümmte sich und presste die linke Hand auf ihren Unterleib, während sie sich mit der rechten auf der hölzernen Tischplatte abstützte. Sie keuchte, rang nach Atem, wartete, bis der Schmerz verebbte. Als nur noch ein schwaches Ziehen zu spüren war, stolperte sie zur Tür und trat hinaus. Der Abend war kühl, eine leichte Brise trug den Geruch nach Holzfeuer über die Ebene und strich ihr über das schweißnasse Gesicht. Erste

Sterne funkelten am Himmel und verhießen eine frostige Nacht.

»Jurij«, flüsterte sie. »Jurotschka, wo steckst du? Komm zu mir, ich brauche dich!«

Sie horchte, doch alles war still. Was, wenn Jurij sich nicht gleich nach der Arbeit auf den Heimweg gemacht hatte? Wenn er heute später nach Hause kam? Oder gar nicht? Die Nacht bei dieser Frau verbrachte, dieser Magdalena, die er nie mit hierherbrachte, weil er sich schämte für sein ärmliches Haus und für seine einfältige Schwester. Eine aus der Stadt war sie, aus Kiew, elegant und gebildet. Was sie von einem wie Jurij wollte, war Elena schleierhaft.

Wieder fuhr der Schmerz durch ihren Körper wie der Hieb eines Beils. Sie klammerte sich an den Türrahmen, um nicht einzuknicken, presste ihre Stirn an das kühle Holz. »Jurij, hilf mir!«, wollte sie rufen, doch alles, was sie über die Lippen brachte, war ein heiseres Stöhnen. Sie war allein. Niemand würde ihr helfen, wenn Jurij nicht kam. Der Gedanke war noch unerträglicher als das Reißen in ihrem Unterleib.

Ihr Blick huschte hinüber zu Olgas Haus, das nicht mehr war als ein weißer Fleck in der grauen Dämmerung. Ein winziges Licht brannte dort, ein schmaler, silbriger Rauchfaden schlängelte sich aus dem Schornstein in den kobaltblauen Abendhimmel und versprach Wärme und Geborgenheit. Doch sie durfte nicht mit Olga reden. Geschweige denn, sie um Hilfe bitten. Jurij verachtete Olga, er hielt sie für eine Verräterin, auch wenn er sich weigerte zu erklären, was er damit meinte. Elena senkte den Blick. Sinnlos, sich darüber Gedanken zu machen. Vermutlich hätte sie ohnehin nicht mehr die Kraft, sich bis zu Olgas Haus zu schleppen.

Aber was sonst sollte sie tun? Tränen schossen ihr in die Augen. Ihre Finger zitterten. Ihr ganzer Körper bebte. Sie war ein hilfloses Bündel aus Schmerz und Angst. Das Reißen breitete sich in ihren Gliedern aus, als wolle es sie von innen her verschlingen, es tötete jeden Gedanken ab, stieß sie ins Nichts. Einen Moment lang verschwammen der Türrahmen und die Landschaft dahinter vor ihren Augen zu einer schwarzgrauen formlosen Masse, dann wurde ihr Blick wieder klar. Der Schmerz ließ nach, ein wenig zumindest. Elena versuchte, regelmäßig und ruhig zu atmen. Ein, aus, ein, aus. Sie starrte auf ihre Finger. Die Knöchel waren weiß, weil sie sich so festgekrallt hatte. Sie konzentrierte sich auf ihren Atem.

Gerade als sie sich erleichtert aufrichten wollte, kehrte der Schmerz mit grausamer Entschlossenheit zurück. Elenas Beine gaben nach, stöhnend sank sie auf die Knie. Als ihre Hände ihren Schoß berührten, spürte sie etwas Feuchtes auf ihrer nackten Haut. Erschrocken senkte sie den Blick, erstarrte, als sie ihre blutverschmierten Finger sah.

Ich werde sterben, dachte sie, und der Gedanke hatte beinahe etwas Tröstliches.

Sie schloss die Augen, lehnte den Kopf gegen die Türfassung und ließ den Schmerz über sich hinwegrollen wie eine mächtige Woge des Schwarzen Meeres. Sie wollte ertrinken in diesen Fluten, in diesem Meer, über das sie so viele Geschichten kannte, das sie jedoch noch nie mit eigenen Augen gesehen hatte.

Das Letzte, was sie vernahm, war das leise Tuckern des Zweitakters, der sich langsam näherte.

»Jurotschka«, flüsterte sie kraftlos. Ein weiterer Schwall warmer, klebriger Flüssigkeit ergoss sich über ihre Schenkel, noch einmal stöhnte sie kaum hörbar, dann hüllte gnädige Dunkelheit sie ein und nahm sie mit ins Land des Vergessens.

1

Düsseldorf, zehn Jahre später
Dienstag, 4. Dezember

Es war bereits dunkel, als sie in die Freiheitstraße bogen. Zu beiden Seiten tauchten schmucke weiße Einfamilienhäuser auf, Doppelhaushälften und kleine Reihenhäuser mit braunen oder grünen Fensterläden. Hinter vereinzelten Scheiben funkelte Weihnachtsbeleuchtung, in einem Vorgarten wand sich eine Lichterkette um das kahle Geäst eines Apfelbaums.

Spießerhölle, dachte Lydia Louis, während sie langsam an den Häusern vorbeifuhren, doch sie sprach den Gedanken nicht aus. Das Viertel in Köln, in dem ihr Kollege Chris Salomon wohnte, war mindestens genauso spießig, und sie wollte ihn nicht verärgern. Nicht heute. Nicht auf dem Weg zu einer Kinderleiche.

Das Haus, nach dem sie suchten, war das letzte einer Viererreihe und besaß einen kleinen Seitenanbau. In allen Fenstern brannte Licht, und auch die Straße davor war unwirklich hell erleuchtet. In der Einfahrt parkte hinter dem Notarztwagen, dessen Blaulicht noch blinkte, ein Leichenwagen. Auf der Straße standen zwei Streifen in zweiter Reihe, der Kastenwagen der Kriminaltechnik war vor der Garage des Nachbarhauses abgestellt. Lydia suchte die Umgebung nach dem BMW ihres Chefs ab, doch sie entdeckte ihn nicht.

Vor der Haustür stand eine blonde Streifenpolizistin mit blassem Gesicht, neben ihr ein dürrer junger Kerl in orangefarbener Tracht, der nervös an einer Zigarette zog. Lydia hielt ihren Ausweis hoch und blieb vor dem Mann stehen.

»Sind Sie der Notarzt?«

Der Bursche nickte und schnippte die Zigarette auf die Steinplatten. Im gleichen Augenblick sah er die beiden Kripobeamten schuldbewusst an, bückte sich, hob die Kippe auf und steckte sie in die Tasche.

»Und?«, fragte Lydia.

»Äh, ja natürlich«, stammelte der Arzt. »Mädchen, schätzungsweise acht bis zehn Jahre alt. Genickbruch. Sie lag am Fuß der Treppe, vermutlich ist sie gestürzt. Ich konnte nichts mehr für sie tun.«

Lydias Blick glitt über das Wagenaufgebot vor dem Haus. »Es kann kein Unfall gewesen sein?«

Der Mann fischte ein Päckchen Zigaretten aus der Tasche und steckte eine in den Mund. »Sieht nicht so aus.« Er zündete sie an. Seine Finger zitterten.

Lydia unterdrückte mühsam ihre Ungeduld. »Was heißt das?«

»Sie hat Kratzer im Gesicht, die eindeutig nicht von dem Sturz stammen. Außerdem wurde sie …« Er stopfte umständlich das Feuerzeug zurück in die Tasche. »Jemand hat sich an ihr vergangen.«

Lydia tauschte einen Blick mit Chris Salomon, der die Hände in den Taschen seiner Lederjacke vergraben hatte. Sein Gesicht zeigte keine Regung. Aber seine Augen verrieten, dass er ebenso alarmiert war wie sie.

»Ist mein erster Tag heute«, sagte der Arzt ungefragt. »Mein erster Tag und dann gleich so eine Scheiße.« Er trat von einem Bein auf das andere und blies Qualm in die Luft.

Sie ließen ihn ohne Antwort stehen und stießen die angelehnte Haustür auf. Drinnen wurden sie mit lautem Gebrüll empfangen.

»Verdammt, muss denn hier jeder Idiot durch meinen Tatort trampeln?« Gerald Spuntenmeyers Bariton dröhnte durch die Diele. »Alle raus, die hier nichts verloren haben!«

Zwei Kollegen in Uniform schlüpften hastig an ihnen vorbei nach draußen.

»Dir auch einen schönen guten Tag, Spunte«, rief Lydia ihm zu.

»Keiner latscht hier mehr ohne Schutzkleidung herum«, kam donnernd die Antwort zurück. »Das gilt auch für euch zwei.«

Salomon sah Lydia mit hochgezogenen Augenbrauen an, dann griff er nach einem der weißen Einwegoveralls, die in einer Kiste bereitlagen. Nachdem sie die Anzüge übergezogen hatten, gingen sie zu Spunte, der gerade dem Fotografen Anweisungen erteilte.

Gerald Spuntenmeyer, der Chef der Kriminaltechnik, zog entschuldigend die Schultern hoch. »Hier sind schon tausend Leute herumgelatscht, spurentechnisch ein Armageddon, sage ich euch. Der Notarzt hat an der Kleinen herumgezerrt wie ein Irrer, davor hat ein Nachbar versucht, sie wiederzubeleben, und der Vater hat sie auf den Schoß genommen. Er hockte noch auf der Treppe und hielt sie im Arm, als wir eintrafen. Wir wissen nicht einmal, wo sie genau gelegen hat. So ein Idiot.«

»Er hat gerade seine Tochter verloren«, sagte Salomon leise.

»Und er will doch sicher, dass wir den Täter erwischen«, gab Spunte zurück.

»Das ist ihm im Augenblick vollkommen egal. Es bringt ihm seine Tochter nicht zurück.«

»Ich bin kein herzloses Arschloch, falls du das meinst«, verteidigte sich Spunte. »Ich habe auch Kinder. Gerade deshalb will ich den Kerl erwischen, der das getan hat.«

Salomon setzte zu einer Erwiderung an, doch Lydia hörte nicht mehr zu, sondern marschierte auf die Treppe zu, an deren Fuß eine gekrümmte Gestalt lag. Das Mädchen war blond, ihr langes Haar floss schimmernd über den braunen Parkettboden. Ihr Gesicht schien friedlich, doch ein paar hässliche Kratzer verliefen über ihre linke Wange. Sie trug ein geblümtes Kleid, darüber einen blauen Strickpullover. Die Beine waren nackt, auf dem rechten Oberschenkel prangte eine Schürfwunde, das linke Schienbein war blaurot verfärbt. Eine rosafarbene Strumpfhose und eine weiße Unterhose lagen auf der unteren Treppenstufe. Irgendwer hatte beides sorgfältig zusammengelegt. Vermutlich nicht der Täter.

Jemand räusperte sich dicht an ihrem Ohr, Lydia zuckte zusammen. Salomon war neben sie getreten.

»Alles in Ordnung?«, fragte sie.

Er nickte.

In dem Augenblick, als sie sich abwandten, betrat Maren Lahnstein, die Rechtsmedizinerin, das Haus. Sie murmelte Lydia und Chris einen kurzen Gruß zu und hockte sich neben das Mädchen. Lydia blieb bei ihr, während Salomon mit einem Kollegen sprach.

Nach wenigen Minuten kam er zurück. »Sie heißt Antonia Bruckmann, genannt Toni. Zehn Jahre alt. Einzelkind. Die Familie ist erst kürzlich von Münster nach

Düsseldorf gezogen. Der Vater ist Privatdozent an der Uni, die Mutter Hausfrau.«

»Wo sind die Eltern?«

»Im Wohnzimmer. Eine Kollegin ist bei ihnen. Die Mutter ist ziemlich durch den Wind. Der Notarzt hat ihr eine Beruhigungsspritze gegeben. Vermutlich ist sie im Augenblick nicht ansprechbar.«

Lydia drehte sich zu Maren Lahnstein um, die gerade das Thermometer prüfte. »Können Sie schon irgendwas sagen?«

Die Ärztin seufzte. »Genickbruch. Das hat Ihnen der Kollege ja sicherlich bereits mitgeteilt. Sie ist seit einer, maximal zwei Stunden tot. Multiple Blutergüsse und Hämatome. Sie hat sich offenbar gewehrt.«

»Sie wurde vergewaltigt?«, fragte Salomon leise.

»Ja, es sieht ganz danach aus. Aber da stimmt etwas nicht.«

»Da stimmt etwas nicht?« Lydia warf einen hastigen Blick auf den Unterleib des Mädchens. Die Ärztin hatte das Kleid hochgeschoben, um es zu untersuchen.

»Sie hat kaum geblutet, soweit ich das erkennen kann.« Maren Lahnstein fuhr sich mit dem Handrücken über die Stirn, um eine rotblonde Strähne zurückzuschieben, und erhob sich. »Ich vermute, dass sie erst vergewaltigt wurde, als sie schon tot war.«

»Sie meinen, das war ein Nekrophiler?«, fragte Lydia ungläubig.

Die Ärztin straffte die Schultern. »Ich meine gar nichts. Ich stelle lediglich fest, dass die Verletzungen in der Vagina vermutlich postmortal zugefügt wurden. Die Schlüsse müssen Sie ziehen. Und ich beneide Sie nicht darum.« Sie ließ die Tasche zuschnappen. »Autopsie morgen früh.

Bis dann.« Sie ging zur Tür, ohne sich noch einmal umzudrehen.

Lydia starrte ihr hinterher.

»War ich irgendwie unhöflich?«, fragte sie irritiert.

»Ausnahmsweise mal nicht.«

Sie blitzte Salomon an, dann wurde sie ernst. »Ich fürchte, wir müssen jetzt mit den Eltern sprechen.«

Im Wohnzimmer war es erdrückend warm. Ein schwacher Alkoholgeruch hing in der Luft. Lydia erkannte zwei Gläser und eine Flasche Cognac auf dem Tisch. Am liebsten hätte sie sich die Flasche geschnappt und einen Schluck genommen. Rasch wandte sie den Blick ab und sah sich um. Auf dem Sofa lag eine Frau, mit einer grünen Wolldecke zugedeckt. Sie schien zu schlafen, mehr als ein blonder Haarschopf war nicht zu erkennen. In einem Sessel beim Fenster saß ein Mann und starrte ins Leere, eine Polizistin hatte auf einem Stuhl neben ihm Platz genommen und lächelte ihre Kollegen erleichtert an.

Chris Salomon schob die Cognacflasche zur Seite und ließ sich auf dem Couchtisch vor dem Mann nieder. »Herr Bruckmann?«

Der Mann nickte kaum merklich.

»Gibt es jemanden, den wir benachrichtigen sollen? Freunde? Verwandte? Sonst jemanden, der Ihnen beistehen kann?«

Michael Bruckmann schüttelte den Kopf. »Das ist nicht nötig.« Er hatte dunkelblondes, von grauen Strähnen durchzogenes Haar und einen gepflegten Bart. Seine auf anrührende Art altmodisch wirkende runde Drahtgestellbrille vergrößerte die rot verweinten Augen, ohne das Gesicht zu entstellen.

Lydia trat hinzu. »Können Sie uns vielleicht kurz schildern, wie der heutige Tag verlaufen ist?«

Bruckmann nickte, doch er antwortete nicht sofort. Schließlich räusperte er sich. »Es war ein ganz normaler Tag, eigentlich.« Seine Stimme war rau, seine Worte klangen unbeholfen, so als hätte er lange nicht gesprochen. »Ich bin morgens in die Uni gefahren.«

»Wann?«, unterbrach Lydia.

»So gegen halb neun, wie immer. Da war Toni schon weg.« Er stockte. »Sie – sie wird meistens von Noras Mutter mit in die Schule genommen. Die holt sie an der Straßenecke ab.«

»Noras Mutter?«

»Nora ist Tonis beste Freundin. Wir haben uns sehr gefreut, dass sie so schnell Anschluss gefunden hat. Sie wollte nicht aus Münster weg. Es ist ihr sehr schwergefallen, ihre Freundinnen zu verlassen. Wir haben ziemlichen Stress mit ihr gehabt. Sie hat sich geweigert, ihre Sachen zu packen.« Er nahm die Brille ab und rieb sich die Augen. »Es war fast, als hätte sie es geahnt«, flüsterte er.

»Und dann hat sie Nora kennengelernt?«, ermunterte ihn Salomon.

»Ja. Sie gehen in eine Klasse. In der Waldorfschule in Gerresheim. Noras Mutter ist dort Lehrerin. Deshalb nimmt sie die Mädchen morgens mit.«

»Ihre Frau geht nicht arbeiten?«

»Nicole ist nicht gesund. Sie hatte vor Jahren eine schwere Krebserkrankung. Heute geht es ihr gut, aber sie arbeitet nicht. Mit dem Haus und mit Toni hat sie genug zu tun. Außerdem muss sie sich regelmäßig untersuchen lassen. Auch heute Vormittag hatte sie einen Arzttermin.«

»Wissen Sie, wann sie wieder nach Hause gekommen ist?«

»Erst nach mir. Sie muss noch in der Stadt gewesen sein. Als sie vorhin kam, hatte sie eine Tüte dabei und hat etwas von einem neuen Wintermantel gesagt. Das war bevor …« Er räusperte sich. »Ich bin gegen halb fünf hier gewesen. Als ich ins Haus kam, habe ich nicht sofort bemerkt, dass – dass etwas nicht stimmte. Ich habe meine Jacke aufgehängt und in der Küche ein Glas Wasser getrunken. Erst danach habe ich Toni – habe ich sie da liegen sehen. Ich …« Er presste die Lippen zusammen und wandte sich ab.

»Da war Ihre Frau noch unterwegs?«, fragte Lydia schnell.

Bruckmann nickte, ohne Lydia anzusehen. »Ich habe sie angerufen, habe gesagt, dass sie nach Hause kommen soll, aber ich habe nicht gesagt, warum.« Er sah Lydia an. »Nicht am Telefon.« Er schüttelte langsam den Kopf. »Nicht am Telefon«, wiederholte er. »Sie kam erst nach dem Notarzt. Der hat ihr sofort etwas gegeben.« Er warf einen Blick auf das Sofa, beugte sich vor und legte seine Hand auf die Decke. »Das ist nicht gut für sie. Der Schmerz. Die Aufregung. Ich will sie nicht auch noch verlieren.«

»Haben Sie irgendeinen Verdacht, wer das getan haben könnte?«, wollte Lydia wissen. Der Schmerz des Mannes berührte sie unangenehm, sie hatte das Gefühl, sich ihm nicht entziehen zu können. Außerdem musste sie ständig an Salomon denken, wie es wohl in ihm aussah, wie er mit alldem hier fertig wurde. »Ist Ihnen in letzter Zeit etwas aufgefallen? Hat jemand das Haus beobachtet, Ihrer Tochter nachgestellt?«

Bruckmann schüttelte den Kopf. Dann stockte er. »Der Perverse.«

»Der Perverse?« Lydia warf einen fragenden Blick zu Salomon, der verständnislos mit den Schultern zuckte.

»Hier in der Nachbarschaft treibt sich seit einigen Monaten ein Verrückter herum. Das hatte schon angefangen, bevor wir hergezogen sind. Ich fand die Hysterie lächerlich. Habe den Kerl für harmlos gehalten.« Er ballte die Fäuste.

»Was genau haben Sie für harmlos gehalten?«, fragte Lydia.

»Er ist ein Exhibitionist. Er dringt in die Gärten ein, entblößt sich und erschreckt die Frauen beim Rosenschneiden.«

Salomon beugte sich vor. »Hat er jemals eine Frau bedroht oder angefasst?«

»Keine Ahnung. Das wissen Ihre Kollegen bestimmt. In letzter Zeit war fast jede Woche die Polizei hier. Wie gesagt, ich fand das ganze Theater bisher total übertrieben. Vielleicht habe ich mich getäuscht.« Er vergrub das Gesicht in den Händen.

»Was passiert ist, ist nicht Ihre Schuld«, sagte Salomon und berührte kurz seinen Arm. »Das konnten Sie nicht vorhersehen. Niemand kann solche Dinge vorhersehen. Machen Sie sich keine Vorwürfe.«

Lydia betrachtete ihren Kollegen, die steife Haltung, die verkrampften Schultern. Sie wusste, dass er nicht nur zu Bruckmann gesprochen hatte, sondern auch zu sich selbst. Dieser Fall brachte Salomon an seine Grenzen. Wie jagte man den Mörder eines Mädchens, wenn das Schicksal der eigenen Tochter ungeklärt war? Wenn man nicht wusste, ob sie tot war oder lebte, vielleicht von einem brutalen Monster gefangen gehalten wurde und jeden Tag Höllenqualen leiden musste?

Eine halbe Stunde später gingen sie zurück zu Lydias Toyota. Vor dem Haus war inzwischen Ruhe eingekehrt. Der Notarzt, der Leichenwagen und die Streifen waren verschwunden, lediglich Spuntes Kastenwagen parkte noch bei den Nachbarn. Beim Auto blieb Salomon stehen. Er starrte die Straße hinunter, an deren Ende die kahlen Bäume des Eller Forstes schwarz in den Nachthimmel aufragten. Lydia folgte seinem Blick und fröstelte. Noch keine drei Monate war es her, dass sie beide in diesem Wald beinahe gestorben wären. Es war ihr erster gemeinsamer Fall gewesen, sie hatten sich gegenseitig nicht ausstehen können. Lydia war fest entschlossen gewesen, diesen Paul-Newman-Verschnitt so schnell wie möglich wieder loszuwerden, den ihr Chef ihr gegen jede Absprache zur Seite gestellt hatte. Und auch Salomon war von seiner neuen Partnerin alles andere als angetan. Sie hatten mehr gegeneinander als miteinander ermittelt. Beide hatten sie Fehler gemacht. Am schlimmsten war, dass sie sich nicht vertraut hatten, was in diesem Wald beinahe zur Katastrophe geführt hätte.

Es gab eine Untersuchung. Doch da der einzige Zeuge der Mörder war, der beharrlich schwieg, nahm man ihnen notgedrungen ihre Version der Ereignisse ab. Salomon lag zwei Wochen im Krankenhaus und rang mit dem Tod. Vier Wochen später trat er wieder zum Dienst an. Weynrath, ihr Chef, hatte sie beide seither mit Routinefällen bedacht, bei denen der Täter geständig war oder die Beweislage so eindeutig, dass keine aufwändigen Ermittlungen nötig waren. Sie hatten fast nur am Schreibtisch gesessen und Akten durchgearbeitet. Und sie hatten sich damit abgefunden, dass das noch eine Weile so weitergehen würde. Weynraths Methode, sich dafür zu rächen, dass er ihnen nichts nachweisen konnte.

Und jetzt dieser komplizierte Fall. Hatte Weynrath sich verschätzt? Hatten sie ihre Strafe abgebüßt? Oder hatte ihr Chef seine eigenen Gründe, warum er sie gerade auf diesen Fall ansetzte? Bei ihm wusste man nie. Er war ein cholerischer, kleiner dicker Mann mit vielen Gesichtern.

Lydia sah zu Salomon, der seinen Blick von den Baumkronen in der Ferne abwandte.

»Glaubst du, dass es Orte gibt, auf denen ein Fluch liegt?«, fragte er.

»Quatsch!«, stieß sie hervor. »Steig ein, es gibt Arbeit.«

2

Mittwoch, 5. Dezember

Eisiger, halb gefrorener Regen pladderte gegen die Fenster, als sich die »Moko Toni« am nächsten Morgen zur Besprechung traf. Es war noch dunkel draußen, so als wäre es mitten in der Nacht. Lydia blickte in die Runde. Der alte Gerd Köster, ihr Freund und Mentor, führte wie immer die Akte. Das unzertrennliche Duo Reinhold Meier und Erik Schmiedel würde sich ständig bekabbeln, aber gute Arbeit leisten. Ingo Wirtz war ein stiller, zuverlässiger Zeitgenosse, über den sie immer noch nicht viel wusste, und Ruth Wiechert war die Zitterpartie. Sie schoss gelegentlich über das Ziel hinaus, war launisch und schnell beleidigt, aber sie engagierte sich mehr als jeder andere, wenn es darauf ankam. Lydia wusste, dass Salomon nicht gut auf die Kollegin zu sprechen war.

Sie hatte sich bei ihrem ersten gemeinsamen Fall einen üblen Fehler geleistet, aber das interessierte Lydia im Augenblick nicht. Sie wollte Ruth Wiechert dabeihaben. Dem Letzten in der Runde war sie heute zum ersten Mal begegnet. Sie wusste kaum mehr über ihn als seinen Namen und hoffte, dass er nicht querschießen würde.

»Morgen, Leute«, begann sie. »Schön, dass ihr alle pünktlich da seid. Und wie ich sehe, hat auch jemand für Kaffee gesorgt.« Sie blickte auf die dampfenden Becher. »Ihr kennt euch ja untereinander. Für die, die es nicht wissen: Das ist Heinz Schröder vom KK 12.« Sie deutete auf den großen, breitschultrigen Mann mit dem verlebten Gesicht, den sie erst vor wenigen Minuten kennengelernt hatte. »Da wir es hier, zumindest dem ersten Anschein nach, mit einem Sexualdelikt zu tun haben, habe ich ihn dazu gebeten. Er hat bisher an dem Fall mit dem unbekannten Exhibitionisten gearbeitet, der seit ein paar Monaten in Vennhausen sein Unwesen treibt. Der Vater des toten Mädchens, Michael Bruckmann, hat gestern Abend den Verdacht geäußert, er könne etwas mit dem Tod seiner Tochter zu tun haben.« Sie sah den Kollegen an. »Schröder, vielleicht könntest du damit anfangen, kurz zusammenzufassen, was ihr über den Kerl wisst?«

»Klar.« Heinz Schröder schob seinen Kaffeebecher zur Seite und öffnete eine dünne Mappe. »So richtig viel gibt es da leider nicht«, begann er in breitem Rheinländisch, das seine äußere Erscheinung auf sympathische Weise abrundete. »Oder besser gesagt: Wir haben unwahrscheinlich viele Zeugenaussagen, aber nichts von Substanz. Das erste Mal ist der Mann offensichtlich am dreizehnten Juni in Erscheinung getreten, da ist zumindest die erste Anzeige bei uns eingegangen. Danach kamen so im Zwei-Wochen-Rhythmus neue Meldungen. Den Beschreibungen der Opfer nach ist er äußerst wandelbar: zwischen einem Meter fünfundsechzig und einem Meter fünfundachtzig groß, glatt rasiert, zumindest laut der Mehrzahl der Aussagen, mal ziemlich jung, mal eher alt. Keine besonderen Merkmale. Manche haben ihn als korpulent beschrieben, andere als sehr schlank. Ein Phantombild konnte bisher nicht erstellt werden.«

»Warum nicht?«, fragte Ruth Wiechert dazwischen. »War er maskiert?«

»Keineswegs«, erwiderte Schröder. »Aber keine Frau hat sich gut genug an das Gesicht erinnert. Du hast ja gehört, wie die Beschreibungen sich widersprechen.«

»Ist ja auch naheliegend, die hatten ihre Augen woanders«, bemerkte Reinhold Meier. »Wer will es ihnen verdenken?«

»Meier!«, stieß Lydia warnend hervor.

»Da ist vermutlich was dran«, meinte Schröder, ohne sich um Lydias Einwurf zu scheren. »Jedenfalls haben wir keine brauchbare Täterbeschreibung. Interessant ist allenfalls die Kleidung. Langer heller Mantel, vermutlich eine Art Trenchcoat, und grüne Gummistiefel. Sonst nichts.«

»So einer muss doch auffallen«, wunderte sich Gerd Köster und rückte seine Brille zurecht. »Ein Mann in Trenchcoat und Gummistiefeln. Selbst wenn er einfach die Straße entlangläuft. Vor allem im Juni.«

»Das meinen wir auch«, antwortete Schröder. »Aber bisher wurde er immer nur von den betroffenen Frauen gemeldet. Dabei hängen seit September überall in der Gegend Zettel mit einer Beschreibung der Kleidung.

Wir vermuten, dass er ganz in der Nähe wohnt. Deshalb fügt er sich so gut in seine Umgebung ein. Das ist kein Fremder, sondern ein Nachbar. Nicht einer, den die Leute bemerken, sondern einer, der ein paar Straßen weiter wohnt, nah genug, um sich auszukennen, aber weit genug weg, um nicht aufzufallen.«

»Was genau tut er?«, fragte Salomon.

»Er stellt sich vor die Frau, öffnet seinen Mantel und spielt ein bisschen an sich herum. Wie weit er dabei geht, hängt offenbar von der Reaktion seines Opfers ab. Wenn die Frauen wegrennen oder schreien, haut er schnell wieder ab. Wenn sie ihn bloß anstarren, masturbiert er vor ihren Augen.«

»Das ist ja widerlich!«, stieß Wiechert hervor.

»Es muss ja keine zugucken«, bemerkte Erik Schmiedel. »Offenbar verzieht er sich ja, wenn er auf Desinteresse stößt.«

»Und damit ist das entschuldigt?«, fuhr Ruth Wiechert ihn an.

»Das reicht«, sagte Lydia. Ruths weinerliche Art ging ihr auf die Nerven, auch wenn sie ihrer Meinung war. »Hat er jemals eine Frau angefasst oder bedroht?«

»Nicht dass wir wüssten. Er ist nie handgreiflich geworden. Er hat auch nie etwas zu den Frauen gesagt.«

»Wann war der letzte Vorfall dieser Art?«

»Vor etwa zehn Tagen, glaube ich.« Schröder blätterte in seinen Unterlagen. »Ja, am sechsundzwanzigsten November. Da hat er einer Frau Melkhorst im Wintergarten aufgelauert.«

»Im Wintergarten?«, rief Salomon. »Das heißt, er ist ins Haus eingedrungen?«

Schröder nickte. »In gewisser Weise, ja. Die Tür zum

Garten stand offen. Frau Melkhorst war hinausgegangen, um ein paar Astern zu schneiden. Als sie zurückkam, stand er im Wintergarten. Wir nehmen an, dass das mit der Jahreszeit zu tun hat.«

»Es ist ihm zu kalt?« Meier lachte.

»Daran dachten wir weniger. Es gibt zu wenig Grün. Die Gärten sind zu gut einsehbar. Kurz zuvor hatte er sich schon einmal in eine Garage geschlichen. Die Frau hat ihn für einen Einbrecher gehalten und direkt den Notruf gewählt. Erst bei der Befragung hinterher hat sich herausgestellt, dass es vermutlich unser Mann war. Er trug Trenchcoat und Gummistiefel, nicht gerade das ideale Einbrecher-Outfit.«

Lydia malte Schlangenlinien auf ihren Block, um sich besser konzentrieren zu können. »Eine Frage noch, Schröder: Wie alt sind seine Opfer im Schnitt?«

»Keine jünger als dreißig bisher. Die meisten deutlich älter.«

»Also ist es sehr unwahrscheinlich, dass er einfach so auf kleine Mädchen umschwenkt«, sagte Köster. »Und ich glaube auch nicht, dass so einer mit einem Mal anfängt, seine Opfer zu vergewaltigen. Das passt nicht.«

»Aber wir dürfen die Möglichkeit nicht ausschließen«, sagte Lydia. »Vielleicht hat er sich bisher nur nicht getraut. Und dann liegt da plötzlich dieses tote Mädchen vor ihm, und er kann nicht widerstehen. Wirtz?« Sie sah den Kollegen an, der bisher schweigend zugehört hatte. »Ich möchte, dass du dich gemeinsam mit Schröder über Pädophilie, Nekrophilie und Exhibitionismus schlaumachst. Und dass ihr die Datenbanken mit den einschlägig bekannten Kandidaten durchgeht. Achtet vor allem darauf, ob jemand schon mal wegen Gewaltdelikten auffällig geworden ist. Ich möchte, dass wir jeder noch so kleinen Spur nachgehen.«

»Was ist mit den Eltern?«, fragte Wirtz zurück. »Wir wissen doch, wie oft solche Verbrechen innerhalb der Familie ausgeübt werden.«

»Da kümmern Salomon und ich uns drum. Wir fahren gleich zur Rechtsmedizin und von da aus nach Vennhausen. Wir haben noch nicht mit der Mutter gesprochen, und den Vater müssen wir auch noch einmal befragen. Außerdem möchte ich mit Antonias bester Freundin sprechen. Ich habe vorhin schon bei ihr angerufen, sie ist heute nicht in die Schule gegangen.« Lydia blickte nach links, wo das unzertrennliche Duo saß. »Meier. Schmiedel.«

»Befragung der Nachbarschaft, schon verstanden.« Schmiedel nickte ergeben.

Lydia sah ihn dankbar an. »Ich weiß, dass das die nervigste und mühsamste Arbeit ist. Aber sie ist wichtig.«

»Klar doch.« Schmiedel grinste. »Und wir sind so besonders gründlich und zuverlässig, dass du sie niemandem sonst anvertrauen möchtest.«

»Genau.« Lydia grinste zurück. »Nehmt euch vor allem den Kerl vor, der gestern am Tatort war. Den Nachbarn, der angeblich erste Hilfe leisten wollte.«

»Wird gemacht, Boss.« Schmiedel tippte sich mit zwei Fingern an die Stirn.

»Und was mache ich?«, fragte Ruth Wiechert.

»Du fährst mit Köster in die Schule und versuchst, so viel wie möglich über Antonia Bruckmann zu erfahren. Von den Lehrern und von den Mitschülern. Was für ein Mensch war sie? War sie beliebt? Hatte sie irgendwelche Schwierigkeiten? Hat sie sich in letzter Zeit verändert?

Von den Eltern bekommt man meistens eine geschönte Darstellung. Wir brauchen die Wahrheit.«

Als alle anderen den Besprechungsraum verlassen hatten, kam Salomon auf sie zu. Mit einem Mal war es still. Nur der Regen trommelte mit unverminderter Stärke gegen die Scheiben. Viel heller war es draußen auch noch nicht geworden. Es schien ein skandinavischer Wintertag zu werden.

»Warum hast du diese Ruth Wiechert dazugeholt?«, fragte Salomon ohne Umschweife. Seine Stimme klang ruhig, doch sie spürte die unterdrückte Wut. »Sie nervt, und sie ist unberechenbar. Bei unserem letzten Einsatz hat sie lebensgefährlichen Mist gebaut.«

»Das haben wir alle«, entgegnete Lydia ebenso ruhig. »Aber wenn dir meine Entscheidung nicht passt, kannst du dich ja bei Weynrath beschweren.«

Sie wandte sich ab und schnappte sich ihre Unterlagen. An der Tür drehte sie sich um. »Was ist, kommst du mit in die Rechtsmedizin oder nicht?«

Salomon starrte sie wortlos an, zuckte mit den Schultern und folgte ihr. Sie wusste, dass sie unfair war, aber sie hatte keine Lust, sich zu rechtfertigen. Auch nicht vor Salomon. Nur weil sie sich halbwegs zusammengerauft hatten, hieß das noch lange nicht, dass sie jetzt beste Freunde waren.

»Wo ist Leonie? Müsste sie nicht längst auf dem Weg zur Schule sein?« Olaf Schwarzbach faltete die Zeitung zusammen und blickte seine Frau an, die soeben die Küche betreten hatte. Er sah, wie sie kaum merklich zusammenzuckte. Ihre Antwort kannte er bereits, bevor sie sie aussprach.

»Sie fühlt sich nicht wohl«, sagte Melanie Schwarzbach leise. »Sie hat Bauchschmerzen. Ich habe ihr gesagt, dass sie erst einmal im Bett bleiben soll.« Sie zog den Kopf zwischen die Schultern, als erwarte sie einen Schlag. »Vielleicht geht es ihr ja später wieder gut«, fügte sie rasch hinzu.

Olaf warf die Zeitung auf den Tisch. »Ich dachte, in letzter Zeit wäre es besser geworden!« Er ließ den Satz wie eine Anklage in der Luft hängen.

Melanie zuckte mit den Schultern. Sie sah müde und verbraucht aus. Es gab eine Zeit, da wäre er in einem solchen Augenblick aufgestanden und hätte sie in den Arm genommen. Hätte ihr versichert, dass sie das schaffen würden. Gemeinsam. Aber das brachte er nicht mehr über sich. Es wäre verlogen gewesen, und er hätte sich vor sich selbst geekelt.

»Das dachte ich auch«, sagte sie. Ein leichtes Zittern in ihrer Stimme verriet, dass sie kurz davorstand, in Tränen auszubrechen. »Ich weiß nicht, was es diesmal ist. Aber es geht ihr wirklich nicht gut. Sie ist ganz blass. Wenn es morgen nicht besser ist, gehe ich noch einmal mit ihr zum Arzt.«

Olaf seufzte. »Kannst du trotzdem arbeiten? Es ist einiges liegen geblieben von letzter Woche.«

Olaf Schwarzbach leitete ein kleines Umzugsunternehmen, für das Melanie die Büroarbeit erledigte. Die Einnahmen reichten kaum aus, die drei Mitarbeiter zu bezahlen und die Familie zu ernähren. Früher war das anders gewesen. Da waren sie mehrmals im Jahr in Urlaub gefahren, Melanie hatte sich teure Kleider gekauft, und er hatte immer den neuesten Benz gefahren. Früher war einiges anders gewesen.

»Ja, natürlich kann ich arbeiten«, antwortete sie rasch. »Ich komme nach, sobald ich hier fertig bin.« Sie schien erleichtert über den Themenwechsel.

Olaf sah sie an, fragte sich, wie so oft, was schiefgegangen war, warum ihr gemeinsames Leben immer mehr den Bach hinunterging. Was los war mit ihm und mit Melanie. Mit Leonie. Seit Jahren kränkelte ihre Tochter. Sie litt unter rätselhaften Bauchschmerzen, Unterleibskrämpfen, Schwindelanfällen. Trotz unzähliger Untersuchungen hatte ihr bisher kein Arzt helfen können. Früher hatten Olaf und Melanie sich die Sorge um ihre Tochter geteilt. Hatten abwechselnd an ihrem Bett gewacht, wenn sie fieberte, waren mit ihr ins Krankenhaus gefahren, wenn es schlimmer wurde. Doch in letzter Zeit hatte sich eine furchtbare, lähmende Angst wie ein Keil zwischen ihn und seine Frau geschoben. Nicht die Angst um Leonie. Eine andere, viel schlimmere Angst, die im Begriff war, die ganze Familie zu verschlingen.

Olaf sah zu, wie Melanie hastig den Küchentisch abräumte. Ihre Bewegungen waren fahrig, sie war nicht bei der Sache.

Während sie das Geschirr in die Spülmaschine stellte, fragte sie, ohne sich umzudrehen: »Rufst du in der Schule an, bitte?«

»Warum machst du das nicht selbst?«, fuhr er sie an, zu müde und zu resigniert, um sich zu verstellen.

Sie hielt inne, wandte sich aber nicht um. Aus der Tasse, die sie gerade hatte einräumen wollen, tropfte ein Rest Kaffee auf den Küchenboden. »Du weißt doch, wie schnippisch diese Frau Schneider aus dem Sekretariat ist. Ich kann das heute nicht ertragen. Bei dir wagt sie es nicht, den Mund so aufzureißen.«

Olaf stand wortlos auf.

»Die Nummer liegt neben dem Telefon«, rief seine Frau ihm hinterher, als er schon auf dem Weg ins Wohnzimmer war. Als wenn er das nicht wüsste. Als wenn er sie nicht auswendig aufsagen könnte.

Er schloss die Tür hinter sich und holte tief Luft. Der Raum erfüllte ihn mit Beklemmung, er fröstelte, doch das lag nicht an dem Eisregen, der gegen die Fensterscheiben prasselte. Unwillkürlich wanderte sein Blick zu der kleinen Kommode am anderen Ende des Zimmers. Zu dem Foto, das darauf stand und das ein ernst blickendes blondes Mädchen zeigte, die Haare streng zurückgekämmt, die Wangen schmal. Sie war kaum älter als vier, doch ihr Gesicht strahlte eine beinahe unheimliche vorzeitige Reife aus. Neben das Foto hatte Melanie wie immer einen Strauß frischer weißer Nelken platziert, davor eine Kerze.

Olaf starrte auf das blasse Kindergesicht, und der Verdacht, der ihn seit Wochen in Angst versetzte, ergriff schlagartig mit solcher Macht Besitz von ihm, dass ihm der Atem wegblieb.

3

Auf dem Hennekamp stockte der Verkehr, und Lydia trommelte nervös auf das Lenkrad. Chris fragte sich, was wohl in ihrem Kopf vorging, ob sie an das tote Mädchen dachte, an den Fall oder einfach nur daran, dass die Wischblätter dringend ausgetauscht werden mussten. Glücklicherweise hatte der Regen nachgelassen, und halbwegs hell war es inzwischen auch, sodass man durch die Windschutzscheibe wieder etwas sehen konnte. Lydia war allerdings auch vorhin, als die Sichtverhältnisse miserabel waren, durch die Straßen gebrettert, als wäre sie eine Fledermaus und nicht auf ihre Augen angewiesen, um sich zurechtzufinden.

Sie kamen von der Rechtsmedizin und waren auf dem Weg zu Tonis Eltern, um sie noch einmal zu befragen. Das, was sie im Sektionssaal erfahren hatten, erleichterte diese Aufgabe nicht. Chris unterdrückte einen Seufzer und überlegte, ob er das Fenster ein Stück herunterkurbeln sollte. Den Gestank gegen die Kälte tauschen. Es war eisig draußen, doch im Augenblick erschien ihm die Aussicht auf frischen Wind nahezu unwiderstehlich, egal wie kalt er war.

Lydia Louis hatte offenbar wieder eine ihrer wilden Nächte hinter sich. Zumindest roch sie so. Der Geruch erinnerte ihn an ihre erste Begegnung vor ein paar Monaten an einem grausigen Tatort im Wald. Sie hatte Schweiß, Sex und Alkohol ausgedünstet, und ihn hatte das mit einer Mischung aus Ekel und Faszination erfüllt. Obwohl er inzwischen kaum mehr über ihr Privatleben wusste als damals, war ihm der Geruch vertraut geworden. Er gehörte zu Lydia wie ihre blonde Strubbelfrisur und ihr ruppiger Tonfall. Dabei war er mit seiner feinen Nase vermutlich der Einzige, der ihn bemerkte. Vor allem wenn er, wie heute, dezent unter einer Duftschicht aus Duschgel und frisch gewaschener Kleidung verborgen war. Manchmal verfluchte er seinen übersensiblen Geruchssinn. In diesem Fall nicht. Im Gegenteil, er genoss dieses intime Wissen über seine Kollegin, die sonst so gut wie nichts von sich preisgab. Lediglich in der Enge des Autos konnte er ihre Duftnote manchmal nicht ertragen.

Vor allem wenn er zusätzlich den süßlichen Leichengeruch der Rechtsmedizin in der Nase hatte.

Er betrachtete Lydia von der Seite. Sie hatte klare blaue Augen und ein schmales kluges Gesicht. Wie immer trug sie einen ihrer schwarzen Strickrollis, dazu eine dunkelgrüne Cargohose und Schnürstiefel aus Leder. Die Kleidung verbarg ihre wenigen weiblichen Rundungen fast vollständig, verlieh ihr einen Hauch von Androgynität. Vielleicht bezweckte sie genau das damit. Was für ein Unterschied zu Sonja! Der Gedanke an die Frau, die vor wenigen Wochen in sein Leben getreten war, versetzte ihm einen Stich in die Brust. Er war sich nicht sicher, ob vor Freude oder vor Schreck.

Sie hatte an seinem Bett gestanden, als er aus dem Koma erwacht war, und ihn angelächelt. »Hallo, Chris. Wie schön, dass es dir wieder gut geht.«

Ein höllischer Schock war ihm durch die Glieder gefahren. Er hätte schwören können, dass er diese Frau nicht kannte. Dass er sie noch nie im Leben gesehen hatte. Warum also sprach sie ihn mit seinem Vornamen an? Sollte er sie kennen? War sie womöglich seine Freundin oder seine Ehefrau? Litt er unter Amnesie?

Sie lachte, als sie sein entsetztes Gesicht sah. »Ich dachte mir schon, dass du dich nicht mehr an mich erinnerst. Wir sind zusammen zur Schule gegangen. Ich war eins von den langweiligen, hässlichen Mädchen, für die ihr Jungen euch nicht interessiert habt. Sonja Reiter. Die Brillenschlange.«

Eine vage, kaum greifbare Erinnerung stieg in Chris auf, an ein pummeliges Mädchen mit einem langen fettigen Bauernzopf und einer dicken Brille. Sie hatte recht, er hatte sie kaum wahrgenommen, für ihn war sie nicht mehr als ein Teil der Klassenzimmereinrichtung gewesen. Wäre sie eines Tages nicht mehr zum Unterricht erschienen, hätte er es vermutlich nicht einmal bemerkt. Kinder können sehr grausam sein, schoss es ihm durch den Kopf.

Ungläubig starrte er die Frau im weißen Kittel an, die immer noch auf ihn herablächelte. Der Unterschied zu dem verschwommenen Bild in seiner Erinnerung hätte nicht größer sein können. Ihr kastanienbraunes Haar fiel ihr in leichten Wellen auf die Schultern und umrahmte ein hübsches, rundes Gesicht mit großen dunklen Augen. Ihre Figur, die man unter dem engen weißen Kittel mehr als nur erahnen konnte, war rund und wohlgeformt.

»Was – was machst du hier?«, fragte Chris. Seine Frage klang selbst in seinen Ohren dämlich, doch Sonja schien sie ihm nicht krummzunehmen.

Ihr Lächeln wurde breiter. »Ich arbeite hier. Ich bin Ärztin. Nicht in dieser Abteilung. In der Gynäkologie. Aber als ich erfuhr, dass du hier liegst, konnte ich der Versuchung nicht widerstehen, nach dir zu schauen.«

Von da an kam sie täglich bei ihm vorbei, saß an seinem Bett und lächelte ihn mit ihrem Engelslächeln an. Da Chris zumeist einsilbig war, erzählte sie von ihrer Arbeit in der Klinik, von ihren Eltern, die sich eine Wohnung auf Mallorca gekauft hatten, und von ihrem Bruder, der bereits zum dritten Mal Vater wurde. Chris begann, sich an ihre Gesellschaft zu gewöhnen. Sonja war so unkompliziert und heiter. Sie verkörperte all das, was in seinem Leben fehlte. Leichtigkeit. Freude. Wärme. Er ertappte sich dabei, wie er alle fünf Minuten auf die Uhr schaute, wenn sie nicht zur gewohnten Stunde auftauchte.

Als er entlassen wurde, gingen sie zur Feier des Tages

essen. Er war noch nicht wieder auf dem Damm, doch er bestand darauf, sie auszuführen. An dem Abend erzählte er ihr von Anna. Davon, wie seine Tochter im Alter von fünf Jahren bei einem Urlaub am Meer plötzlich verschwunden war. Einfach so. Gerade hatte er sie noch vollkommen versunken eine Sandburg bauen sehen, im nächsten Moment war sie weg. Er hatte sie verzweifelt gesucht, stundenlang, wochenlang, monatelang. Seine Ehe war daran zerbrochen. Seine Frau Stefanie hatte ihm die Schuld gegeben und dann versucht, ohne Anna ein neues Leben zu beginnen. Sie hatte wieder geheiratet, einen kleinen Sohn bekommen. Chris konnte das nicht. Er konnte Anna nicht aufgeben, als hätte sie nie existiert.

Sonja verstand ihn. Sie hielt seine Hand. Ihre Augen schimmerten feucht, während sie ihm zuhörte. Eigentlich hatte er erwartet, dass dieser Abend in seinem oder ihrem Bett enden würde. Aber als das Taxi vor ihrer Wohnung hielt, drückte sie ihm einen Kuss auf die Wange und wünschte ihm eine gute Nacht. Da begriff er. Sie wollte ihn, aber sie wartete auf ein eindeutiges Signal. Er sollte den ersten Schritt tun. Sie meinte es offenbar ernst. Sie schien sogar bereit zu sein, einen Platz für Anna in ihrem gemeinsamen Leben einzuräumen. Vielleicht war sie die Erlösung, die Heilung, auf die er schon so lange wartete.

»Salomon?« Lydias Stimme machte ihm klar, dass sie ihn nicht zum ersten Mal ansprach. Sie standen in der Straße vor dem Haus von Familie Bruckmann, der Motor war bereits aus. »Ist alles in Ordnung?« Sie sah ihn forschend an. »Das war bestimmt nicht leicht für dich im Sektionssaal.«

Ihre unausgesprochenen Worte hingen in der Luft:

Dabei zuzusehen, wie ein brutal ermordetes Mädchen aufgeschnitten wird, das etwa so alt ist, wie Anna heute wäre.

»Alles bestens«, stieß er hervor. Am liebsten hätte er hinzugefügt: Kümmere dich um deinen eigenen Kram! Ich frage dich auch nicht, mit wem du es heute Nacht getrieben hast, und wie und wo. Und ob du überhaupt schon wieder nüchtern genug bist, um zum Dienst zu erscheinen. Doch er biss sich auf die Zunge. Es hätte den mühsam errungenen Frieden zwischen ihnen mit einem Schlag zerstört.

Michael Bruckmann sah so aus, als hätte er die ganze Nacht kein Auge zugetan. Sein Gesicht war fast weiß, wodurch die Ringe unter seinen geröteten Augen noch dunkler erschienen. Seine Brille trug er heute nicht. Wortlos führte er sie in die Küche. Nicole Bruckmann saß auf einem Stuhl und starrte in eine unberührte Kaffeetasse, deren Inhalt längst kalt geworden war. Ihr Rücken wirkte unnatürlich gerade, so als hielt sie ihren Oberkörper unter großer Anstrengung aufrecht. Sie trug einen bunt geblümten Morgenmantel, der eine unangemessene Heiterkeit ausstrahlte. Mit keiner Regung zeigte sie, dass sie das Eintreten ihres Mannes mit den beiden Besuchern bemerkt hatte.

Michael Bruckmann trat hinter seine Frau und legte ihr die Hände sanft auf die Schultern. »Nicole, das sind Frau Louis und Herr Salomon von der Kripo. Sie müssen uns ein paar Fragen stellen.« Er beugte sich an ihr Ohr. »Es wird nicht lange dauern.«

Lydia setzte sich ungefragt zu der Frau an den Tisch, Chris ließ ihr den Vortritt und blieb an der Küchenzeile stehen. So, wie sich der Fall im Augenblick darstellte, standen die Eltern im Fokus der Ermittlungen. Sie mussten ihnen eine Reihe unangenehmer Fragen stellen. Darin war Lydia eindeutig besser als er. Wenn sie zu weit über das Ziel hinausschoss, blieb für ihn immer noch Zeit, den guten Cop zu mimen.

»Ich möchte, dass wir noch einmal den gestrigen Tag durchgehen«, begann sie. »Wann hat Toni das Haus verlassen?«

»Etwa zwanzig vor acht«, antwortete Michael Bruckmann, fast ein wenig zu schnell. Gerade so, als hätte er die Beantwortung der Frage vorher geprobt. »Sie läuft immer von hier aus bis zur Vennhauser Allee, wo sie von Noras Mutter mitgenommen wird. Nora Diercke. Ihre Mutter ist Lehrerin an der Schule unserer Tochter.« Er stockte kurz, dann sprach er weiter. »Ich bin gegen halb neun zur Uni gefahren. Nicole hatte um elf einen Arzttermin, sie ist gegen halb elf hier weg.« Er strich seiner Frau über das Haar. »Danach war sie in der Stadt etwas essen und einkaufen.«

Lydia fixierte Frau Bruckmann. »Können Sie bestätigen, was Ihr Mann sagt?«

Die Frau nickte kaum merklich.

»Also war Toni über Mittag allein zu Hause?«

»Nein, natürlich nicht«, rief Michael Bruckmann. Wieder hatte seine Antwort etwas Einstudiertes. Auch seine Empörung über die Unterstellung, seine Frau und er könnten die Tochter zu Hause sich selbst überlassen haben, wirkte unecht. »Toni isst immer in der Schule zu Mittag. Und danach wollte sie gestern noch mit zu Nora gehen. Die beiden wollten gemeinsam Hausaufgaben machen. Toni sollte um fünf zu Hause sein. Deshalb war ich auch um diese Zeit da.«

Wieder wandte sich Lydia an die Mutter. »War Toni in letzter Zeit anders als sonst? Ist Ihnen etwas aufgefallen? Hat sie sich ungewöhnlich benommen? Hatte sie vielleicht Geheimnisse?«

Zum ersten Mal blickte Nicole Bruckmann Lydia an. Sie sah erschrocken aus.

»Wie meinen Sie das?«, fragte sie verwirrt.

»Sind Sie gut miteinander ausgekommen?«, hakte Lydia nach. »Oder gab es öfter Zoff? Mädchen in dem Alter können manchmal richtige kleine Biester sein.«

Nicole Bruckmann schluckte und sah Lydia verunsichert an, ihr Mann strich ihr wieder über das Haar und ergriff erneut das Wort.

»Finden Sie, das ist der richtige Augenblick für solche Fragen?«, rief er aufgebracht. »Was hat das alles mit dem Verbrechen an unserer Tochter zu tun? Was unterstellen Sie uns da eigentlich?«

»Herr Bruckmann«, sagte Lydia betont. »Alles, was wir über Ihre Tochter in Erfahrung bringen, könnte etwas mit ihrem Tod zu tun haben. Wir müssen so viel wie möglich über sie wissen. Ihre Gewohnheiten, ihre Vorlieben, was sie für ein Mensch war. Jemand ist in Ihr Haus eingedrungen und hat Ihre Tochter getötet. Dieser Jemand ist nicht eingebrochen. Also ist es sehr wahrscheinlich, dass Toni ihn freiwillig hereingelassen hat. Dass sie ihn kannte.«

Nicole Bruckmann schlug die Hände vor das Gesicht. Dann murmelte sie: »Sie war kein naives Kind. Sie hätte keinen Fremden ins Haus gelassen. Sie wusste, dass sie das nicht durfte.« Sie senkte die Hände und nahm wieder diese unnatürlich gerade Haltung ein. »Toni war sehr klug«, fuhr sie fort. »Und dickköpfig. Manchmal –

manchmal hat sie mich in den Wahnsinn getrieben, weil sie alles mit mir ausdiskutieren musste.«

Michael Bruckmann tätschelte ihr die Schulter. »Na ja, die üblichen Auseinandersetzungen, die man mit Kindern in dem Alter hat. Sie kennen das doch sicherlich?« Er sah Lydia an.

»Leider nicht«, erwiderte sie trocken. »Ich habe keine Kinder. Erklären Sie mir, was Sie meinen.«

Bruckmann warf einen kurzen, hilfesuchenden Blick zu Chris, doch der reagierte nicht. Das war Lydias Runde.

»Sie war ziemlich aufmüpfig, schon als ganz kleiner Wurm. Musste immer mit dem Kopf durch die Wand. Ein stures, aber auch sehr fröhliches Kind. In letzter Zeit hat sie ein paarmal über die Stränge geschlagen. Ist zu spät heimgekommen, hat Theater gemacht, wenn sie nicht bekam, was sie wollte. Ich nehme an, es hatte etwas mit dem Umzug zu tun. In dem Alter ist es nicht leicht, seine Freunde aufzugeben und sich in ein neues Umfeld einzuleben. Vielleicht waren es auch die Anfänge der Pubertät. Trotzdem war alles im Rahmen. Richtig ungehorsam oder frech war sie nie. Ich bin jedenfalls immer gut mit ihr zurechtgekommen.«

»Sie auch, Frau Bruckmann?«, fragte Lydia.

Die Frau zögerte eine Sekunde zu lang.

»Natürlich«, stammelte sie. »Sie war doch mein Mädchen.« Tränen schossen ihr in die Augen. Sie zog ein zerknülltes Taschentuch aus ihrem geblümten Morgenmantel und presste es sich an die Augen.

Michael Bruckmann drehte seine Frau zu sich und legte die Arme um sie. Zu Lydia gewandt sagte er: »Antonia war ein bisschen verändert in den letzten Wochen. War launisch, hat sich zurückgezogen. Der Umzug war eine große Belastung für sie. Deshalb war sie auch ein paarmal krank. Erkältungen. Kopfschmerzen. Nichts Ernstes.« Er warf einen Blick aus dem Fenster, bevor er weitersprach. »So, das reicht für heute. Bitte lassen Sie meine Frau jetzt in Ruhe. Ich beantworte gern Ihre Fragen, aber lassen Sie mich Nicole vorher ins Bett bringen. Unsere Tochter ist gestern gestorben. Vielleicht könnten Sie ein wenig behutsamer vorgehen!«

»Das kann ich leider nicht, Herr Bruckmann«, erwiderte Lydia scharf. »Ich habe vollstes Verständnis für Ihren Schmerz. Aber ich habe einen Mord aufzuklären.«

»Ach, und das müssen Sie hier in unserer Küche?« Michael Bruckmann starrte sie wütend an. »Der Täter ist irgendwo da draußen: Suchen Sie ihn gefälligst!«

Lydia öffnete den Mund, doch Chris kam ihr zuvor. »Sie haben ganz recht, Herr Bruckmann. Für den Moment genügt uns das. Wir melden uns bei Ihnen, wenn wir weitere Fragen haben.«

Drei Minuten später waren sie wieder draußen beim Wagen.

»Du hättest lieber dafür sorgen sollen, dass ich allein mit der Mutter sprechen kann«, sagte Lydia verärgert. »Ohne den Schutz Ihres Mannes hätte ich bestimmt mehr aus ihr herausbekommen.«

Chris schüttelte den Kopf. »Was, wenn die beiden nichts mit dem Tod ihrer Tochter zu tun haben? Dann ist es das Grausamste, was wir tun können, sie auch noch fälschlich zu verdächtigen.«

»Wie wahrscheinlich ist das denn?«, gab Lydia zurück. »Es gibt keine Einbruchspuren, es ist im Elternhaus passiert, der Vater saß mit der toten Tochter im Arm da, als der Notarzt eintraf. Was willst du noch?«

»Eindeutige Beweise.«

Lydia schloss den Wagen auf und ließ sich auf den Sitz fallen. »Je mehr Zeit die beiden haben, desto besser können sie ihre Aussagen abstimmen.«

Chris stieg auf der Beifahrerseite ein. »Wir haben nichts außer ein paar vagen Verdachtsmomenten gegen die Eltern. Das reicht nicht, das weißt du genau. Es gibt unzählige andere Möglichkeiten, was passiert sein kann. Wenn tatsächlich einer der beiden der Täter ist, dann finden wir das heraus. So oder so. Und wenn nicht, dann möchte ich mir nicht vorwerfen müssen, diese Menschen unnötig gequält zu haben.«

Lydia starrte ihn an, dann verzog sie mit einem Mal das Gesicht zu einem Grinsen. »Weißt du, was dein Problem ist, Salomon?«

Er schüttelte den Kopf, verwundert über ihren plötzlichen Stimmungswandel.

»Du hast ein zu gutes Herz.«

Kriminalhauptkommissar Klaus Halverstett blickte überrascht auf, als seine Kollegin Rita Schmitt sich erhob und mit einer Hand nach ihrer Jacke griff. »Ich mache Mittag. Bin in einer Stunde wieder da.«

Ihr strahlendes Lächeln verriet ihm, dass sie nicht allein essen würde. Seit ein paar Monaten gab es einen geheimnisvollen Mann in Ritas Leben. Halverstett wusste nicht viel mehr als seinen Namen: Rafi. Nachdem er die unangenehmen Nebenerscheinungen dieser für ihn rätselhaften Beziehung – Duftkerzen, Räucherstäbchen und grünen Tee – weitgehend aus ihrem gemeinsamen Büro verbannt hatte, genoss er die Vorzüge umso mehr. Rita war stets gut gelaunt, verlor selten die Geduld, und vor allem achtete sie kaum darauf, was mit ihrem Partner los war. Früher wäre ihr das Desaster in seinem Privatleben nicht entgangen, auch wenn sie es mit keinem Wort erwähnt hätte. Aber diesmal war er sicher, dass sie überhaupt nicht bemerkt hatte, dass etwas nicht stimmte. Den Mann, der all das bei einer Frau bewirkt hatte, würde er gern einmal kennenlernen, zumal er selbst Rita am ehesten als netten Kumpel ohne besondere weibliche Reize beschrieben hätte. Aber da sie beide Privates bisher streng aus ihrer beruflichen Beziehung ferngehalten hatten, war damit wohl in nächster Zeit kaum zu rechnen.

Er winkte ihr zerstreut hinterher und warf einen kurzen Blick auf die Uhr. Viertel nach elf. Vermutlich frühstückte Rita um sechs. Aber nicht weil sie wie er nicht mehr schlafen konnte, sondern weil sie eine notorische Frühaufsteherin war, die bereits in den jungfräulichen Stunden des Tages eine unerträgliche Heiterkeit verbreitete.

Halverstett seufzte und blickte auf den Bildschirm. Der Bericht war fertig, er brauchte ihn nur noch auszudrucken. Doch das war leichter gesagt als getan. Wenn der Fall erst einmal abgeschlossen war, war er abgeschlossen. Und zwar endgültig. Irgendetwas ließ ihn zögern, diesen letzten Schritt zu tun. Instinkt vielleicht. Oder dreißig Jahre Berufserfahrung. Womöglich aber auch nur sein Dickschädel.

Eigentlich war der Fall sonnenklar. Fred Gärtner, ein Stadtstreicher, besser bekannt unter dem Namen »Der Märchenonkel« war im Alkoholrausch verstorben. Nicht erfroren, obwohl die gefährliche Saison für Obdachlose bereits begonnen hatte. Nein, er war eine Treppe hinuntergestürzt. Wie das Mädchen, deren Tod seine Kollegen gerade untersuchten. Die Treppe war allerdings die einzige Gemeinsamkeit zwischen beiden Fällen. Der Märchenonkel war dreiundsechzig Jahre alt gewesen, leicht unterernährt und stockbesoffen. 1,8 Promille hatten sie in seinem Blut gefunden. Er war in der Altstadt zu Tode gekommen, die Treppe hinuntergefallen, die vom Burgplatz zur Rheinuferpromenade führte. Eigentlich war auf dieser Treppe immer etwas los. Sie galt als Treffpunkt für junge Leute und war der Stadtverwaltung als zugemüllter Schandfleck ein Dorn im Auge. Aber Fred Gärtner war allein gestorben. Zwei Wochen lang hatten sie nach Zeugen gesucht. Fehlanzeige. Gärtner hatte nichts besessen, weshalb ihn jemand hätte töten wollen, und Streit hatte er auch mit niemandem gehabt. Er war einfach gestürzt und hatte sich das Genick gebrochen. Manchmal gab es eben keine verborgene Wahrheit hinter den offensichtlichen Fakten.

Vorhin war Weynrath, der Leiter des KK 11 bei Halverstett aufgetaucht und hatte gedrängt, er solle den Fall endlich abschließen.

»Legen Sie den Penner zu den Akten«, hatte Weynrath ihn auf gewohnt unsensible Weise aufgefordert und dabei seine Fäuste in die Hüften gestemmt. »Es warten jede Menge andere Leichen auf uns. Das halbe KK 11 steckt in der ›Moko Toni‹ fest. Das tote Mädchen, Sie wissen schon. Unangenehme Geschichte. Alle übrigen Kräfte werden dringend gebraucht. Schreiben Sie den Bericht und kümmern Sie sich um die anderen Fälle.«

Halverstett hatte versucht, Einwände zu erheben, doch Weynrath hatte ihn abgewürgt. »Keine weitere Diskussion!« Gebieterisch hatte er auf den Kommissar herabgeblickt, der wehrlos auf seinem Stuhl saß. Vermutlich hatte er die ungewohnte Perspektive ausgekostet. Stehend waren alle seine Untergebenen mindestens einen Kopf größer als er, selbst die Frauen. Und das galt nicht nur für das KK 11, in der ganzen Festung, wie das Präsidium unter den Kollegen hieß, gab es niemanden, der zu Weynrath aufblicken musste. Halverstett vermutete, dass er bei seiner Einstellung irgendwie geschummelt hatte, denn die Mindestgröße für Polizeibeamte erreichte er bestimmt nicht. Eine Tatsache, die er jedoch mit seinem napoleonischen Gehabe mehr als wettmachte.

Halverstett hatte genickt und ärgerlich den Bericht in den Computer getippt. Er hasste es, einen Fall zu den Akten zu legen, wenn er das Gefühl hatte, er sei noch nicht abgeschlossen. Trotzdem musste er seinem Chef widerstrebend recht geben. Den Luxus, nahezu eindeutige Fälle wie diesen weiterzuverfolgen, konnten sie sich nicht erlauben. Dazu bräuchte das KK 11 mindestens doppelt so viele Mitarbeiter.

4

Nora Diercke lebte in etwas bescheideneren Verhältnissen als ihre Freundin Toni. Eine Wohnung in der dritten Etage eines Mietshauses auf der anderen Seite der Vennhauser Allee. Eine Frau Ende vierzig, die ihr fast vollständig ergrautes langes Haar selbstbewusst offen trug, öffnete ihnen die Tür.

»Frau Diercke? Ich bin Kriminalhauptkommissarin Lydia Louis, das ist mein Kollege Christopher Salomon.«

Die Frau nickte. »Sie haben angerufen, nicht wahr? Wegen Toni. Kommen Sie doch herein.«

Kerstin Diercke ging voran in eine geräumige, mit hellen Bauernmöbeln eingerichtete Essecke. Auf der mit Schnitzereien verzierten Eckbank lagen bunt gestreifte Kissen, über dem Tisch hing eine Lampe, die gut in eine bayrische Wirtsstube gepasst hätte. Ein massives Büfett verbreitete gediegene Gemütlichkeit. Lydia strengte sich an, nicht die Augen zu verdrehen. Wer richtete sich in einer rheinischen Etagenwohnung ein, als lebe er auf einer Almhütte?

Kerstin Diercke deutete auf die Essecke. »Setzen Sie sich doch. Kann ich Ihnen etwas anbieten? Kaffee? Wasser?«

»Nein, danke«, erwiderte Lydia rasch. Sie hasste diese Höflichkeitsrituale, es sich bei Zeugen bequem zu machen, als sei man ein Gast wie jeder andere. Sie setzte sich auf die Bank, Chris hockte sich auf einen der Stühle mit geschnitztem Herz in der Rückenlehne. Kerstin Diercke nahm ebenfalls auf der Bank Platz.

»Stimmt es, dass man – dass Toni vergewaltigt wurde?«, fragte sie mit leiser Stimme.

»Wie kommen Sie darauf?«, fragte Lydia zurück. Sie hatten diese Information vor der Presse zurückgehalten.

»Ich habe mit Michael – mit Tonis Vater telefoniert. Er hat es mir erzählt. Schrecklich!« Sie schüttelte den Kopf. »Wer tut so etwas? Ich begreife das nicht.«

»Was für ein Mädchen war Toni?«, schaltete Salomon sich ein.

Kerstin Diercke sah ihn an. »Sie war ein ganz normales Kind von zehn Jahren, aufgeweckt, intelligent, neugierig und willensstark. Ich mochte sie sehr. Sie hat meiner Nora gutgetan. Nora ist ein wenig zurückhaltend, mit Toni an ihrer Seite ist sie selbstbewusster geworden.«

»Sie sagen, Toni war willensstark. Also hat es bestimmt zu Hause öfter mal gekracht?«, bohrte Lydia nach.

Kerstin Diercke betrachtete sie abschätzend. »Ich weiß nicht, was Sie damit sagen wollen. Natürlich hatte sie hin und wieder Auseinandersetzungen mit ihren Eltern. Wie jedes gesunde Kind. Aber das war alles im Rahmen des Üblichen. Toni war kein Problemkind, falls Sie das andeuten wollten. Sie war vollkommen normal. Ich bin Lehrerin, ich kenne Hunderte von Kindern. Ich weiß, wovon ich rede.«

Lydia wechselte das Thema, bevor die Frau sich weiter in Rage reden konnte. »Herr Bruckmann sagte uns, dass Toni gestern Nachmittag hier war. Erinnern Sie sich, wann sie gegangen ist?«

Kerstin Diercke legte die Stirn in Falten und strich sich eine graue Strähne hinter das Ohr. »Ich denke schon den ganzen Vormittag darüber nach. Ich weiß es nicht mehr genau. Sie sollte um fünf zu Hause sein, das hat sie mir im Auto gesagt. Aber die beiden sind früher los. Irgendwann nach vier. Ich habe nicht darauf geachtet. Kurz zuvor bekam Nora einen Anruf von einer Freundin.«

»Was für eine Freundin? Ein Mädchen aus der Schule?«

»Das weiß ich nicht. Nora ist selbst ans Telefon gegangen. Als ich dazukam, sagte sie, der Anruf sei für sie, und ist mit dem Telefon in ihrem Zimmer verschwunden. Wenig später sind die beiden aufgebrochen.«

»Die beiden?«, fragte Salomon.

»Nora hat Toni nach Hause gebracht.«

»Wann war sie wieder hier?«

Kerstin Diercke sah unglücklich aus. »Mir ist klar, dass diese Informationen wichtig für Sie sind. Ich würde Ihnen so gern helfen, aber ich weiß es nicht. Ich bin kurz nach den Mädchen selbst weggegangen. Ich war einkaufen und danach noch mit dem Hund draußen. Als ich die Einkäufe hier abgestellt und den Hund geholt habe, bin ich gar nicht auf die Idee gekommen nachzusehen, ob Nora schon wieder da ist. Sie ist so vernünftig und zuverlässig. Ich habe keine Veranlassung, sie ständig zu kontrollieren. Ich war erst gegen sechs wieder zu Hause. Da saß Nora vor dem Fernseher.«

»Ist Nora jetzt hier? Sie haben doch am Telefon gesagt, dass sie nicht in die Schule gegangen ist.« Salomon blickte sich suchend um, als hätte er das Mädchen übersehen. »Wir würden gern mit ihr sprechen. Vielleicht erinnert sie sich an die genauen Uhrzeiten.«

Kerstin Diercke zögerte. »Es geht ihr nicht gut. Sie steht unter Schock. Deshalb habe ich sie heute nicht in die Schule geschickt. Ich bin auch zu Hause geblieben, um mich um sie zu kümmern. Morgen muss ich wieder arbeiten, aber Nora werde ich diese Woche noch nicht wieder zur Schule gehen lassen. Mein Sohn wird auf um sie aufpassen.«

Wie auf Kommando ertönte in diesem Augenblick das Klimpern von Schlüsseln hinter der Wohnungstür. Kurz darauf trat ein junger Mann in Jeans und Windjacke ein, der einen großen schwarzen Mischling an der Leine führte.

»Hast du kontrolliert, ob Tommy saubere Pfoten hat?«, rief Kerstin Diercke ihm zu.

»Ja, ja«, brummelte der junge Mann.

»Mein Sohn Jan«, erklärte sie. Dann drehte sie sich wieder zu dem jungen Mann um. »Jan, das ist die Polizei. Wegen Toni.«

»Tag«, murmelte Jan Diercke und fügte an seine Mutter gewandt hinzu: »Ich bringe Tommy ins Wohnzimmer.«

Er verschwand durch eine Tür.

»Ihr Sohn ist deutlich älter als Ihre Tochter«, stellte Salomon fest.

»Nora ist ein Nachkömmling«, sagte Kerstin Diercke lächelnd. »Sie war eigentlich nicht geplant. Aber sehr willkommen.«

»Jan wohnt noch zu Hause?«

»Nein. Er studiert und hat eine eigene Wohnung. Aber er ist oft hier. Er hilft mir. Sie müssen wissen, ich bin geschieden. Mein Exmann und ich, wir sind gute Freunde geblieben, er kümmert sich viel um Nora. Aber den Alltag muss ich trotzdem allein bewältigen. Jan kommt so oft wie möglich vorbei, geht mit dem Hund raus oder hilft mir beim Einkaufen. Er hatte ein paar schwierige Phasen, aber jetzt hat er sich gefangen.« Sie blickte auf die Wohnzimmertür, hinter der ihr Sohn verschwunden war.

Lydia räusperte sich ungeduldig. Sie hatte bereits mehr über diese Familie erfahren, als sie jemals wissen wollte. »Könnten wir jetzt mit Nora sprechen?«

»Natürlich.« Kerstin Diercke erhob sich und ging den Flur hinunter. Vor einer Tür mit einem rosa Schild, auf dem in verschnörkelten Buchstaben »Nora« stand, blieb sie stehen und wandte sich um. »Nora weiß nichts von der Vergewaltigung«, sagte sie leise. »Ich wäre froh, wenn es dabei bleiben würde. Sie ist noch ein Kind. Sie würde nicht einmal begreifen, was das genau bedeutet.«

Salomon nickte verständnisvoll, Lydia hatte nicht die Absicht, irgendetwas zu versprechen, und klopfte an die Tür.

Nora saß in ihrem Bett. Am Fußende stand ein kleiner Tisch mit einem klobigen schwarzen Fernsehgerät, wo irgendeine Soap Opera lief. Der Tisch passte nicht zu der in Rosa und Weiß gehaltenen Einrichtung, und der Fernseher war viel zu groß für das kleine Zimmer. Offensichtlich war das Gerät vor kurzem hergeschafft worden. Fernsehen, der Tröster in allen Lebenslagen, dachte Lydia zynisch.

»Hallo, ich bin Chris.« Salomon ging mit ausgestreckter Hand auf das Bett zu. Das Mädchen warf ihm einen misstrauischen Blick zu. »Ich bin von der Polizei.« Er setzte sich zu ihr auf die Bettkante und deutete auf Lydia. »Das ist meine Kollegin Lydia.«

Nora musterte die beiden, dann glitt ihr Blick zurück zum Fernseher.

»Nora, stellst du das bitte aus und sprichst mit den Leuten«, ertönte Frau Dierckes Stimme hinter ihnen.

Wortlos nahm das Mädchen die Fernbedienung in die Hand und drückte einen Knopf. Mit einem Plopp wurde der Bildschirm schwarz.

»Du weißt, was mit deiner Freundin Toni geschehen ist?«, fragte Salomon behutsam.

Nora nickte, sah ihn aber nicht an, sondern starrte auf ihren Bettbezug, der mit Pferden bedruckt war.

»Ich habe gehört, dass ihr zwei gestern noch zusammen gespielt habt. Ist das richtig?«

Wieder ein stummes Nicken.

»Du möchtest doch sicher auch, dass der Mensch, der das getan hat, bestraft wird?«

Hastig warf Nora ihm einen Blick zu, dann senkte sie wieder den Kopf.

»Um diesen Menschen zu finden, brauchen wir deine Hilfe, Nora.«

Jetzt sah sie ihn länger an. Sie nickte.

»Toni war gestern bei dir?«

Wieder ein Nicken.

»Wann seid ihr hier angekommen?«

Nora sah kurz zu ihrer Mutter, dann zurück zu Salomon. »Nach der Schule«, antwortete sie. »Ich weiß nicht genau, wie viel Uhr es war. Drei?« Wieder blickte sie fragend zu ihrer Mutter.

Diese nickte. »Die Mädchen haben zusammen im Speisenhaus, also in der Schulkantine gegessen. Danach habe ich sie mit nach Hause genommen. Wir waren so gegen Viertel nach drei hier.«

»Danach hast du in deinem Zimmer mit Toni gespielt? Oder wart ihr draußen?«

»Drinnen.«

»Was habt ihr gespielt?«

Wieder der Blick zur Mutter.

Kerstin Diercke lächelte. »Eigentlich sollten sie Hausaufgaben machen«, erklärte sie. »Herr Bruckmann will das so.« Sie räusperte sich. »Wollte das so. Ich finde, die Mädchen sollten nach der Schule erst etwas ausspannen, deshalb achte ich nicht so darauf.« Sie blickte ihre Tochter eindringlich an. »Du kannst ruhig sagen, was ihr gemacht habt.«

»Wir haben Musik gehört und geredet.«

»Worüber habt ihr geredet?«, hakte Lydia nach.

Nora zuckte mit den Schultern. »Nichts Bestimmtes. Schule. Musik. So Zeug halt.«

Salomon lächelte sie aufmunternd an. »Und was für Musik hört ihr denn so?«

»Alles Mögliche. Justin Bieber, Hannah Montana, DSDS.«

»DSDS?« Lydia runzelte die Stirn.

»Deutschland sucht den Superstar.« Nora sah sie ungläubig, fast verächtlich an. Zum ersten Mal blitzte etwas von dem Mädchen auf, das sie gewesen war, bevor ihre beste Freundin ermordet wurde. Doch es währte nur einen Augenblick.

»Hat Toni irgendwann einmal davon gesprochen, dass sie sich verfolgt oder beobachtet fühlt?«, wollte Salomon wissen. »Dass ein Fremder sie angesprochen hat?«

Nora schüttelte heftig den Kopf.

»Ist ihr irgendetwas anderes Komisches passiert?«, hakte Salomon nach. »Alles könnte wichtig sein, Nora. Auch wenn du meinst, dass es nichts mit dem zu tun hat, was deiner Freundin passiert ist.«

Wieder ein Kopfschütteln. »Ihr ist nichts Komisches passiert. Echt nicht.« Nora biss sich auf die Lippe. Tränen standen ihr mit einem Mal in den Augen. Sie sah Salomon an, als wollte sie ihn etwas fragen, doch dann trat ihre Mutter ans Bett.

»Ich denke, das reicht jetzt«, entschied Kerstin Diercke mit fester Stimme.

»Wir haben noch zwei Fragen«, sagte Lydia. »Dann sind wir weg. Nora, um wie viel Uhr seid ihr gestern zu Toni gegangen?«

Nora zuckte mit den Schultern. »Ich weiß nicht. So um vier vielleicht.« Wieder schossen ihr die Tränen in die Augen. Ihre Mutter nahm ihre Hand und drückte sie.

»Warum seid ihr so früh aufgebrochen? Toni musste erst um fünf zu Hause sein. Von hier sind es keine zehn Minuten zu ihrem Haus.«

»Wir hatten eben keine Lust mehr«, antwortete Nora

unter Tränen. »Außerdem wollte Toni mir noch ein Spiel leihen.«

»Sie wollte dir ein Spiel leihen?« Lydias Herz schlug plötzlich schneller. »Also warst du mit im Haus?«

Nora nickte.

Kerstin Diercke berührte mit den Fingern das Gesicht ihrer Tochter. »Oh, mein Gott, Nora! Das hast du mir ja gar nicht gesagt! Wenn dieser Kerl, dieser … wenn er nur ein wenig früher gekommen wäre …« Sie ließ den Satz in der Luft hängen. Für einen Augenblick war es still in dem kleinen Kinderzimmer, so still, dass man vom anderen Ende der Wohnung ein Kläffen und eine verhaltene Stimme hörte.

Schließlich beugte Salomon sich vor. »Wie lange warst du bei Toni?«

»Nur ganz kurz. Ein paar Minuten.«

»Hast du jemanden gesehen? Vor der Tür oder vielleicht im Garten?«

Nora schüttelte den Kopf.

»Sicher nicht? Auch kein Auto auf der Straße, das gerade gehalten hat?«

Nora drückte die Hand ihrer Mutter fester an ihr Gesicht und schluchzte. Kerstin Diercke nahm ihre Tochter in die Arme und strich ihr über das Haar. Es war offensichtlich, dass das Mädchen heute keine Fragen mehr beantworten würde.

Lydia und Salomon verließen schweigend die Wohnung.

Als sie draußen standen, sprach Salomon aus, was beide dachten. »Verdammt kurze Zeitspanne, die für die Tat bleibt. Nora hat ihre Freundin gegen Viertel nach vier verlassen, vielleicht sogar noch später, und um halb fünf kam Michael Bruckmann bereits nach Hause. Dann bleiben fünfzehn, maximal zwanzig Minuten für den Kampf, den Sturz die Treppe hinunter und die Vergewaltigung.«

»Der ungleiche Kampf hat bestimmt nicht lang gedauert«, sagte Lydia, ohne ihn anzusehen. »Und eine Vergewaltigung kann innerhalb von dreißig Sekunden beendet sein.«

»Das stimmt natürlich. Das würde aber bedeuten, dass der Täter mit dem Timing wahnsinniges Glück hatte.«

»Oder er wusste genau Bescheid.« Lydia zog den Wagenschlüssel aus ihrer Parkatasche. »Vielleicht hat er bereits im Haus gewartet, als die Mädchen kamen, und nach der Tat wurde er von Bruckmann verscheucht.«

»Möglich wär's. Aber es bleibt knapp. Vor allem, weil offenbar niemand den Kerl gesehen hat.«

»Wir haben Dezember«, sagte Lydia. »Um halb fünf ist es bereits stockdunkel.«

»Ich weiß«, räumte Salomon ein. »Trotzdem ist das fast nicht zu schaffen.«

Lydia nickte grimmig. »In dem Fall bliebe nur Bruckmann als Täter. Aber davon wolltest du eben ja nichts hören.«

»Eben wusste ich noch nicht, was ich jetzt weiß.« Salomon trat gegen den Reifen von Lydias Toyota. »Die eigene Tochter, dieses Schwein.«

Olaf Schwarzbach knallte das Telefon in die Halterung. Heute hatte sich offenbar die ganze Welt gegen ihn verschworen.

»Ist alles in Ordnung?« Melanie stand im Türrahmen, er hatte sie nicht kommen hören.

»Jetzt ist der Franz auch noch krankgeschrieben«, antwortete er. »Wie sollen wir das denn zu zweit packen? Wir haben morgen einen Firmenumzug, da brauche ich jeden Mann.«

»Dann musst du eben eine Aushilfe dazuholen. Oder am besten zwei.« Sie zuckte mit den Schultern. »Wenn man krank ist, ist man krank. Da hilft alles nichts.«

Er versuchte, in ihrem Gesicht zu lesen, welche verschlüsselte Botschaft wohl noch in ihren Worten steckte, konnte ihren Blick jedoch nicht ergründen. Jetzt erst sah er den Ordner, den sie bei sich trug. »Was ist los? Gibt es ein Problem?«

»Ach.« Melanie schaute ebenfalls auf den Ordner, so als hätte er sich ohne ihr Wissen in ihre Hände geschmuggelt. »Ich bin durch mit der Ablage«, erklärte sie. »Das hier wollte ich mir mit nach Hause nehmen. Ich habe gerade mit Leonie telefoniert. Es geht ihr besser. Ich werde ihr einen Tee kochen und etwas Leichtes zum Essen zubereiten. Kartoffelbrei vielleicht.«

»Muss das sein?«, fuhr er sie an. »Sie kann sich doch selbst Tee kochen und ein paar Kekse oder Zwieback essen!«

Als er das entsetzte Gesicht seiner Frau sah, wurde ihm bewusst, wie seine Worte für sie geklungen haben mussten. Er zwang sich, ruhig ein- und auszuatmen. »Ich dachte nur, dass es ihr vermutlich ganz guttut, ein wenig im Haus herumzulaufen. Das bringt den Kreislauf in Schwung«, setzte er lahm hinzu. Er war sich darüber im Klaren, wie lächerlich sich seine Erklärung anhörte. Aber was sollte er sonst sagen? Bleib hier! Lass unsere Tochter in Ruhe! Das ist das Beste, was du für ihre Gesundheit tun kannst.

Einmal hatte er es versucht. Allerdings war er da anders vorgegangen. Vorsichtig. Ganz zaghaft. Melanie hatte einen hysterischen Schreikrampf bekommen und ihn herzlos und grausam genannt. Seither legte sie misstrauisch jedes seiner Worte auf die Goldwaage, und er beäugte ebenso misstrauisch ihr Verhalten.

»Also gut«, lenkte er ein, als Melanie nichts erwiderte. »Fahr meinetwegen nach Hause. Gib Leonie einen Kuss von mir. Ich komme nach, sobald ich hier wegkann.«

Als er den Wagen vom Hof rollen hörte, krampfte sich sein Herz zusammen. Er zog seine Brieftasche hervor und nahm den Zettel heraus, den er seit Wochen darin aufbewahrte. Nachdenklich betrachtete er ihn. Er hatte sich eine Telefonnummer aus dem Internet darauf notiert. Gerade als er den Zettel wieder in der Brieftasche verschwinden lassen wollte, fiel sein Blick auf ein Foto. Er zog es hervor und betrachtete es. Ein Mädchen strahlte ihn an, blond, rotwangig und mit leuchtenden Augen. Ein Bild aus glücklichen Tagen. Oder doch nicht? Vielleicht waren jene Tage nur in seiner Erinnerung glücklich. Hatte Leonie sich nicht schon als winziger Säugling mit Koliken herumgequält? Wenn er ehrlich war, konnte er nicht mehr genau sagen, wann es begonnen hatte. Anfangs, als Melanie so oft mit der Kleinen beim Kinderarzt gewesen war, hatte er ihre Krankheiten nicht sonderlich ernst genommen. Es war verständlich, dass sie übervorsichtig war. Dass sie das Kind bei jedem kleinen Gluckser argwöhnisch musterte. Irgendwann war aus dieser nachvollziehbaren Sorge etwas anderes geworden, doch wann, wusste er nicht mehr. Es war unbemerkt geschehen. Sie hatten eine unsichtbare Grenze überschritten und waren ins Land des Leidens getreten, aus dem es kein Zurück gab.

Olaf Schwarzbach strich mit dem Finger über das winzige Gesicht. Leonie war nicht sein Kind, und doch war sie seine Tochter, die er über alles liebte. Die er beschützen musste. Er legte das Foto neben den Zettel auf seinem Schreibtisch, griff nach dem Telefon und tippte die Nummer ein.

5

Lydia ließ sich auf ihren Stuhl fallen und rieb sich die Schläfen. Hinter ihrer Stirn pochte es unangenehm, und das lag nicht nur am Alkohol der vergangenen Nacht. Der Fall machte sie kribbelig. Zu viel glückliche Familie. Solche Besuche wie der bei den Dierckes hinterließen bei ihr immer einen schalen Beigeschmack. An die heile Welt, die ihr da vorgegaukelt wurde, glaubte sie nicht. Sie sehnte sich nach einem tiefen Schluck Johnnie Walker und lauter Musik, die ihr das Hirn frei blies. Nachdenklich starrte sie auf die untere Schublade ihres Schreibtischs. Außer einem Stapel Kopierpapier lag nichts darin. Schon mehrfach hatte sie daran gedacht, hier eine Flasche zu deponieren. Nur für den Notfall. Sie wusste, dass das verdammt riskant war, aber sie war sich sicher, alles unter Kontrolle zu haben. Schließlich war sie keine Alkoholikerin. Sie brauchte nur hin und wieder einen Schluck für die Nerven. Wer konnte ihr das verdenken, bei alldem, was sie Tag für Tag zu sehen bekam? Ganz zu schweigen von dem, an das sie nicht denken wollte und das sie trotzdem heimsuchte, wenn sie nicht auf der Hut war. Dann konnte sie nachts nicht schlafen, Albträume quälten sie, hetzten sie wie eine Meute das Wild. Lydia schloss die Augen und lehnte sich zurück, lauschte dem Pochen hinter ihrer Stirn, versuchte, sich dem pulsierenden Rhythmus hinzugeben.

Ein Geräusch schreckte sie auf. Ein Knacken vor der angelehnten Bürotür. Rasch sprang sie auf und schnappte sich den vorläufigen Obduktionsbericht. Auf dem Korridor stieß sie mit Thomas Hackmann zusammen.

»Na, Louis, mal wieder zu stürmisch?« Er grinste anzüglich, entblößte dabei die Lücke zwischen seinen Schneidezähnen.

Sie wandte sich angewidert ab. Hatte dieser Mistkerl sie durch den Türspalt beobachtet? Ihre Gedanken rasten. Panisch versuchte sie, sich zu erinnern, was sie getan hatte. Nichts. Nur an ihrem Schreibtisch gesessen und nachgedacht. Erleichtert atmete sie aus. Daran war nichts Verfängliches. Solange sie ihre Gedanken nicht laut ausgesprochen hatte. Ihr fiel ein, was Reinhold Meier ihr vor einiger Zeit zugeraunt hatte: »Nimm dich vor Hackmann in Acht. Er ist zu neugierig.« Das war einer der Gründe gewesen, warum sie Hackmann nicht in der Moko haben wollte. Vermutlich war er stinksauer. Der Fall Toni Bruckmann war der interessanteste, an dem sie zurzeit im KK 11 arbeiteten. Jeder Kollege wäre gern dabei.

Am Ende des Korridors drehte Lydia sich noch einmal um. Hackmann war verschwunden, und sie war sich mit einem Mal nicht mehr sicher, ob sie ihn überhaupt gesehen hatte. Womöglich hatten ihre überreizten Nerven ihr einen Streich gespielt. Sie klemmte sich den Bericht fester unter den Arm und ging schnell zum Besprechungsraum.

Die »Moko Toni« war in eine hitzige Diskussion vertieft, als Lydia eintrat.

»Hey, was ist denn hier los?«, rief sie in das Durcheinander und war überrascht über die Wirkung ihrer Worte. Die Kollegen verstummten augenblicklich und sahen sie an wie Schulkinder, die etwas ausgefressen hatten. Rasch wandte sie sich an Köster. »Irgendetwas, das ich wissen sollte?«

»Eher ein angeregter Austausch über unterschiedliche sexuelle Neigungen.« Er lächelte.

Sie zog die Augenbrauen hoch.

»Es ging darum, ob Exhibitionismus perverser ist als Sadomaso-Spielchen.« Er zuckte mit den Schultern und blickte hilfesuchend in die Runde.

»Das ist für uns vollkommen irrelevant«, erklärte Lydia und knallte den Obduktionsbericht auf den Tisch. »Uns interessiert allein, ob es freiwillig geschieht. Solange alle Beteiligten damit einverstanden sind, können sie machen, was sie wollen. Es geht uns nichts an.« Sie setzte sich. »Womit wir beim Thema wären«, fügte sie sarkastisch hinzu. »Denn was auch immer Antonia Bruckmann über sich ergehen lassen musste, es war bestimmt nicht freiwillig.«

Betretenes Schweigen breitete sich aus. Lydia spürte Salomons aufmerksamen Blick, doch sie sah nicht zu ihm hinüber. Stattdessen fixierte sie Ingo Wirtz und Heinz Schröder. »Da offenbar alle bereits auf das Thema eingestimmt sind, könnt ihr zwei ja anfangen. Was habt ihr herausgefunden?«

Ingo Wirtz senkte den Kopf über seine Notizen. Lydia durchzuckte der Gedanke, dass seine Schüchternheit vielleicht kalkuliert war. Sie hatte durchaus etwas Anziehendes, wenn man auf den Typ liebenswerter Trottel stand, so wie Hugh Grant in dem Film *Notting Hill*.

»Also«, begann Ingo Wirtz zögernd, »Menschen mit nekrophilen Neigungen werden normalerweise nicht gewalttätig. Bis auf einige Ausnahmen natürlich. Es gab ein paar Serienkiller – leider nicht nur in den USA, sondern auch hier bei uns, die ihre Karriere« – er malte mit den Zeigefingern Anführungszeichen in die Luft – »mit Leichenschändung begannen. Ed Gein, zum Beispiel, hat zahlreiche Frauenleichen ausgegraben, bevor er seinen ersten Mord beging. Und der sogenannte Rhein-Ruhr-Ripper Frank Gust ist in Leichenschauhäuser eingebrochen, um sich an den Toten zu vergehen. Solche Fälle sind jedoch extrem selten.« Wirtz holte tief Luft. »Beim Exhibitionismus liegt die Sache ähnlich. Solche Täter ziehen ihre sexuelle Befriedigung aus dem Schrecken und der Scham der Personen, vor denen sie sich entblößen. Natürlich ist auch das eine Form von Missbrauch, aber zu körperlicher Gewalt kommt es bei ihnen eigentlich nie.«

»Nie oder eigentlich nie?«, hakte Schmiedel nach.

Wirtz blätterte in seinen Unterlagen. »Die Experten sind alle sehr vorsichtig. Grundsätzlich heißt es: Es gibt nichts, was es nicht gibt. Alles ist möglich. Aber die Wahrscheinlichkeit ist sehr gering. Hier steht: ›Manifeste Aggressionen sind selten und atypisch.‹ Es sind so gut wie keine solchen Fälle bekannt.«

»Bei den Pädophilen sieht das natürlich ganz anders aus.« Jetzt übernahm Schröder das Wort. »Die tun alles Vorstellbare und Unvorstellbare mit den Kindern, die ihnen in die Hände fallen. Ich bin mal die Kartei der bekannten Täter durchgegangen, die theoretisch im Fall

Antonia Bruckmann infrage kämen. Leider bin ich nicht wirklich fündig geworden. Entweder stimmen die Neigungen nicht.« Er verzog das Gesicht zu einem zynischen Grinsen. »Oder die Kerle sind gerade auf Staatskosten in Vollpension. Bleiben zwei Möglichkeiten: ein noch nicht vorbestrafter unbekannter Täter oder der Vater.«

»Könnte es sich um eine Verdeckungstat handeln?«, fragte Lydia.

»Du meinst, der Vater hat die Tochter über einen längeren Zeitraum missbraucht, und als der Missbrauch drohte aufzufliegen, brachte er sie um? Und vertuschte sein Vergehen mit einer postmortalen Vergewaltigung?«

»Ja. Und zwar im Affekt. Wer auch immer diese Tat begangen hat, hat sie nicht geplant.«

Schröder wiegte den Kopf hin und her. »Wie stellst du dir das vor?«

Lydia warf Salomon einen raschen Blick zu. Sie hatten diese Theorie gemeinsam entwickelt. Er nickte kaum merklich.

»Bruckmann ist allein mit seiner Tochter zu Hause«, begann sie. »Er will sich an ihr vergehen. Es ist nicht das erste Mal, aber diesmal wehrt sich Toni. Keine Ahnung, warum. Vielleicht weil er etwas Neues von ihr verlangt. Vielleicht weil sie sich ihrer Freundin Nora anvertraut hat. Die hat uns auf jeden Fall nicht alles gesagt, was sie weiß, da bin ich sicher. Es kommt zum Handgemenge, Toni flüchtet aus dem Zimmer, am Treppenabsatz erwischt der Vater sie. Sie fällt, womöglich ist es ein Unfall, keine Absicht. Panisch versucht Bruckmann Spuren zu verwischen. Damit bei der Obduktion nicht herauskommt, dass sie schon längst keine Jungfrau mehr war, täuscht er eine postmortale Vergewaltigung vor.«

»Klingt plausibel«, meinte Schröder.

»Und es würde unser enges Zeitkorsett erklären«, fügte Salomon hinzu. »Nora hat ihre Freundin Toni nach Hause gebracht. Sie ist erst gegen Viertel nach vier dort weg, und um halb fünf war der Vater angeblich schon da.«

Meier pfiff durch die Zähne.

Wirtz blickte skeptisch. »Wir sollten uns nicht zu früh auf den Vater einschießen. Auch ein Fremder, der vielleicht schon im Haus war, hatte theoretisch genug Zeit für die Tat.«

»Das ist richtig«, stimmte Lydia zu. Sie blickte zu Salomon, der die Lippen zusammenkniff. Aus irgendeinem Grund war er inzwischen fest davon überzeugt, dass Michael Bruckmann der Täter war. Dabei hatte er die Eltern heute Morgen noch ihr gegenüber in Schutz genommen. Hatte es etwas mit seiner eigenen Geschichte zu tun? Wollte er um jeden Preis, dass Bruckmann eine noch größere Schuld auf sich geladen hatte als er, weil er seine Tochter nicht nur im Stich gelassen hatte, sondern unmittelbar verantwortlich war für ihren Tod? Was auch immer der Grund war, Lydia musste aufpassen, dass Salomon nicht über das Ziel hinausschoss.

»Auch wenn wir den Vater genau unter die Lupe nehmen müssen«, fuhr sie fort, »sollten wir im Augenblick noch in alle Richtungen ermitteln. Dafür spricht auch das vorläufige Obduktionsergebnis.«

»Apropos Obduktion«, sagte Gerd Köster. »Wie war es denn bei unserer Frau Doktor Lahnstein?« Er blickte von Lydia zu Salomon, nahm seine Brille ab und betrachtete die Gläser.

»Es war schwierig«, antwortete Salomon, offenbar erleichtert über den Themenwechsel. »Nicht nur wegen des

Falls. Die Frau war ziemlich übel gelaunt, wir mussten ihr alles aus der Nase ziehen.«

»Vielleicht hat sie Liebeskummer«, sagte Schmiedel.

»Die Lahnstein?«, stieß Meier hervor. »Die weiß doch nicht einmal, wie man das Wort ›Liebe‹ buchstabiert.«

»Ist die nicht lesbisch?«, fragte Schröder.

»Ihr seid wohl alle verrückt geworden?«, fauchte Ruth Wiechert. »Schämt ihr euch nicht?«

Lydia verdrehte die Augen. Was für ein Kindergarten! »Mach weiter, Salomon.«

»Also, die Obduktion hat im Prinzip den ersten Eindruck vom Tatort bestätigt. Antonia starb an einem Genickbruch, verursacht durch einen Sturz. Sie starb dort, wo sie gefunden wurde. Zumindest so in etwa, der Notarzt und der Vater haben die Leiche ja bewegt. Todeszeitpunkt zwischen 16 und 17 Uhr. Sie hatte multiple Verletzungen, zahlreiche Hämatome.« Er warf Lydia einen Blick zu. »Hast du den vorläufigen Bericht dabei?«

Sie nickte und übernahm. »Ein Hämatom an der linken Schulter, eins am linken Unterarm, mehrere Hämatome an den Hüften, ein großes am linken Schienbein, eine Schürfwunde am rechten Oberschenkel. Das Gesicht war zerkratzt. Ein Teil dieser Verletzungen kann vom Sturz herrühren, aber nicht alle. Das gilt natürlich insbesondere für die Kratzer im Gesicht.« Lydia blätterte in dem Bericht. »Ihre Vagina wurde verletzt, allerdings erst postmortal, wie wir ja bereits wussten. Es gibt zahlreiche Risse und Abschürfungen. Kein Sperma.«

»Der Mistkerl hat ein Kondom benutzt«, entfuhr es Meier.

»Moment!«, rief Lydia. »Ich bin noch nicht fertig. Maren Lahnstein hat etwas sehr Interessantes gefunden. Einen Holzsplitter.«

Sekundenlang war es totenstill.

»Heißt das, jemand hat einen Gegenstand aus Holz benutzt, um sie … ich meine …« Erik Schmiedel schüttelte fassungslos den Kopf.

»Es sieht so aus. Die Lahnstein tippt auf einen Besenstiel oder so etwas in der Art.«

»Wir müssen eine Hausdurchsuchung bei den Bruckmanns durchführen.« Köster wirkte mit einem Mal müde. Er fuhr sich über das graue Stoppelhaar, dann setzte er die Brille wieder auf.

»Ich weiß«, sagte Lydia. »Ist schon in die Wege geleitet.«

»Wie sollen wir diesem Bruckmann das nachweisen? Wenn wir den richtigen Besen finden, und seine Fingerabdrücke sind dran, dann heißt das gar nichts.«

»Es gibt da noch etwas«, sagte Salomon. »Toni hatte Hautschuppen unter den Fingernägeln. Es sieht so aus, als hätte sie ihren Angreifer verletzt. Die Proben sind bereits für den DNA-Abgleich beim LKA.«

»Wenn das Hautschuppen ihres Vaters sind, dann gerät der zumindest in ziemliche Erklärungsnot.« Schröder verschränkte zufrieden die Arme.

»Ich habe da noch eine Frage.« Wieder nahm Köster die Brille ab. Er machte eine Pause, bevor er weitersprach. »Diese Verletzungen in der Vagina … ich meine, konnte man erkennen, ob darunter alte Wunden waren, ob das Mädchen früher schon missbraucht wurde?«

Lydia schlug den Bericht zu. Die gleiche Frage hatte sie der Rechtsmedizinerin auch gestellt. »Leider nicht mehr, Köster. Maren Lahnstein hat nichts gefunden, das darauf hinweist, aber sie hat ausdrücklich betont, dass das nichts heißt. Wer auch immer Antonia mit dem Besenstiel traktiert hat, hat ganze Arbeit geleistet.« Sie holte tief Luft und wandte sich an Meier und Schmiedel. »Wie war es bei den Nachbarn? Irgendetwas Interessantes herausgekommen?«

Reinhold Meier stöhnte. »Der übliche Mist. Jeder erzählt etwas anderes, aber wirklich wissen tut keiner was. Natürlich haben alle von dem Exhibitionisten gehört. Der ist für die meisten der Tatverdächtige Nummer eins.« Er äffte die Stimme einer älteren Dame nach. »Hätte die Polizei sich da mal richtig hintergeklemmt, dann wäre die Kleine noch am Leben. Eine Schande ist das, was heutzutage alles frei herumläuft.«

Schmiedel unterbrach seinen Freund. »Wir haben eine Liste mit Verdächtigen. Jeder in der Nachbarschaft hat seine eigene Theorie. Wir haben noch nicht alle Bewohner angetroffen, wir machen nachher weiter. Und den Rest erledigen wir morgen. Die Verdächtigenliste prüfen wir noch gesondert, aber ich glaube nicht, dass dabei etwas herumkommt.« Er seufzte.

Lydia notierte sich etwas. »Und der Nachbar, der im Haus war, um erste Hilfe zu leisten? Was ist mit dem?«

»Angeblich hat er Bruckmann laut rufen hören«, sagte Meier. »Da ist er ins Haus gelaufen. Als er gesehen hat, was los war, hat er sofort den Notruf gewählt. Angefasst hat er das Mädchen laut eigener Aussage nicht. Als der Rettungsdienst eintraf, hat er sich verzogen. Er sagte, er konnte den Anblick nicht ertragen. Ich habe seine Angaben überprüft. Der Notruf wurde tatsächlich von seinem Handy abgesetzt.«

»Was für einen Eindruck hat er auf euch gemacht?«

»Er stand völlig unter Schock. Aber er wirkte glaubwürdig. Ich denke, er hat die Wahrheit erzählt.«

»Okay.« Lydia wandte sich an Gerd Köster und Ruth Wiechert. »Und wie ist es bei euch gelaufen?«

»In der Schule war es ähnlich wie bei den Nachbarn«, antwortete Ruth Wiechert. »Viele tolle Theorien, aber nichts Substanzielles. Antonia war wohl allgemein beliebt. Wir haben kein schlechtes Wort über sie gehört. Sie war eine gute Schülerin ohne Probleme.«

»Alles andere hätte mich auch gewundert«, sagte Meier. »Bei der Schule.«

»Bei der Schule? Was soll das heißen?« Ruth Wiechert musterte ihn kampflustig.

»Na, Waldorfschule eben. Die essen bestimmt den ganzen Tag Körnerfutter, tragen selbst gestrickte Pullis, halten sich an den Händen und singen fröhliche Lieder.«

Köster lachte und fing sich einen bösen Blick von Ruth Wiechert ein.

»Blödsinn!«, fauchte sie.

»Also keine bunten Strickpullis?«, stichelte Meier weiter.

»Die Schüler sahen alle ziemlich normal aus, wenn du mich fragst«, sagte Köster. »Die erschienen mir alles andere als weltfremd.«

»Wieder eine Illusion weniger«, seufzte Meier theatralisch und grinste Ruth Wiechert an.

»Es gab also nichts Auffälliges?«, hakte Lydia nach.

»Ich bin unterbrochen worden, ich war noch nicht fertig«, sagte Wiechert schnippisch. »Es gab eine merkwürdige Begebenheit: Antonia spielte im Schulorchester Geige. Bei der Probe letzte Woche hat sie sich allerdings geweigert zu spielen. Sie sagte, ihre Hand täte weh, weil sie sich die Finger in der Tür geklemmt habe. Der Lehrer, der das Orchester leitet, fand das zwar etwas seltsam, aber er ist der Sache nicht weiter nachgegangen.«

»Finger in der Tür geklemmt?« Schmiedel sprach gedehnt. »Fragt sich, ob es ein Unfall oder Vorsatz war.«

»Wie meinst du das?«, fragte Ruth Wiechert.

»Bei solchen seltsamen Erklärungen läuten bei mir immer alle Alarmglocken.«

Lydia runzelte die Stirn. Auch ihr kam das merkwürdig vor. Es passte zu ihrem Eindruck, dass Michael Bruckmann ein sehr strenger Vater gewesen war. Vielleicht sogar einer, dem gelegentlich die Hand ausrutschte. »Gab es in irgendeiner der anderen Aussagen einen Hinweis darauf, dass Toni manchmal komische Verletzungen hatte? Hat sie vielleicht hin und wieder beim Sportunterricht nicht mitgemacht?«

Wiechert schüttelte den Kopf und sah zu Köster hinüber, der bestätigend nickte. Er antwortete an ihrer Stelle. »Nicht den klitzekleinsten Hinweis. Alles war normal. Ist doch möglich, dass das mit den Fingern tatsächlich ein dummer Unfall war.«

Lydia lenkte ein, doch sie war nicht zufrieden. Sie dachte an Nicole Bruckmanns Nervosität, als es um die Auseinandersetzungen mit ihrer Tochter ging. Daran, wie schnell Michael Bruckmann das Thema gewechselt hatte. Vielleicht war der Vater tatsächlich nicht gewalttätig gewesen. Aber was war mit der Mutter?

Chris beschleunigte seine Schritte. Er war zwanzig Minuten zu spät. Schon von weitem sah er Sonja vor der Bar stehen, verfroren trippelte sie von einem Bein auf das andere.

»Tut mir wahnsinnig leid«, rief er außer Atem. »Ich bin einfach nicht früher weggekommen.«

»Macht nichts. Du hast ja gesagt, dass es knapp wird.« Sie lächelte ihn an. »Hallo. Schön, dich zu sehen.«

»Hallo.« Er beugte sich zu ihr hinunter und drückte ihr einen Kuss auf die Wange. Am liebsten wäre er so verharrt; seine Hände auf ihren Oberarmen, seine Lippen an ihrer weichen, duftenden Haut.

Sie setzten sich in eine ruhige Ecke und bestellten Weißwein.

»Hast du bis jetzt gearbeitet?«, wollte Sonja wissen.

Chris nickte. »Einige von uns sind sogar noch da. Und morgen früh um sieben geht es wieder los. Bei einem Mordfall zählt jede Stunde.«

»Es ist also Mord?« Interessiert beugte Sonja sich vor.

»Ich habe dir doch gesagt, dass ich nicht über meine Arbeit sprechen darf. Woher weißt du überhaupt, in welcher Sache wir ermitteln?«

»Ich bitte dich, Chris, das mit dem Mädchen stand in allen Zeitungen. Darum geht es doch, oder?« Sie sah ihn an. Keine Sensationsgier lag in ihrem Blick, nur aufrichtiges Interesse.

Er nickte wortlos.

Sie nahm seine Hand. »Wir müssen nicht darüber reden. Aber falls du etwas loswerden möchtest, dann verspreche ich, es sofort wieder zu vergessen. Du hast ja keine Ahnung, wie furchtbar vergesslich ich sein kann.«

Er lachte auf und nippte an seinem Wein. Dann wurde sein Gesicht wieder ernst. »Fälle mit Kindern sind immer besonders schlimm. Das steckt keiner einfach so weg.«

»Ich weiß.«

»Es sieht im Augenblick so aus, als wäre der Täter

kein Fremder«, fuhr er fort. »Wir haben den Vater im Verdacht. Ist das nicht unbegreiflich? Welcher Vater tut seinem Kind so etwas an?« Er starrte in sein Weinglas und kämpfte gegen die Flut von Gefühlen, die ihn zu überrollen drohte.

Sonja strich sanft über seine Finger. »Das habe ich mir schon gedacht.«

Chris runzelte die Stirn. »Wieso?«

»Ich habe in meinem Beruf auch viel mit Kindern zu tun. Mit Wunschkindern, mit nicht gewollten und mit solchen, die im Leben ihrer Eltern irgendein Defizit ausgleichen sollen.« Sie seufzte. »Ich liebe meinen Beruf, aber manchmal sitze ich abends zu Hause und heule.«

Chris drückte ihre Hand. »Du liebst Kinder sehr, nicht wahr?«

Sie lächelte. »Ja. Und ich freue mich schon wahnsinnig auf meinen dritten Neffen. Tara hat bereits Senkwehen. Sie ist zwar erst in der sechsunddreißigsten Woche, aber vielleicht kommt der Kleine noch vor Weihnachten. Das wäre schön!«

»Ist es nicht gefährlich, wenn das Kind zu früh kommt?«

Sie legte den Kopf schief. »Natürlich ist es besser, wenn das Kind länger im Mutterleib bleibt, aber zwei oder drei Wochen früher sind nicht wirklich schlimm.« Sie verzog das Gesicht. »Ich sollte mich schämen, als Gynäkologin so etwas zu sagen. Ich bin einfach zu ungeduldig!« Plötzlich wurde sie ernst und senkte den Blick. »Es tut mir leid. Wir sollten über etwas anderes reden. Manchmal bin ich so schrecklich gedankenlos.«

Er schüttelte den Kopf. »Nein, das bist du nicht. Ich höre dir gern zu, das weißt du.«

Sie sprachen über alte Zeiten, über Lebensträume und

über Chris' Harley, auf der Sonja unbedingt eine Runde mit ihm fahren wollte.

Schließlich konnte Chris das Gähnen nicht länger unterdrücken. Es war halb zwölf, er war seit siebzehn Stunden auf den Beinen.

»Du kannst gern bei mir übernachten, wenn du möchtest«, sagte Sonja. »Auf der Couch im Wohnzimmer, meine ich. Dann musst du nicht nach Köln fahren.«

Ihre Worte lösten eine Erinnerung in ihm aus. Das erste und einzige Mal, das Lydia bei ihm zu Hause gewesen war, hatte er ihr das gleiche Angebot gemacht. Damit sie nicht nach Düsseldorf zurückfahren musste. Sie hatte abgelehnt, und er war erleichtert gewesen.

»Ich weiß nicht recht«, sagte er zögernd. Um keinen Preis wollte er Sonja vor den Kopf stoßen. Oder ihr Angebot falsch interpretieren.

»Überleg es dir.« Sie stand auf und verschwand in Richtung Toilette.

Er sah ihr hinterher. Sie trug einen engen Rock und eine ebenso knappe schwarze Bluse. Er war sich ziemlich sicher, dass er nicht auf der Couch landen würde, wenn er jetzt mit zu ihr ging. Und er war sich fast ebenso sicher, dass es genau das war, was sie wollte. Er wollte es auch. Seit sie an jenem Morgen im Krankenhaus an seinem Bett gestanden hatte, stellte er sich vor, mit ihr zu schlafen, mit seinen Händen über ihre weiße, weiche Haut zu streichen, in ihrem warmen, feuchten Körper zu versinken.

Rasch drückte er die Schultern durch und orderte die Rechnung. Er würde nach Hause fahren und in seinem eigenen Bett schlafen. In gut sieben Stunden musste er schon wieder in der Festung sein. Konzentriert und ausgeschlafen. Das war er der kleinen Antonia schuldig.

6

Donnerstag, 6. Dezember

Es war noch stockfinster, als Klaus Halverstett die Treppe zum Institut für Rechtsmedizin hinaufstieg. Immer zwei Stufen auf einmal nehmend wappnete er sich innerlich gegen den bevorstehenden Anblick: der Leichnam eines Geschäftsmannes, oder, besser gesagt, das, was von ihm übrig war. Der Mann hatte sich von einer Fußgängerbrücke vor einen ICE gestürzt. Ein Routinefall, es gab keinerlei Ungereimtheiten. Er erfüllte lediglich eine Formalität, damit die Sache zu den Akten gelegt werden konnte. Der Tod eines Menschen, abstrahiert und reduziert auf ein paar Blätter Papier zwischen schmutzig gelben Pappdeckeln. Auf dem Treppenabsatz angekommen streckte er die Hand nach der Tür aus, die sich jedoch öffnete, noch bevor Halverstett sie berührte. Beinahe wäre er mit einer Gestalt zusammengestoßen, die eine graue Steppjacke über dem weißen Arztkittel trug. Maren Lahnstein.

»Oh, hallo, guten Morgen«, stammelte er.

»Morgen«, entgegnete sie knapp.

»Auch schon so früh unterwegs?« Er blickte auf die Tasche in ihrer Hand.

»Und selbst? Was macht dein Obdachloser?« Sie sah ihm nur kurz in die Augen und starrte dann auf einen Punkt hinter ihm in dem von Laternen spärlich erhellten Dämmerlicht des Universitätsgeländes.

Halverstett zuckte mit den Achseln. »Ich musste den Fall abschließen. Es gab zu wenige Verdachtsmomente. Aber ich habe kein gutes Gefühl dabei.«

»Du solltest auf dein Gefühl hören«, sagte Maren Lahnstein leise und hastete die Treppe hinunter.

Er brauchte eine Sekunde, bevor er reagieren konnte.

»Wie geht es dir?«, rief er ihr hinterher.

Sie stockte, blieb stehen und kam schließlich die Stufen wieder herauf, bis sie dicht neben ihm auf dem Treppenabsatz stand.

»Nicht gut«, sagte sie langsam, betonte jedes Wort, wie bei jemandem, der die deutsche Sprache unzureichend beherrschte. »Es geht mir nicht gut.«

»Das tut mir sehr leid«, erwiderte Halverstett. »Ich habe das alles nicht gewollt. Es sind Dinge geschehen …« Er brach ab. Alles, was ihm auf der Zunge lag, schmeckte schal und abgedroschen.

»Das stimmt nicht, Klaus. Entscheidungen geschehen nicht. Jemand trifft sie. Es sind keine Vulkanausbrüche oder Wirbelstürme, die man nicht abwenden kann. Du hast eine Entscheidung getroffen. Bitte steh dazu und tu nicht so, als seist du ein Opfer widriger Umstände.«

»Ich wollte doch nur …«

»Lass es gut sein. Ich muss los.« Maren Lahnstein wandte sich ab und verschwand im Zwielicht.

Halverstett blickte ihr hinterher, bis er sie nicht mehr sehen konnte. Sie hatte recht. Er hatte eine Entscheidung getroffen. Und in dem Augenblick hatte es sich richtig und gut angefühlt. Jetzt aber überhaupt nicht.

Seit Maren Lahnstein vor zwei Jahren die Leitung der Düsseldorfer Rechtsmedizin übernommen hatte, hatte sich eine ganz besondere Freundschaft zwischen ihnen entwickelt. Auch wenn sie vollkommen platonisch geblieben war, hatten sie doch beide gespürt, dass es um mehr ging. Nie zuvor hatte Halverstett sich einer Frau so nahe gefühlt. Im vergangenen September hatte er sich von Veronika, seiner Ehefrau, getrennt. Er musste frei sein, um herauszufinden, welche Bedeutung die Beziehung zu Maren für ihn hatte. Und dann hatte er vor wenigen Wochen eine Aussprache mit Veronika gehabt. Sie hatten beschlossen, es noch einmal miteinander zu versuchen. Sie wollten dreißig Jahre Ehe nicht einfach so wegwerfen. Veronika hatte ihm versprochen, mehr Verständnis für ihn aufzubringen, seine Arbeit nicht mehr als einen lästigen Störfaktor zu betrachten, sondern als etwas, das ihm wichtig war, das seinem Leben einen Sinn gab. Ihre einzige Bedingung war, dass er keinerlei privaten Kontakt mehr zu Maren Lahnstein pflegte. Der Preis war hoch, doch Halverstett hatte nicht gezögert. Es tat ihm weh, Maren als Freundin zu verlieren. Dennoch schien ihm dieser Verlust die Rettung seiner Ehe wert.

Halverstett starrte immer noch ins Dämmerlicht, wo Maren Lahnstein schon längst nicht mehr zu sehen war. Du solltest auf dein Gefühl hören, hatte sie gesagt. Hatte er das nicht getan?

»Louis! In mein Büro!«

Lydia stöhnte innerlich. Sie hasste es, auf diese Weise zum Leiter des KK 11 zitiert zu werden. Wenn er so über den Flur brüllte, kam sie sich vor wie ein Schulmädchen, das dabei erwischt worden war, wie es den Schlüssel zum Lehrerklo im Gully versenkte. Als sie sein Büro erreichte, saß Weynrath schon wieder hinter seinem Schreibtisch.

»Machen Sie die Tür zu«, herrschte er sie an.

Sie gehorchte und trat näher.

»Was macht der Fall?«, fragte er.

»Es läuft ganz gut. Wir haben viele Spuren, es dauert allerdings noch, sie alle auszuwerten.«

»Ich habe gehört, dass der Vater dringend tatverdächtig ist. Stimmt das?« Wie schon so oft erinnerte Weynrath sie an den amerikanischen Schauspieler Danny de Vito, allerdings fehlte ihrem Chef das komische Potential. Er war die personifizierte schlechte Laune.

»Dringend tatverdächtig würde ich nicht sagen«, erwiderte Lydia vorsichtig. »Aber er ist im Augenblick unser wahrscheinlichster Kandidat.« Dass er zudem ihr einziger Kandidat war, behielt sie lieber für sich.

Weynrath sah sie durchdringend an. »Bevor Sie den Kerl festnehmen oder irgendetwas in diese Richtung unternehmen, müssen Sie sich absolut sicher sein. Ist das klar? Wenn wir ihn verhaften, und es stellt sich heraus, dass er unschuldig ist, sitzen mir sofort die Aasgeier von der Presse im Nacken und wollen mein Blut sehen. Und nicht nur die.«

Typisch für Weynrath, dass er zuerst an sich dachte. Hauptsache, er stand vor der Öffentlichkeit gut da, egal wer dafür über die Klinge springen musste. Aber er hatte natürlich recht. In einem solchen Fall mussten sie sich doppelt und dreifach absichern.

»Ich weiß«, sagte Lydia. »Wir warten auf das Ergebnis der DNA-Analyse. Vorher unternehmen wir gar nichts.«

»Gut.« Weynrath legte die Fingerspitzen aneinander und bohrte seinen Blick noch tiefer in Lydia. »Louis, Sie wissen doch wohl, dass Sie und Salomon auf Bewährung sind? Halten Sie sich an die Spielregeln, und zwar an alle. Keine Alleingänge, keine Machtspielchen. Ein falscher

Schritt, und Sie beide dürfen wieder die Störfälle bei der Deutschen Bahn untersuchen, mit denen sich Halverstett im Augenblick herumschlägt.«

Sie nickte. »Verstanden.«

Er winkte sie mit einer Handbewegung hinaus. Als sie schon bei der Tür war, rief er sie zurück.

»Eine Kleinigkeit noch, Louis«, sagte er bedächtig. »Ich habe einen anonymen Brief erhalten, in dem hässliche Dinge über Sie stehen. Ich gebe nichts auf die Äußerungen von Leuten, die nicht mit ihrem Namen zu dem stehen, was sie sagen. Aber Sie sollten dennoch gewarnt sein. Sollten Sie irgendein Problem haben, dann schaffen Sie es aus der Welt. Und zwar unverzüglich.«

Im Korridor lehnte Lydia sich an die Tür. Ihr Herz hämmerte, ihre Finger waren schweißnass. Verdammt! Was hatte das zu bedeuten? Langsam stieß sie sich von der Tür ab und wankte auf ihr Büro zu. Angst saß ihr im Nacken. Schneidende, kalte Angst. Sie hatte nicht die geringste Ahnung, von welchen hässlichen Dingen in diesem anonymen Brief die Rede war. Sie hatte kein Problem, zumindest keins, von dem irgendwer etwas wissen konnte. Oder doch? Nein. Unmöglich. Allerdings ahnte sie, wer sie anschwärzen wollte: Hackmann. Der musste nichts über sie wissen, der war imstande, sich einfach etwas auszudenken, um ihr eins auszuwischen. Dieses dreckige Schwein! Er wollte sie fertigmachen. Sie aus ihrer Position als Moko-Leiterin drängen. Das hatte er schon mehrfach versucht. Doch dass er zu solchen Methoden griff, war neu.

Lydia nahm einen tiefen Schluck und genoss das warme Brennen, das sich langsam von ihrem Magen in ihrem

Körper ausbreitete. Sie trat ans Fenster, lauschte der sanften Stimme von João Gilberto und beobachtete das Treiben unter ihr. Die Bilker Allee war noch nicht ganz zur Ruhe gekommen, auch wenn der Verkehr spärlicher wurde und nur noch vereinzelte Fußgänger über den Bürgersteig hasteten. Alle Geschäfte hatten bereits geschlossen, doch in den Gaststätten brannte noch Licht. In der Pizzabude an der Straßenecke wischte ein müder Pizzabäcker die Theke ab, sein Kollege stellte die Stühle zusammen. Ein dunkler Wagen hielt vor dem Haus gegenüber. Auf der Beifahrerseite stieg eine blonde Frau aus. Sie wankte leicht, beugte sich noch einmal ins Innere des Fahrzeugs, vermutlich um ihrem Begleiter einen Abschiedskuss zu geben, dann torkelte sie auf die Haustür zu. Der Wagen raste mit quietschenden Reifen davon, noch bevor die Frau den Schlüssel aus der Handtasche gekramt hatte. Ein echter Gentleman, dachte Lydia.

Sie fragte sich, ob die Frau glücklich war, oder zumindest zufrieden. Dann war sie besser dran als Lydia, die das Gefühl nicht loswurde, einen Tag lang auf der Stelle getreten zu sein. Sie hatten stundenlang Aussagen und Indizien ausgewertet, ohne dass etwas Neues dabei herausgekommen war. Vom LKA war noch nichts in Sachen DNA gekommen. Aus dem Haus der Bruckmanns hatte die Spusi einen Besen, einen Schrubber und zwei Handfeger mitgenommen, aber die Spuren waren noch nicht ausgewertet. Sie hatte es Salomon überlassen, den entsetzten Eltern den Grund für diese Maßnahme zu erläutern. Am Nachmittag waren die Resultate der toxikologischen Untersuchung eingetroffen, doch die halfen ihnen ebenfalls nicht weiter. Antonia Bruckmann hatte keinerlei Drogen oder Medikamente im Körper gehabt.

Lydia schloss die Augen, dachte an das Mädchen. Sie versuchte sich vorzustellen, wie ihr letzter Tag verlaufen war: Toni wird von ihrer Mutter geweckt, nein, von ihrem Vater. Die Mutter ist zu schwach, sie bleibt morgens im Bett. Toni steht auf und frühstückt, ein Brötchen, nein, Müsli, Tonis Eltern legen wert auf eine gesunde Ernährung, dazu eine Tasse Kakao. Danach putzt sie sich die Zähne und geht in ihr Zimmer, um sich anzuziehen. Das Kleid. Eigentlich ist es zu kalt für ein Sommerkleid, aber sie möchte es unbedingt anziehen. Es ist ihr Lieblingskleid. Sie zieht eine Strumpfhose darunter, damit Mama keinen Anfall kriegt. Unten an der Treppe wartet Papa.

»Mach schon, beeil dich«, ruft er. »Frau Diercke wartet sicher bereits.« Er sieht das Kleid. »Bist du verrückt, Toni? Zieh dir sofort etwas Wärmeres an! Es sind fünf Grad draußen, willst du dir den Tod holen?«

An diese Worte wird er sich am Abend erinnern wie an einen finsteren Fluch, aber davon ahnt er in dem Moment nichts. Toni läuft schnell wieder hinauf in ihr Zimmer. Sie nimmt den dicken blauen Wollpulli aus dem Schrank und zieht ihn über das Kleid. Jetzt ist sie ja wohl warm genug angezogen. Sie blickt sich im Zimmer um. Hat sie an alles gedacht? Das Handy liegt noch auf dem Schreibtisch. Hastig lässt sie es in ihrer Tasche verschwinden. Eigentlich darf sie es nicht mit in die Schule nehmen. Aber sie schmuggelt es jeden Morgen aus dem Haus. Die anderen Kinder in der Klasse haben schließlich auch alle ihr Handy dabei.

Lydia stockte. Das Handy. Warum hatte niemand früher daran gedacht? Normalerweise wurden bei einem gewaltsamen Tod routinemäßig Mobiltelefon und Computer des Opfers überprüft. Aber in diesem Fall hatten sie nicht daran gedacht. Warum nicht? Weil anfangs alles so sehr nach einem Unfall ausgesehen hatte? Weil das Opfer noch so jung war? Nicht zu jung für ein Handy. Kinder in diesem Alter besaßen doch heute alle eins. Toni war zehn gewesen. Bestimmt war sie keine Ausnahme. Es könnten Nachrichten darauf gespeichert sein. Oder Fotos. Sie wandte sich vom Fenster ab. Gleich morgen früh würde sie bei den Bruckmanns anrufen. Sie warf einen Blick auf die Uhr. Halb zwölf. Michael Bruckmann konnte bestimmt ebenso wenig schlafen wie sie. Ohne weiter darüber nachzudenken, griff sie zum Telefon.

Er hob nach dem zweiten Klingeln ab. »Bruckmann.«

»Hier ist Lydia Louis von der Kriminalpolizei. Bitte entschuldigen Sie die späte Störung.«

»Sie stören nicht.« Er klang erschöpft, aber nicht schläfrig.

»Ich habe da noch eine Frage, Herr Bruckmann. Hatte Ihre Tochter ein Handy?«

Er schien überrascht. »Ein Handy? Warum fragen Sie?«

»Bitte antworten Sie einfach. Es könnte für die Ermittlungen relevant sein.«

»Im Augenblick nicht.«

»Im Augenblick nicht? Was heißt das? Sie hatte im Augenblick kein Handy?«

»Ja. Genau. Sie hatte ihres verloren. Vor ein paar Wochen in der Stadt. Sie war mit Nora allein unterwegs. Ich fand das ja überhaupt nicht gut, aber die Kerstin, also Frau Diercke meinte, die Mädchen seien alt genug. An dem Nachmittag hat sie sich das Kleid gekauft, das sie – das sie trug, als …« Er verstummte.

»Sie war mit Nora in der Stadt und hat sich ein Kleid

gekauft«, wiederholte Lydia rasch. »Bei der Gelegenheit hat sie das Handy verloren.«

»Ja.«

»Sie sagten, das sei ein paar Wochen her. Sie hatte aber noch kein neues Handy?«

»Nein. Wir wollten ihr nicht sofort ein neues kaufen. Sie sollte lernen, auf ihre Dinge zu achten. Dazu gehört, dass etwas Verlorenes nicht sofort ersetzt wird. Also musste sie erst mal ohne Handy auskommen. Wir hatten vor, ihr zu Weihnachten ein neues zu schenken, aber davon wusste sie noch nichts.«

»Ich verstehe. Und was ist mit einem Computer?« Am Tatabend war Lydia kurz in Tonis Zimmer gewesen. Sie konnte sich nicht erinnern, dort einen PC gesehen zu haben.

»Sie hatte keinen Computer. Dafür war sie noch zu jung. Wir wollten nicht, dass sie stundenlang vor dem Bildschirm sitzt oder im Internet auf Seiten stößt, die für ein Mädchen in ihrem Alter ungeeignet sind. Hier im Haus haben wir keinen Computer. Ich besitze einen Laptop, aber daheim benutze ich ihn fast nie.«

»Danke für die Auskunft. Gute Nacht.« Lydia legte auf. Schade, ein Handy oder ein Computer hätten vielleicht Hinweise liefern können. Morgen im Laufe des Tages würde endlich das Resultat der DNA-Analyse eintreffen, dann wussten sie mehr. Und mit ein bisschen Glück würde Michael Bruckmann zusammenbrechen und gestehen, wenn er mit den Ergebnissen konfrontiert wurde. Oder sie hatten nichts, womit sie ihn konfrontieren konnten, und mussten völlig umdenken.

Lydia griff nach der Flasche, die auf dem Tisch stand und schenkte nach. João Gilberto war verstummt. Sie nahm die Vinylscheibe vom Plattenteller und schob sie behutsam zurück in ihre Hülle. Nachdem sie die Platte an ihren Platz gestellt hatte, setzte sie sich an den Tisch, umfasste das Glas mit beiden Händen und horchte. Manchmal, wenn sie die Stille zuließ, hatte sie Glück, und ihr Vater sprach zu ihr. Seine Stimme war sanft und tröstlich. Er fand immer die richtigen Worte, schaffte es, die anstehenden Probleme auf ein erträgliches Maß zu reduzieren. Sie schloss die Augen und ließ sich in die Dunkelheit fallen. Rief in Gedanken seinen Namen. Doch niemand antwortete.

7

Freitag, 7. Dezember

Chris Salomon stürmte die Treppe hoch in den zweiten Stock. Er war spät dran. Nicht etwa, weil er den Abend wieder mit Sonja verbracht hatte und diesmal schwach geworden war; ganz im Gegenteil, er hatte sie gestern nicht gesehen. Nein, er war so leichtsinnig gewesen, die gestrige Post erst heute Morgen auf dem Weg zur Arbeit aus dem Briefkasten zu holen. Ein fataler Fehler. Es war nichts Wichtiges dabei gewesen. Eine Rechnung, ansonsten lauter Werbung. Und ein offenbar selbst gebastelter rosa Umschlag, mit bunten Stickern beklebt und mit Sternchen und Blumen bemalt, der ihm vor Schreck beinahe aus der Hand gefallen wäre. Er war adressiert an Anna Salomon. Mit zitternden Händen hatte er dagestanden und die ungelenke Kinderschrift angestarrt, mit der der Name seiner Tochter auf den Umschlag geschrieben war. Was war das? Ein grausamer Scherz?

Kurz nach Annas Verschwinden waren solche Dinge häufig passiert. Die Stadt Köln hatte das Ehepaar Salomon aufgefordert, mit seiner Tochter zur Schuluntersuchung zu kommen, ein Kindermodenversandhaus, bei dem Stefanie öfter etwas gekauft hatte, schickte Prospekte mit der Herbstkollektion, die Praxis der Kinderärztin ließ anfragen, ob sie den Impftermin vergessen hätten. Im Laufe der Zeit waren diese Briefe seltener geworden, irgendwann hatten sie ganz aufgehört. Es hatte sich herumgesprochen, dass Anna nicht mehr da war. Und jetzt dieser Brief. Chris schob die Rechnung unter der Haustür durch, warf die Werbebriefe in die Mülltonne und steckte den bunten Umschlag mit zitternden Fingern in seine Lederjacke. Der Himmel war klar und versprach einen weiteren sonnigen Wintertag. Eigentlich wollte er die Harley nehmen, um zur Arbeit zu fahren. Wozu hatte er die Maschine nach der seit Monaten fälligen Reparatur Ende November sonst angemeldet? Aber jetzt traute er seinen Nerven nicht. Auf der Autobahn wäre er eine Gefahr für sich und andere. Für die S-Bahn war er natürlich viel zu spät dran. Aus dem Zug rief er Lydia an und erzählte ihr etwas von einer defekten Benzinleitung.

Als er im zweiten Stock ankam, warf er einen schnellen Blick auf die Uhr. Viertel nach acht. Die erste Besprechung hatte er verpasst. Im Laufschritt hastete er zu dem Büro, das er sich mit Lydia teilte, und versuchte, nicht an den Brief zu denken, der ein Loch in seine Jacke brannte.

»Morgen, Louis. Tut mir echt leid.« Er versuchte, lässig zu klingen, aber ihr Blick verriet ihm, dass er aus gutem Grund nie daran gedacht hatte, Schauspieler zu werden.

»Wer meldet denn auch ein Motorrad im Winter an«, sagte sie statt einer Begrüßung. »Wie wäre es stattdessen mit einem Auto?«

»Wird nicht wieder vorkommen.« Er setzte sich hinter seinen Schreibtisch. »Und? Irgendwas, das ich wissen sollte?«

Sie schüttelte den Kopf. »Ich werde gleich noch mal beim LKA anrufen und denen Beine machen.« Sie schob die Aktenstapel auf ihrem Schreibtisch mit einer ungeduldigen Handbewegung zur Seite. »Ich hasse dieses Zeug!«, stieß sie ärgerlich hervor. »Nutzloser Papierberg.«

Lydia lehnte sich zurück und musterte ihn. »Du siehst beschissen aus, Salomon.«

»Danke, du auch.«

Sie grinste. Dann schien ihr etwas einzufallen. »Ach, eine Kleinigkeit wäre da noch. Ich habe gestern Abend den Vater angerufen, weil mir die Idee kam, Tonis Handy könnte vielleicht hilfreich sein.«

»Ach, Mist! Daran haben wir ja gar nicht gedacht. Und?«

»Fehlanzeige. Sie hat das Ding vor ein paar Wochen verloren und hatte noch kein neues. Einen Computer hat sie übrigens auch nicht besessen.«

Ihr Telefon klingelte, bevor Chris antworten konnte. Lydia hob ab. Während sie zuhörte, wurde sie blass.

»Geben Sie mir bitte die Adresse«, sagte sie schließlich knapp und notierte etwas auf einen Zettel. »Ach, und rufen Sie Spuntenmayer von der Kriminaltechnik an, ich erwarte ihn dort.« Sie legte auf. »Verdammte Scheiße.«

»Was ist los, Louis?« Angst schnürte ihm die Kehle zu. Seine Fantasie lief bereits auf Hochtouren.

»Jemand hat ein elfjähriges Mädchen im Eller Forst

überfallen. Die Täterbeschreibung passt auf unseren Exhibitionisten.«

»Großer Gott, ist sie verletzt?«

»Es scheint ihr ganz gut zu gehen. Sie ist zu Hause. Eine Streife ist vor Ort.« Lydia stand auf. »So viel zu unserer tollen Ermittlungsarbeit.«

Zwanzig Minuten später hielten sie vor einem Haus, das nur zwei Querstraßen von dem der Familie Bruckmann entfernt war. Es sah ähnlich aus, allerdings war die Tür grün gestrichen, und im Vorgarten stand ein Vogelhaus. Spunte und eine Kollegin trafen gleichzeitig ein. Ein Streifenpolizist öffnete ihnen die Tür und führte sie ins Wohnzimmer, wo eine uniformierte Beamtin neben einem Mädchen auf dem Sofa saß. Ein Mann und eine Frau, vermutlich die Eltern, standen beim Fenster, er hatte ihr die Hände auf die Schultern gelegt. Genau wie Bruckmann, durchzuckte es Chris.

Er ging auf die beiden zu. »Herr und Frau Kramer, nehme ich an? Ich bin Chris Salomon. Das ist meine Kollegin Frau Louis.« Er schüttelte den beiden die Hand. Nachdem er einen kurzen Blick mit Lydia getauscht hatte, trat er an das Sofa. Sie hatten im Auto nicht viel geredet, der Schock über ihren kolossalen Irrtum saß zu tief, doch auch ohne Absprache war klar, dass er diesmal das Mädchen befragen würde. Er war zwar ein Mann, doch in solchen Situationen war er sensibler als seine Partnerin. Lydia neigte gelegentlich dazu, Zeugen zu verschrecken.

Eigentlich müssten sie auf die Psychologin warten und dann jede Frage genau abwägen. Sonst hieß es später beim Prozess, sie hätten die Zeugin manipuliert. Bei Kindern konnte man da nicht vorsichtig genug sein. Doch wenn Katjas Angreifer Antonia Bruckmanns Mörder war, der bereits drei Tage nach dem ersten Verbrechen wieder zugeschlagen hatte, lagen die Prioritäten anders. Dann mussten sie den Kerl so schnell wie möglich aus dem Verkehr ziehen.

»Du musst Katja sein. Ich bin Chris. Wie geht es dir?« Chris gab auch ihr die Hand. Selbst im Sitzen sah man, dass Katja mit vermutlich über einem Meter fünfzig groß für ihr Alter und im Unterschied zu Antonia Bruckmann bereits in der Pubertät war. Sie saß kerzengerade da, in ihrer dicken grünen Winterjacke, die mit Schlamm beschmutzt war und einen kleinen Riss an der Vorderseite hatte. Ihr Gesicht war gerötet, das dunkelblonde Haar zerzaust.

»Es geht mir gut«, antwortete sie leichthin. Wenn sie unter Schock stand, ließ sie sich nichts anmerken. Vielleicht setzte die Reaktion auch erst später ein, wenn der Adrenalinspiegel sank.

»Hat der Mann dir wehgetan?«

Katja verzog das Gesicht. »Ich bin kein kleines Kind mehr. Sie können richtig mit mir reden. Er hat mich nicht vergewaltigt, falls Sie das meinen. Er hat sich auf mich gestürzt, aber ich habe ihn getreten und geschlagen, da ist er weggerannt. Ich habe nicht mal einen Kratzer. Nur die Jacke ist hin.«

Chris sah sie neugierig an. Sie war kein Kind mehr, doch auch noch längst nicht erwachsen. Er nahm an, dass ihre Abgebrühtheit mit dem Schreck zu tun haben musste, dass ihr eine schlimme Zeit bevorstand, sobald ihr bewusst wurde, was geschehen war. Er musste versuchen, diese Verzögerung zu nutzen, um so viel wie möglich von ihr zu erfahren, und kam sich mies dabei vor.

»Sehen Sie mich nicht so komisch an«, stieß Katja hervor. »Der Polizist am Telefon hat gesagt, dass ich genauso bleiben soll, wie ich bin. Wegen der Spuren.«

»Oh, gut.« Chris war erleichtert, dass sie seinen penetranten Blick auf ihre äußere Erscheinung zurückführte. »Wäre es okay für dich, wenn meine Kollegin dich eben anschaut?«

»Natürlich. Dafür sind Sie doch gekommen, oder?«

Während die Beamtin von der Kriminaltechnik mit Katja im Nebenraum verschwand, in der Hoffnung, fremde Haare oder Fasern an ihrem Körper zu finden, sprachen Chris und Lydia leise mit den Eltern, die ihnen jedoch nicht viel sagen konnten. Schließlich war die Kriminaltechnikerin fertig. Die grüne Jacke war in einer Plastiktüte verschwunden, ebenso wie die Hose und der Pullover. Katja trug jetzt einen Jogginganzug.

»Irgendwas gefunden?«, fragte Lydia.

Spunte, der ein paar Worte mit seiner Mitarbeiterin gewechselt hatte, zuckte mit den Schultern. »Ein paar Haare, die ganz vielversprechend aussehen. Schauen wir mal.«

Lydia sah die Eltern an. »Es wäre gut, wenn Ihre Tochter auch in der Rechtsmedizin untersucht würde. Falls sie Verletzungen hat, sollten sie von einem Fachmann protokolliert werden.«

Die Mutter schlug entsetzt die Hand vor den Mund. »Du lieber Himmel! Rechtsmedizin? Ist das wirklich nötig?«

»Es wäre besser.«

»Aber ich habe keine Verletzungen. Das sagte ich doch schon«, protestierte Katja.

»Gut. Das klären wir später.« Chris setzte sich zu ihr

aufs Sofa. »Könntest du uns bitte jetzt erzählen, was passiert ist?«

»Wo soll ich denn anfangen?« Sie blickte fragend von einem zum anderen.

Chris half ihr auf die Sprünge. »Du bist mit deinem Fahrrad durch den Wald gefahren. Kamst du von zu Hause?«

»Nicht mit meinem Fahrrad, mit dem von meiner Mutter. Meins hat einen Platten. Ich wollte eine Freundin besuchen. Durch den Wald ist es kürzer.«

»Hattest du denn heute keine Schule?«

Sie schüttelte den Kopf.

»Die Lehrer sind auf einer Fortbildung«, erklärte die Mutter.

Katja drehte eine Haarsträhne um ihren Zeigefinger und steckte beides in den Mund.

»Du warst also auf dem Weg zu deiner Freundin. War es noch dunkel im Wald?«

Sie pustete die Strähne aus dem Mund und nickte. »Ja. Aber es ist Licht am Fahrrad.«

»Was ist dann passiert?«

»Der Mann stand plötzlich vor mir auf dem Weg.«

»Du hast ihn nicht kommen sehen?«

»Er muss hinter einem Baum gestanden haben.« Wieder drehte sie die Strähne um den Finger. »Er kam von der Seite und stand einfach da. Ich habe einen Riesenschreck gekriegt und bin vom Rad gefallen.«

»Und dann?«

»Der Mann rannte zu mir und packte mich. Er sagte irgendwas, aber ich habe nicht hingehört. Ich habe einfach nur getreten und geschlagen. Und gespuckt.«

»Gespuckt?«

»Ja. Ich wollte, dass er abhaut. Das hat er auch getan. Er ist aufgestanden, hat irgendwas gemurmelt, und dann ist er weggerannt. Ich bin aufs Fahrrad und so schnell ich konnte zurück nach Hause.«

»Konntest du erkennen, wie der Mann aussah?«

»Na ja, es war dieser Exi... dieser – wie heißt das noch?«

»Der Exhibitionist? Wie kommst du darauf?«

»Meine Schwester hat mir erklärt, was das für einer ist. Er zieht sich vor anderen Leuten aus.«

»Und du meinst, das war der Mann?«

»Er hatte nichts an unter seinem Mantel. Er hat ihn aufgemacht – so.« Sie imitierte mit den Händen die Bewegung eines Menschen, der seinen Mantel aufhält, wozu sie die Haarsträhne vorübergehend loslassen musste. »Und da habe ich gesehen, dass er gar nichts anhatte. Bäh.« Sie schüttelte sich angewidert.

»Konntest du sein Gesicht sehen?«

»Klar.«

»Es war doch noch dunkel.«

»So dunkel auch wieder nicht. Außerdem war sein Gesicht direkt über mir. Er hatte kurze Haare und eine dicke Brille.«

»Er trug eine Brille?« Keine der Zeuginnen hatte je eine Brille erwähnt.

»Ja, eine von denen, die fast nur aus Gläsern bestehen, mit einem ganz dünnen Rand. Und sie war superdick. Seine Augen waren riesig.«

Sie ließen einen Kollegen kommen, der gemeinsam mit Katja am Laptop ein Phantombild anfertigte. Dann fuhren sie mit ihr zum Tatort, wo Spunte und sein Team vergeblich nach Spuren suchten. Die zahlreichen Fußabdrücke auf dem viel genutzten Spazierweg waren unmöglich alle zuzuordnen, hinter keinem der Bäume links und rechts fand sich etwas anderes als getrocknetes Laub, Zweige und Moos.

Chris stand fröstelnd da und vermied es, Lydia anzusehen. Er wusste, dass sie das Gleiche dachte wie er. Jeder Fall schien sie in diesen Wald zu führen. Es war wie verhext. Dabei war der Eller Forst nicht einmal ein richtiger Wald, sondern ein winziges Fleckchen Grün, eingerahmt von Bahnlinie und Hauptverkehrsstraßen. Im Grunde war er nicht mehr als ein überdimensionales Hundeklo.

Auf dem Weg ins Präsidium schwiegen Lydia und Chris, jeder hing seinen eigenen Gedanken nach. Als Chris sich über das müde Gesicht fuhr, fiel ihm der Umschlag in seiner Tasche wieder ein, an den er in den letzten zwei Stunden nicht gedacht hatte. Er hatte ihn noch nicht geöffnet. Eigentlich sollte er ihn ungelesen in den Müll werfen. Alles andere war unnötige Quälerei. Doch er wusste, dass er das nicht fertigbringen würde. Kraftlos ließ er den Kopf gegen das Seitenfenster fallen und schloss die Augen. Er spürte Lydias Blick. Es war ihm egal, was sie dachte. Hauptsache, sie hielt die Klappe.

»Warum sollte es denn kein Zufall sein?« Meier schlug mit der flachen Hand auf den Tisch. »Das Leben ist voller Zufälle. Ich verstehe nicht, wieso ihr einen Zusammenhang zwischen zwei Ereignissen konstruiert, die eindeutig nichts miteinander zu tun haben.«

»Wie bitte willst du das sonst erklären?«, fragte Ruth Wiechert. »Ein Mädchen wird überfallen und stirbt. Dringend verdächtig ist ein unbekannter Exhibitionist. Drei Tage später wird ein Mädchen im gleichen Alter überfallen, von eben jenem Exhibitionisten. Das ist doch sonnenklar.«

»Von einem Exhibitionisten, der bisher nie gewalttätig wurde«, fuhr Meier sic an.

»Schon mal was von Eskalation gehört?«

»Also, wenn ich auch mal was sagen darf, ich finde es ebenfalls unwahrscheinlich, dass dieser Unbekannte in beiden Fällen der Täter ist.« Heinz Schröder blickte in die Runde. »Nehmen wir mal an, dass er Antonia Bruckmann getötet hat. Soweit wir wissen, wäre er damit zum ersten Mal handgreiflich geworden. Vermutlich war der Sturz auf der Treppe ein Unfall. Aber egal ob Unfall oder nicht, Ruth, du glaubst doch nicht ernsthaft, dass er gleich drei Tage später wieder zuschlagen würde! Der Kerl steht total unter Schock. Er ist doch kein eiskalter Mörder.«

»Vielleicht hat er es genau deshalb so schnell wieder getan«, gab Ruth trotzig zurück. »Weil bei Antonia etwas schiefgegangen ist und er es diesmal richtig machen wollte.«

»Das ist doch absoluter Quatsch«, sagte Schmiedel heftig.

Lydia, die der Diskussion schweigend gelauscht hatte, beschloss einzugreifen, bevor die Männer sich alle auf Ruth Wiechert einschossen.

»Halt!«, rief sie. »Solange wir nichts Genaues wissen, ist keine Theorie Quatsch. Jeder kann hier sagen, was er meint. Ist das klar?«

Schmiedel nickte verlegen, Meier verschränkte trotzig die Arme. Lydia stöhnte innerlich. Nachdem der erste Schock über den Vorfall im Wald sich gelegt hatte, war ihr klar geworden, dass der Verdacht gegen Bruckmann damit keineswegs zerstreut war. Im Gegenteil, je mehr sie darüber nachdachte, desto eher neigte sie dazu, Reinhold Meier zuzustimmen. Der Mann, der Katja Kramer aufgelauert hatte, war mit großer Wahrscheinlichkeit nicht derselbe, der Toni Bruckmann getötet hatte. Drei Tage waren ein verdammt kurzer Zeitraum, selbst wenn man Ruth Wiecherts Argumentation folgte und eine Eskalation oder Frustrationsdruck voraussetzte. Seit einer halben Stunde redeten sie sich jetzt die Köpfe heiß. Doch obwohl Lydia das Gefühl bekam, dass sie sich im Kreis drehten, fand sie diesen Austausch wichtig. Er klärte die Gedanken und half den übernächtigten Ermittlern, ein wenig Dampf abzulassen.

Sie warf einen Blick zu Salomon, der noch kein einziges Wort gesagt hatte. Er drängte sich zwar bei diesen Besprechungen nie in den Vordergrund, aber dass er so still war, war ungewöhnlich. Seit heute Morgen, als er unter einem fadenscheinigen Vorwand zu spät gekommen war, hatte sie den Verdacht, dass etwas nicht stimmte. Vielleicht war ja diese Sonja dafür verantwortlich, die alte Schulfreundin, mit der Salomon offenbar so etwas wie eine Beinahe-Beziehung führte. Nicht dass sie sich dafür interessierte, was er in seiner Freizeit trieb, aber wenn es Auswirkungen auf seine Arbeit hatte, konnte sie nicht die Augen davor verschließen. Einen Partner mit Liebeskummer konnte sie nicht gebrauchen.

Ingo Wirtz räusperte sich. »Was spricht eigentlich dagegen, dass der Kerl dem Mädchen im Wald nur aufhelfen wollte?«

»Wie bitte?«, stieß Ruth Wiechert hervor.

»Ich meine«, sagte Wirtz, »wenn er wirklich ein stinknormaler harmloser Exhibitionist ist, dann wollte er ihr vielleicht wirklich nur sein Ding zeigen. Als sie hinfiel, hat er nachgeschaut, ob sie sich verletzt hat. Wäre doch möglich, oder?«

»Ein Perverser mit Heiligenschein, ich glaube, ich muss kotzen.«

»Wiechert!«, fuhr Lydia sie an. »Die Spielregeln gelten für alle.«

»Also ich finde, Ingos Idee hat was«, sagte Gerd Köster. »Außerdem ist für mich beim Mord an Antonia Bruckmann immer noch der Vater der Verdächtige Nummer eins. In dem Fall hätte Reinhold recht, und die beiden Vorfälle haben nichts miteinander zu tun.«

»Mir ist da noch ein ganz anderer Gedanke gekommen«, sagte Salomon plötzlich.

Lydia hob überrascht den Kopf. Willkommen bei der Besprechung, dachte sie.

»Ich überlege die ganze Zeit, ob wir es nicht schon im Fall Toni mit zwei verschiedenen Tätern zu tun haben.«

»Genau.« Meier schwang seine Faust durch die Luft. »Die Idee hatte ich auch schon.«

»Du meinst, einer hat sie die Treppe hinuntergestoßen, und ein anderer hat sie, als sie schon tot war, mit dem Besenstiel traktiert?«, fragte Wirtz. »Wozu?«

»Um die Tat der ersten Person zu vertuschen. Stell dir vor, der Vater hat eine Auseinandersetzung mit seiner Tochter. Sie fällt die Treppe hinunter. Damit es nicht nach einer innerfamiliären Auseinandersetzung aussieht, täuscht die Mutter ein Sexualdelikt vor.«

»Oder umgekehrt«, ergänzte Lydia, der die Idee einleuchtete. »Mutter und Tochter haben Zoff, das Mädchen stürzt, und der Vater täuscht das Sexualdelikt vor, um seine Frau vor den Konsequenzen zu bewahren.

Bruckmann hatte auch als Erster die Idee mit dem Exhibitionisten. Als wir die beiden am nächsten Tag befragt haben, ist er nicht von der Seite seiner Frau gewichen. Es wirkte tatsächlich so, als wolle er sie vor irgendetwas beschützen. Ständig hat er betont, wie krank sie ist und dass er sie nicht auch noch verlieren will.«

Salomon nickte. »Nicole Bruckmann hat ganz merkwürdig reagiert, als wir sie fragten, ob sie gut mit ihrer Tochter zurechtgekommen sei. Ich habe die ganze Zeit nach einem Wort gesucht, um zu beschreiben, wie ich ihre Reaktion empfunden habe. Jetzt ist es mir eingefallen: schuldbewusst.«

»Also kein vorsätzliches Verbrechen, sondern eine Familientragödie«, fasste Köster zusammen.

Die Stille, die seinen Worten folgte, wurde durch ein Klopfen an der Tür unterbrochen. Eine Kollegin trat ein und reichte Lydia ein Blatt Papier. Rasch überflog sie den Text und stutzte. Dreimal musste sie die Worte lesen, bis sie sicher war, dass sie richtig verstanden hatte.

»Leute«, sagte sie schließlich. »Ihr habt doch so viel Spaß am Spekulieren. Ich habe hier etwas, worüber ihr euch den Kopf zerbrechen könnt: Das ist vom LKA. Die Fremd-DNA, die an der Leiche gefunden wurde, gehörte zu drei verschiedenen Personen. Alle drei sind nicht mit Antonia Bruckmann verwandt.« Lydia machte eine Pause und blickte in die ungläubigen Gesichter ihrer Kollegen. »Aber es kommt noch besser«, fuhr sie fort. »Die Hautschuppen unter ihren Fingernägeln waren ihre eigenen. Sie hat sich selbst das Gesicht zerkratzt.«

Es war bereits dunkel, als Lydia in ihr Büro zurückkehrte. Sie hatte noch mit Weynrath, ihrem Chef, gesprochen und ihm die neuesten Entwicklungen mitgeteilt. Das Gespräch war wenig erfreulich gewesen. Weynrath bevorzugte schnelle, einfache Lösungen, und danach sah es in diesem Fall nicht aus. Er hatte in gewohnter Manier herumgepoltert, Lydia vorgeworfen, dass sie zu viele Ideen habe und sich lieber an die Fakten halten solle. Sie hatte seinen Ausbruch schweigend über sich ergehen lassen, weil sie aus Erfahrung wusste, dass jeder Widerspruch Weynraths Wortschwall nur verlängerte. Danach hatte sie in der Kantine einen Kaffee getrunken, um für eine Weile allein zu sein.

Salomon saß im unbeleuchteten Büro und starrte auf seine Oberschenkel. Schweigend setzte sie sich ihm gegenüber und schaltete die Lampe auf ihrem Schreibtisch an. Erschrocken bemerkte sie, dass er gerötete Augen hatte. Also doch Liebeskummer. Nicht zu fassen. Mühsam unterdrückte sie die Wut, die in ihr aufstieg.

»Fahr nach Hause«, stieß sie zwischen den Zähnen hervor. »Es ist gleich acht. Schlaf dich aus.«

Er schob ihr wortlos ein Blatt Papier herüber. »Das war heute Morgen in der Post.«

Nein, dachte Lydia, da ziehst du mich nicht mit rein. Deine Frauengeschichten regelst du bitte allein. Sie ignorierte das Blatt und wiederholte ihre Aufforderung. »Fahr nach Hause.«

Chris sah auf das Blatt, als habe er sie nicht gehört. Sie folgte seinem Blick und registrierte eine Kinderhandschrift. Zögernd griff sie danach und begann zu lesen.

»Liebe Anna,
sechs Jahre ist es her, dass wir zusammen die Spielgruppe besucht haben. Wie viel ist inzwischen passiert!

Wir gehen zur Schule, können lesen und schreiben. Ich würde dich gern wiedersehen, deshalb lade ich dich und deine Mutter für den 16.12. um 16:00 Uhr zu einem Adventskaffee ein. Mara und Lena werden auch kommen.

Herzliche Grüße

Deine Karoline«

Lydia fixierte das Blatt. Wie in Zeitlupe begriff ihr Hirn, was ihre Augen lasen.

»In letzter Zeit bin ich ganz gut klargekommen«, sagte Salomon mit brüchiger Stimme. »Mit diesem Brief ist es wieder so, als wäre sie gestern noch da gewesen.« Tränen standen in seinen Augen.

Hilflos verschränkte Lydia die Arme. Was sollte sie tun? Warum kam er mit so etwas zu ihr? War diese Sonja nicht besser geeignet, ihn zu trösten? Sie musterte ihn verstohlen. Er hatte den Kopf gesenkt, seine Hände lagen in seinem Schoß. Er sah aus wie ein kleiner Junge, den man allein am Bahnhof zurückgelassen hatte und der nicht wusste, wie er nach Hause kommen sollte.

Widerwillig stand Lydia auf und ging um den Schreibtisch herum. Legte eine Hand auf seine Schulter. Sofort drehte er sich zu ihr und vergrub sein Gesicht in ihrem Pullover. Sie strich ihm über das Haar, während er lautlos schluchzte, beugte sich zu ihm hinunter und schlang ihre Arme um ihn. Sie fühlte seine raue Wange an ihrem Hals, roch seine Haare, den Duft seiner Haut. Kaum merklich veränderten sich seine Bewegungen. Plötzlich waren es seine Lippen, die ihren Hals hinaufwanderten auf der Suche nach ihrem Mund. Sie wollte sich aus der Umarmung befreien, doch als seine Hände erst unter ihren Pulli, dann unter ihr T-Shirt glitten und über ihren nackten Rücken fuhren, bröckelte ihr Widerstand.

Kollegen sind tabu, schrie eine Stimme in ihrem Inneren, absolut tabu. Trotzdem wehrte sie sich nicht, als er ihr den Pulli über den Kopf streifte. Für den Bruchteil einer Sekunde dachte sie daran, dass die Bürotür nicht abgeschlossen war, dann fegte die Begierde ihre Vernunft fort wie ein Orkan ein Kartenhaus. Als sie sein Hemd aus der Jeans zerrte und seinen Gürtel öffnete, hatte er ihr bereits die Hose ausgezogen. Er liebte sie mit der Gier eines Verdurstenden, der sich in einen Brunnen stürzt, und sie war gern dieser Brunnen, zog ihn tiefer und tiefer in sich hinein, bis sie glaubte, gemeinsam mit ihm ertrinken zu müssen. Verdammt, was passiert hier eigentlich, war das Letzte, was ihr durch den Kopf schoss, bevor sie ins Bodenlose fiel.

8

Die Luft in dem kleinen Lokal roch muffig und abgestanden. Obwohl nicht geraucht wurde, dünstete das Mobiliar kalten Qualm aus. Die Einrichtung war plüschig rot, die Beleuchtung schummrig. An der Theke saß eine spärlich gekleidete Brünette und schlürfte an einem Prosecco. Das ganze Szenario strahlte die Surrealität einer billigen Filmkulisse aus. Bei Tageslicht entpuppte sich das Interieur bestimmt als alt und schäbig, dann erkannte man den fleckigen Teppichboden, die abgewetzten Polster und die verdreckten Tischplatten.

Olaf Schwarzbach kam sich vor, als wäre er zu einem konspirativen Treffen verabredet. In gewisser Weise traf das sogar zu. Ihm war übel. Das Gefühl, Melanie zu hintergehen, hatte ein riesiges Loch in seinen Magen gefressen. Zweimal wäre er auf dem Weg hierher beinahe umgekehrt. Verräter, hatte er sich geschimpft. Was tust du da eigentlich? Ist das der Dank dafür, dass deine Frau in fast zwei Jahrzehnten Ehe immer bedingungslos zu dir gestanden hat? Dann wieder hatte er sich gesagt, dass es keine andere Lösung gab, dass es auch für Melanie besser so war. Dennoch war es ihm nicht gelungen, seine innere Stimme vollkommen zum Schweigen zu bringen.

Ihm war sofort klar, mit welcher Frau er verabredet war. Sie saß an einem Tisch in der hinteren Ecke, ein Glas Wasser vor sich, und blätterte in einem Stapel Papiere. Ihr rot gefärbtes Haar war kurz geschnitten und verlieh ihr etwas Energisches. Letzte Möglichkeit, es sich anders zu überlegen. Doch da hob sie ihren Kopf und erblickte ihn. Schweren Herzens ging er auf sie zu.

Sie hielt sich nicht lange mit Höflichkeitsfloskeln auf. Kaum hatten sie sich die Hände geschüttelt, da war sie auch schon beim Thema. »Ihre Frau braucht Hilfe, Herr Schwarzbach. Das wissen Sie doch sicherlich?«

Er nickte. »Ich bin mir allerdings nicht sicher, ob es so ist, wie ich vermute. Vielleicht täusche ich mich ja.«

Sie schüttelte den Kopf. »Nach Ihren Schilderungen hege ich keinerlei Zweifel. Leider.« Das letzte Wort kam nicht wirklich überzeugend über ihre Lippen. Im Gegenteil, er hatte den Eindruck, dass sie sich innerlich angriffslustig die Hände rieb. »Verlassen Sie sich auf meine Erfahrung. Ich weiß, wovon ich rede. Außerdem haben Sie mir doch erzählt, der Arzt im Krankenhaus habe Sie bereits darauf angesprochen.«

»Das stimmt. Von ihm habe ich auch den Namen Ihrer Organisation.«

»Na also.« Die Frau lächelte, als sei er ein kleiner Junge, den es aufzumuntern galt.

»Was soll ich jetzt tun?« Schwarzbach griff nach dem Wasser, das die Kellnerin ihm hingestellt hatte. Eigentlich hätte er lieber ein Bier getrunken, aber angesichts der Getränkewahl seiner Gesprächspartnerin kam ihm das unpassend vor.

»Nicht ›ich‹«, verbesserte ihn die Rothaarige. Sie tätschelte seine Hand. »Wir. Wir stehen das zusammen durch.« Sie blätterte in ihren Unterlagen. »Zunächst einmal muss Ihre Tochter in Sicherheit gebracht werden. Das hat absolute Priorität. Ich könnte da für morgen früh etwas organisieren.«

»In Sicherheit gebracht werden?« Schwarzbach stellte sein Wasserglas ab. Ihm war plötzlich schwindelig. »Wie meinen Sie das?«

»Na, sie muss Ihrer Frau entzogen werden. Sie darf keinen Zugriff mehr auf das arme Kind haben. Leonie ist in ernster Gefahr.« Seine Gesprächspartnerin musterte ihn streng. »Denken Sie an Ihre erste Tochter.«

»Svenja ist an einem Hirntumor gestorben«, sagte Olaf Schwarzbach leise, aber mit fester Stimme.

Die Frau zog die Augenbrauen hoch. »Wie Sie meinen. Ich kann nur helfen, wenn Sie bedingungslos kooperieren. Ihre Frau ist psychisch schwer gestört. Sie wird Ihre Tochter so lange krank machen, bis sie stirbt. Sie wissen das, Herr Schwarzbach. Lieben Sie Ihre Tochter?«

»Ja, natürlich.« Der Schwindel ließ nicht nach. In Schwarzbachs Kopf rauschte es, er hatte das Gefühl, von einer gewaltigen Lawine mitgerissen zu werden, die er selbst losgetreten hatte und die ihn nun gnadenlos unter sich begrub.

»Dann also morgen früh«, sagte die Frau geschäftsmäßig. »Neun Uhr. Leonie kommt in eine Pflegefamilie. Wir klären das mit den Behörden. Unsere Organisation hat einen guten Draht zum Jugendamt. Das geht alles ganz glatt über die Bühne. Vertrauen Sie mir.«

Sie raffte ihre Unterlagen zusammen. »Kopf hoch, Herr Schwarzbach. Das wird schon.«

»Aber …« Ihm schwirrte der Kopf. Dieses Gespräch war vollkommen anders verlaufen, als er erwartet hatte.

»Sie übernehmen das hier?«, fragte die Frau und deutete auf die beiden Wassergläser. Sie wandte sich ab und hastete aus dem Lokal, ohne seine Zustimmung abzuwarten.

Chris Salomon atmete die schneidend kalte Nachtluft ein. Während der endlos erscheinenden Zugfahrt nach Hause hatte er versucht, nicht an das zu denken, was zwischen ihm und Lydia passiert war. Vergeblich. Er war wütend, verachtete sich selbst für seine Schwäche. Wie hatte er sich nur so vergessen können? Warum, zum Teufel, hatte er ausgerechnet bei Lydia Louis Trost gesucht? Weil Sonja dafür zu schade war, hatte er sich gesagt. Weil er sie nicht benutzen wollte. Wenn er mit Sonja schlief, dann, weil er etwas für sie empfand, und nicht weil er nach Sex und Vergessen gierte. Dieses Wissen würde es allerdings nicht leichter machen, Lydia morgen in die Augen zu sehen.

Während er die spärlich beleuchtete nächtliche Straße entlangging, senkte sich das Gefühl, ein Versager zu sein, wie ein schwarzer Schatten über ihn. Er hatte seine

Position als Starermittler bei der Kölner Kripo verspielt. Und jetzt sah es so aus, als setze er auch seine zweite Chance in Düsseldorf in den Sand. Warum machte er alles kaputt, was er anfasste?

Als er um die Straßenecke bog, sah er einen Wagen in seiner Einfahrt stehen. Er stutzte, doch dann erkannte er Sonjas Beetle. Verdammt. Er überlegte, ob er umkehren sollte. Er fühlte sich schmutzig. Wie konnte er ihr so gegenübertreten? Doch sie hatte ihn offenbar bereits gesehen. Die Wagentür wurde aufgestoßen. Sekunden später stand sie vor ihm.

»Das ist aber eine Überraschung«, stammelte er und hätte sich im gleichen Augenblick am liebsten die Zunge abgebissen. Wenn es eine Hitliste für dumme Sprüche gab, hatte dieser mit Sicherheit Aussicht auf einen Spitzenplatz.

Sonja schien das nicht zu stören.

»Ich hoffe, keine böse«, sagte sie lächelnd.

»Natürlich nicht. Möchtest du hereinkommen?« Noch so eine dämliche Floskel. Weshalb sonst hatte sie wohl vor seiner Tür gewartet? »Du musst entschuldigen, ich hatte einen anstrengenden Tag. Wenn ich etwas einsilbig klinge, bedeutet das nicht, dass ich mich nicht freue, dich zu sehen.«

Sie traten ein. Sonja ließ neugierig ihren Blick schweifen. »Hübsch hast du es hier. Gefällt mir.«

Er ging voran in die Küche, zog seine Jacke aus und warf sie über einen Stuhl. »Möchtest du etwas trinken? Bier? Wein? Ich gehe schnell duschen, ich muss den Schmutz der Arbeit loswerden.« Und nicht nur den, ergänzte er sarkastisch in Gedanken.

Sie streifte ihren Mantel ab und legte ihn ebenfalls

über eine Stuhllehne. »Ein Glas Wein, bitte. Darf ich eben kurz dein Bad benutzen, bevor du duschst?«

»Natürlich«, antwortete er, während er im Regal nach einem halbwegs trinkbaren Rotwein suchte. »Die Treppe rauf und die erste Tür links.« Er entkorkte die Flasche und schenkte zwei Gläser ein. Sein Glas in der Hand, stellte er sich ans Fenster und musterte den von Straßenlaternen schwach erhellten Vorgarten. Selbst bei dieser Beleuchtung war nicht zu übersehen, dass er völlig verwildert war. Du musst dein Leben in den Griff kriegen, Salomon, dachte er. Du musst endlich aus diesem Loch kriechen, in dem du seit drei Jahren hockst, und wieder nach vorn blicken.

Ein Geräusch riss ihn aus seinen Gedanken. Er drehte sich um und erstarrte. Sonja stand ihm Türrahmen. Sie trug ein weinrotes Nichts aus Spitze, das mehr zeigte, als es verhüllte, und gefährlich aussehende, ebenso rote Pumps. Ihm stockte der Atem. Sie sah umwerfend aus. Ihren verheißungsvollen Körper hatte Chris schon bei ihrer ersten Begegnung unter dem Arztkittel erahnt. Ungläubig registrierte er, dass er zum zweiten Mal an diesem Abend eine Frau so sehr begehrte, dass es schmerzte.

»Gefalle ich dir?«, fragte Sonja.

»Falsche Frage«, murmelte er und trat auf sie zu. »Du raubst mir den Verstand.«

»Genau das hatte ich vor.« Sie packte ihn am Hemd und zog ihn zu sich. Ihr Kuss war leidenschaftlich und sanft zugleich.

»Ich wollte doch noch duschen«, protestierte Chris halbherzig. Er betete, dass Sonja nicht die andere Frau an ihm roch.

»Wir können ja zusammen duschen«, flüsterte sie ihm ins Ohr.

Er stöhnte und vergrub sein Gesicht an ihrem weichen, duftenden Hals.

Sie ließen sich Zeit, den Körper des anderen zu entdecken, erst unter der Dusche, dann nass und kichernd in seinem Bett. Es fiel ihm leicht, Sonja sacht und langsam zu lieben. Sie erwiderte seine Liebkosungen mit einer nahezu unschuldigen Zärtlichkeit, die ihn zutiefst anrührte. Der Unterschied zu Lydias hartem, forderndem Körper, den er in einem ekstatischen Rausch bezwungen hatte, hätte nicht größer sein können. Als er später neben Sonja lag und ihrem ruhigen gleichmäßigen Atem lauschte, verspürte er eine tiefe innere Zufriedenheit. Plötzlich gab es in seinem Leben wieder eine Zukunft, auf die er sich freuen konnte.

9

Samstag, 8. Dezember

Lydia heftete ihren Blick auf den Bildschirm und las den letzten Absatz des Berichts noch einmal durch. Sie war seit halb sechs in ihrem Büro. Nach dem Desaster gestern Abend hatte sie versucht, die Erinnerung an Salomons Berührung mit Hilfe eines anderen Kerls zu übertünchen. Es war ihr nicht gelungen. Sie hatte zwar recht schnell in einer Kneipe einen vielversprechenden Kandidaten gefunden, einen unrasierten, schmutzigen Arbeiter mit großen Händen und breiten Schultern, der nur zu gern auf ihre Annäherungsversuche einging. Als er jedoch mit ihr auf der Straße stand, bereit, ihr zu ihrem

Wagen oder in irgendein billiges Hotel zu folgen, hatte der Ekel sie plötzlich mit einer ungekannten Intensität überrollt. Panisch hatte sie die Flucht ergriffen, während der Typ ihr eine Reihe derber Beschimpfungen hinterherschickte, von denen »dumme Fotze« noch die netteste war. Sie konnte es ihm nicht einmal übelnehmen.

Zu Hause hatte sie sich in ihr Bett verkrochen, doch der erlösende Schlaf hatte sich, wie so oft, nicht eingestellt. Um fünf hatte sie es nicht mehr ausgehalten. Sie hatte sich unter die Dusche gestellt, zehn Minuten lang heißes Wasser über ihren erschöpften Körper laufen lassen und sich angezogen.

Zwanzig Minuten später schloss sie die Tür zu ihrem Büro auf. Auf dem Schreibtisch herrschte noch das Chaos, das Chris und sie gestern hinterlassen hatten. Keiner von ihnen hatte sich die Zeit genommen aufzuräumen. Verlegen hatten sie ihre Kleider aufgesammelt, sich angezogen und fluchtartig den Raum verlassen.

Lydia riss das Fenster auf, sammelte die Papiere vom Boden auf und schichtete sie zu ordentlichen Stapeln. Sie stellte die Lampe wieder auf und warf die Scherben des zerbrochenen Kaffeebechers in den Müll. Erst als alle Spuren des gestrigen Abends beseitigt waren, fand sie die Ruhe, sich an ihren Schreibtisch zu setzen und den längst überfälligen Bericht zu tippen. Es fiel ihr schwer, sich zu konzentrieren. Ihr graute vor dem Moment, wenn Salomon ins Büro kam. Ihre Horrorvorstellung war, dass er mit einem Strauß Rosen auftauchte, ihr einen Kuss auf die Wange hauchte und ein »Morgen, Liebling« ins Ohr flüsterte. Auch wenn sie ihm das nicht zutraute, schaffte sie es nicht, das Szenario ganz aus ihren Gedanken zu verbannen.

Schließlich klopfte es, und sie zuckte erschrocken zusammen. Salomon klopfte gewöhnlich nicht an, aber sie blickte dennoch nervös zur Tür und lächelte im gleichen Augenblick erleichtert, als ein Kollege in Uniform eintrat.

»Gut, dass Sie schon da sind, Frau Louis. Wir haben da etwas reinbekommen. Eine Frau hat den Mann auf dem Phantombild erkannt.«

»Wirklich?«

Der Beamte nickte und reichte ihr ein Blatt. »Sie ist Nachtschwester. Ist eben vom Dienst nach Hause gekommen und hat das Bild in der Zeitung gesehen. Sie sagt, es ist ihr Nachbar, ein Herr Walter Palmerson. Witwer. Wohnt eine Etage unter ihr.«

»Ein Witwer? Ist sie sicher, dass es der Mann ist?«

Der Beamte zuckte mit den Schultern. »Offenbar ja.«

»Gut, danke. Ich fahre gleich mal vorbei.«

»Allein?«

Sie zögerte. »Schick eine Streife hin.« Sie warf einen Blick auf die Uhr. Bis Salomon kam, dauerte es wohl noch. Damit würde sich die unvermeidliche Begegnung noch etwas hinauszögern. Eine verlockende Aussicht. Einerseits. Andererseits würde sie sie gern hinter sich bringen.

Nachdem der Kollege das Zimmer verlassen hatte, trat sie ans Fenster und starrte hinaus auf die Stadt, die inzwischen zum Leben erwacht war. Wie eine endlose Lichterschlange glitten Autos über die Kniebrücke und ergossen sich als winzige rot leuchtende Punkte in die Straßen.

Gerade als Lydia sich aufraffen wollte, hielt ein VW Beetle auf der Straße vor dem Parkplatz. Lydia glaubte, ihren Augen nicht zu trauen, als sie Salomon auf der Beifahrerseite aussteigen sah. Er ging um den Wagen herum. Auf der Fahrerseite fuhr das Fenster herunter. Salomon beugte sich hinein, zwei Hände umfassten seinen Kopf. Lydia blinzelte fassungslos. Das musste diese Sonja sein. Dieser Mistkerl war also, gleich nachdem er im Büro mit ihr gevögelt hatte, zu seiner Freundin gefahren. So etwas wie Schamgefühl besaß er offenbar nicht. Und sie hatte Angst gehabt, er könnte dem Zwischenfall zu viel Bedeutung beimessen! Wie albern von ihr! Sie spürte Erleichterung in sich aufsteigen, aber auch etwas anderes. Es verletzte sie, dass sie für ihn so nebensächlich war, dass er nach der Begegnung mit ihr ohne zu zögern zur Tagesordnung übergegangen war.

Chris wappnete sich innerlich, als er auf das Gebäude zulief. In seinem Magen lag ein großer Stein. Solange er mit Sonja zusammen gewesen war, hatte er den Gedanken an Lydia gut verdrängen können, doch jetzt bekam er es plötzlich mit der Angst zu tun. Nicht dass er erwartete, dass Lydia mehr von ihm wollte, eine Beziehung vielleicht oder irgendein Bekenntnis. Wahrscheinlich wollte sie nicht einmal darüber reden, schließlich sprach sie ansonsten auch nicht gern über sich. Trotzdem hatte Chris das Gefühl, dass von seinem Verhalten, von seinem Umgang mit dem, was gestern Abend geschehen war, ihre zukünftige Zusammenarbeit abhing, vielleicht sogar sein Job, seine Karriere bei der Polizei.

Er winkte dem Portier und betrat das Foyer. Gerade als er überlegte, ob er erst in der Kantine einen Kaffee trinken sollte, kam Lydia im Laufschritt die Treppe herunter.

»Du kannst gleich wieder umdrehen«, rief sie ihm zu. »Wir müssen los.«

Eine Woge der Erleichterung überrollte ihn. Es gab Arbeit. Etwas, das wichtiger war als ihre privaten Befindlichkeiten. Er schickte ein Dankgebet an einen Gott, an den er nicht glaubte, und folgte ihr zurück nach draußen.

Erst als sie im Auto saßen, fragte er: »Was ist passiert?«

»Eine Frau hat unseren Exhibitionisten wiedererkannt. Er ist ihr Nachbar.«

Mehr sagte Lydia nicht. Und er stellte keine weiteren Fragen. Schweigend fuhren sie nach Vennhausen. Chris starrte aus dem Fenster, vermied es, zu ihr hinüberzusehen. Kein Blickkontakt, kein Gespräch, kein peinliches Gestammel. Die Höflichkeit oder der Anstand hätten es vermutlich verlangt, Lydia anzusprechen. Sich zu erkundigen, ob alles in Ordnung sei. Ob sie darüber reden wolle. Doch er zog es vor, unhöflich zu sein. Es war ein einmaliger Ausrutscher gewesen. Eine Verzweiflungstat. Er war in Sonja verliebt. Wenn es etwas zu bereden gab, dann mit ihr.

Sie hielten vor einem dreistöckigen Mietshaus aus den siebziger Jahren. Ein grauer Betonklotz mit schmuckloser Fassade. Große Balkone zur Straße hin. Ein Streifenwagen parkte vor den Garagen, zwei Kollegen in Uniform warteten vor dem Eingang.

»Frau Louis?«, fragte der eine.

»Ist er im Haus?«, fragte sie zurück.

Der Polizist nickte. »Wir haben noch nicht geklingelt, doch er war eben am Fenster. Brauchen wir das SEK?«

Lydia warf Chris einen kurzen Blick zu, dann schüttelte sie den Kopf. »Wir gehen so rein. Der Typ ist ein Exhibitionist, kein Killer. Es ist nicht zu erwarten, dass er sich der Festnahme widersetzen wird, und eine Waffe besitzt er vermutlich auch nicht.« Sie nickte ihm zu, und er betätigte die Klingel.

Chris zog die Hände aus der Jacke, als der Türöffner summte, und schlüpfte mit den anderen ins Haus. Er ärgerte sich, dass er vor lauter Angst, den Mund aufzumachen, versäumt hatte zu fragen, was sie über den Tatverdächtigen wussten. Er hasste es, unvorbereitet zu sein. Mit einem mulmigen Gefühl in der Magengegend stieg er die Treppe hinauf. Der mutmaßliche Exhibitionist erwartete sie an der Tür. Chris wurde schlagartig klar, warum die Zeugenaussagen so widersprüchlich waren. Der Mann war nicht besonders groß, dafür aber sehr schlank, was seinen Körper optisch in die Länge zog. Sein Haar war schmutzig dunkelblond, sodass die grauen Strähnen darin kaum auffielen. Auch die Brille nahm man erst auf den zweiten Blick war. Sie fügte sich perfekt in das Gesicht ein, fiel eigentlich nur dadurch auf, dass sie die Augen stark vergrößerte.

Lydia schickte die beiden Streifenbeamten voraus in die Wohnung, während sie den Mann ansprach. »Walter Palmerson?«

»Ja. Was gibt es denn?« Der Mann schaute arglos drein, doch Chris sah, dass seine Hände zitterten.

»Können wir uns drinnen unterhalten?«, fragte Lydia.

Er nickte, und sie traten ein. Die beiden Uniformierten hatten die Wohnung inzwischen durchsucht.

»Niemand sonst hier«, sagte der eine, der offenbar die Rolle des Sprechers innehatte.

»Gut. Bitte wartet kurz. Wir möchten ihm ein paar Fragen stellen, dann könnt ihr ihn aufs Präsidium bringen.« Lydia drehte sich wieder zu Palmerson um, der ans Fenster getreten war. »Sie gehen öfter im Eller Forst spazieren, Herr Palmerson?«

Er zuckte mit den Schultern. »Manchmal.«

»Und gestern?«

»Kann sein, dass ich dort war.«

»Kann sein genügt nicht.« Lydias Stimme war eine Spur schärfer geworden. »Waren Sie gestern im Eller Forst?«

»Spazieren, ja. Ist das verboten?«

»Kennen Sie eine Katja Kramer?«

»Nein.« Er schien überrascht, dann blitzten seine Augen auf. »Das ist das Mädchen mit dem Fahrrad, ja?«

Chris trat näher. »Was ist geschehen, Herr Palmerson? Was war mit dem Mädchen auf dem Fahrrad?«

»Sie ist gestürzt. Ich fürchte, ich habe sie erschreckt, weil ich so plötzlich auf den Weg getreten bin. Ich wollte ihr helfen, doch sie hat sich gewehrt wie ein tollwütiges Tier. Sehen Sie!« Er krempelte den Ärmel seines Hemdes hoch. Auf dem Unterarm zeichneten sich ein paar längliche rote Linien ab.

Chris durchzuckte für einen Augenblick die Erinnerung an das Gesicht des toten Mädchens. Die Kratzer auf ihrer Wange hatten ganz ähnlich ausgesehen. Doch laut LKA hatte sie sich die ja selbst zugefügt. »Sie hatte Angst vor Ihnen. Warum?«

»Ich weiß nicht, ich wollte ihr nur aufhelfen.«

Ingo Wirtz' Theorie. Chris war geneigt, sich ihr anzuschließen. Doch er wusste auch, wie sehr sich Menschen verstellen konnten.

Lydia schaltete sich wieder ein. »Ach, und was haben Sie zwischen den Bäumen gemacht? Warum waren Sie nicht auf dem Weg?«

Er senkte den Kopf. »Ich musste austreten.«

»Und weil Sie das zu Hause schon wussten, haben Sie sich gar nicht erst angezogen, sondern nur den Mantel übergeworfen. Damit es mit dem Pinkeln schneller geht.« Lydia verschränkte die Arme.

Palmerson blickte nicht auf. Er stand mit hängenden Schultern da. »Ich wollte dem Mädchen nichts tun, ehrlich nicht.«

»Dann sollten Sie uns besser die Wahrheit sagen.« Chris trat dicht vor ihn. »Geben Sie uns eine Chance, Ihnen zu glauben.«

Palmerson sah auf. »Ich tu doch keinem Kind was! So einer bin ich nicht. Das könnte ich gar nicht.« Er seufzte. »Sie hatte dieses große Fahrrad. Es war dämmrig. Ich dachte, sie sei älter. Erwachsen. Ich wollte doch kein kleines Mädchen erschrecken, das würde ich niemals tun!« Er nahm die Brille ab und fuhr sich mit einem Taschentuch über die Stirn.

»Sie geben also zu, dass Sie der Person, die auf dem Fahrrad den Weg entlangkam, aufgelauert haben?«, fragte Lydia.

»Ja.« Seine Antwort war fast nicht zu hören.

»In welcher Absicht?«

»Ich wollte … na ja, Sie wissen schon. Ich tue den Frauen doch nichts. Ich mache doch nichts Schlimmes.«

Lydia gab den Uniformierten ein Zeichen. »Herr Palmerson, ich nehme Sie fest unter dem dringenden Verdacht, in den letzten Monaten zahlreichen Frauen aufgelauert und sie sexuell belästigt zu haben.«

Die beiden Beamten nahmen Palmerson zwischen sich und gingen aus dem Zimmer. Als sie fort waren, blickte Lydia zu Chris hinüber. Es war das erste Mal, dass sie sich direkt in die Augen sahen. Keiner von beiden sprach.

»Alles okay?«, fragte Chris schließlich leise.

»Alles okay.«

Gemeinsam verließen sie die Wohnung.

Olaf Schwarzbach schob leise die Tür auf und schaltete das Licht an. Leonie schlief noch. Wie friedlich sie aussah! Er schluckte. Er tat das Richtige, auch wenn es sich falsch anfühlte. Das musste er sich immer wieder sagen. Behutsam berührte er ihre Schulter.

»Leonie, Schatz, aufwachen!«

Sie stöhnte und drehte sich auf die andere Seite.

»Leonie«, flüsterte er noch einmal. »Du musst aufstehen.«

Sie öffnete die Augen, erblickte ihn und fuhr hoch. Verschreckt sah sie sich im Zimmer um.

»Es ist alles in Ordnung, Liebes«, raunte er und legte ihr beruhigend die Hand auf die Schulter. »Aber du musst aufstehen. Ganz leise. Wir wollen Mama nicht wecken.«

»Was ist los?« Sie sah immer noch verängstigt aus. »Muss ich in die Schule?«

»Nein, es ist doch Samstag. Du hast keine Schule. Du und ich, wir fahren weg.« Olaf Schwarzbach bemühte sich, aufmunternd zu lächeln. Sie sollte nicht merken, dass er ebenso viel Angst hatte wie sie. Angst vor den Konsequenzen seiner Entscheidung.

»Weg?«

»Schscht. Mama schläft noch.«

»Weg?«, wisperte sie, diesmal leiser. »Wohin denn?«

»Das ist eine Überraschung.« Sein Herz krampfte sich zusammen. »Ich erkläre es dir im Auto.«

Verschlafen tapste Leonie ins Bad. Während sie sich die Zähne putzte, packte Olaf Schwarzbach eine kleine Tasche mit ein paar Kleidungsstücken und Büchern. Ratlos sah er sich im Zimmer um. Er musste sich eingestehen, dass er nicht so recht wusste, was ihr wichtig war. Spielte sie noch mit den Puppen, die nebeneinander auf dem Regal saßen? Oder beschäftigte sich mit den Brettspielen unten im Schrank? Auf dem Schreibtisch lag ihr Handy neben dem Mathebuch. Er zögerte, dann ließ er es in seiner Hosentasche verschwinden.

Wenig später verließen sie das Haus. Es war noch nicht ganz hell. Im Vorgarten gegenüber verbreitete eine Lichterkette an einem Tannenbaum festliche Stimmung. Sie schien ihn zu verhöhnen.

Er öffnete den Wagen. »Steig ein, Leonie.«

Sie berührte den Griff, doch sie machte keine Anstalten, die Tür zu öffnen.

Olaf Schwarzbach warf einen nervösen Blick in Richtung Haus. Nicht dass Melanie im letzten Augenblick noch etwas merkte! »Ich sagte doch, dass ich es dir unterwegs erkläre«, versicherte er. »Du musst keine Angst haben. Es ist alles in Ordnung.«

Er war ein schlechter Lügner. Leonie blickte drein, als führe man sie zu ihrer Hinrichtung. Nie zuvor war ihm aufgefallen, wie eingeschüchtert seine Tochter war. In ihrem Gesicht war keine Spur von Lebensmut zu erkennen, nicht ein Funke Neugier. Nur Resignation. Der Anblick bestärkte ihn in seinem Vorsatz. So konnte es nicht weitergehen. Auch wenn Leonie es vielleicht noch nicht begriff, er war dabei, ihr das Leben zu retten.

Er trat zu ihr und fuhr ihr sanft über das Haar. »Es wird alles gut, Liebes. Ich bin bei dir, ich passe auf dich auf.«

Thomas Hackmann stand auf dem Korridor und starrte auf die verschlossene Tür. Der Schlüssel in seiner Hand fühlte sich bleischwer an. Er zögerte, wog ihn in der Hand. Doch es käme einem Selbstmord gleich, die Tür aufzuschließen, am helllichten Tag, während es überall vor Kollegen wimmelte. Er seufzte. Erst ein einziges Mal hatte er den Schlüssel ausprobiert, hatte in Lydias Schreibtisch herumgewühlt und auf ihrem Computer nach verfänglichen Dateien gesucht. Leider ohne Ergebnis, wenn man von der Packung Kondome in der oberen Schublade absah.

Und dann war ihm dieser Kölner auch noch auf die Schliche gekommen, weiß der Himmel, wie er das angestellt hatte. Nein, er durfte es nicht riskieren, den Schlüssel noch einmal zu benutzen. Wirklich bedauerlich, denn er war sicher, dass Lydia einiges zu verbergen hatte. Doch für den Augenblick musste er sich damit zufrieden geben, dass er einen Schlüssel besaß und jederzeit Zugang zu Lydias Büro hatte. Dass er in ihr Leben eindringen konnte, wann immer es ihm beliebte. Das war immerhin ein Anfang.

Eine Tür knallte, Hackmann zuckte zusammen. Doch niemand näherte sich. Er steckte den Schlüssel in seine Hosentasche. Irgendwie würde er Lydia kleinkriegen. Vielleicht musste er nicht einmal etwas über sie herausfinden, vielleicht reichte es, wenn er sie fertigmachte. Sie war schließlich eine Frau, was hatte sie ihm schon entgegenzusetzen? Er grinste. War sie nicht eine Zeit lang regelmäßig zu dieser Psychotante gegangen? Also war sie mit Sicherheit labil, auch wenn sie immer die Starke spielte. Hieß es nicht: harte Schale, weicher Kern? Er musste diesen Kern bloß freilegen. Dann konnte er mit ihr machen, was er wollte.

Den Schlüssel hob er sich für eine besondere Gelegenheit auf. Bis dahin musste er sich in Geduld fassen. Hackmann überlegte. Vielleicht gelang es ihm ja, sich auch noch den Schlüssel zu ihrer Wohnung zu beschaffen. Das wäre absolut grandios. Geiler als Sex. Wenn sie ihm dann blöd kam, konnte er sich entspannt zurücklehnen, denn in seiner Hosentasche steckte der Schlüssel zur Macht.

Sie hatten beschlossen, Walter Palmerson dem Duo Meier und Schmiedel zu überlassen und zu den Bruckmanns zu fahren. Lydias Schädel hatte angefangen, leise zu pochen, als sie durch den Vorgarten auf das Haus zugingen. Salomon klingelte. Es dauerte ziemlich lange, bis im Haus Geräusche zu hören waren. Die Tür wurde einen Spaltbreit aufgezogen.

»Ach Sie.« Nicole Bruckmann schien erleichtert. »Ich dachte, es sei schon wieder die Presse. Die lassen einen nicht in Ruhe.«

Sie gingen ins Wohnzimmer. Seit sie das letzte Mal hier gewesen waren, am Tag von Antonias Tod, hatte es sich verändert. Schmutzige Gläser standen herum, Zeitungen türmten sich auf dem Boden, und auf dem Tisch lag die Informationsbroschüre eines Beerdigungsinstituts. Nicole Bruckmann warf das Heft achtlos auf den Zeitungsstapel und ließ sich in den Sessel fallen. Heute trug sie keinen Bademantel, sondern eine braune Cordhose und eine weinrote Bluse. Beides sah zerknittert aus, als hätte sie darin geschlafen. Sie bot ihnen nichts zu trinken an, worüber Lydia erleichtert war. Da es keine anderen Sitzgelegenheiten gab, nahmen Salomon und sie nebeneinander auf dem Sofa Platz. Beim Hinsetzen berührten sich ihre Schultern, und sie zuckte unwillkürlich zurück.

Salomon räusperte sich. »Ihr Mann ist nicht da, Frau Bruckmann?«

»Er macht ein paar Besorgungen.« Nicole Bruckmann wirkte müde, doch bei Weitem nicht so hilflos und am Boden zerstört wie beim letzten Mal. Lydia fragte sich, ob sie sich bereits mit dem Tod ihrer Tochter abgefunden hatte oder nur in Anwesenheit ihres Mannes so schwach war. Ob sie für ihn eine Rolle spielte. Hatte nicht alles an den beiden ein wenig einstudiert gewirkt an jenem Morgen nach dem Mord?

»Dann dürfen wir Ihnen ein paar Fragen stellen?« Salomon versuchte es offenbar auf die besonders einfühlsame Tour. Lydia beschloss, ihn erst einmal machen zu lassen.

»Selbstverständlich. Gibt es denn etwas Neues? Haben Sie an den Besenstielen etwas – etwas gefunden?« Nicole Bruckmann hob die Hand, ballte sie zur Faust und presste sie vor den Mund. Jetzt schien sie doch die Fassung zu verlieren.

»Nein«, sagte Salomon schnell. »Wir haben noch kein Ergebnis. Aber wir haben in anderer Beziehung Fortschritte erzielt.«

Lydia hätte bei dieser Formulierung beinahe laut aufgestöhnt, doch sie hielt sich zurück. Hier saßen zwei Menschen, die beide ihr Kind verloren hatten, da konnte sie nicht mitreden.

Nicole Bruckmann senkte langsam die Hand und nickte. »Ich verstehe. Worum geht es?«

»Kennen Sie einen Walter Palmerson?«, fragte Salomon. »Er wohnt ganz in der Nähe. Schlank. Unauffällige Erscheinung. Brille mit starken Gläsern.«

Nicole Bruckmann schüttelte den Kopf. »Den kenne ich nicht. Ist er …«

»Er ist vermutlich der Exhibitionist, aber das heißt nicht, dass er mit Antonias Tod etwas zu tun hat.«

Sie nickte stumm.

Lydia fand, dass es an der Zeit war, sich einzuschalten. »Wir können immer noch nicht ausschließen, dass Antonia ihren Mörder kannte«, sagte sie. »Wir müssen wissen, ob Ihnen in letzter Zeit an Ihrer Tochter etwas aufgefallen ist. War sie vielleicht verschlossener als sonst? Hat sie sich merkwürdig benommen? Hatte sie Geheimnisse?«

Nicole Bruckmann betrachtete ihre Hände. »Natürlich hat sie sich nach dem Umzug verändert. Aber nachdem sie sich mit Nora angefreundet hatte, hörte sie auf zu schmollen. Da war sie wie immer.«

»Auch in den letzten Tagen? Wie ist denn das mit den Fingern passiert?«

»Mit den Fingern?« Nicole Bruckmann sah sie verständnislos an.

»Sie konnte nicht Geige spielen, weil sie sich die Finger eingeklemmt hatte.«

Die Frau runzelte die Stirn. »Ja, das stimmt. Warum ist das wichtig?«

Lydia hatte nicht vor, sich durch Gegenfragen aus dem Konzept bringen zu lassen. »War Antonia ungeschickt?«, bohrte sie weiter. »Hat sie sich öfter verletzt?«

»Nein! Hat sie nicht.« Nicole Bruckmann klang empört, aber nicht defensiv. Sie öffnete den Mund, um etwas hinzuzufügen, doch dann brach sie ab, zögerte. »Da war etwas Komisches. Letzte Woche. Ich hatte es schon wieder vergessen. Ich kam in die Küche, und da stand ein Paket Salz auf dem Tisch, und sie wollte sich gerade einen Löffel in den Mund schieben. Ich schrie ›Halt!‹ und riss ihr den Löffel aus der Hand. Sie hatte einen seltsamen Gesichtsausdruck. Als ich sie gefragt habe, was sie mit dem Salz machen wollte, hat sie gesagt, sie hätte es für Zucker gehalten.«

»Sie haben ihr nicht geglaubt?«

»Mein Mann ist recht streng, und Antonia bekommt – bekam nicht sehr häufig Schokolade oder Süßigkeiten.« Nicole Bruckmann schwieg und biss sich auf die Lippe, bevor sie weitersprach. »Doch so heißhungrig, dass sie den Zucker pur löffeln wollte, kann sie nicht gewesen sein. Das hat sie auch noch nie zuvor getan. Sonst hätte ich es gemerkt. Außerdem war ich mir sicher, dass sie genau wusste, dass es Salz war.«

Lydia versuchte, sich behutsam auszudrücken. »Kann es sein, dass Toni sich manchmal selbst verletzt hat?«

»Selbst verletzt?«, fragte Nicole Bruckmann entsetzt. »Wie meinen Sie das?«

»Die eingeklemmten Finger, das Salz. Außerdem hatte sie Kratzer im Gesicht, die sie sich ebenfalls selbst beigebracht hat.«

Nicole Bruckmann starrte aus dem Fenster. »Sie hat sich schon ein bisschen seltsam benommen in letzter Zeit. Manchmal hatte ich das Gefühl, sie gar nicht mehr zu kennen. Richtig fremd kam sie mir vor. Und komische Fragen hat sie gestellt. Zu ihrer Herkunft und so. Ist plötzlich auf Distanz gegangen, hat sich nicht anfassen, nicht in den Arm nehmen lassen. Ich habe das für normal gehalten. Für die ersten Anzeichen der Pubertät. Meinen Sie, es steckte etwas anderes dahinter? Aber was?«

»Das kann ich nicht sagen«, antwortete Lydia rasch. »Was hat es denn mit ihrer Herkunft auf sich?«

»Wie meinen Sie das?« Nicole Bruckmanns Stimme klang plötzlich schrill.

»Wir haben die DNA von verschiedenen Personen an Ihrer Tochter gefunden«, erklärte Salomon. »Doch keine davon war mit ihr verwandt.«

»Ist das so ungewöhnlich?« Sie sah an ihm vorbei.

»Ihr Mann hat sie gefunden. Er hat versucht, ihr zu helfen. Er hat sie in seinen Armen gehalten. Zumindest seine DNA hätten wir an ihr finden müssen.«

Sie senkte den Kopf, doch sie erwiderte nichts.

»Frau Bruckmann?«, fragte Salomon sanft. »Möchten Sie uns etwas sagen?«

Sie schwieg.

»Frau Bruckmann«, sagte Lydia. »Wir müssen diese Dinge wissen.«

»Das müssen Sie nicht«, widersprach sie, den Blick immer noch auf den Boden gerichtet. »Es hat nichts mit Antonias Tod zu tun.«

»Wie können Sie da so sicher sein?« Mühsam unterdrückte Lydia den aufsteigenden Ärger. Was bildete diese Frau sich ein? Wollte sie ihnen vielleicht noch erklären, wie sie ihre Arbeit zu machen hatten? Das Pochen in ihrem Schädel nahm zu.

»Ich weiß es.« Nicole Bruckmann klang wie ein trotziges Kind, doch ihr Widerstand bröckelte.

Lydia holte tief Luft und blickte zu Salomon, der kaum merklich nickte. Er beugte sich vor und berührte Nicole Bruckmanns Hand.

»Wir müssen es trotzdem wissen. Wenn es nichts mit Antonias Tod zu tun hat, wird niemand sonst davon erfahren.«

Ein Versprechen, das auf tönernen Füßen stand. In einer Mordermittlung gab es keine Geheimnisse, alles sickerte früher oder später durch. Dreck schwimmt oben, wie Weynrath es auszudrücken pflegte. Doch Salomons Worte erfüllten ihren Zweck.

»Michael ist nicht Tonis leiblicher Vater.« Nicole Bruckmanns Stimme war kaum zu hören, ihre Finger zitterten. »Aber das hat nie einen Unterschied für uns gemacht. Antonia war unsere Tochter. Nur das hat gezählt.«

10

Veronika Halverstett stellte die Kaffeekanne auf dem Tisch ab. Durch die dünne Wolkendecke drangen ein paar Sonnenstrahlen und erhellten das Zimmer. Sie blickte hinaus in den Garten und seufzte.

»Die Hecke muss geschnitten werden.«

Klaus Halverstett brummte etwas, von dem er hoffte, dass es nach vager Zustimmung klang. Gartenarbeit war nicht sein Ding. Er liebte seinen Garten, er liebte sein Haus im Grünen, doch er wollte sich hier entspannen, nicht arbeiten.

»Vielleicht könnten wir ja dieses Wochenende mal gemeinsam …« Veronika ließ den Satz unvollendet.

Halverstett blickte von der Zeitung auf und versuchte den Ärger zu unterdrücken, der leise an ihm nagte. Er hasste es, wenn Veronika ihm mit solchen Andeutungen ein schlechtes Gewissen machte. Warum sagte sie nicht einfach, was sie wollte? Er legte die Zeitung weg. »Jetzt setz dich doch erst mal, damit wir in Ruhe frühstücken können.«

Veronika ließ sich auf ihrem Stuhl nieder und schenkte Kaffee ein. »Milch?«

»Danke.« Er nahm das Kännchen entgegen.

»Brötchen?« Sie hielt ihm den Korb hin.

»Danke.« Er griff hinein. Mitten in der Bewegung wurde er sich der Absurdität der Situation bewusst. Er und Veronika gingen so förmlich miteinander um, als wäre es ihr erstes gemeinsames Frühstück, als wären sie Fremde, die sich kaum kannten. Dabei kannten sie sich nur zu gut, doch sie hatten beide Angst, mühsam gekittetes Porzellan erneut zu zerschlagen. Sie wussten, es war ihr letzter Versuch. Entweder es klappte, oder es war endgültig Schluss.

Halverstett gab sich einen Ruck. »Hast du nicht etwas von einer neuen Galerie erzählt, die du dir gern ansehen möchtest? Was hältst du davon, wenn wir das heute gemeinsam machen?«

Veronika lächelte dünn. »Du musst nicht mitkommen, wenn du nicht magst. Ich weiß, dass du dir nichts aus Kunst machst.«

»Vielleicht kannst du mich ja bekehren? Ich werde versuchen, die Bilder mit deinen Augen zu sehen.«

Sie hob die Augenbrauen.

Er legte den Kopf schief. »Du hältst mich für einen hoffnungslosen Fall?«

Jetzt lächelte sie wirklich. »Nein, Klaus. Das tue ich nicht. Oder sagen wir, was die Kunst angeht, könnte es stimmen. Doch das ist nicht alles im Leben.«

Erleichtert nahm er einen Schluck Kaffee und schnitt

sein Brötchen auf. Sein Unbehagen war verflogen. Vielleicht gab es ja tatsächlich Hoffnung für ihre Ehe. »Ich darf also mitkommen?«

»Musst du denn nicht arbeiten? Ich möchte dich nicht von einem wichtigen Fall abhalten.«

»Es ist Samstag.« Er legte eine Scheibe Käse auf eine Brötchenhälfte und biss hinein.

»Das hat dich früher auch nicht abgehalten.« Veronikas Mund war wieder schmal geworden, das Lächeln war verschwunden.

Halverstett schluckte, bevor er antwortete. Der nagende Groll war zurück, sodass er den Bissen kaum herunterbekam. »Es wird auch in Zukunft hin und wieder vorkommen, bei einem dringenden Fall. Doch im Augenblick bearbeite ich nur Routinesachen, ich habe mich absichtlich dafür gemeldet, damit ich etwas mehr Zeit für uns habe.«

»Und du vermisst die spektakulären Morde nicht?«, fragte Veronika spitz. »Deine Kollegen bearbeiten doch gerade den Fall mit dem Mädchen, das die Treppe hinuntergestürzt ist. Ich habe in der Zeitung davon gelesen. Wärst du nicht gern dabei?«

Halverstett legte sein Brötchen weg. Ihm war der Appetit vergangen. Was war nur los mit Veronika? Wollte sie ihn quälen? Auf die Probe stellen? Oder war sie ehrlich an dem interessiert, was er fühlte? »Natürlich würde mich dieser Fall mehr reizen als Selbstmorde auf Bahngleisen oder Stadtstreicher, die im Suff stürzen«, antwortete er, um Geduld bemüht. »Aber hinter jedem Fall steht ein Mensch, dessen Tod geklärt werden muss. Und manchmal sind auch diese Fälle nicht so klar, wie sie auf den ersten Blick scheinen.«

»Ach?«

»Das interessiert dich doch nicht.« Er gab sich keine Mühe mehr, seinen Ärger zu verbergen.

Doch Veronika ließ sich nicht beirren. »Machen wir es wie mit der Kunst. Versuch, mein Interesse zu wecken.«

Halverstett unterdrückte einen Seufzer. Eigentlich wollte er dieses Wochenende tatsächlich nicht an die Arbeit denken. Andererseits hatte Veronika ihm versprochen, das, was ihm wichtig war, mehr zu respektieren; er musste ihre Bemühungen würdigen. Er erzählte ihr von Fred Gärtner, dem Märchenonkel, dessen Fall er diese Woche hatte abschließen müssen, obwohl sein Instinkt ihm sagte, dass er noch nicht abgeschlossen war.

»Gab es denn irgendwelche Indizien, die in eine andere Richtung gedeutet haben?«, fragte Veronika.

»Außer meinem Bauchgefühl? Nein.«

Veronika nahm einen Schluck Kaffee und musterte ihn, als wäre er das Werk eines neuen, vielversprechenden Kunsttalents, dessen Qualitäten sie noch nicht überzeugt hatten. »Könnte es sein, dass du einfach nur möchtest, dass mehr dahintersteckt?«

»Warum?«, fragte Halverstett barsch zurück.

»Weil du viel lieber an komplizierten Fällen arbeiten würdest, es aber mir zuliebe im Augenblick nicht tust.« Sie klang triumphierend, so als hätte sie einen Sieg über ihn errungen.

Er starrte sie mit offenem Mund an.

»Weißt du was, Klaus?«, fuhr Veronika fort. »Wir müssen doch nichts erzwingen. Unsere Ehe hat dreißig Jahre lang gut funktioniert, indem wir beide uns gegenseitig Freiräume gelassen haben, sodass jeder seinen Interessen nachgehen konnte. Warum sollen wir jetzt damit anfangen, uns füreinander zu verbiegen?«

»Was meinst du damit?«

Sie stand auf und begann, den Tisch abzuräumen. »Fahr ins Präsidium und lies dir noch einmal die Akte von diesem Stadtstreicher durch. Oder tu, was auch immer du tun musst. Ich fahre in die Galerie. Mit einer Freundin. Und heute Abend gehen wir schön essen. Was hältst du davon?«

Er nickte. Das klang vernünftig. Aber es stimmte nicht. Es hatte nicht dreißig Jahre lang gut funktioniert. Mindestens die letzten zehn Jahre hatten sie nur noch nebeneinanderher gelebt. Und vorher hatten ihre Söhne die Kluft zwischen ihnen überdeckt. Er stand auf, er hatte keine Lust, darüber nachzudenken.

Kurz darauf stellte Halverstett seinen Wagen im Altstadtparkhaus ab. Er drängte sich zwischen den Menschenmassen hindurch, die mit Weihnachtseinkäufen beschäftigt waren, ließ den Weihnachtsmarkt mit seinen bunten Farben und atemberaubenden Gerüchen hinter sich und schlenderte scheinbar ziellos, doch unaufhaltsam, auf den Ort zu, der ihn magisch anzog. Die Treppe am Burgplatz. Trotz der Kälte setzte er sich auf die Stufen und starrte auf das graue, gurgelnde Wasser des Rheins. Ein Stück weiter hockten ein paar junge Leute in schwarzen, zerrissenen Klamotten und mit fantasievollen Frisuren. Er überlegte, ob er ihnen ein paar Fragen stellen sollte, ließ es aber bleiben. Ohne es zu wollen, dachte er an Maren. Sie war so anders als Veronika. Direkt. Aufrichtig. Bei Veronika hatte er immer das Gefühl, dass alles, was sie sagte und tat, sorgfältig durchdacht und geplant war. Nicht dass er sie für eine Intrigantin hielt. Doch sie hatte so viele Gesichter, dass ihm die Frau dahinter immer noch fremd war.

Ein Mann ließ sich neben ihm nieder. Er stank grauenvoll, doch Halverstett zwang sich, nicht wegzurücken. Der Mann hielt ihm eine halbvolle Schnapsflasche hin. »Auch einen Schluck?«

»Nein, danke.«

»Bist wohl im Dienst?«

Halverstett starrte den Mann an. Er war jung, viel jünger, als er aussah, vermutlich erst Anfang zwanzig. Doch seine Augen wirkten müde. »Nein, ich bin nicht im Dienst.«

»Du bist doch der Bulle, der den Tod von dem Märchenonkel untersucht, oder?«

»Der bin ich.« Halverstett verzichtete darauf, ihm mitzuteilen, dass der Fall bereits abgeschlossen war. Er hatte keine Lust auf eine Tirade, wie ungleich die Todesfälle von reichen Leuten und Verlierern wie Fred Gärtner behandelt wurden. Man konnte es hundert Mal erklären, das Misstrauen blieb.

»Habt ihr euch den Ecki mal vorgenommen?«

»Wer ist Ecki?« Halverstett glaubte nicht wirklich an eine neue Spur, doch er spürte, wie sein Puls sich beschleunigte.

»Ecki ist Ecki. Ich weiß nicht, wie der weiter heißt. Der hängt normalerweise im Hofgarten ab.«

»Und warum sollten wir uns den vornehmen?«

»Weil er Zoff mit dem Märchenonkel hatte.«

Halverstett sah den Jungen an. »Wir haben uns umgehört. Du bist der Erste, der behauptet, der Märchenonkel hätte mit jemandem Streit gehabt.«

»Ich lüge nicht.«

»Worum ging es denn bei dem Streit?«

»Weiß ich nicht. Es war auch kein richtiger Streit. Ich saß daneben, als die beiden rumgezankt haben. Ich glaube, der Märchenonkel hatte was gefunden, und der Ecki hat behauptet, dass es ihm gehört. Das macht der immer. Wenn man was Gutes findet, kommt der an und sagt: Das ist meins, das hab ich verloren. Der spinnt.«

»Wie ist der Streit ausgegangen?«

»Der Märchenonkel ist abgehauen. Der Ecki hat noch ein bisschen rumgeschimpft und sich dann auch verdrückt.«

»Weißt du noch, wann das war?«

»Na, an dem Tag, als er gestorben ist. Der Märchenonkel, meine ich.«

Halverstett erhob sich. »Wo finde ich dich, wenn ich noch Fragen habe?«

»Na hier.« Er machte eine einladende Geste. »In meinem Wohnzimmer. Erstklassige Lage mit Rheinblick.«

Halverstett wandte sich ab. Er wusste, dass es ein Strohhalm war, an den er sich klammerte. Doch er war nicht erst seit gestern bei der Kripo. Im Laufe der Jahre hatte sich so mancher Strohhalm als verdammt solide erwiesen.

Lydia hatte das Gefühl, tausend Jahre nicht geschlafen zu haben; nicht die ideale Voraussetzung, um die Besprechung zu leiten. Doch sie hatte keine Wahl. Sie leerte ihren Kaffeebecher und trat ans Fenster. Noch fünf Minuten. Eine kurze Atempause, ein wenig Ruhe. Hinter ihr klopfte es, die Tür wurde behutsam geöffnet. Also nicht einmal fünf Minuten. Sie seufzte und drehte sich um. Gerd Köster stand vor ihr.

»Alles in Ordnung?«, fragte er und schloss die Tür hinter sich.

»Klar.« Sie hatte keine Lust, sich verhätscheln zu lassen.

»Du siehst nicht gut aus, Lydia.« Er musterte sie, sein Gesichtsausdruck war besorgt. »Ganz bleich und mager. Bedrückt dich etwas?«

»Nein!« Am liebsten hätte sie ihn angeschrien. Schon allein weil er es wagte, sie Lydia zu nennen. Gerd Köster war der Einzige, dem sie das manchmal durchgehen ließ. Doch wenn er es dazu benutzte, ihr auf die väterliche Tour zu kommen, machte sie das wütend.

»Schon gut.« Er hob die Hände. »Ich wollte dir nicht zu nahetreten. Ich wollte nur sagen: Wenn du eine Schulter zum Anlehnen brauchst, ich bin da.«

»Danke.« Es klang ironischer, als sie beabsichtigt hatte.

Doch Köster schien es nicht bemerkt zu haben. »Kein Kerl der Welt ist es wert, sich für ihn die Gesundheit zu ruinieren.«

Lydia starrte ihn an. Worauf wollte er hinaus?

»Entschuldige.« Er sah plötzlich verlegen aus. »Es ist nur … ich meine, du siehst nicht so aus, als wäre es der Fall, der dir Sorgen bereitet.«

»Ach, nein?« Sie schaffte es kaum noch, ihre Wut im Zaum zu halten, lediglich die Neugier brachte sie dazu, sich zu beherrschen. Und die Angst. Konnte es sein, dass Köster gestern Abend etwas gesehen hatte? Dass er über sie und Salomon Bescheid wusste? »Wonach sieht es denn für dich aus?«

»Nach Liebeskummer.«

Sie lachte auf. »Da habe ich wohl was verpasst.«

»Wie du meinst.« Er rückte seine Brille zurecht. »Ich wollte mich nicht einmischen. Geht mich ja nichts an. Ich wollte nur …« Er brach ab.

Lydia blickte auf die Uhr. »Es wird Zeit.« Sie ging zur Tür.

Köster folgte ihr zögernd. Er hielt die Klinke fest, sah sie an. Von Verlegenheit keine Spur mehr. »Ich bin jedenfalls da. Jederzeit. Auch mitten in der Nacht, wenn es sein muss. Falls du es dir anders überlegst.« Er machte die Tür auf und ging voran zum Besprechungsraum.

Sprachlos schaute Lydia ihm hinterher. Er war ihr Mentor gewesen, hatte sich immer schützend vor sie gestellt, gerade in den Anfangszeiten, als sie sich mühsam ihren Platz in der Männerwelt des Polizeipräsidiums hatte erstreiten müssen. Aber diese Zeiten waren vorbei. Sie war nicht mehr sein kleines Mädchen. Sie schloss eine Sekunde lang die Augen, dann zog sie die Bürotür zu, schloss ab und folgte ihm.

Bis auf Meier und Schmiedel waren bereits alle versammelt und rutschten erwartungsvoll auf ihren Stühlen hin und her.

Heinz Schröder knetete ungeduldig die Finger. »Die lassen sich bestimmt noch das Geständnis unterschreiben.«

»Du glaubst wirklich, dass dieser Mann das Mädchen umgebracht hat?« Gerd Köster schüttelte den Kopf.

»Was weiß ich. Jedenfalls hat der Typ ein ernsthaftes Problem.«

Erik Schmiedel und Reinhold Meier polterten zur Tür herein und unterbrachen die Spekulationen.

Auf einen fragenden Blick von Lydia hin schüttelte Schmiedel den Kopf. »Er hat die Belästigungen der Frauen zugegeben. Ohne Ausnahme, auch den Zwischenfall mit der kleinen Katja. Aber der will er nur geholfen haben. Und von Antonia Bruckmann hat er angeblich nie etwas gehört.«

»Glaubt ihr ihm?« Lydia machte sich eine Notiz auf ihrem Block.

Meier und Schmiedel, die sich inzwischen auf ihren Plätzen niedergelassen hatten, sahen sich an.

»Also, der Erik hält ihn für ehrlich«, sagte Meier. »Ich habe da so meine Zweifel. Ich bin mir sicher, dass der Typ uns was verheimlicht. Vielleicht keinen Mord. Aber irgendwas hat der auf dem Kerbholz, das über die Exhibitionistenkiste hinausgeht.«

»Okay. Ihr bleibt dran. Lasst ihn nicht vom Haken. Kommen wir zur Familie Bruckmann. Salomon und ich waren noch mal da. Diesmal war die Mutter allein zu Hause. Das war sehr aufschlussreich. Antonia ist nicht Michael Bruckmanns Kind.«

»Oho!«, rief Heinz Schröder.

»Das erklärt, warum keine der DNA-Spuren einen Verwandtschaftsgrad mit dem Mädchen aufwies«, sagte Ingo Wirtz. »Immerhin ein Rätsel gelöst.«

»Aber eins, das gleich neue Fragen aufwirft«, wandte Gerd Köster ein und fuhr sich über sein Stoppelhaar. »Hat Michael Bruckmann gewusst, dass er nicht Tonis Vater war? Was ist mit dem leiblichen Vater? Was weiß er? Wo lebt er? Könnte er etwas mit Antonias Tod zu tun haben?«

Chris Salomon blätterte in der Akte, die vor ihm auf dem Tisch lag. »Das haben wir Nicole Bruckmann natürlich auch alles gefragt. Ihr Mann wusste von Anfang an Bescheid, behauptet sie, und es hat ihm nichts ausgemacht. Und Antonias leiblicher Vater weiß angeblich nichts von seiner Vaterschaft. Er lebt im Ausland, Aufenthaltsort unbekannt.«

Ruth Wiechert hörte auf, auf ihrer Unterlippe zu kauen. »Ist das glaubwürdig?«

»Die Frage ist«, korrigierte sie Erik Schmiedel, »ob wir es glauben müssen. Oder besser gesagt, ob es uns überhaupt interessiert. Wenn Walter Palmerson unser Mann ist, ist es vollkommen irrelevant, wer der leibliche Vater des Mädchens war.«

»Das ist richtig«, sagte Lydia. »Deshalb hätte ich gern ein Stimmungsbild. Wer von euch hält diese neue Sachlage für relevant? Salomon?« Sie wandte sich zu Chris um. Sie wusste zwar bereits, was er dachte, doch sie wollte noch einmal alle Meinungen hören.

»Ich glaube nicht an den Exhibitionisten.« Salomon klopfte mit dem Kuli auf die Akte. »Meiner Meinung nach liegt das Motiv für die Tat in der Familie. Also finden wir den Täter dort. Aber ich halte es für unwahrscheinlich, dass es um die Vaterschaft geht.«

Lydia nickte. »Köster?«

»Ich schließe mich im Großen und Ganzen Chris an. Auch wenn ich nicht ganz ausschließen möchte, dass Palmerson doch der Täter ist.«

»Schröder?«

»Der Exhibitionist ist unser Mann.« Schröder verschränkte die Arme. »Wir sollten uns nicht verzetteln.«

»Wirtz?«

Ingo Wirtz drehte den Daumen abwärts. »Unwahrscheinlich, dass der Mord was mit der Vaterschaft zu tun hat. Das Mädchen war zehn. Warum sollte das also plötzlich eine Rolle gespielt haben? Ich würde Bruckmann befragen, um sicherzustellen, dass er es tatsächlich seit Jahren wusste. Womit dieses Motiv ausscheidet.«

»Meier?«

»Vergiss es. Halten wir uns an Palmerson.«

»Schmiedel?«

»Hmm.« Schmiedel warf Meier einen kurzen Blick zu, bevor er antwortete. »Falls wir Palmerson als Mörder ausschließen können, würde ich da noch mal nachhaken.«

»Okay. Wiechert?«

Ruth Wiechert trommelte mit den Fingern auf die Tischplatte. »Ich würde der Sache nachgehen. Ist doch merkwürdig, dass die Eltern es nicht gleich erwähnt haben.«

»Warum sollten sie? Wenn es vollkommen irrelevant ist?«, fuhr Meier dazwischen.

»Meier! Lass sie ausreden!« Lydia rieb sich die Schläfen. Ihr Schädel hatte noch keine Ruhe gegeben. Im Gegenteil, das Pochen wurde immer heftiger.

»Man kann nie wissen, was noch dahintersteckt«, sagte Ruth Wiechert mit einem wütenden Blick zu Meier. »Ich würde den leiblichen Vater auf jeden Fall überprüfen.«

»Gut, danke.« Lydia legte den Kuli auf den Tisch. »Ich sehe das ähnlich wie die Mehrheit. Ich habe meine Zweifel, was Palmerson angeht, aber die Sache mit der Vaterschaft erscheint mir doch etwas abwegig. Ich schließe mich Salomon an. Wir sollten uns die Familie selbst nochmals genau ansehen – und natürlich als Erstes Bruckmann fragen, ob er tatsächlich wusste, dass er nicht Tonis Vater ist.«

»Ganz wie du meinst«, sagte Wiechert. Sie klang beleidigt. »Aber ich glaube, du machst einen Fehler.«

»Das Risiko nehme ich in Kauf.« Lydia wollte sich abwenden, doch Ruth Wiechert war noch nicht fertig.

»Es gibt da noch eine Klassenkameradin«, sagte sie, »die in den letzten Tagen nicht in der Schule war. Mit der würde ich gern heute noch reden. Angeblich war sie öfter mit Nora und Antonia zusammen. Vielleicht weiß sie etwas. Ist das in Ordnung?«

Lydia bemühte sich, den eingeschnappten Tonfall zu überhören. »Gute Idee. Mach das.« Sie sah zu Meier und Schmiedel hinüber. »Und ihr zwei befragt Palmerson noch einmal.«

»Geht klar, Chefin.«

»Ich wäre gern dabei«, sagte Schröder. »Schließlich sind Kerle wie der mein Spezialgebiet.«

»Im Augenblick nicht. Meier und Schmiedel sind ein eingespieltes Team. Du würdest sie nur durcheinanderbringen.«

Schröder öffnete den Mund, um zu protestieren, fing jedoch einen warnenden Blick von Gerd Köster auf und schwieg.

»Es gibt noch was Neues aus dem Labor«, fuhr Lydia fort. Sie hatte den Blickwechsel zwischen Köster und Schröder genau beobachtet, doch sie ließ sich nichts anmerken. »An einem der Besenstiele aus dem Haus Bruckmann waren Blutreste. Antonias Blutgruppe. DNA-Abgleich steht allerdings noch aus. Das Blut war am Ende des Stiels, also genau dort, wo man es bei einer vorgetäuschten Vergewaltigung erwarten würde.«

»Wie gut, dass die Kleine da schon tot war«, flüsterte Köster und rieb sich die Stirn.

»Außerdem befanden sich zahlreiche Fingerabdrücke auf dem Holz.« Lydia zog es vor, nicht auf Kösters Einwurf einzugehen. »Die meisten allerdings verwischt. Abgleich steht noch aus. Dürfte aber nicht ganz leicht werden. Eigentlich hatte sich die KTU erhofft, anhand der Position der Abdrücke die herausfiltern zu können, die vom Täter stammen. Er hat ja den Besen nicht so gehalten wie beim Fegen. Aber es sieht nicht gut aus.«

»Schade«, sagte Schmiedel. »In diesen amerikanischen Krimiserien funktioniert das immer.«

»Das hier ist aber keine Fernsehserie«, fuhr Wiechert ihn an.

»Ist mir schon klar«, gab er gelassen zurück. »Manchmal wünsche ich mir eben, wir wären technisch schon so weit, wie die Fernsehproduzenten es uns vorgaukeln.«

»Solange das nicht der Fall ist, arbeiten wir mit den Methoden weiter, die uns zur Verfügung stehen.« Lydia hatte aus den Augenwinkeln registriert, wie Salomon bei Ruth Wiecherts Ausbruch die Augen verdreht hatte. Und sie musste ihm innerlich zustimmen. Warum musste diese Frau immer so mit ihren Gefühlen hausieren gehen? Das machte es für sie alle nur schwerer. Und Sympathien brachte es ihr auch nicht ein. Im Gegenteil, sie ging allen damit auf die Nerven. Lydia verteilte weitere Aufgaben und beendete die Besprechung.

Danach schickte sie Salomon ins Büro, den Bericht über das Gespräch mit Nicole Bruckmann schreiben, und machte sich auf den Weg zur Staatsanwältin, um sie über die neuesten Entwicklungen zu unterrichten.

Es war bereits Mittag, als Lydia in den Trakt der Mordkommission zurückkehrte. Auf dem Gang herrschte Stille. Sie trat in ihr Büro, wo Chris Salomon am Fenster stand und hinausstarrte. Den Brief, der am Tag zuvor die Katastrophe ausgelöst hatte, hielt er in der Hand.

»Schmeiß ihn weg«, sagte Lydia.

»Ja.« Er rührte sich nicht.

Ihr fiel etwas ein. »Der Text klang übrigens ziemlich komisch für einen Kinderbrief. So gestelzt.«

Er drehte sich um und lächelte müde. »Kinder in dem Alter schreiben solche Briefe nicht selbstständig. Das sind die Formulierungen der Mutter.«

»Verstehe.« Natürlich! Da hätte sie auch selbst drauf kommen können.

»Die würden gar keinen Brief schreiben«, fuhr Chris fort, »sondern vermutlich über irgendein Internetforum Kontakt aufnehmen.« Er hob die Schultern. »Na ja, mit acht vielleicht noch nicht, aber mit zehn oder zwölf bestimmt.«

Lydia nickte nachdenklich. »Zu blöd, dass Antonia Bruckmann keinen Computer hatte.«

Salomon knüllte den Brief zusammen und warf ihn in den Müll. »Das heißt aber nicht, dass sie nicht doch im Netz unterwegs war. Zum Beispiel vom Rechner ihrer Freundin aus.«

Lydia versuchte, sich zu erinnern. »Hat Nora einen Computer? Ich gebe zu, ich habe nicht drauf geachtet.«

»In ihrem Zimmer stand keiner. Aber es gibt bestimmt einen in der Wohnung. Und Noras Mutter ist nicht so streng wie die Bruckmanns. Nora darf ihn bestimmt benutzen.«

»Wir sollten nachsehen, ob wir die Mädchen irgendwo im Netz finden. Bei Schüler-VZ, Facebook oder wie diese Netzwerke heißen.« Lydia atmete erleichtert durch.

Sie hatten zu so etwas wie Normalität zurückgefunden. In ein paar Wochen wäre das, was zwischen ihnen passiert war, nichts weiter sein als eine blasse Erinnerung.

Salomon setzte sich. »Wir sollten Ingo darauf ansetzen. Ich glaube, der kennt sich in diesen Dingen ganz gut aus.«

»In Ordnung. Machst du das?«

»Klar.« Er stand wieder auf und sah sie an. »Tust du mir in der Zwischenzeit einen Gefallen?«

Sie zuckte unwillkürlich zusammen. »Was denn?«

»Lass den Brief verschwinden. Ich traue mir selbst nicht. Es könnte sein, dass ich ihn in einem schwachen Moment wieder aus dem Müll fische.«

Als er draußen war, schnappte Lydia sich das Schreiben und hielt ihr Feuerzeug daran. Sie legte es auf die Fensterbank und sah zu, wie es sich in den Flammen drehte und wand. Sie hatte gerade die Asche im Waschbecken weggespült, als Salomon zurückkehrte, Ruth Wiechert im Schlepptau.

»Riecht verbrannt hier«, sagte sie. »Ich dachte, ihr beiden raucht nicht.«

»Stimmt, aber ich gebe gern Feuer.« Lydia warf Salomon einen Blick zu, der unruhig im Zimmer umherschaute, vermutlich auf der Suche nach den Überresten des Briefs.

Ruth machte einen Laut, der wie »Och« klang, und blinzelte verunsichert. Wahrscheinlich fühlte sie sich auf den Arm genommen. Dabei hatte Lydia ihr die Wahrheit gesagt. Sie hatte tatsächlich immer ein Feuerzeug dabei, weil es sich als sehr effektives Instrument zur Kontaktaufnahme erwiesen hatte. Da sie selbst nicht rauchte, war sie diejenige, die Feuer gab. Es funktionierte erstaunlich oft.

Chris räusperte sich. »Ruth hat etwas herausgefunden.«

»Und?«

»Diese Klassenkameradin, Pia, ich habe mit ihr gesprochen«, sagte Wiechert. »Sie hat mir erzählt, dass Antonia vor einigen Wochen ein Mädchen kennengelernt hat, eine neue Freundin. Sie und Nora hätten ein großes Geheimnis daraus gemacht. Niemand durfte etwas wissen. Toni und dieses Mädchen seien wohl ziemlich dick befreundet gewesen, Nora war angeblich außen vor. Pia meint, dass sie vielleicht eifersüchtig war.«

»Und?«, fragte Lydia ungeduldig. »Wer ist diese geheimnisvolle neue Freundin? Geht sie auf die gleiche Schule?«

»Nein. Sie wohnt in einem anderen Stadtteil. Leider wusste Pia nur den Vornamen. Sie heißt Leonie.«

II

Erik Schmiedel schaltete den Recorder ein und sagte den üblichen Spruch auf. Dann wandte er sich an den Mann, der mit zusammengesunkenen Schultern auf dem Stuhl ihm gegenüber saß.

»So, Herr Palmerson. Da sind wir wieder. Müssen wir noch einmal von vorn anfangen? Oder möchten Sie endlich reden?«

»Ich habe alles gesagt«, flüsterte der Mann.

»Also noch mal von vorn«, sagte Schmiedel mit einem kurzen Seitenblick auf seinen Kollegen Reinhold Meier, der neben ihm am Verhörtisch Platz genommen hatte. »Wir haben Zeit. Erzählen Sie uns, wie es angefangen hat.«

»Wie was angefangen hat?«

»Na, ihr spezielles – wie soll ich es nennen – Hobby? Laster?«

»Ich weiß nicht.« Palmerson betrachtete seine Hände. »Es war immer schon da. Dieser – dieser Drang, es den Frauen zu zeigen.«

»Es den Frauen zu zeigen?«, rief Meier dazwischen. »Was genau wollten Sie den Frauen zeigen?«

»Na ja, Sie wissen schon. Ich wollte, dass sie mir dabei zusehen. Ich fand das – erregend.«

»Und es war Ihnen egal, wie die Frauen das fanden?«, fragte Schmiedel.

Palmerson zuckte mit den Schultern. »Ich habe ihnen doch nichts getan.«

»Das würden die Frauen aber nicht so sehen.«

»Es tut mir leid.«

Meier schnaubte. »Was hat denn Ihre Ehefrau zu Ihren speziellen Neigungen gesagt? Musste sie Ihnen auch zusehen?«

»Marga?« Palmersons Kopf schoss hoch. »Nein, niemals. Sie wusste nichts davon. Ich habe es auch fast nie getan in all den Jahren. Ich hätte es nicht ertragen, wenn sie davon erfahren hätte. Sie war so, so feinsinnig. So sanft.«

»Aha.« Meier trommelte mit den Fingern auf den Tisch. »Und nachdem sie im Mai verstorben war, hatten Sie endlich freie Bahn. Da haben Sie sich so richtig ausgetobt. Alles nachgeholt, was Sie in den Jahren davor verpasst hatten.«

»Bei Ihnen klingt das so – so hart.«

»Ach. Wie würden Sie es denn ausdrücken?«

»Ich habe Marga geliebt. Ihr Tod war schrecklich für mich. Ich bin in ein tiefes schwarzes Loch gefallen. Diese Sachen – ich meine, das, was ich gemacht habe, hat mich abgelenkt.«

»Abgelenkt?« Schmiedel starrte ihn an. »Was, glauben Sie, würde Ihre Frau sagen, wenn sie wüsste, auf welche Art Sie sich von der Trauer über ihren Tod abgelenkt haben?«

Palmerson senkte wieder den Blick. »Sie hat es ja nicht mehr mitbekommen. Sie ist ganz friedlich eingeschlafen. Auf dem Wohnzimmersofa. Sie war älter als ich, acht Jahre. Als ich sie da liegen sah, die Sonne auf ihrem Gesicht, da wäre ich ihr am liebsten auf der Stelle gefolgt. Ich habe sogar die Packung Schlaftabletten aus dem Bad geholt. Doch dann hatte ich nicht den Mut.«

»Was war mit Antonia Bruckmann?« Meier hörte auf, mit den Fingern zu trommeln.

»Ich kannte das Mädchen nicht.«

»Sie hat ganz in Ihrer Nähe gewohnt. Freiheitstraße. Zehn Jahre alt, blonde lange Haare.«

»Vielleicht habe ich sie schon mal gesehen. Ich weiß nicht.«

»Wo haben Sie sie gesehen?«

»Ich sagte doch, dass ich es nicht weiß. Es ist möglich. Diese Kinder sehen doch alle gleich aus. Ich schaue da nicht so genau hin.«

»Aber bei Frauen, da schauen Sie genau hin?«

Palmerson schwieg.

Meier und Schmiedel sahen sich an. Schmiedel zuckte mit den Schultern. Meier öffnete den Mund.

Da klopfte es, Spunte steckte den Kopf zur Tür herein.

»Das solltet ihr euch ansehen.« Er winkte mit einem Blatt Papier.

Schmiedel erhob sich und nahm es entgegen.

»Was ist das?«, fragte er mit gesenkter Stimme.

»Die Auswertung der Fingerabdrücke«, erwiderte Spunte ebenso leise.

»Und? Mach's nicht so spannend.«

»Walter Palmersons Abdrücke waren am Rahmen der Terrassentür vom Haus der Bruckmanns«, flüsterte Spunte.

»Ach du Scheiße.«

»Eben.« Spunte drückte ihm den Zettel in die Hand, nickte zum Abschied und zog die Tür hinter sich zu.

Schmiedel ging zurück zum Tisch und setzte sich wieder. Wortlos schob er Meier den Zettel hin.

»So, Herr Palmerson«, sagte er gedehnt. »Und jetzt erzählen Sie uns mal, was Sie im Haus der Familie Bruckmann gemacht haben. Und zwar ganz genau.«

Palmerson riss die Augen auf. Sein Gesicht wurde schlagartig weiß. Auf seiner Stirn sammelten sich winzige Schweißperlen. Er begann zu röcheln. Dann rutschte er vom Stuhl.

»Scheiße!«, fluchte Meier und griff nach dem Telefon. »Einen Notarzt ins Vernehmungszimmer. Schnell!«, brüllte er in den Hörer.

Schmiedel hatte dem Bewusstlosen bereits das Hemd geöffnet und fühlte am Hals nach seinem Puls. Er blickte hoch zu Meier. Einen Moment lang starrten sie sich an.

»Wenn der uns draufgeht, kriegen wir den Ärger unseres Lebens«, murmelte Meier.

»Damit konnte doch keiner rechnen.«

»Ich weiß. Den Ärger haben wir trotzdem an der Backe.«

Auf dem Weg nach Vennhausen hielten Chris und Lydia an einer Pizzeria auf der Bilker Allee, um etwas zu essen. Während sie auf die Pizzas warteten, klingelte Chris' Handy. Er zog es hervor und schaute auf das Display. Sonja. Er spürte, wie ihm die Hitze ins Gesicht schoss. Sie hatten vereinbart, dass sie ihn nie während der Dienstzeiten anrief, allerdings war er bei einem Fall wie diesem nahezu rund um die Uhr im Einsatz. Das konnte Sonja nicht wissen.

»Deine Ärztin?«

Er wusste nicht, wie er Lydias Blick deuten sollte, und nickte verlegen.

»Geh schon ran. Ich kümmere mich um unser Essen.«

Er ging hinaus auf die Straße, kalter Wind schnitt ihm ins Gesicht. »Sonja? Ich muss noch arbeiten.«

»Oh, das ist schade. Ich dachte, wir könnten ein bisschen über den Weihnachtsmarkt spazieren.«

»Tut mir leid, aber da wird wohl nichts draus.«

»Alles okay?«

»Ja, natürlich.« Er hörte die Irritation in seiner Stimme, doch es gelang ihm nicht, sie zu unterdrücken. Warum musste sie auch ausgerechnet jetzt anrufen?

»Hört deine Kollegin mit?«

»Sozusagen.«

»Ich verstehe.«

»Es ist wirklich ein ungünstiger Zeitpunkt. Ich rufe dich heute Abend an, einverstanden?«

»Einverstanden.«

In dem Augenblick kam Lydia mit den zwei Pizzakartons aus dem Laden. Rasch unterbrach er die Verbindung und stopfte das Handy zurück in seine Jacke. Es hatte angefangen zu schneien, und winzige Flocken landeten auf Lydias Haar, ihrem grünen Parka und den bunt bedruckten Kartons. Geistesabwesend betrachtete Chris sie, sah für den Bruchteil einer Sekunde nicht die zähe, abgebrühte Ermittlerin, sondern die verletzliche Frau vor sich, von der Lydia sonst nichts preisgab.

»Ist was?«, fragte sie.

»Steht dir gut.«

»Was? Die Pizzakartons?«

Er lächelte. »Der Schnee.«

Sie verdrehte die Augen, drückte ihm die Kartons in die Hand und marschierte zum Wagen. Wortlos schlangen sie die Pizza herunter. Als sie fertig waren, bedeckte eine hauchdünne Schneeschicht das Auto.

Lydia startete den Motor und stellte den Scheibenwischer an. »Auf geht's.«

Fünfzehn Minuten später hielten sie vor dem Haus der Familie Diercke. Kerstin Diercke schien nicht sonderlich erfreut über ihren Besuch.

»Ist es wirklich nötig, dass Sie das Kind noch einmal so durcheinanderbringen? Nach Ihrem letzten Besuch war sie völlig verstört.«

»Wir müssen trotzdem mit ihr sprechen, Frau Diercke«, sagte Lydia knapp. »Es ist wichtig.«

»Aber sie hat Ihnen doch alles gesagt, was sie weiß.«

»Eben da sind wir uns nicht so sicher.«

Kerstin Diercke öffnete den Mund, doch sie sagte nichts. Wortlos zog sie die Wohnungstür auf. In der Essecke stand noch das Mittagsgeschirr.

»Jan!«, rief sie über die Schulter. »Jan, habe ich nicht gesagt, dass du abräumen sollst?« Sie drehte sich zu Chris und Lydia um. »Ich sage Nora Bescheid. Bitte warten Sie hier.«

Sie verschwand im Flur und öffnete die Tür mit dem rosa Namensschild.

Die Wohnzimmertür sprang auf, und Jan Diercke erschien. Er würdigte sie keines Blickes und begann, die Teller zusammenzustellen.

»Sie können jetzt kommen.« Kersten Diercke war lautlos zurückgekehrt.

Diesmal lag Nora auf dem Boden und malte. Die Stifte waren auf dem Teppich verstreut, ihr Bild zeigte drei Mädchen auf einer Wiese. Sie trugen Jeans und bunte T-Shirts, rekelten sich im Gras und lachten ausgelassen. Zwei der Mädchen hatten lange blonde Haare, das dritte braune. Irgendetwas an den Mädchen sah merkwürdig aus, doch Chris hätte nicht sagen können, was. Vielleicht lag es daran, dass Nora die Proportionen nicht genau getroffen hatte. Die Köpfe waren im Verhältnis zu den Körpern riesig.

Chris hockte sich auf den Boden und ergriff die Gelegenheit. »Sind das Antonia und du?«

»Kann sein.«

»Und das dritte Mädchen. Wer ist das?«

»Weiß nicht. Irgendeine Freundin.«

»Das ist bestimmt Pia«, sagte Kerstin Diercke. »Sie geht in Noras Klasse und spielt manchmal mit den beiden. Spielte, meine ich.« Sie kniete sich neben Nora. »Das bringt mich auf eine Idee. Wir könnten Pia doch einladen. Ihr könntet ein bisschen zusammen spielen. Was meinst du, Nora?«

Nora antwortete nicht.

»Also ich glaube, dass das auf dem Bild gar nicht Pia ist«, sagte Chris langsam. »Ich finde, sie sieht aus wie Leonie.«

Nora fuhr herum und starrte ihn an. »Du kennst Leonie?«

»Sie ist eure Freundin, deine und Tonis«, erwiderte er. »Stimmt's?«

Nora wandte sich ab und malte weiter an der grünen Wiese. Sie achtete nicht auf die drei Figuren im Gras, sondern übermalte das ganze Blatt, so als rolle eine grüne Flutwelle über die Mädchen hinweg.

»Wann habt ihr Leonie denn kennengelernt?«, fragte Lydia. Sie war als Einzige stehen geblieben.

»Ich weiß nicht.«

»Bitte, Nora«, sagte Kerstin Diercke sanft. »Du musst den beiden Kommissaren sagen, was du weißt. Kennt ihr diese Leonie vielleicht aus dem Reitunterricht?«

»Die beiden reiten?«, fragte Chris.

»Nicht mehr.« Kerstin Diercke seufzte. »Sie haben im Herbst ein paar Stunden genommen. Doch dann ist eins der anderen Mädchen vom Pferd gestürzt und hatte eine Gehirnerschütterung. Daraufhin hat Tonis Mutter es nicht mehr erlaubt. Sie hatte Angst, dass ihrer Tochter etwas zustößt.«

Einen Augenblick lang war es still im Zimmer, nur das Kratzen des Filzstifts war zu hören.

»Bitte, Nora«, versuchte Chris es noch einmal. »Erzähl uns von Leonie. Woher kennt ihr sie? Wo wohnt sie?«

Nora drückte heftig den Deckel auf den Stift und schleuderte ihn in die Zimmerecke. »Leonie war nicht unsere Freundin! Sie ist eine blöde Ziege!«

»Warum denn das?«, fragte Chris.

»Weil sie immer alles besser weiß.«

»Du magst sie nicht?«

»Nein.« Sie verschränkte die Arme.

»Mochte Toni sie?«

»Nein!«

»Aber ihr beide habt mit ihr gespielt.«

»Nur anfangs. Als wir noch nicht wussten, wie doof sie ist.« Nora bohrte mit der Fingerspitze ein kleines Loch in das Bild, dort, wo es von der grünen Farbe feucht und wellig war.

»Dann sag uns doch bitte, wo sie wohnt«, bat Chris mit sanfter Stimme.

»Ich weiß es nicht genau.« Nora blickte kurz zu ihm auf. »Bei Oma.«

»Bei Oma?« Chris sah sie verständnislos an.

»Ich weiß, was sie meint.« Kerstin Diercke lächelte. »Meine Mutter wohnt in Wersten. Nora fährt sie hin und wieder besuchen. Allein. Der Bus hält praktisch genau vor der Haustür. In letzter Zeit war Toni ein paarmal mit Nora dort. Ich nehme an, diese Leonie lebt in Wersten. Stimmt das, Nora?«

Nora nickte stumm.

Chris war überzeugt, dass Nora mehr wusste. »Und ihr wart nie bei ihr zu Hause?«, fragte er.

Nora schüttelte den Kopf.

»Aber du weißt doch, wie sie mit Nachnamen heißt«, bohrte er weiter.

Nora reagierte nicht.

Kerstin Diercke erhob sich.

»Warum ist das denn so wichtig?«, fragte sie Lydia. »Ich dachte, Sie hätten den Täter gefasst?«

»Dazu kann ich Ihnen nichts sagen«, erwiderte Lydia.

»Denk noch mal nach, Nora«, sagte Chris. Er war noch nicht bereit aufzugeben. »Dann fällt dir der Name bestimmt wieder ein.«

In dem Augenblick klingelte Lydias Handy.

»Ja, Meier, was gibt's?« Sie lauschte. »Was? Soll das ein Witz sein?« Ein gedämpfter Redeschwall war zu hören. »Wo ist er jetzt?« Wieder wartete sie. »In Ordnung. Sorgt dafür, dass er rund um die Uhr bewacht wird. Wir fahren so schnell wie möglich hin.«

Chris sah sie an. »Ist was passiert?«

»Später.« Sie sah auf Nora hinunter. »Sobald wir wissen, wo wir diese Leonie finden. Vielleicht sollten wir uns mal Noras Handy ansehen. Du hast doch ein Handy, Nora? Und du hast doch bestimmt Leonies Nummer gespeichert?«

Nora starrte sie an.

»Schwarzbach«, sagte sie fast tonlos. »Sie heißt Leonie Schwarzbach. Sie wohnt auf der Ickerswarder Straße. Aber die Nummer weiß ich wirklich nicht.«

Sie verabschiedeten sich und gingen. Beim Auto hielt Chris es nicht mehr aus. »Was wollte Reinhold?«

»Palmerson hatte einen Herzanfall. Sie haben ihn ins EVK bringen lassen.«

»So ein Mist. Hat er irgendwas gesagt, bevor er zusammengebrochen ist?«

»Nein. Aber sie haben Fingerabdrücke von ihm an Bruckmanns Terrassentür gefunden.«

»Oh Gott. Das glaube ich nicht.«

Lydia starrte auf den schneebepuderten Boden zu ihren Füßen. »Vielleicht ist er doch unser Mann.«

»Fahren wir ins Krankenhaus?«

»Erst wenn die Spur Leonie Schwarzbach geklärt ist.«

Chris nickte. Er fühlte sich benommen, aber das lag vielleicht nur an der Kälte.

»Ich bringe dich zu den Bruckmanns, und du fragst sie nach Leonie«, fuhr Lydia fort. »Ich schaue mir in der Zeit die Familie Schwarzbach an. Wenn sich nichts Interessantes daraus ergibt, belassen wir es dabei.«

»Gut.«

Lydia schloss den Wagen auf, doch sie stieg nicht ein. »Ist dir auch aufgefallen, wie verrenkt Antonia auf Noras Bild aussah?«

»Verrenkt?« Jetzt, wo Lydia es aussprach, dämmerte es Chris. Das war es, was ihn irritiert hatte.

»Ihr Kopf saß ganz schief auf dem Hals.« Lydia spielte mit dem Schlüssel in ihrer Hand. »Sie hat ihre Freundin mit gebrochenem Genick gemalt.«

Olaf Schwarzbach lenkte den Wagen in die Einfahrt und stellte den Motor ab, doch es fehlte ihm die Kraft auszusteigen. Er überlegte. Er könnte einkaufen fahren, oder in die Firma. Es gab immer Dinge zu erledigen. Auch samstags. Er griff nach dem Schlüssel. Zu spät. Die Haustür ging auf, und Melanie trat heraus. Sie winkte. Ihr Lächeln schnitt ihm ins Herz. Noch wusste sie nicht, dass er allein in dem Wagen saß, dass Leonie fort war. Sekundenlang schloss er die Augen, sammelte Mut, dann stieg er aus.

»Wo wart ihr?«, fragte Melanie, als er sie erreichte.

»Komm mit rein, dann erzähle ich es dir.«

Melanie schaute verwundert zum Auto. »Wo ist Leonie?«

»Ich sagte doch, dass ich es dir drinnen erkläre. Komm schon.«

»Wo ist sie?« Melanies Stimme klang mit einem Mal schrill. »Was ist los? Ist sie krank? Hast du sie ins Krankenhaus gebracht?« Sie rannte zum Wagen, zerrte an den Türgriffen, spähte durch die Scheiben. »Leonie! Leonie!« Sie stürzte zu ihm zurück, zog an seinem Ärmel. »Wo ist mein Kind? Wo ist sie?«

Er machte sich los und trat ins Haus.

»Olaf! Antworte mir!« Melanie folgte ihm in die Küche.

Er ließ sich auf einem Stuhl nieder. »Leonie geht es gut.«

Das war gelogen. Sie hatte ihn mit großen, angsterfüllten Augen angeschaut, als er sich verabschiedet hatte. Die Frau, die auf seine Tochter aufpassen sollte, war ihm auf Anhieb unsympathisch gewesen. Sie war groß und dick und hatte etwas von einer Dampfwalze, die krampfhaft gute Laune verbreitete. Sie hatte Leonie selbstgebackene Weihnachtsplätzchen aufgenötigt, sie an ihren riesigen wabbelnden Busen gedrückt und dann in ein Zimmer voller Plüschtiere und Puppen geschoben.

»Wo ist sie denn?«, fragte Melanie wieder, ein bisschen ruhiger.

»Setz dich. Bitte.«

Melanie hockte sich auf die Stuhlkante. Ihr Blick war misstrauisch.

»Ich habe schon ein paarmal versucht, mit dir darüber zu reden«, begann Olaf. Ihm wurde abwechselnd heiß und kalt, sein Rücken war klatschnass.

»Worüber?« Wieder klang ihre Stimme, als würde sie sich jeden Moment überschlagen.

»Dass Leonie ständig krank ist«, sagte er, ohne sie anzusehen.

Melanie antwortete nicht.

»Ich habe mich schlaugemacht, habe uns Unterstützung gesucht.«

»Unterstützung? Was für eine Unterstützung?«

»Wir schaffen das nicht allein.« Er nahm ihre Hand.

»Was schaffen wir nicht allein?« Sie schaute ihn verständnislos an. »Ich verstehe das nicht. Wovon redest du überhaupt?«

»Du bist krank, Melanie. Du brauchst Hilfe. Diese Krankheit nennt man Münchhausen-Stellvertreter-Syndrom.«

Sie zog die Hand weg, sagte nichts, schaute ihn nur fassungslos an.

»Du machst Leonie absichtlich krank«, fuhr er fort, »damit du dich um sie kümmern kannst. Ich weiß nicht, warum du das tust. Vielleicht weil du Svenja nicht helfen konntest. Weil du es an Leonie wiedergutmachen möchtest. Du musst eine Therapie machen. Damit ihr beide gesund werden könnt.«

Melanies Unterlippe zitterte. »Ich habe unserer Tochter nie etwas getan, Olaf. Keiner unserer Töchter. Wie kannst du es nur wagen …«

»Bitte, Melanie!« Olaf beugte sich vor, wollte wieder ihre Hand nehmen, doch sie sprang auf, stolperte rückwärts, bis sie gegen die Spüle stieß.

»Wo ist Leonie?«, flüsterte sie. »Wo ist meine Tochter? Wo hast du sie hingebracht?«

»An einen sicheren Ort.«

»An einen sicheren Ort?«, schrie sie. »Du meinst einen Ort, wo sie sicher vor *mir* ist?«

»Das hast du gesagt.« Er erhob sich, bewegte sich jedoch nicht auf sie zu.

»Und du hast es gemeint.« Melanie stand da. Tränen liefen ihr über das Gesicht, ihr ganzer Körper zitterte.

Olaf Schwarzbach fühlte sich wie ein Schwein. »Ich möchte dir doch nur helfen, Melanie.«

»Ich verstehe«, murmelte sie mit gepresster Stimme, wandte sich ab und ging aus der Küche. Er hörte, wie sie die Treppe hinaufrannte und die Badezimmertür hinter sich zuknallte.

Benommen ließ er sich wieder auf den Stuhl sinken. Er sollte ihr folgen, sie beruhigen, in den Arm nehmen, doch er war unfähig, sich zu bewegen. Eine tiefe, schwere Müdigkeit legte sich über ihn. Leonie hatte ihre zweite Chance sein sollen, ihre Chance auf ein wenig Glück, nachdem ihnen Svenja auf so grausame Weise genommen worden war. Was für eine idiotische Idee. Als könne ein Kind ein anderes ersetzen, als könne es die Wunden heilen, die der Tod aufgerissen hatte, als könne es heilen, was unheilbar war.

Oben im Bad fiel etwas zu Boden, Glas splitterte. Erschrocken sprang Olaf auf. Melanie! Wenn ihr etwas zustieß, würde er sich das nie verzeihen.

12

Chris Salomon zögerte, bevor er den Klingelknopf drückte. Die Aussicht darauf, noch einmal mit den Bruckmanns zu sprechen, hob nicht gerade seine Stimmung. Seit Sonjas Anruf hatte er schlechte Laune. Er war verärgert, hatte das Gefühl, Sonja wäre in einen Teil seines Lebens eingedrungen, in dem sie nichts verloren hatte. Doch in Wirklichkeit ärgerte ihn nicht, dass sie ihm während der Arbeitszeiten hinterhertelefonierte, sondern dass Lydia Zeugin des Gesprächs geworden war. Die letzte Nacht saß ihm immer noch in den Knochen. Vermutlich versetzte es viele Männer in Triumphstimmung, innerhalb von wenigen Stunden mit zwei Frauen zu schlafen – und so glimpflich davonzukommen. Doch er fühlte sich mies dabei, und jede Kleinigkeit, die ihn an den Moment der Schwäche erinnerte, vergrößerte sein schlechtes Gewissen.

Chris klingelte, und im gleichen Augenblick waren hinter der Tür Schritte zu hören.

»Ich habe Ihren Wagen schon gesehen«, sagte Bruckmann statt einer Begrüßung und reckte den Hals. »Heute allein?«

»Guten Tag, Herr Bruckmann. Ich müsste kurz zwei Fragen klären.«

»Natürlich.«

Sie gingen in die Küche. Bruckmann setzte sich nicht, und Chris blieb ebenfalls stehen.

»Meine Frau hat sich hingelegt. Sie müssen also mit mir vorliebnehmen.«

»Kein Problem.« Das war womöglich eine gute Gelegenheit. Vielleicht ging Bruckmann mit dem Thema Vaterschaft von Mann zu Mann offener um. Chris beschloss, ohne Umschweife zur Sache zu kommen. »Ihre Frau hat uns erzählt, dass Sie nicht Antonias leiblicher Vater sind.«

In Bruckmanns Gesicht zuckte es kurz, doch er hatte sich sofort wieder im Griff.

»Was hat das mit Antonias Tod zu tun?«

»Vermutlich nichts.« Chris unterdrückte den Impuls, auf Bruckmanns unverhohlene Feindseligkeit ebenso schnippisch zu reagieren. »Trotzdem muss ich Sie fragen, ob Sie davon wussten.«

»Natürlich wusste ich es.« Bruckmann klang jetzt lässig, beinahe arrogant.

»Und?« Chris lehnte sich gegen die Arbeitsplatte und steckte die Hände in die Jackentaschen. Es sollte entspannt wirken, doch er merkte selbst, dass es eher einen unbeholfenen Eindruck machte.

»Nichts und«, blaffte Bruckmann. »Wollen Sie jetzt in unserem Privatleben herumschnüffeln?«

Chris nahm die Hände wieder aus den Taschen. »Herr Bruckmann, ich verstehe, dass das ein heikles Thema für Sie ist und Sie vermutlich nicht gern darüber sprechen. Aber ich muss ausschließen können, dass Antonias Herkunft etwas mit ihrem Tod zu tun hat.«

»Antonias Herkunft? Wie meinen Sie das?« Er klang plötzlich misstrauisch, hatte die Augen zusammengekniffen.

»Wissen Sie, wer Antonias Vater ist?«

Bruckmann stieß verärgert Luft aus. »Das hat meine Frau Ihnen doch schon erzählt. Oder nicht? Sie hatte eine kurze Affäre. Das war unmittelbar nach ihrer Krankheit. Wir hatten eine sehr schwere Zeit hinter uns, und um unsere Ehe stand es nicht so gut. Ich glaube, Nicole brauchte diese Affäre, um sich selbst zu beweisen, dass sie noch lebte. Dass sie den Tod besiegt hatte.«

»Und Sie haben das einfach so akzeptiert? Das Kind dieses fremden Mannes als ihr eigenes angenommen?«

»Ja. Ich war mir bewusst, dass ich meinen Anteil daran hatte, dass es so weit gekommen war.« Bruckmann wirkte mit einem Mal nicht mehr überheblich. Er ließ sich auf einem Stuhl nieder, legte die Hände auf den Tisch und musterte sie. »Und ich war froh über die zweite Chance. Antonias Vater war ein Urlaubsflirt. Nicole hat zu keinem Zeitpunkt etwas für ihn empfunden.«

»Kennen Sie ihn?« Chris setzte sich ebenfalls.

»Nein.« Bruckmann blickte auf. »Und Nicole weiß auch nicht mehr als seinen Vornamen. Kein Nachname. Keine Adresse. Er hat nichts mit unserem Leben zu tun. Außer dass er uns Toni geschenkt hat.« Er senkte den Kopf. »Toni war meine Tochter. Egal was Ihr Gentest dazu sagt.« Er sah Chris an. »Haben Sie Kinder?«

»Eine Tochter.« Die Worte kamen über seine Lippen, bevor sein Verstand ihn bremsen konnte.

»Dann verstehen Sie mich.«

Nicht im Geringsten, dachte Chris, ebenso wenig, wie Sie mich verstehen würden, selbst wenn Sie von Anna wüssten. Er räusperte sich und wechselte rasch das Thema. »Ich muss Ihnen noch eine weitere Frage stellen: Nora Diercke hat uns erzählt, dass Toni und sie vor einigen Wochen ein Mädchen kennengelernt hätten, eine gewisse Leonie. Sagt Ihnen der Name etwas?«

Michael Bruckmann sah ehrlich erstaunt aus. »Leonie? Nein. Den Namen habe ich noch nie gehört. Woher kannten die beiden das Mädchen denn?«

»Offenbar wohnt sie in der Nähe von Noras Oma in Wersten. Nora und Antonia haben ein paarmal dort gespielt. Ist das richtig?«

Bruckmann seufzte. »Mir war es gar nicht recht, dass die beiden so viel allein unterwegs waren. Sie waren doch erst zehn. Aber Kerstin sieht das alles viel lockerer. Vielleicht liegt es daran, dass sie einen älteren Sohn hat. Sie hat uns immer wieder überredet, Toni Dinge zu erlauben, die wir eigentlich strikt ablehnen.«

»So wie in der Stadt einzukaufen?«

»Ja. Ich fand, dafür waren sie noch zu klein.« Bruckmann fuhr sich durch das Haar, die Augen hinter den Brillengläsern schimmerten feucht. »Ich hätte besser auf sie aufpassen, hätte auf mein Gefühl hören sollen. Ich habe Toni mehr Freiheiten gelassen, als gut für sie war.«

»Toni ist zu Hause gestorben«, erinnerte ihn Chris. »Nicht irgendwo da draußen in der großen Stadt.«

Bruckmann starrte ihn an.

»Danke, dass Sie mich darauf hinweisen«, sagte er bitter.

Chris schluckte. In dem Augenblick hätte er geschworen, dass Michael Bruckmann nichts mit dem Tod seiner Tochter zu tun hatte. Dass seine Verzweiflung und sein Leid echt waren.

»Ich wollte damit nur sagen, dass sie nicht starb, weil Sie sie allein in die Stadt haben fahren lassen.«

Bruckmann antwortete nicht.

Chris wurde plötzlich wütend. Bruckmanns Selbstmitleid ärgerte ihn. Er hatte zumindest Gewissheit, konnte seine Tochter beerdigen, von ihr Abschied nehmen. Und wer weiß, vielleicht wusste er sogar, wie sie gestorben war. Er wäre nicht der erste Täter, der überzeugend den trauernden Hinterbliebenen spielte. Chris richtete sich auf. Es geht hier nicht um Anna und dich, ermahnte er sich. Mach deinen Job! Obwohl er versuchte, sich zusammenzureißen, fiel seine nächste Bemerkung nicht so professionell wie beabsichtigt aus. »Es scheint Dinge im Leben Ihrer Tochter gegeben zu haben, von denen Sie nichts wussten.«

Bruckmann öffnete den Mund, doch er schwieg.

»Geheimnisse«, fuhr Chris fort. »So wie diese neue Freundin, Leonie, von der Sie angeblich noch nie gehört haben. Es ist möglich, dass eins dieser Geheimnisse ihr den Tod gebracht hat.«

Maren Lahnstein schaltete die Schreibtischlampe an. Draußen wurde es bereits dunkel. Außer ihr hielt sich niemand mehr im rechtsmedizinischen Institut auf, schließlich war es Samstagnachmittag. Die meisten ihrer Kollegen hatten etwas Besseres zu tun, verbrachten Zeit mit ihrer Familie, mit Weihnachtseinkäufen oder Plätzchenbacken. Maren hatte keinerlei Pläne für den Tag. Vor ein paar Wochen noch hatte sie gehofft, ihre Freizeit demnächst öfter in angenehmer Gesellschaft zu verbringen. Ihre Freundschaft mit Klaus Halverstett – wenn man es so nennen konnte – war enger geworden. Sie waren sich nahegekommen. Nie zuvor war sie einem Mann begegnet, den sie für so aufrichtig und integer hielt. An dessen Seite sie sich so verstanden fühlte. Und dann hatte er einen Rückzieher gemacht. Dabei warf sie ihm nicht einmal vor, dass er es noch einmal mit seiner Frau versuchen wollte. Im Gegenteil, sie schätzte ihn umso mehr. Aber dass er jeglichen privaten Kontakt zu ihr abgebrochen hatte, verletzte sie zutiefst. Er hatte ihr gesagt, dass das die Bedingung seiner Frau sei, aber das machte es nicht besser. Im Gegenteil, sie fühlte sich doppelt zurückgewiesen.

Umso tiefer hatte sie sich in den letzten Wochen in die Arbeit gestürzt, hatte bis spät in die Nacht über dem Mikroskop gehockt und Gewebeproben gesichtet, hatte unaufgefordert Untersuchungen an Leichen durchgeführt.

Zwischenmenschliche Kontakte hatte sie auf ein Minimum reduziert, sie kosteten zu viel Kraft. Auch wenn sie versuchte, alle Kollegen zuvorkommend zu behandeln, beschränkte sie sich auf das Nötigste. Häufig war sie kurz angebunden, sogar schnippisch. Am wohlsten fühlte sie sich, wenn sie das Institut für sich allein hatte. Ihre Arbeit schien die einzige verlässliche Größe in ihrem Leben zu sein, und diese Erkenntnis verbitterte sie. Halverstett war nicht der erste Mann, der sie zurückgewiesen hatte, doch er war der erste, bei dem es so wehtat.

Maren zog die Tastatur des Computers zu sich heran und rief den vorläufigen Bericht zum Tod von Antonia Bruckmann auf. Rasch überflog sie den Text. Sie seufzte. Vielleicht jagte sie Gespenster. Zumindest glaubte ihr Kollege das. Er hatte ihre Beobachtung mit einem Achselzucken abgetan. Zu ungesichert, hatte sein Kommentar gelautete. Zu unspezifisch.

Aber sollte man nicht gerade beim Tod eines Kindes jedem noch so kleinen Hinweis nachgehen? Ihr hatte die Sache jedenfalls keine Ruhe gelassen, und so war sie nach dem Frühstück zur Universität gefahren, um sich Gewissheit zu verschaffen. Sie hatte ohnehin nichts Besseres vorgehabt. Einen eindeutigen Befund hatte sie zwar immer noch nicht, doch das Ergebnis der mikroskopischen Untersuchung war interessant. Und es hatte sie nachdenklich gestimmt. Wäre das Opfer ein älterer, übergewichtiger Mann gewesen, hätte sie der Sache keine große Bedeutung beigemessen. Doch bei einem zehnjährigen Mädchen war ein solcher Befund ziemlich auffällig.

Maren seufzte. Jetzt musste sie nur noch entscheiden, ob sie Lydia Louis sofort anrufen oder bis Montag warten sollte.

Lydia startete den Motor und schaltete das Licht ein. Die Dunkelheit war unvermittelt gekommen, mitten am Nachmittag hatte sie das Gefühl, es wäre Nacht. Sie sehnte sich danach, heimzufahren und endlich einmal acht Stunden durchzuschlafen. Doch bis dahin lag noch ein steiniger Weg vor ihr. Sie musste diese mysteriöse Leonie Schwarzbach befragen, dem Krankenhaus einen Besuch abstatten und eine letzte Dienstbesprechung abhalten. Wenn das alles war. Vermutlich musste sie zudem einen Wutausbruch von Weynrath über sich ergehen lassen.

Über Funk forderte Lydia die genaue Adresse der Familie Schwarzbach an. Der Kollege teilte ihr mit, dass in dem Haus drei Personen gemeldet seien, Olaf und Melanie Schwarzbach mit ihrer Tochter Leonie. Lydia gab Gas. Sie war erleichtert, dass sie Salomon bei den Bruckmanns zurückgelassen hatte. Sosehr sie sich auch bemühte, sich nichts anmerken zu lassen, in seiner Gegenwart fühlte sie sich befangen. Es war, als belauerten sie sich ständig gegenseitig. Sie hoffte, dass diese Verlegenheit sich bald legte, denn der Fall erforderte ihre ganze Konzentration. Andererseits musste sie sich eingestehen, dass sie beide die Situation ziemlich gut meisterten. Immerhin war es noch keine vierundzwanzig Stunden her, dass sie übereinander hergefallen waren wie zwei ausgehungerte Raubtiere.

Inzwischen war Lydia auf der Ickerswarder Straße angekommen und hielt Ausschau nach der richtigen Hausnummer. Im Dunkeln ein schwieriges Unterfangen. Hinter ihr hupte jemand lautstark und preschte vorbei. Sie hielt ihren Mittelfinger gegen die Windschutzscheibe, doch es war unwahrscheinlich, dass der Kerl etwas davon mitbekam. Dabei hätte sie ihm gern ihren Dienstausweis unter die Nase gehalten und ihn nach allen Regeln der Kunst zusammengeschissen. Streng nach Vorschrift natürlich.

Beinahe wäre sie an dem Haus vorbeigefahren. Es war grau und auf eine altmodische Art spießig, mit einem Windfang aus transparentem, gewelltem Kunststoff und braun gerahmten Doppelglasfenstern. Zudem sah es ein wenig vernachlässigt aus. Während auf den Nachbargrundstücken die Wege frisch gekehrt und gestreut waren und der Weihnachtsschmuck in den Fenstern leuchtete, sammelte sich auf dem Anwesen der Familie Schwarzbach altes Laub in den Ecken, und einige der Steinplatten, die zum Eingang führten, waren gesprungen. Vertrocknete Grashalme ragten aus den Ritzen.

Lydia parkte in der Einfahrt. Noch bevor sie den Wagen abgeschlossen hatte, öffnete sich die Haustür und ein Mann trat heraus. Er war dunkelblond, kräftig gebaut und trug einen Schnauzbart.

»Wollen Sie zu uns?«, rief er.

»Herr Schwarzbach?«

»Ja?« Er klang argwöhnisch, als wäre er auf der Hut.

Sie ging näher und fummelte ihren Dienstausweis aus der Hosentasche. »Lydia Louis, Kripo Düsseldorf. Könnte ich kurz reinkommen?«

Trotz der schlechten Beleuchtung sah Lydia, wie der Mann blass wurde. »Worum geht es denn?«

»Es ist kalt. Vielleicht sollten wir das besser im Haus besprechen.«

Olaf Schwarzbach zögerte. »Meine Frau ist nicht ganz gesund.«

Noch ein Mann, der seine kranke Frau beschützt, schoss es Lydia durch den Kopf. »Es dauert nicht lang.«

»Also gut.« Er machte einen Schritt zur Seite und ließ sie eintreten. Im Inneren zögerte er einen Moment. »Da entlang«, sagte er und öffnete eine Tür.

Ein kleines Wohnzimmer befand sich dahinter, dessen Einrichtung ebenso wie das Haus selbst aus den fünfziger Jahren zu stammen schien. Die Sitzecke war dunkelgrün, Sofa und Sessel hatten geschwungene Armlehnen aus Holz. In der Ecke auf einer Anrichte stand ein Foto, zusammen mit einem Strauß Blumen und einer Kerze, die jedoch nicht brannte. Das ganze Ensemble wirkte wie ein kleiner Altar. Unwillkürlich trat Lydia näher. Die rechte Ecke des Fotos war mit einem schwarzen Band abgedeckt. Es zeigte ein blondes Mädchen im Vorschulalter.

»Unsere Tochter Svenja. Sie starb vor zwölf Jahren. Ein Tumor. Sie wäre heute siebzehn.«

»Das tut mir leid.« Lydia wusste, wie unangemessen ihre Worte waren, aber was sonst sagte man in einem solchen Fall? Ein Gedanke kam ihr: Wenn dieses Mädchen vor zwölf Jahren gestorben und Leonie im gleichen Alter wie Antonia und Nora war, dann hatte sie ihre große Schwester nie kennengelernt.

Olaf Schwarzbach räusperte sich, und Lydia drehte sich zu ihm um.

»Ich würde gern mit Leonie sprechen«, sagte sie ohne weitere Erklärung.

»Worüber denn?« Immer noch wirkte er misstrauisch.

»Antonia Bruckmann. Sagt Ihnen der Name etwas?«

Olaf Schwarzbach schüttelte den Kopf. Er sah zugleich verwirrt und erleichtert aus. »Wer ist das? Ein Mädchen aus Leonies Schule?«

»Das glaube ich nicht. Es sei denn, Ihre Tochter geht in die Rudolf-Steiner-Schule in Gerresheim.«

»Nein. Sie ist auf einer normalen Grundschule, hier in Wersten.« Er wirkte jetzt entspannt.

Lydia erwog herauszufinden, vor welcher Frage Schwarzbach Angst gehabt hatte, doch sie verwarf den Gedanken sofort. Das hatte nichts mit ihrem Fall zu tun, und im Grunde interessierte es sie auch nicht. Also konzentrierte sie sich auf ihr eigentliches Anliegen. »Und Sie haben noch nie von Antonia gehört? Oder von Toni?«

»Nein. Der Name sagt mir nichts. Was ist denn mit dem Mädchen? Ist ihr etwas zugestoßen?«

Lydia zögerte. »Sie wurde ermordet. Haben Sie nicht in der Zeitung davon gelesen?«

»Ermordet? Wie furchtbar!« Schwarzbach schüttelte den Kopf. »Was für eine schreckliche Welt.« Er sah Lydia an. »Davon wusste ich nichts. Ich komme selten dazu, einen Blick in die Zeitung zu werfen. Ich leite ein kleines Unternehmen. Da ist immer viel zu tun.« Er nahm auf dem Sofa Platz und deutete auf den Sessel. »Setzen Sie sich doch. Ermordet, tatsächlich? Das ist wirklich schlimm. Aber was hat das mit Leonie zu tun?«

»Angeblich haben Antonia und Leonie sich vor ein paar Wochen angefreundet.« Lydia ließ sich auf dem Sessel nieder. Er war hart und unbequem. »Es könnte sein, dass Ihre Tochter etwas weiß, das uns weiterhilft.«

»Ich verstehe.«

»Könnte ich sie jetzt sprechen, bitte?«

»Das geht leider nicht.« Schwarzbach wirkte mit einem Mal wieder angespannt.

Lydia musterte ihn argwöhnisch. »Warum nicht?«

»Sie ist krank. Es geht ihr nicht gut.«

»Es geht ganz schnell. Ich habe nur ein paar Fragen.« Sie beugte sich vor. »Es ist wirklich wichtig.«

Olaf Schwarzbach stand auf. »Ich kann Ihnen im Augenblick nicht erlauben, mit meiner Tochter zu sprechen«, sagte er mit entschlossener Stimme. »Bitte verlassen Sie jetzt mein Haus.«

Lydia starrte ihn an, erstaunt über den erneuten Stimmungsumschwung. So einfach wollte sie sich nicht abwimmeln lassen. »Könnte ich dann wenigstens mit Ihrer Frau reden? Vielleicht weiß sie etwas.«

»Nein, sie hat auch noch nie etwas von dieser Antonia gehört. Außerdem ist sie nicht da.« Er ging in Richtung Diele und blieb auffordernd auf der Schwelle stehen.

Lydia erhob sich und folgte ihm zur Haustür. »Ich komme wieder, wenn es Ihrer Tochter besser geht.«

Schwarzbach erwiderte nichts. Er schob sie beinahe zur Tür hinaus und knallte sie zu, kaum dass Lydia vor das Haus getreten war. Nachdenklich blickte sie an der Fassade hoch. In keinem der Fenster im oberen Stockwerk brannte Licht. Aber das musste nichts bedeuten. Wenn Leonie krank war, schlief sie vielleicht, und Melanie Schwarzbach war ja angeblich nicht zu Hause. Hatte Schwarzbach nicht am Anfang ihres Gesprächs behauptet, dass seine Frau nicht ganz gesund sei? Lydia überlegte kurz, ob sie noch einmal klingeln und den Mann mit seiner Lüge konfrontieren sollte, doch dann fiel ihr ein, dass sie dringend zu Palmerson ins Krankenhaus fahren musste, schließlich war er ihr Hauptverdächtiger. Auf ihn sollte sie sich konzentrieren. Dieses Herumschnüffeln im Leben fremder Familien förderte zwar eine Menge Dreck zutage, jedoch vermutlich kaum Antonia Bruckmanns Mörder.

Chris Salomon schloss die Tür auf, nahm den Karton und betrat das Haus. Ein fremder Geruch empfing ihn, Sonjas Parfüm und etwas anderes, das er nicht einordnen konnte. Eine sich langsam verflüchtigende Erinnerung an die vergangene Nacht. Mit dem Fuß schob Chris die Tür zu. Im Dunkeln tastete er sich in die Küche und stellte den Karton auf dem Tisch ab. Noch bevor er das Licht einschaltete, öffnete er den Kühlschrank und nahm eine Flasche Kölsch heraus. Der erste Schluck tat unendlich gut, war herb, kühl und tröstlich. Er hatte Sonja auf den nächsten Morgen vertröstet, ihr ein fürstliches Frühstück im »Bastian's« versprochen. Er brauchte Ruhe, Zeit für sich. Sie hatte verständnisvoll reagiert, sie arbeitete in Schichtdienst im Krankenhaus und wusste, dass man manchmal nach einem harten Arbeitstag allein sein musste.

»Ich werde dich beim Wort nehmen und Champagner und Kaviar bestellen«, hatte sie lachend gesagt.

Und er hatte seine Entscheidung schon fast wieder bedauert, eine plötzliche, fast schmerzhafte Sehnsucht nach ihr verspürt, nach ihrem unbekümmerten Lachen, ihrem warmen, weichen Körper.

Chris trank noch einen Schluck Bier, schaltete das Licht an, ging zurück zum Tisch und betrachtete den Karton. Er versuchte sich zu erinnern, wann er das zum letzten Mal getan hatte, heimlich Beweisstücke aus dem Präsidium geschmuggelt, um sie in seinen eigenen vier Wänden in aller Ruhe durchzusehen. So manches Mal war ihm dabei die entscheidende Idee gekommen. Heute allerdings hatte der Karton ihm als Vorwand gedient, um Sonja absagen zu können. So war es ihm leichter gefallen, den unangenehmen Anruf zu tätigen. Dennoch konnte es nichts schaden, sich den Inhalt noch einmal anzusehen. Er klappte den Karton auf und entnahm nacheinander die Beutel mit den beschlagnahmten Gegenständen. Alle stammten aus Antonia Bruckmanns Kinderzimmer. Ein MP3-Player, auf dem sie nichts außer der Musik gefunden hatten, die bei den Kindern in Antonias Alter gerade angesagt war. Der Inhalt des Papierkorbs, der aus zwei Taschentüchern, einer leeren Tintenpatrone, ein paar angefangenen Zeichnungen und Bonbonpapieren bestand. Eine Kladde, die zunächst vielversprechend nach einem Tagebuch ausgesehen hatte, dann aber nur zwei völlig belanglose Einträge aus der Zeit vor dem Umzug der Familie nach Düsseldorf enthielt. Ein Adressbuch mit den Anschriften von früheren Freundinnen aus Münster.

Chris setzte sich und betrachtete die Gegenstände. Mit einem Mal schossen ihm Tränen in die Augen. Ohne es zu wollen, musste er an Anna denken, daran, dass in ihrem Zimmer jetzt ähnliche Dinge herumliegen würden. Anna wäre inzwischen acht. Sie würde reiten oder Ballettunterricht nehmen, heimlich den Lippenstift ihrer Mutter ausprobieren und über ihre blöden Lehrer stöhnen. Wütend rieb Chris sich über das Gesicht, doch die Tränen flossen weiter. Mit einer Handbewegung fegte er die Beweisbeutel vom Tisch und ließ die Stirn auf die harte Holzplatte knallen. Der Schmerz beruhigte ihn. Einen Moment verharrte er so.

Als Chris seinen Kopf wieder anhob, fühlte er sich besser. Er leerte die Bierflasche und holte sich eine zweite aus dem Kühlschrank. Dann machte er sich daran, die Tüten vom Boden aufzusammeln. Was für eine Schnapsidee, die Sachen mit nach Hause zu nehmen! Er hatte gar nicht ernsthaft gehofft, etwas zu finden, das sie übersehen hatten, und er hatte auch keinen Vorwand für Sonja gebraucht; er hatte sich ein Stück Anna nach Hause holen wollen, ein Stück von der Anna, die es nicht gab, die es nie geben würde.

Behutsam legte er die Zeichnungen in den Plastikhüllen nebeneinander. Zwei zeigten Versuche, ein Pferd zu malen, sie waren mehrfach ausradiert und am Ende offenbar zusammengeknüllt worden. Ein Blatt war mit geometrischen Mustern bedeckt, Linien, Rechtecke und Quadrate. Neben einem Rechteck stand etwas und war wieder durchgestrichen worden. Chris kniff die Augen zusammen, um es zu entziffern: Wohnzimmer. Mit einem Mal begriff er. Das war kein Muster, sondern ein Grundriss, und zwar des Hauses der Familie Bruckmann. Das Erdgeschoss und der erste Stock waren nebeneinander gezeichnet, was man nicht gleich erkannte. Doch wenn man es wusste, waren die einzelnen Räume gut zu erkennen. Auch die Treppe war eingezeichnet, allerdings ohne Stufen, mehr als eine Art langgezogenes Rechteck.

Mit gerunzelter Stirn betrachtete Chris die Zeichnung. Hatte Antonia sie vielleicht noch in Münster angefertigt, um sich mit dem neuen Heim vertraut zu machen? Oder hatte sie die Skizze für eine Freundin aus ihrer alten Heimatstadt gezeichnet, um ihr zu zeigen, wie sie jetzt wohnte?

Chris zuckte mit den Schultern. Es gab Dutzende mögliche Erklärungen, weshalb Antonia dieses Bild gezeichnet hatte. Den wahren Grund würde er wohl nie erfahren.

13

Sonntag, 9. Dezember

Kerstin Diercke klopfte sich den Schnee vom Mantel. Tommy hüpfte aufgeregt um sie herum, als würden sie gerade aufbrechen und hätten nicht einen einstündigen Spaziergang durch den Eller Forst hinter sich.

»Ruhig jetzt, Tommy«, ermahnte sie den Hund, bevor sie die Haustür aufschloss.

Tommy trottete brav hinter ihr ins Treppenhaus. Kerstin hoffte, dass Nora inzwischen wach war. Sie hatte Brötchen gekauft und wollte gemütlich mit ihrer Tochter frühstücken. Danach würden sie einen Ausflug machen, vielleicht in den Aquazoo oder, wenn Nora Lust dazu hatte, zum Schlittenfahren in die Eifel oder ins Sauerland. Kerstin hatte im Radio gehört, dass dort viel Schnee lag. Egal was sie unternahmen, Hauptsache Nora kam ein bisschen auf andere Gedanken. Seit Tagen hatte sie die Wohnung nicht verlassen, und Kerstin hatte mehr als einmal gehört, wie sie in ihrem Zimmer weinte. Sie hätte ihrer Tochter gern die Last der Trauer abgenommen, zumindest einen Teil davon, doch das war unmöglich. Sie hatte selbst als Kind ihre Freundin Petra bei einem Autounfall verloren und erinnerte sich gut an dieses Gefühl der Leere und Sinnlosigkeit. An den Hass auf alle Erwachsenen, die das Grauen nicht hatten verhindern können, an die Angst, weil mit einem Schlag das Vertrauen weg war, dass ihre Eltern für jedes Problem eine Lösung parat hatten. Petras Tod hatte der Allmacht der Erwachsenen ein Ende bereitet. Kerstin reagierte mit Protest und Verweigerung, tat nichts mehr für die Schule und machte andere Dummheiten. Glücklicherweise brachten ihre Eltern viel Verständnis auf, und so überwand sie ihre Trauer und Wut irgendwann.

Seufzend schloss Kerstin die Wohnungstür auf. Es war schon seltsam, wie sich ihr eigenes Schicksal bei ihrer Tochter wiederholte. Seltsam und traurig. Sie legte die Tüte mit den Brötchen auf dem Esstisch ab, schickte Tommy auf seine Decke und lief den Flur entlang zu Noras Zimmer.

Vorsichtig klopfte sie. »Nora! Ich habe Brötchen mitgebracht!«

Im Zimmer blieb alles still. Kerstin öffnete die Tür. Nora lag auf ihrem Bett und starrte an die Decke. Sie reagierte nicht, als Kerstin eintrat.

Kerstin setzte sich auf die Bettkante und nahm Noras Hand. »Komm, Liebes, wir frühstücken gemeinsam, und dann machen wir einen Ausflug. Du darfst dir aussuchen, wohin.«

Nora schüttelte stumm den Kopf.

Gestern hatte Kerstin ihr von ihrer Freundin Petra erzählt, in der Hoffnung, Nora damit ein bisschen zu trösten, doch offenbar hatte die Geschichte ihre Wirkung verfehlt. »Bitte, zieh dich an, Nora. Und wenn du nichts unternehmen willst, dann machen wir ein Spiel. Meinetwegen sogar Monopoly.«

Kerstin mochte das Spiel nicht, sie zog Brettspiele vor, die Geschicklichkeit oder Kombinationsgabe erforderten, nicht pures Glück und eine Portion Skrupellosigkeit, doch sie wusste, dass Nora es liebte, die Geldscheine zu zählen und in wohl sortierten Stapeln vor sich auszubreiten.

»Mama?«

»Ja, Liebes?«

»Kommen alle Mörder in die Hölle?«

»Du lieber Himmel, wer hat dir denn das erzählt?« Kerstin strich ihrer Tochter über das Haar. »Sie müssen büßen für das, was sie getan haben. Aber der liebe Gott ist gütig, er verzeiht uns unsere Sünden, wenn wir aufrichtig bereuen.«

Nora nickte. »Dieser Mann …«

Kerstin verfluchte stumm ihren Sohn. Er hatte Nora gestern berichtet, dass ein Mann verhaftet worden war. Er hatte im Internet davon gelesen. »Wenn dieser Mann es getan hat, wird er dafür bestraft werden. Er kommt ins Gefängnis. Die Polizei wird dafür sorgen, dass er nie wieder einem Mädchen wehtun kann. So, und jetzt aufstehen! Marsch!« Sie kitzelte Nora am Bauch, die sich kringelte und leise gluckste. Für einen Augenblick war sie wieder das fröhliche Mädchen, und Kerstin schöpfte Hoffnung.

Zeit, alles, was sie brauchten, war Zeit.

Kerstin stand auf und ging zum Schrank. »Was möchtest du anziehen? Die rosa Cordhose und dazu die Bluse, die Papa dir geschenkt hat?« Sie öffnete die Schranktür und suchte nach der Hose. Der Wäschestapel kippte ihr entgegen, dahinter kam ein Schuhkarton zum Vorschein. »Nanu, was ist denn da drin? Hast du etwa doch noch ein Paar Winterstiefel, die dir passen? Dann müssten wir keine neuen kaufen.«

»Nein, das sind meine Sachen!« Nora sprang aus dem Bett und riss ihr den Karton aus der Hand.

Der Deckel löste sich, und der Inhalt verteilte sich auf dem Teppich; Schokoriegel, Haarspangen, zwei Lippenstifte, Wimperntusche, Lidschatten in verschiedenen

Farben, mehrere Fläschchen Nagellack, Parfüm, ein kleiner Block mit Pferdebildern.

Ungläubig starrte Kerstin auf den Boden. »Was in aller Welt machst du denn mit den Schminksachen, Nora? Wann hast du sie gekauft? Und von welchem Geld?«

Nora stand mit gesenktem Kopf da, den leeren Karton noch in der Hand.

»Nora! Ich möchte eine Antwort! Woher hast du diese Sachen?«

»Sie gehören Toni und mir«, flüsterte Nora. »Aber ich habe sie aufbewahrt, weil es bei Toni nicht geht. Ihr Vater würde sie umbringen, wenn er Schminksachen bei ihr fände!« Sie schlug die Hand vor den Mund, als ihr klar wurde, was sie gesagt hatte. Leise begann sie zu weinen.

Kerstin nahm ihre Tochter in den Arm und strich ihr über das Haar. Dann löste sie sich aus der Umarmung und wiederholte ihre Frage: »Von welchem Geld habt ihr diese Dinge gekauft, Nora? Schminke kostet viel Geld. Das sind teure Markenprodukte. Ganz zu schweigen von dem Parfüm. Woher hattet ihr das Geld?«

»Toni hatte es.«

»Woher? Sie bekommt – sie hat nicht mehr Taschengeld bekommen als du. Ich habe mit ihrem Vater darüber gesprochen. Die Dinge in diesem Karton sind über hundert Euro wert.«

»Wir wollten das nicht!«, schluchzte Nora.

»Was wolltet ihr nicht?« Kerstin wurde es plötzlich kalt. Eine Ahnung stieg in ihr auf.

»Die Sachen. Wir haben sie – wir haben sie geklaut. Es tut mir leid, Mami!«

Hin und her gerissen zwischen Wut, Trauer und Angst

fasste Kerstin ihre Tochter bei den Armen. »Aber warum denn, Nora?«

»Es war ganz einfach.«

Kerstin hielt Nora von sich weg und betrachtete sie. »Du weißt, dass das nicht richtig ist? Diebstahl ist ein Verbrechen.«

Nora nickte. »Ich tu es nie wieder, Mami, ich verspreche es.«

»Aber warum, Nora, warum habt ihr das getan? Wessen Idee war das?«

»Das war diese Leonie.« Nora hatte aufgehört zu weinen. »Sie hat uns dazu überredet. Es war wie eine – wie eine Art Mutprobe. Wir wollten nichts Böses.«

Kerstin zog Nora an sich. Hielt sie fest. Doch das Mädchen in ihren Armen fühlte sich mit einem Mal fremd an. Noch vor einer Stunde hätte sie ihre Hand dafür ins Feuer gelegt, dass Nora niemals etwas Derartiges tun würde. Ladendiebstahl. War sie nicht mit ihrem Sohn gestraft genug? Hatte Jan sich nicht schon genug Fehltritte geleistet und seine Eltern damit in den Wahnsinn getrieben? Und jetzt fing Nora genauso an? Nein. Das durfte nicht sein. Diese Leonie war schuld. Sie schien einen schlechten Einfluss auf ihre Tochter zu haben. Wie gut, dass Nora das bereits erkannt hatte. Doch die Sache war noch nicht ausgestanden.

»Du weißt, dass ich das der Polizei melden muss, Nora«, sagte sie. »Schon allein wegen Toni.«

»Aber warum denn?« Nora sah sie verängstigt an.

»Weil die Beamten alles über Toni wissen müssen. Sie haben zwar einen Mann verhaftet, aber damit ist der Fall nicht abgeschlossen.«

»Aber das Klauen hat doch nichts …« Nora weinte wieder.

»Nein, vermutlich hat es nichts mit dem zu tun, was mit Toni passiert ist. Aber erzählen muss ich es trotzdem. Michael und Nicole sollten es auch wissen.«

Kerstin ließ ihre Tochter los und trat an den Schrank, um die herausgefallenen Kleidungsstücke erneut einzuräumen. Hinter ihr schluchzte Nora laut und hemmungslos. Kerstin schloss die Augen. Mit einem Mal kamen ihr Zweifel. Musste sie wirklich überall herumerzählen, dass Nora und Toni geklaut hatten? Wer hatte etwas davon? Kein Mensch. Es schadete niemandem, wenn sie sich einmal im Leben nicht ganz korrekt verhielt. Und ihrer Tochter ersparte sie damit zusätzliches Leid.

Lydia trat mit dem Kaffeebecher ans Fenster und schaute auf die Bilker Allee hinab. Es hatte wieder angefangen zu schneien, doch der Schnee blieb nicht liegen, verwandelte sich auf der Straße in grauen Matsch, der rasch taute. In einem Fenster auf der gegenüberliegenden Straßenseite blinkte ein bunter Weihnachtsmann.

Lydia trank den letzten Schluck Kaffee und wandte sich ab. Sie fühlte sich ungewohnt ruhig und ausgeruht. Wider Erwarten war sie gestern Abend sofort eingeschlafen und hatte die Nacht ohne Albträume hinter sich gebracht. Ein seltenes Glück. Sie stellte die Kaffeetasse auf der Spüle ab, fuhr sich vor dem Spiegel im Flur noch einmal durch ihr strubbliges Haar und stieg in ihre Stiefel. Nachdem sie sich Parka, Schlüssel und Dienstwaffe geschnappt hatte, verließ sie die Wohnung.

Draußen roch es nach Winter. Lydia sog die kalte Luft ein. Von ihrer Haustür bis zum evangelischen Krankenhaus waren es nur ein paar Minuten zu Fuß, trotzdem nahm sie den Toyota. Sie parkte im Halteverbot und marschierte durch den Eingangsbereich zu den Fahrstühlen. Am Abend zuvor hatte sie nicht mit Palmerson sprechen dürfen, vielleicht hatte sie heute mehr Glück.

Der Beamte vor der Zimmertür grüßte sie gähnend.

»Irgendetwas, das ich wissen müsste?«, fragte Lydia.

»Nee«, antwortete der Mann. »Nur, dass Sie umsonst vorbeigekommen sind. Der Typ ist immer noch nicht ansprechbar.«

»Ach, und wer sagt das?«

»Ich sage das.«

Lydia fuhr herum und blickte direkt in die strahlend blauen Augen eines jungen Arztes. Er sah aus wie ein Sohn oder besser wie ein Enkel von Terence Hill. Sie zog ihren Dienstausweis hervor. »Ich muss mit Herrn Palmerson sprechen. Er ist dringend tatverdächtig in einem Mordfall.«

»Ich weiß«, erwiderte Terence Hills Enkelsohn ungerührt. »Aber ich kann noch nicht erlauben, dass jemand mit ihm spricht. Er hatte einen schweren Herzinfarkt, den er fast nicht überlebt hätte. Und er ist noch nicht über den Berg. Keine Sorge, er läuft Ihnen nicht davon.« Er warf einen kurzen Blick zu dem Streifenbeamten, dessen Anwesenheit er offenbar für überflüssig hielt.

Lydia hatte keine Lust, sich mit dem eitlen Burschen anzulegen. Sie reichte ihm eine Karte. »Sie rufen mich an, sobald er ansprechbar ist.« Ohne eine Antwort abzuwarten, drehte sie sich um und ging davon. Ihre Stiefel knallten auf dem Boden, und sie war sich sicher, dass Klein-Terence sich darüber ärgerte.

Wenige Minuten später bog sie auf den Parkplatz am

Jürgensplatz, stieg aus und betrat das Gebäude. Die Festung wirkte ausgestorben, dabei wusste Lydia, dass hinter vielen Türen mehr oder weniger fleißig gearbeitet wurde. Sie trat in den Paternoster, der sie in den zweiten Stock brachte. Sie schloss gerade die Bürotür hinter sich, als ihr Handy klingelte. Die Nummer sagte ihr nichts.

»Ja?«

»Frau Louis?« Maren Lahnstein, die Rechtsmedizinerin. Offenbar hatte sie ihre Stimme wiedergefunden.

»Was gibt es?«

»Nur eine Kleinigkeit. Vermutlich ist sie ohne Bedeutung. Aber ich finde, Sie sollten dennoch Bescheid wissen. Bei einem getöteten Kind könnte alles wichtig sein.«

Lydia hasste es, wenn Leute sich im Voraus für etwas entschuldigten. »Worum geht es?«

»Wir haben bei der Autopsie von Antonia Auffälligkeiten an der Magenschleimhaut und an der Speiseröhrenschleimhaut entdeckt. Nichts Gravierendes. Erosionen, die auf eine Reizung hinweisen.«

»Erosionen?«

»Schäden am Schleimhautgewebe. Sie waren minimal. Ich habe trotzdem eine histologische Untersuchung durchgeführt.«

»Und?«

»Es gibt Anzeichen einer chronischen Entzündungsreaktion.«

Lydia hätte die Ärztin am liebsten geschüttelt. Warum ließ sie sich jedes Detail aus der Nase ziehen? »Sie haben also Anzeichen für eine chronische Entzündung des Magens gefunden? Habe ich das richtig verstanden? Und was heißt das?«

Maren Lahnstein seufzte. »Ich weiß es nicht. Eine solche Entzündung kann viele Ursachen haben.«

»Na wunderbar. Danke.« Lydia beendete das Gespräch und warf das Handy auf den Schreibtisch. Was sollte sie denn mit dieser Information anfangen? Sie überlegte. Hatte Bruckmann nicht gesagt, dass Toni öfter krank war? Er hatte etwas von häufigen Erkältungen und Kopfschmerzen erzählt. Die Magenschmerzen hatte er vielleicht vergessen zu erwähnen. Lydia zuckte mit den Schultern. Sie hatte keine Lust, sich jetzt auch noch mit Antonias Krankengeschichte zu befassen. Vermutlich hatte doch Walter Palmerson das Mädchen im Affekt getötet. Darauf schien es hinauszulaufen, ob es ihr passte oder nicht.

Lydia zog ihren Parka aus. Als sie ihn über die Stuhllehne warf, fiel ihr Blick auf den Boden. Unmittelbar vor der Tür lag ein kleiner Zettel, den sie beim Eintreten nicht bemerkt hatte. Sie bückte sich danach und warf einen Blick darauf.

Nimm dich in Acht, Lydia Louis. Hochmut kommt vor dem Fall.

Einen Moment lang glotzte Lydia ungläubig auf den Zettel, ein einfacher Computerausdruck, zurechtgeschnitten auf Größe DIN-A5. Dann zerriss sie das Blatt in viele kleine Fetzen und warf sie in den Müll. Vermutlich ein blöder Scherz. Zu albern, um ihr ernsthaft einen Schreck einzujagen. Zu melodramatisch. Der anonyme Brief an Weynrath fiel ihr ein. Ob der im gleichen Tonfall geschrieben worden war? Dann wäre es kein Wunder, dass der Chef ihm nicht sonderlich viel Bedeutung beigemessen hatte. Zu blöd, dass Weynrath ihr das Schreiben nicht gezeigt hatte.

Lydia setzte sich an den Schreibtisch und schaltete den Computer an. Unwillkürlich warf sie einen Blick auf die Schnipsel im Müll. Hackmann? Würde der so etwas Kindisches tun? Bis eben noch hätte sie diese Frage ohne zu zögern verneint, jetzt war sie nicht mehr so sicher. Was wusste sie schon über diesen Mann, der aus unerfindlichen Gründen zu ihrem Feind geworden war?

Sonja Reiter löffelte den Schaum von ihrem Milchkaffee und schloss genießerisch die Augen. »Was für ein köstliches Frühstück.«

Chris Salomon lächelte. »Auch ohne Champagner und Kaviar?«

Sie lachte auf. »Wer braucht Kaviar zum Frühstück, wenn er dabei in deine Augen schauen darf?«

Chris wurde es warm. »Du machst mich ganz verlegen«. Er suchte nach Ironie in ihrem Blick, doch er fand keine. »Eigentlich sollte ich es sein, der dir Komplimente macht.«

»Sei nicht albern.« Sonja leckte ihren Löffel ab, legte ihn weg und biss in ihr Croissant. »Aber wenn dir meine Schwärmerei peinlich ist, können wir gern über etwas anderes reden«, sagte sie kauend. »Hast du den ruhigen Abend gestern genossen?«

»Wie man's nimmt.« Chris schob den Teller weg. Er hatte plötzlich keinen Appetit mehr, obwohl das Omelett goldbraun gebraten war und wunderbar duftete.

Sonja zog ihre perfekt geformten Brauen hoch und hörte auf zu kauen.

»Ich hatte die idiotische Idee, mir Arbeit mit nach Hause zu nehmen. Früher habe ich das öfter gemacht, manchmal ist mir etwas klar geworden, wenn ich mir

Beweisstücke außerhalb des Präsidiums angeschaut habe.«

»Und das hat diesmal nicht funktioniert?«

»Schlimmer. Ich habe ausgerechnet die Sachen aus Antonia Bruckmanns Kinderzimmer mitgenommen. Und am Ende habe ich einen Heulkrampf gekriegt, weil ich an Anna denken musste.« Chris spürte, wie ihm erneut die Tränen in den Augen brannten, und er drehte rasch den Kopf zum Fenster. Auf dem Carlsplatz herrschte vorweihnachtliches Gedränge, Menschen mit prall gefüllten Tüten hasteten vorbei, andere ließen sich Zeit, schlürften bereits zu dieser frühen Stunde Glühwein. »Jetzt verderbe ich dir auch noch das Frühstück.« Er blickte wieder zu Sonja und bemühte sich, verlegen zu grinsen.

»Du verdirbst mir nicht das Frühstück.« Sie legte ihre Hand auf seine. »Ich will nicht einfach nur nette Gesellschaft. Ich dachte, das hättest du inzwischen begriffen.«

»Danke.« Mehr brachte er nicht heraus. Dabei wollte er ihr so viel sagen. Wie wohltuend es war, ihr Lachen zu hören. Wie sehr er es liebte, wenn das Licht auf ihr Gesicht fiel und er die blassbraunen Sommersprossen auf ihrer Nase zählen konnte. Wie sehr er es genoss, in ihrer Gegenwart einfach er selbst zu sein; wenn es ihm gelang loszulassen.

Sie legte den Kopf schief. »Hat die Quälerei wenigstens etwas genützt?«

»Nein.«

»Schade.«

Eine Weile schwiegen sie. Sonja knabberte wieder an ihrem Croissant, Chris trank von seinem Kaffee.

»Hast du als Kind Grundrisse von eurer Wohnung gemalt?«, fragte er schließlich.

Sonja sah ihn überrascht an. »Nicht dass ich wüsste. Ich habe mein Traumzimmer gemalt. Mit einem riesigen Himmelbett, einem Schminktisch, einer tollen Stereoanlage. Mit Dingen, die meine Eltern sich nicht leisten konnten. Aber die ganze Wohnung? Ich glaube nicht. Warum fragst du? Hat diese Antonia das getan?«

»Sieht so aus.«

»Und? Was für Träume hatte sie?«

»Keine Ahnung. Die Räume sind leer. Die Skizze ist im Papierkorb gelandet. Vermutlich war sie nicht zufrieden damit.«

Sonja nickte nachdenklich. »Sie hat einen richtigen Grundriss gezeichnet?«

»Ja. Zumindest interpretiere ich die Zeichnung so. Neben einem Raum steht das Wort ›Wohnzimmer‹.«

»Und wenn der Grundriss für jemand anderen war? Für jemanden, der sich in der Wohnung nicht auskennt?«

Chris runzelte die Stirn. »Wer sollte das sein? Für einen Besucher zeichnet man doch keinen Grundriss, den führt man im Haus herum.«

»Es sei denn, er kommt, wenn man selbst nicht da ist.«

Klaus Halverstett ließ seinen Blick durch den Park schweifen. Wo sollte er mit seiner Suche beginnen? Sollte er überhaupt nach diesem Ecki suchen? War er nicht verrückt, sich mit so einem Mist den Sonntagvormittag zu verderben? Der Fall war abgeschlossen. Was, zum Teufel, machte er hier?

Er wusste es. Er folgte seiner Nase. Seinem Instinkt. Und der hatte ihn in den letzten Jahrzehnten selten getrogen. Irgendetwas am Tod des Märchenonkels war komisch, und er würde herausfinden, was. Wenn er es nicht tat, würde ihm die Geschichte keine Ruhe lassen. Es brauchte ja niemand etwas davon zu wissen. In seiner Freizeit konnte er schließlich machen, was er wollte. In einiger Entfernung sah Halverstett zwei Männer. Sie saßen auf einem Stück Pappe, das sie vor der Kälte schützen sollte. Um zu ihnen zu gelangen, musste er den Teich umrunden. Halverstett stopfte die Hände in die Taschen seines Mantels und machte sich auf den Weg.

Ein älteres Ehepaar kam ihm entgegen, Hand in Hand liefen sie an ihm vorbei, und er musste an Veronika denken. Der gestrige Abend war überraschend harmonisch verlaufen. Veronika war fröhlich aus der Galerie zurückgekommen, und sie waren zu dem kleinen Restaurant gefahren, das sie immer aufsuchten, wenn es etwas zu feiern gab. Halverstett hatte ihr von dem Gespräch auf der Treppe in der Altstadt erzählt, und sie hatten sich gemeinsam darüber amüsiert, wie unterschiedlich ihre jeweiligen Interessen waren, dass sie so etwas wie die beiden entgegengesetzten Enden des westlichen Wohlstands repräsentierten.

»Bist du froh, dass du der Sache nachgegangen bist?«, hatte Veronika wissen wollen.

»Ja. Ich hätte sonst ständig daran denken müssen, hätte gegrübelt, welches Detail ich übersehen habe.« Er hatte theatralisch das Gesicht verzogen. »Dabei muss ich jetzt wieder von vorn anfangen. Und wenn ich Pech habe, ist es der Anfang einer langen und beschwerlichen Sackgasse.«

Sie hatte mit der Gabel ein Salatblatt aufgespießt und ihn angelächelt. »Bisher bist du doch eher selten in einer Sackgasse gelandet, wenn ich mich recht entsinne.«

»Du musst es ja wissen. Schließlich kennt mich niemand besser als du.«

Auf dem Rückweg zum Auto hatte er ihre Hand ergriffen und für ein paar kostbare Momente war von dem Graben zwischen ihnen nichts zu spüren gewesen.

Halverstett hatte den Teich inzwischen umrundet und blieb vor den beiden Männern stehen.

»Tag«, sagte er.

Die beiden musterten ihn schweigend.

»Könnte ich euch wohl was fragen?«

Der jüngere spuckte auf den Boden. »Was will denn die Bullerei so früh am Sonntagmorgen von uns?«

Halverstett unterdrückte einen Seufzer. Es war ihm ein Rätsel, wie einige Bevölkerungsgruppen ihm seinen Beruf auf den ersten Blick ansahen. So als hätte er einen fetten Stempel auf der Stirn. Manchmal fragte er sich, ob es für Kleinganoven, Dealer und Stadtstreicher Kurse zu dem Thema gab. Falls ja, hatten sie eine hohe Erfolgsquote.

»Ich suche Ecki. Kennt ihr ihn?«

Der ältere Mann reagierte immer noch nicht, beobachtete mit glasigem Blick eine Amsel, die auf dem Boden vor ihm herumhüpfte.

Der jüngere zuckte mit den Schultern. »Sagt mir nichts.«

»Wirklich nicht? Angeblich beschuldigt er ständig die anderen, ihn bestohlen zu haben.«

Der junge Bursche sah ihn schief an. »Machen das nicht alle, die bei euch Bullen auflaufen?«

»Ihr kennt also keinen Ecki?«

»Mensch, biste schwerhörig, oder was? Nee. Nie gehört. Aber bestohlen ham se mich auch schon. Da könnt ich mich ja Ecki nennen, falls dir das hilft.«

»Danke«, sagte Halverstett und fragte sich im gleichen Moment, wofür er sich eigentlich bedankte. Er schlenderte weiter. Ein eisiger Wind war aufgekommen und blies ihm die Schneeflocken waagerecht ins Gesicht. Er dachte an sein gemütliches Wohnzimmer in Gruiten, an ein Glas Rotwein, ein gutes Buch. Er könnte den Kamin anzünden, dem Knistern lauschen und stundenlang in die Flammen starren. Die Vorstellung hatte etwas unwiderstehlich Verlockendes. Rasch verscheuchte er den Gedanken und schlug den Kragen seines Mantels hoch. Wenn er diesen Ecki finden wollte, dann heute, am Sonntag. Wenn er im Dienst abgeschlossene Fälle wieder aufleben ließ, sprang Weynrath im Achteck. Das galt es auf jeden Fall zu vermeiden. Der Leiter des KK 11 war schon bei guter Laune schwer zu ertragen, seinen Zorn zu erregen war glatter Selbstmord.

14

Es war halb zehn, bis zur Dienstbesprechung um elf war noch jede Menge Zeit. Lydia beschloss, sich einen Kaffee zu holen. Sie betrat den Korridor des KK 11 und entdeckte zu ihrer Überraschung eine Frau, die auf sie zukam. Es war Kerstin Diercke, Noras Mutter.

Lydia versuchte, das Kribbeln in ihrem Magen zu ignorieren, die Hoffnung auf eine neue Spur. »Morgen, Frau Diercke.«

»Guten Morgen, Frau Louis. Ein Kollege von Ihnen war so freundlich, mich bis hierher zu bringen. Er war auch bereit, meine Aussage aufzunehmen, doch ich wollte lieber mit Ihnen sprechen. Das verstehen Sie sicher.«

Lydia verstand überhaupt nichts. Wenn das ein Gespräch von Frau zu Frau werden sollte, war sie die denkbar schlechteste Gesprächspartnerin. Da sollte die Diercke sich lieber an Salomon wenden. Lydia trat zurück ins Büro und bat die Besucherin mit einer Handbewegung herein. Wortlos deutete sie auf den Stuhl vor ihrem Schreibtisch und setzte sich.

Aufmerksam sah sie Kerstin Diercke an, die unsicher eine lange Haarsträhne hinter das Ohr strich. Nase und Wangen waren von der Kälte gerötet. Ihre Augen blickten unruhig im Zimmer hin und her.

»Was kann ich für Sie tun, Frau Diercke?«

Die Frau zögerte. »Sie haben doch diesen Mann verhaftet.«

Lydia erwiderte nichts.

»Ist er der Täter?«

»Dazu kann ich Ihnen wirklich nichts sagen. Sind Sie gekommen, um mich das zu fragen?«

Kerstin Diercke senkte den Blick. »Natürlich nicht. Sie müssen mich für schrecklich neugierig halten. Ich dachte nur – na ja, wenn der Fall gelöst wäre, bräuchte ich Sie mit dem, was ich Ihnen erzählen wollte, nicht mehr zu behelligen.«

Lydia unterdrückte ein Stöhnen. Die zweite Frau an diesem Morgen, die erst über tausend Umwege zur Sache kam. »Behelligen Sie mich, Frau Diercke.«

Kerstin Diercke hob eine Tüte an, die Lydia zuvor nicht aufgefallen war. Sie nahm einen Schuhkarton heraus und stellte ihn auf Lydias Schreibtisch ab. »Das habe ich heute in Noras Schrank gefunden. Es sind hauptsächlich Schminksachen und Süßigkeiten. Gestohlen.«

Lydia starrte überrascht auf den Karton, doch sie sagte nichts.

»Nora hat mir gesagt, dass diese Leonie sie und Toni dazu angestiftet hätte, diese Sachen zu stehlen.« Kerstin Diercke tippte nervös mit den Fingerspitzen auf den Karton. »Normalerweise hätte ich das mit meiner Tochter geregelt, ohne die Polizei einzuschalten. Sie hätte alles zurückgeben und sich bei den Ladeninhabern entschuldigen müssen. Diese Prozedur ist so demütigend, dass es ihr eine Lehre gewesen wäre. Zumindest hat es bei meinem Sohn funktioniert – bis er auf die nächste Dummheit verfallen ist.« Sie schob den Karton weg. In ihre nun fester klingende Stimme hatte sich Resignation gemischt. »Aber weil doch Toni dabei war«, fuhr sie fort, »dachte ich, Sie müssten es wissen.«

Lydia hob den Deckel des Kartons an und spähte hinein. Soweit sie erkennen konnte, lag der Wert des Inhalts deutlich unter zweihundert Euro. »Benutzt Ihre Tochter denn schon Schminke?«

»Nein, natürlich nicht. Abgesehen von Nagellack, da sind alle Mädchen ganz wild drauf. Ansonsten schminkt sie sich höchstens mal, wenn sie spielt.« Kerstin Diercke seufzte. »Ich glaube nicht, dass es um die Sachen selbst ging. Die lagen ja unangetastet im Schrank. Es ging um das Klauen. Die Mutprobe. Den Kick. So was in der Art.« Sie hob hilflos die Schultern.

Lydia nickte nachdenklich. »Danke, dass Sie mich informiert haben, Frau Diercke.«

»Meine Tochter hat so etwas vorher noch nie getan«, sagte Kerstin Diercke mit Nachdruck. »Sie hat das auch gar nicht nötig. Sie bekommt so viel extra neben ihrem Taschengeld: Ihre Oma kauft ihr jede CD, die sie sich wünscht, ihr Bruder bringt ihr ständig etwas Süßes mit, ihr Vater deckt sie mit Klamotten ein, wenn er mit ihr in die Stadt geht. Er kauft ihr modische Blusen und Tops, die sie von mir nicht bekommen würde.« Wieder seufzte sie. »Ich weiß auch nicht, was in sie gefahren ist.«

Lydia fiel keine passende Antwort ein.

»Ja, ich gehe dann mal.« Kerstin Diercke stand auf.

»Es könnte sein, dass wir noch einmal mit Nora sprechen müssen«, sagte Lydia.

Kerstin Diercke nickte und verließ grußlos das Büro. Lydia starrte auf die Tür. Vermutlich hatte die Frau sich mehr Mitgefühl von Lydia erhofft, ein paar aufmunternde Worte; dass viele Kinder und Jugendliche in einer Phase ihres Lebens ausprobierten, was für ein Gefühl es war, im Laden etwas mitgehen zu lassen. Dass sie deswegen noch lange nicht auf die schiefe Bahn geraten mussten. Doch Lydia hatte keine Lust gehabt, der Frau ihre Schuldgefühle zu nehmen. Sie betrachtete das Diebesgut. Vermutlich war es für den Fall bedeutungslos, auch wenn es für Kerstin Diercke eine persönliche Katastrophe darstellte. Andererseits zeigte sich damit ein weiterer Riss in der heilen Welt der Familie Bruckmann, die inzwischen verdammt viele Risse hatte.

Und schon wieder ein Hinweis auf diese merkwürdige Leonie. Zeit, mit dem Mädchen zu sprechen. Lydia stand auf. Statt blöd hier herumzusitzen, konnte sie auch der Familie Schwarzbach einen Besuch abstatten. Und diesmal würde sie sich nicht abwimmeln lassen. Nicht bevor sie wenigstens einen Blick auf das Mädchen geworfen hatte.

Bei Tageslicht wirkte das Haus noch trostloser als bei Dunkelheit. An der Fassade bröckelte der Putz, am Garagentor blätterte die grüne Farbe ab. Lydia parkte wieder in der Einfahrt. Sie musste zweimal klingeln und ziemlich lange warten, bis ein übernächtigt aussehender Olaf Schwarzbach ihr öffnete.

»Ich habe Ihnen doch gestern Abend schon gesagt, dass meine Tochter krank ist.«

»Dann lassen Sie mich wenigstens mit Ihrer Frau sprechen.«

Schwarzbach rührte sich nicht. »Sie weiß auch nichts.«

Aus dem Haus drang eine Stimme. »Wer ist denn da, Olaf?«

»Niemand.«

»Frau Schwarzbach!«, rief Lydia über Schwarzbachs Schulter. »Ich müsste Sie dringend sprechen. Es geht um Leonie.«

Sofort waren Schritte zu hören, und Olaf Schwarzbach trat zur Seite, nicht ohne Lydia einen wütenden Blick zuzuwerfen. Eine Frau in einem engen Strickrock und mit hellblauer Bluse kam auf sie zu. Trotz der schicken Aufmachung wirkte sie ungepflegt, was wohl an ihrem blassen Gesicht und den kurzen ungekämmten Haaren lag.

»Mein Name ist Lydia Louis«, sagte Lydia. »Kripo Düsseldorf. Ich müsste Ihnen ein paar Fragen stellen.«

»Was ist mit Leonie?«

Erst jetzt bemerkte Lydia, dass das Gesicht der Frau sich angstvoll verzerrt hatte. Wenn Leonie krank in ihrem Bett lag, musste Melanie Schwarzbach sich wohl kaum Sorgen machen, weil die Polizei klingelte. Also hatte Schwarzbach gelogen. Leonie war nicht zu Hause.

»Ich muss Ihre Tochter als Zeugin befragen, das ist alles«, sagte Lydia rasch. »Kann ich vielleicht reinkommen?«

Melanie Schwarzbachs Züge entspannten sich, nur um sogleich wieder einen leidenden Ausdruck anzunehmen. »Sie ist nicht da.«

»Dann würde ich Ihnen gern ein paar Fragen stellen.«

»Nun kommen Sie schon rein«, brummte Olaf Schwarzbach und ging voran. Diesmal führte er sie in die Küche. Die Einbauschränke schienen hochwertig, aber mindestens zwanzig Jahre alt. Das Gleiche galt für die Essecke.

Lydia setzte sich und kam ohne Vorrede zur Sache. »Kennen Sie eine Antonia Bruckmann?«

»Ist das nicht das Mädchen, das die Treppe hinuntergestürzt ist? Ich habe davon im Radio gehört.«

»Ja, genau die. Kannten Sie sie?«

»Nein. Natürlich nicht.« Die Frau blickte Lydia offen ins Gesicht, sie wirkte arglos.

»Sie war mit Ihrer Tochter befreundet.«

»Mit Leonie?« Melanie Schwarzbach riss überrascht die Augen auf. »Nein. Bestimmt nicht.« Sie ließ sich ebenfalls auf einem Stuhl nieder, während ihr Mann bei der Tür stehen blieb. »Wer behauptet das denn? Hat diese Antonia nicht irgendwo am anderen Ende der Stadt gewohnt?«

Lydia ging nicht auf ihre Fragen ein. »Und Nora? Kennen Sie eine Nora?«

Melanie Schwarzbach schüttelte den Kopf. »Soll die auch mit Leonie befreundet sein?«

»Ja. Noras Oma wohnt gleich hier um die Ecke. Angeblich haben die Mädchen sich kennengelernt, als Nora und Toni dort zu Besuch waren.«

Melanie Schwarzbach betrachtete ihre Hände.

»Das kann ich mir nicht vorstellen«, sagte sie leise. »Leonie spielt nicht sehr oft auf der Straße. Sie ist viel krank, wissen Sie?« Ihre letzten Worte klangen gequält, ihre Schultern sackten zusammen.

Lydia blickte zu Olaf Schwarzbach hoch, der mit zusammengekniffenen Lippen aus dem Fenster starrte.

»Und wo ist sie jetzt?«

»Bei Freunden.« Schwarzbach trat an den Tisch. »Sie ist bei Freunden auf dem Land, um ein bisschen zu Kräften zu kommen.«

»Was hat sie denn?«

Lydia sah Melanie an, doch erneut antwortete Olaf Schwarzbach anstelle seiner Frau.

»Das ist nicht ganz klar. Sie hat häufig Magen-Darm-Beschwerden, hat Kopfschmerzen, muss sich erbrechen.«

Lydia horchte auf. Noch ein Mädchen mit Kopfschmerzen und Magenproblemen. War das normal bei dem Stress, dem schon kleine Kinder heutzutage ausgesetzt waren, oder ein merkwürdiger Zufall? »Ich brauche die Adresse dieser Freunde.«

»Wozu?«, schnauzte Olaf Schwarzbach sie an.

Seine Frau zuckte zusammen und presste die Hände vor das Gesicht.

»Ich möchte ihr lediglich die gleichen Fragen stellen wie Ihnen. Sie wollen doch nicht die Ermittlungen der Polizei in einem Mordfall behindern?« Lydias letzte Bemerkung war ein billiger Taschenspielertrick, auf den sie nicht besonders stolz war, doch er verfehlte seine Wirkung nicht.

Olaf Schwarzbach wandte sich zur Tür. »Kommen Sie«, sagte er. »Ich gebe Ihnen die Adresse. Aber regen Sie das Kind nicht unnötig auf.«

Lydia erhob sich und folgte ihm. Bevor sie die Küche verließ, warf sie einen letzten Blick auf Melanie Schwarzbach, die immer noch die Hände vor das Gesicht gepresst hatte. Lydia fiel der kleine Altar im Wohnzimmer ein. Diese Frau hatte bereits ein Kind verloren. Verständlich, dass sie vor Sorge verging, weil das zweite ebenfalls kränkelte.

Schwarzbach krakelte etwas auf einen Zettel und reichte ihn Lydia. Er trat mit ihr ins Freie und zog die Tür hinter sich zu.

»Ich muss Ihnen noch etwas sagen«, raunte er. »Meine Frau ist krank.«

Lydia blinzelte verwirrt.

»Nicht körperlich«, erklärte Schwarzbach, »psychisch. Haben Sie schon mal etwas vom Münchhausen-Stellvertreter-Syndrom gehört? Frauen, die Ihre eigenen Kinder krank machen?«

Ungläubig nickte Lydia. Ein Gedanke begann sich in ihrem Kopf zu formen, doch Schwarzbach ließ ihr keine Zeit, ihn zu Ende zu denken.

»Leonie ist krank, weil Melanie sie krank macht, verstehen Sie? Deshalb wohnt sie im Augenblick nicht bei uns. Melanie muss eine Therapie machen. Vorher kann Leonie nicht zurück nach Hause.«

»Haben Sie denn Hilfe?«, fragte Lydia.

»Ja. Ich habe mich an eine Organisation gewandt. Die haben auch die Pflegefamilie für Leonie gefunden.« Er fuhr sich durch das dünne, blonde Haar. »Das Jugendamt ist natürlich informiert.«

»Und Ihre Frau …«

»Sie steht am Anfang eines sehr schweren Weges. Das haben die von der Organisation auch gesagt. Aber wir schaffen das.« Er machte ein zuversichtliches Gesicht, doch Lydia sah die Angst in seinen Augen.

Eine weitere Frage formte sich in ihrem Mund, die sie kaum zu stellen wagte. »Ihre andere Tochter, Svenja …«

»Svenja starb an einem Tumor«, unterbrach Schwarzbach sie. »Daran gab es nie einen Zweifel.«

»Ja, natürlich.« Lydia betrachtete den Zettel. Eine Adresse im Bergischen Land, kaum zwanzig Kilometer außerhalb der Stadt.

»Meine Frau weiß nicht, wo Leonie sich aufhält«, erklärte Olaf Schwarzbach. »Wir haben entschieden, dass es besser so ist.«

»Ich verstehe.« Lydia wandte sich ab und ging auf den Toyota zu. Sie wusste, dass sie etwas zum Abschied sagen sollte, etwas Tröstliches oder Mut machendes. Aber wie schon bei Kerstin Diercke fehlte ihr die Kraft dazu.

Sie stieg ein und schaute auf die Uhr. Zwanzig vor elf. Zu spät, um einen Abstecher ins Bergische Land zu machen. Sie blickte noch einmal zu dem Haus. Verglichen mit der Trostlosigkeit, die im Inneren herrschte, erschien die Fassade geradezu einladend fröhlich.

Chris sprang auf, als Lydia endlich im Büro auftauchte. Weynrath erwartete sie seit einer halben Stunde, und seine Laune wurde von Minute zu Minute unerträglicher. Chris hatte sich gewundert, dass der Chef überhaupt sonntags im Haus war. Doch er hatte nicht gewagt, Weynrath darauf anzusprechen. Dazu kam, dass er keine Auskunft darüber erteilen konnte, wo Lydia steckte. Sie war offenbar schon im Büro gewesen, ihr Computer war angeschaltet, doch sie hatte keine Nachricht hinterlassen, und auf ihrem Handy meldete sich nur die Mailbox.

»Wo hast du gesteckt? Der Chef hat Sehnsucht nach uns.«

Lydia verdrehte die Augen. »Jetzt?«

»Wir sollten ihn besser nicht noch länger warten lassen. Ich habe die Besprechung bereits verschoben. Okay?«

Lydia stöhnte. In knappen Worten berichtete sie, was sie von Kerstin Diercke und den Schwarzbachs erfahren hatte.

Chris schüttelte sich. »Wie schrecklich. Hast du die Schwarzbachs nicht auf die Diebstähle angesprochen?«

»Die hätten nur weiter geblockt. Ich spreche lieber mit Leonie selbst. Jetzt habe ich ja ihre Adresse.«

»Ich war übrigens auch nicht ganz untätig. Ich habe mir noch mal die Sachen aus Antonias Zimmer angesehen.«

»Und?«

»Das einzig Auffällige ist ein Grundriss des Hauses, der im Müll war.«

»Von Toni gezeichnet?«

»Ja. Sonja meint, er könnte für jemanden bestimmt gewesen sein, der sich in Tonis Abwesenheit im Haus zurechtfinden sollte.« Mist! Das hätte er nicht sagen sollen. Er biss sich auf die Zunge.

»Du redest mit deiner Freundin über die Ermittlungen, Salomon?«

Sie klang ruhig, doch er spürte, dass es in ihr brodelte.

»Tut mir leid. Ich habe ihr nur von dem Grundriss erzählt. Ich wollte wissen, ob sie als Mädchen vielleicht auch so was gezeichnet hat. Um besser einordnen zu können, ob das wichtig sein könnte.«

Lydia sah ihn an und sagte nichts.

Chris spürte eine andere Frage zwischen ihnen aufsteigen. Hatte er Sonja auch von dem erzählt, was Freitagabend geschehen war? Der Schweiß brach ihm aus. Scheiße.

»Wir sollten uns zu dem Giftzwerg aufmachen«, sagte Lydia. »Bevor er sich in eine stinkende grüne Dampfwolke verwandelt.«

Vor Weynraths Tür drehte Lydia sich zu ihm um. »Du weißt nicht zufällig was von einem Zettel?«

Chris sah sie fragend an. »Was für ein Zettel?«

»Etwas zum Thema Hochmut.«

Was sollte das? Wollte sie ihn auf den Arm nehmen? »Ich habe keine Ahnung, wovon du redest.«

»Dann ist ja gut.« Sie stieß ohne Erklärung die Tür auf.

Weynrath erwartete sie mit verschränkten Armen und wutverzerrtem Gesicht. »Wo um alles in der Welt haben Sie gesteckt, Louis?«

»Es ist Sonntag.« Sie setzte sich.

Chris tat es ihr gleich. Sie hatte mehr Erfahrung mit ihrem Chef, also überließ er ihr das Gespräch. Solange Weynrath ihm nicht direkt eine Frage stellte, würde er den Mund halten.

»Ich weiß, welcher Tag ist«, erwiderte Weynrath, doch er klang schon weniger ungehalten. »Sie haben also mal ausgeschlafen, oder was?«

»Ich habe zwei Zeugen befragt. Die Eltern dieser Leonie.«

»Die geheimnisvolle Freundin, aha.« Weynrath war offenbar im Bilde. »Es ist sehr ehrenhaft, Louis, dass Sie sich so ins Zeug legen, doch Sie sollten sich auf unseren Hauptverdächtigen konzentrieren. Das ist keine Familientragödie, auch wenn Sie noch so sehr versuchen, eine daraus zu machen.«

»Das ist noch nicht erwiesen. Solange wir keine eindeutigen Beweise haben oder ein Geständnis, möchte ich die anderen Ermittlungsansätze nicht aufgeben.«

»Dann holen Sie endlich ein Geständnis aus ihm raus! Fahren Sie ins Krankenhaus und nehmen Sie diesen Perversen in die Mangel!«

»Da war ich heute auch schon. Er ist immer noch nicht vernehmungsfähig.«

Chris warf ihr einen überraschten Blick zu. Sie schien tatsächlich bereits seit den frühen Morgenstunden unterwegs zu sein. Sein Gewissen versetzte ihm einen Stich.

Weynrath lehnte sich in seinem Stuhl zurück und faltete die Hände über dem Bauch. Vermutlich sollte die Position Souveränität und Überlegenheit signalisieren, doch der kleine, dicke Mann wirkte so lächerlich auf dem Riesenstuhl, dass sie genau das Gegenteil bewirkte. »Was haben wir denn gegen diesen Palmerson in der Hand?«, fragte er. »Reicht das noch nicht für die Staatsanwaltschaft?«

Lydia schüttelte den Kopf. »Wir haben nur Indizien. Seine Fingerabdrücke an der Terrassentür, seine Fußabdrücke im Garten. Eine Zeugin, die nach wie vor darauf beharrt, dass er sie angegriffen hat.«

»Dieses Mädchen?«

»Katja Kramer, ja.« Lydia beugte sich vor. »Selbst wenn er sie angegriffen hätte, wäre das kein Beweis dafür, dass er Antonia getötet hat. Wir haben nichts gegen ihn in der Hand.«

Weynrath kratzte sich am Kinn. »Sie glauben nicht, dass er es war?«

Lydia schüttelte den Kopf.

»Und Sie?« Er sah Chris an.

Chris dachte einen Augenblick nach. »Ich könnte mir vorstellen, dass es ein Unfall war, ganz ähnlich wie bei Katja. Dass er dem Mädchen gar nicht wehtun wollte. Aber ich traue ihm nicht zu, dass er sie nach ihrem Tod so furchtbar traktiert hat. Das passt nicht zu ihm.«

Weynrath seufzte. »Besteht die Aussicht, dass wir noch was gegen ihn finden?«

»Die Spuren an seiner Kleidung sind noch nicht vollständig ausgewertet«, sagte Lydia.

»Dann beten Sie«, stieß Weynrath hervor. »Heute ist schließlich Sonntag, wie Sie so treffend bemerkt haben, Frau Kollegin.«

Lydia schien das als Verabschiedung zu verstehen und erhob sich.

Im gleichen Augenblick klopfte es an der Tür, ein Uniformierter steckte den Kopf herein. »Entschuldigen Sie die Störung.«

»Was gibt es?«, bellte Weynrath und blitzte ihn an.

»Eine dringende Nachricht für Frau Louis. Aus dem EVK. Walter Palmerson kann jetzt befragt werden.« Der Mann verschwand sofort wieder, als hätte er Sprengstoff ins Zimmer geworfen.

»Ha!« Weynrath knallte die flache Hand auf den Tisch. »So schnell kann das gehen mit dem Beten. Hätte gar nicht gedacht, dass Sie einen so guten Draht nach oben haben, Louis.« Er grinste selbstzufrieden über seinen Witz.

Chris warf Lydia einen kurzen Blick zu, doch ihr Gesicht war ausdruckslos. Sie gingen zur Tür.

»Knöpfen Sie sich diesen Irren vor!«, brüllte Weynrath ihnen hinterher. »Wagen Sie es ja nicht, ohne ein Geständnis zurückzukommen!«

Als die Tür hinter ihnen zugefallen war, schauten Lydia und Chris sich schweigend an. Dann ging Chris zu Köster, um ihm zu sagen, dass die Besprechung eine weitere Stunde warten müsse.

Walter Palmerson war über Nacht um Jahre gealtert. Während er bei seiner Verhaftung fast alterslos gewirkt hatte, blickte ihnen nun ein Greis aus dem weißen Krankenhausbett entgegen, dessen Augen durch die Brille wie die eines exotischen Insekts aussahen. Sein Körper war an verschiedene Apparaturen angeschlossen, ein EKG-Gerät zeichnete seine Herztätigkeit auf, aus einem Infusionsbeutel tröpfelte eine klare Flüssigkeit in seine Armbeuge. Chris setzte sich auf einen Stuhl, Lydia blieb am Fußende des Bettes stehen. Sie hatte ihn gebeten, die Befragung durchzuführen.

»Herr Palmerson, erinnern Sie sich an mich?«, begann Chris. »Christopher Salomon, ich bin bei der Kriminalpolizei.«

Palmerson nickte. Zumindest bewegte er seinen Kopf in einer Weise, die Chris als Nicken deutete.

»Sie wissen, warum ich hier bin?«

Wieder eine Kopfbewegung.

»Meine Kollegen, Herr Meier und Herr Schmiedel, haben Sie gestern auf dem Präsidium vernommen. Wegen der sexuellen Übergriffe auf Frauen, aber auch wegen des Todes der kleinen Antonia.«

Bei der Wendung »sexueller Übergriff« hatte Palmerson gezuckt, doch nichts sonst deutete darauf hin, dass er überhaupt wusste, wovon die Rede war.

»Haben Sie uns etwas zu sagen, Herr Palmerson?«, fragte Chris. Er war sich sicher, dass der Mann genau wusste, um was es ging, mehr noch, dass er reif war wie ein Apfel, der rot und prall im goldgelben Herbstlaub hing. Dass er nur einen kleinen Schubser brauchte, um zu gestehen. Sofern er etwas zu gestehen hatte.

»Ich habe versucht, es zu unterdrücken«, flüsterte Palmerson. »Aber es war zu stark. Es hat an mir gezerrt. Es …« Seine mageren Hände verkrampften sich. Tränen liefen ihm über die Wangen. »Ich wollte sie nicht erschrecken. Ich wollte ihnen nicht wehtun. Ich wollte nicht …«

»Was wollten Sie nicht?« Chris beugte sich vor. Die Stimme des Mannes war kaum zu verstehen.

»Es tut mir so leid«, flüsterte Palmerson. »Ich habe das nicht gewollt.«

Ein Piepsen zerschnitt die Stille im Krankenzimmer.

»Scheiße«, zischte Lydia hinter ihm.

»Herr Palmerson! Was wollten Sie nicht?«, wiederholte Chris.

»Die arme Kleine«, röchelte Palmerson. »Ich wollte sie nicht … tot … Oh Gott, was habe ich nur getan?«

Lydia beugte sich vor. »Was tut Ihnen leid? Was haben Sie getan?«

»Tot …« Er röchelte.

»Was haben Sie getan?«, wiederholte Lydia.

Eine Schwester kam ins Zimmer gestürzt, gefolgt von einer Ärztin.

»Raus hier«, brüllte die Ärztin. »Sofort!«

Chris ließ sich das nicht zweimal sagen. Er erhob sich. Benommen ging er den Korridor entlang bis zu dem Vorraum mit den Aufzügen.

Lydia folgte ihm. Eine Weile sprach keiner von ihnen.

»War das jetzt ein Geständnis?«, fragte Chris schließlich.

»Keine Ahnung«, murmelte Lydia. »Aber es hat sich verdammt danach angehört.«

15

Lydia ließ die Nadel auf die Platte gleiten, lauschte dem kurzen Knistern, bevor die Musik einsetzte.

Só danço samba, só danço samba, vai.

Sie schloss die Augen, nippte an ihrem Whisky und ließ sich für einen Moment weit wegtragen, an einen anderen Ort, in eine andere Zeit.

Ein Auto hupte draußen auf der Straße, Bremsen quietschten, und die Wirklichkeit hatte sie wieder fest im Griff. Sie hatten früh Schluss gemacht heute. Nach Palmersons Beinahe-Geständnis hatte Weynrath darauf bestanden, die Ermittlungen einzustellen. Salomon und sie hatten auf ihn eingeredet – vergeblich. Weynrath hatte einen geständigen Täter, zumindest bildete er sich das ein, also wollte er keine Ressourcen mehr verschwenden.

Salomon war für seine Verhältnisse regelrecht ausfallend geworden.

»Er hat nicht gestanden«, hatte er hervorgestoßen. »Er hat nicht ein einziges Mal gesagt, dass er Toni getötet hat. Verdammt, wie können Sie nur so verbohrt sein!«

Weynrath war aufgesprungen. »Keine weitere Diskussion. Er hat von dem Mädchen gesprochen, er hat ihren Tod erwähnt und gesagt, dass er es nicht wollte. Das ist für mich ein Geständnis. Basta! Und jetzt raus hier, bevor Sie etwas sagen, was Ihnen später leidtut!«

Salomon wollte etwas erwidern, doch Lydia zerrte ihn aus Weynraths Büro. Jede weitere Diskussion war sinnlos.

Noch gab es ein paar Dinge zu erledigen. Es mussten die letzten Spuren ausgewertet, Berichte geschrieben werden. Morgen fand eine abschließende Besprechung statt, auf der sie entschieden, wie es weiterging. Vielleicht war Palmerson bis dahin wieder ansprechbar, und sie konnten ihn erneut vernehmen. Sollte das aber nicht der Fall sein und Weynrath bestand auf der Auflösung der »Moko Toni«, blieb nur die Hoffnung, dass die Staatsanwaltschaft ihnen ihre dürftigen Beweise um die Ohren schlug.

Lydia setzte sich auf das Sofa und zog die Beine hoch. Das Herumschnüffeln im Privatleben von drei Familien hatte zwar eine Menge hässlichen Dreck zutage gefördert, sie jedoch nicht auf die Fährte des Mörders gebracht. Letztendlich schien Michael Bruckmann mit seinem ersten Verdacht recht zu behalten. Auch wenn es noch eine Reihe unbeantworteter Fragen gab. Hatte wirklich Palmerson die Vergewaltigung vorgetäuscht? Oder war eine zweite Person an der Tat beteiligt? Vielleicht doch Bruckmann, der geglaubt hatte, seine Frau schützen zu müssen? Warum fand sich nicht eine einzige Spur von Palmerson an dem toten Mädchen? Und wieso hatte sie sich selbst das Gesicht zerkratzt?

Lydia stutzte. Hatte Nicole Bruckmann nicht erwähnt, dass Antonia Salz schlucken wollte? Und Maren Lahnstein hatte an der Magenschleimhaut Hinweise auf eine chronische Entzündung gefunden. Also hatte sie das vermutlich öfter getan. Und dann waren da noch die verletzten Finger. Lydia leerte das Glas und schenkte nach. Schon merkwürdig: In einer Familie machte die Mutter ihre Tochter krank, und in einer anderen fügte die Tochter sich selbst Schaden zu. Oder steckte hinter

Tonis Verletzungen ebenfalls die Mutter? Doch wie hätte Nicole Bruckmann ihre Tochter dazu bringen können, sich selbst das Gesicht zu zerkratzen? Und vor allem, wozu? Außerdem hatte Nicole von sich aus von dem Salz erzählt. Das hätte sie nicht tun müssen. Es sei denn, sie hatte Angst, man könne es bei der Autopsie herausfinden.

Der Alkohol und die Fragen begannen, in Lydias Kopf zu kreisen. Sie hatte das sichere Gefühl, dass sie ein wichtiges Puzzleteil übersah. Doch sosehr sie sich auch anstrengte, sie bekam es nicht zu fassen.

Die Musik endete, und die plötzliche Stille fühlte sich unangenehm laut an. Unwillkürlich dachte Lydia, dass Salomon jetzt vermutlich mit seiner Sonja kuschelte und ihr haarklein berichtete, was vorhin im Krankenhaus vorgefallen war; und ihre Gelassenheit war dahin. Sie kippte den Rest Whisky in einem Zug herunter und sprang vom Sofa. In weniger als zwei Minuten hatte sie die Schallplatte weggepackt, ihre Stiefel angezogen und den Parka übergestreift. Sie nahm den Wagen und hielt auf die Innenstadt zu. Dort gab es ein paar Kneipen, in denen sie gewöhnlich fand, was sie brauchte. Natürlich wäre sie auch auf der Bilker Allee fündig geworden, doch die Vorstellung, einen der Typen, mit denen sie es auf der Rückbank ihres Toyota oder im Hotelzimmer trieb, am nächsten Tag beim Einkaufen zu treffen, war der blanke Horror. Deshalb hielt sie sich von den Kneipen rund um die Bilker Allee fern.

Lydia fand keinen Parkplatz, also hielt sie in zweiter Reihe. Die Schankstube war völlig verräuchert, wofür sie dankbar war. Der Qualm schränkte das Sichtfeld ein und neutralisierte alle anderen Gerüche. Ein Typ an der Theke fasste sie sofort ins Auge, als sie eintrat, doch er war abstoßend fett. Neben ihm saß einer, der ihr besser gefiel. Blonde schulterlange Haare, kantiges, attraktives Gesicht, breite Schultern. Wenn man nicht so genau hinsah, hatte er eine gewisse Ähnlichkeit mit Heath Ledger. Auf den ersten Blick zumindest. Und von Schummerlicht und Zigarettenqualm weichgezeichnet. Sie grinste ihn an, bevor sie sich neben ihn auf den Barhocker zwängte.

Für eine Sekunde meldete sich ihre Vernunft. Was sie da tat, war dumm und riskant. Schon einmal hätte sie ihre Neigung beinahe Kopf und Kragen gekostet. Doch sie erstickte die mahnende Stimme mit einem Schluck Bier.

Palmerson hatte es gut beschrieben. »Es hat an mir gezerrt«, hatte er gesagt.

Sie wusste genau, was er meinte.

Kerstin Diercke schloss leise die Zimmertür. Nora war eingeschlafen. Endlich. Sie war den ganzen Tag zappelig gewesen wie eine Aufziehpuppe, die jemand überdreht hatte. Nachdem Kerstin vom Polizeipräsidium zurückgekommen war, hatte sie Nora auf einen langen Spaziergang mitgenommen, ohne Tommy, der sie nur ablenkte. Sie hatte versucht, mit Nora zu reden, versucht herauszufinden, ob ihre Tochter ihr noch mehr verschwieg. Doch sie fand keinen Zugang zu ihr. Nora hopste durch Schneematsch und Eispfützen wie eine Vierjährige und gab auf alle Fragen die immer gleichen Antworten. Sie wisse nichts weiter über diese Leonie, sie habe sie seit Wochen nicht gesehen, sie könne sie überhaupt nicht leiden, und sie sei eigentlich nur Tonis Freundin gewesen. Immer wenn Tonis Name fiel, schimmerten Tränen in Noras Augen, auch wenn sie nicht aufhörte, wie wild umherzuhüpfen.

Kerstin gab schließlich auf und versuchte, den Tag für ihre Tochter so schön wie möglich zu gestalten. Trotz der Enttäuschung. Trotz der Angst, die ihr die Kehle zuschnürte. Vielleicht verheimlichte Nora ja tatsächlich nichts vor ihr. Nora und Toni hatten sich einfach durch ein Mädchen zu ein paar kleineren Ladendiebstählen verführen lassen. Nachdem Nora begriffen hatte, dass Leonie kein guter Umgang war und sie und Toni manipulierte, hatte sie den Kontakt abgebrochen. Einige Zeit später war Toni auf tragische Weise ums Leben gekommen, als ein Sexualstraftäter in ihr Haus eindrang. Es existierte kein Zusammenhang zwischen diesen Vorfällen, und sie musste sich keine weiteren Gedanken machen. Nora verstand nun, dass ein Ladendiebstahl keine Mutprobe war, sondern eine Riesendummheit. Nur darauf kam es an. Jetzt hieß es, nach vorn zu schauen.

Kerstin ging ins Wohnzimmer, wo Tommy sie schwanzwedelnd begrüßte. Sie streichelte ihn kurz, dann schickte sie ihn auf seine Decke, wo er sich folgsam niederließ. Er schien der Einzige zu sein, bei dem ihre Erziehung ohne Rückschläge gefruchtet hatte. Kerstins Blick fiel auf die Bierflasche, die auf dem Couchtisch stand. Ärger stieg in ihr auf. Sie sah es nicht gern, wenn Jan Bier trank, noch dazu aus der Flasche. Vor allem aber hatte sie ihn gebeten, die leeren Flaschen wegzuräumen. Das tat er allerdings nur selten. Und sie schaffte es nicht, ihn deswegen zur Rede zu stellen, weil er ihr so viel half. Er war an diesem Wochenende mehrfach mit Tommy draußen gewesen, hatte mit Nora Mensch ärgere dich nicht gespielt und ihr beim Einkaufen geholfen. Da wollte sie nicht undankbar sein. Sie griff nach der Flasche, hielt aber in der Bewegung inne.

In den letzten Wochen war Jan ein paarmal mit Nora unterwegs gewesen, einmal fast den ganzen Samstag. Mit ihrem Auto. Eigentlich freute sich Kerstin, dass ihr Sohn sich so um seine kleine Schwester kümmerte, doch manchmal hatte sie den Verdacht, dass er sie nur vorschob, damit er sich das Auto ausleihen konnte. Wer weiß, zu was für merkwürdigen Ausflügen er Nora mitnahm, was sie alles zu sehen bekam. Vermutlich war diese Leonie dagegen völlig harmlos.

Kerstin seufzte. Jan hatte wirklich alles durchexerziert. Auch bei ihm hatte es mit ein paar harmlosen Ladendiebstählen angefangen. Sie hatte die Kommissarin nicht angelogen, nach der peinlichen Entschuldigungstour durch die Geschäfte hatte Jan schlagartig aufgehört zu klauen. Verschwiegen hatte sie ihr, dass er danach die Schule geschwänzt, Alkohol getrunken und Drogen genommen hatte, bis sie und Heiner gemeinsam die Notbremse zogen. Glücklicherweise war es für sie beide nie ein Problem gewesen, an einem Strang zu ziehen. Heiner mochte ein notorischer Fremdgänger und ein schlechter Ehemann sein, doch er war ein guter Vater und hatte ihr in dieser Krise bedingungslos zur Seite gestanden. Jan war für einige Monate zu seinem Vater gezogen und geläutert nach Hause zurückgekehrt. Zwar war er danach kein Musterschüler geworden, doch er hatte bis zum Ende durchgehalten, einen passablen Abschluss gemacht und angefangen zu studieren. Kerstin hatte zwar den Verdacht, dass er nicht gerade der fleißigste Student war, doch da wollte sie sich nicht mehr einmischen. Jan musste jetzt seinen eigenen Weg finden, und sie hoffte, dass es ihm gelang.

Kerstin drehte die Bierflasche in ihrer Hand. Sie wollte das alles nicht noch einmal durchmachen. Bei Nora würde sie noch genauer hinschauen als bisher. Vielleicht sollte sie Heiner bitten, sich ein bisschen um seine Tochter zu kümmern. Schließlich war er im Augenblick arbeitslos und hatte jede Menge Zeit. Ja, das war eine gute Idee. Heiner konnte sie ruhig ein wenig entlasten. Noch heute würde sie ihn anrufen.

16

Montag, 10. Dezember

Über Nacht war der wenige Schnee weggetaut, und die Sonne sorgte für nahezu frühlingshafte Temperaturen. Olaf Schwarzbach wertete das als gutes Omen. Er hatte seinem ältesten Mitarbeiter für die kommende Woche die Verantwortung für den Betrieb übertragen, um sich ganz seiner Familie widmen zu können. Heute gingen sie zu einem Beratungsgespräch beim Sozialpsychiatrischen Dienst. Er hatte Melanie gestern Abend darüber informiert, und sie hatte zumindest nicht sofort protestiert. Sie würden es irgendwie schaffen.

Er stellte die Kaffeekanne auf den Tisch und rief: »Frühstück ist fertig!«

Von oben war nichts zu hören. Gerade als er nachsehen wollte, ertönten Schritte auf der Treppe. Melanie kam in die Küche, frisch geduscht und ordentlich zurechtgemacht.

»Eigentlich habe ich gar keinen Hunger«, sagte sie mit einem Blick auf den reichlich gedeckten Tisch.

»Iss wenigstens eine Kleinigkeit«, sagte Olaf und schenkte ihr Kaffee ein. »Ich habe keine Ahnung, wie lange es dauert. Besser, du hast etwas im Magen.«

Sie betrachtete ihn argwöhnisch von der Tür her. »Warum müssen wir da hingehen?«

»Ich habe es dir doch erklärt. Du musst eine Therapie machen, damit ihr beide gesund werden könnt, Leonie und du.«

Melanie betrachtete ihn schweigend.

»Es ist am besten so«, sagte er. »Bitte, vertrau mir.«

»Ich habe dir vertraut.« Sie klang ruhig. »Achtzehn Jahre lang.«

Er trat zu ihr. »Das kannst du immer noch. Bitte, versuch es wenigstens.«

Er wollte nach ihren Händen greifen, doch sie verschränkte die Arme vor der Brust. »Du hältst mich für verrückt.«

»Um Himmels willen, nein! Ich halte dich nicht für verrückt, Melanie. Du bist krank, psychisch krank, und ich möchte dir helfen.«

»Und wenn ich keine Hilfe will?«

»Was ist mit Leonie? Ist dir denn egal, was mit ihr geschieht?«

»Natürlich nicht!« Sie wandte sich ab und trat ans Fenster. »Warum hast du sie mir weggenommen, Olaf?«

»Das habe ich dir doch erklärt.« Er versuchte, nicht gereizt zu klingen, doch es fiel ihm zunehmend schwerer. Melanie verhielt sich wie ein trotziges Kind.

»Ich habe Leonie nie etwas getan. Nie. Nicht einmal, als sie die Zuckerdose meiner Großmutter heruntergeschmissen hat, und ich vor Schmerz und Wut beinahe wahnsinnig geworden wäre. Du weißt das, Olaf. Warum behauptest du plötzlich etwas anderes?«

Olaf schloss kurz die Augen, bevor er antwortete. »Du hast sie nie geschlagen, das stimmt. Dafür hast du ihr etwas ins Essen gemischt, damit sie Bauchschmerzen bekommt und sich erbricht. Was genau, weiß ich nicht. Du bist die gelernte Krankenschwester. Du kennst dich damit viel besser aus als ich. Melanie, du kannst nicht so tun, als wüsstest du nichts davon.«

»Ich weiß es aber nicht«, flüsterte Melanie. Sie blickte aus dem Fenster. Die tiefstehende Wintersonne ließ ihr Haar schimmern, kleine Staubflusen tanzten im Licht.

»Du erinnerst dich nicht?«, fragte Olaf. »An gar nichts?«

»Nein. Wenn ich diese schrecklichen Dinge tatsächlich getan habe, sind sie aus meinem Gedächtnis gelöscht.«

Er fasste sie bei den Schultern. Diesmal wehrte sie sich nicht. »Ich hole den Wagen aus der Garage. Warte hier.«

Er hörte sie schreien, als er den Zündschlüssel ins Schloss steckte. Mit einem Satz war er aus dem Auto und rannte zurück ins Haus. Melanie kam ihm kreischend entgegen, die Augen weit aufgerissen, das Gesicht kreidebleich. Er versuchte, sie festzuhalten, doch sie riss sich von ihm los, taumelte ein paar Schritte rückwärts.

»Du hast es gewusst!«, schrie sie. Ihre Stimme überschlug sich. »Du hast es gewusst und mir nichts gesagt!« Sie stürzte zu ihm, trommelte mit den Fäusten auf ihn ein. »Warum hast du das getan?«

»Melanie!«, rief er. »Was ist denn los? Wovon redest du?«

»Du hast es die ganze Zeit gewusst!«, kreischte sie.

Er packte sie an den Oberarmen, zwang sie innezuhalten, ließ sie nicht los, auch als sie sich heftig zur Wehr setzte.

»Melanie!«, brüllte er. Gütiger Himmel! Wie hatte er den Wahnsinn so lange übersehen können, der aus ihren Augen blitzte? War er denn vollkommen blind gewesen? »Melanie, beruhige dich!«

»Warum hast du mir das angetan? Warum hast du es mir nicht gesagt?« Ihr Gesicht war nass von Tränen, ihre Stimme heiser. Ihre Gegenwehr ließ nach.

»Was, verdammt, habe ich dir nicht gesagt?«

Sie sah ihn an, plötzlich ganz ruhig. »Dass Leonie tot ist.«

Lydia knallte die Tür hinter sich zu, und augenblicklich verstummten alle Gespräche im Besprechungsraum. Sie setzte sich ans Kopfende neben Salomon, der bereits einen Haufen Unterlagen vor sich ausgebreitet hatte. Auf ihr Zeichen hin überreichte Köster ihr die Akte, die aus einem Stapel Hefter bestand. Während sie die Hefter einzeln auf dem Tisch ausbreitete, verfluchte sie sich dafür, dass sie zu Hause keine Kopfschmerztablette genommen hatte. Ihr Schädel pochte mal wieder, und am Ende der Besprechung würde er mit Sicherheit donnern wie ein Presslufthammer. Obwohl sie gründlich geduscht und frische Sachen angezogen hatte, spürte sie noch immer den Geruch von Heath Ledger an sich - was auch nicht gerade ihre Konzentration förderte.

Sie räusperte sich. »Es sieht so aus, als wäre das die letzte Besprechung der ›Moko Toni‹. Wie ihr wisst, hat Palmerson gestern so etwas wie ein Geständnis abgelegt. Ich habe eben mit dem Krankenhaus telefoniert. Bislang hat er das Bewusstsein nicht wiedererlangt. Bis wir ihn erneut vernehmen können, vergeht wahrscheinlich einige Zeit. Wir müssen also mit dem vorliebnehmen, was wir haben.«

»Besonders eindeutig war dieses Geständnis aber nicht«, unterbrach Schmiedel sie.

»Ich weiß«, sagte Lydia. »Und ich bin alles andere als glücklich damit. Aber unter diesen Umständen wird Weynrath auf keinen Fall zulassen, dass wir in andere Richtungen weiterermitteln. Salomon und ich haben alles versucht, er lässt nicht mit sich reden.« Sie zuckte mit den Schultern. »Wir warten noch ab, bis die Kriminaltechnik die letzten Spuren ausgewertet hat. Falls sich daraus nichts Neues ergibt, ist endgültig Feierabend.«

»Könnte immerhin sein, dass an Palmersons Kleidung doch noch Haare oder Hautschuppen von Antonia gefunden werden«, sagte Heinz Schröder. »Die Ergebnisse des DNA-Abgleichs sind schließlich noch nicht da.«

»Und wir haben auch noch immer nicht alle potentiellen Zeugen befragt«, ergänzte Schmiedel.

»Ja. Das erledigen wir heute noch.« Lydia rieb sich die Stirn, das Pochen war bereits heftiger geworden. Und schmerzhafter. »Meier, Schmiedel, ihr geht mit einem Foto von Palmerson noch einmal von Haus zu Haus. Irgendwer muss ihn an dem Nachmittag in der Freiheitstraße oder zumindest in dem Viertel gesehen haben. Vielleicht hat ihn ja auch jemand dabei beobachtet, wie er den Mädchen nachgestellt hat. Wiechert und Köster, ihr fragt in der Schule nach. Möglicherweise hat Palmerson dort herumgelungert. Aber macht nicht die Pferde scheu. Ich möchte nicht, dass heute Nachmittag Hunderte von besorgten Eltern bei uns anrufen. Wirtz und Schröder, ihr befragt Palmersons Nachbarn.«

Ruth Wiechert hob die Hand wie in der Schule. »Und was machen wir mit all den Anhaltspunkten, die auf die Familie verweisen? Was ist mit dem leiblichen Vater von Toni? Was ist mit den Spannungen zwischen Toni und ihrer Mutter? Mit den Ladendiebstählen? Dem gereizten Magen? Dieser merkwürdigen Leonie?«

Lydia hob hilflos die Schultern. »Wir haben einen geständigen Täter. Die Abgründe, die sich vielleicht in dieser Familie aufgetan haben, haben nichts mehr mit unseren Ermittlungen zu tun. Und jetzt sagt bitte nicht, dass Palmerson im Grunde nicht gestanden hat. Das weiß ich selbst. Gerichtsverwertbar ist sein Geständnis nicht. Aber wir müssen zum jetzigen Zeitpunkt davon ausgehen, dass Palmerson es getan hat und dass er zweifelsfrei gestehen wird, sobald er dazu in der Lage ist.« Sie wandte sich an Salomon. »Du warst doch dabei. Wie siehst du das?«

Salomon nickte langsam. Er griff nach einem der Zettel, die vor ihm lagen. »›Die arme Kleine. Ich wollte sie nicht … tot … Oh Gott, was habe ich nur getan?‹«, las er vor. »Das waren seine Worte. So ungefähr zumindest. Also, ob es uns gefällt oder nicht, für mich hört sich das nach einem Geständnis an.«

»Er hat recht«, sagte Gerd Köster.

Lydia nickte. »Gut, gibt es noch Fragen?«

Niemand sagte etwas. Doch allen stand die Unzufriedenheit ins Gesicht geschrieben. Sie hatten den Fall nicht wirklich aufgeklärt.

»In Ordnung. Falls sich aus euren Befragungen nichts Neues ergibt, gebt ihr eure Berichte wie immer an Köster. Ich spreche nachher mit der Staatsanwältin. Das war's wohl. Ich danke euch für die gute Zusammenarbeit.«

Die anderen standen auf. Lydia blieb sitzen und massierte ihre Schläfen. Salomon blieb neben ihr stehen, bis alle verschwunden waren, dann legte er wortlos ein Päckchen Kopfschmerztabletten auf den Tisch. Es war nicht das erste Mal, dass er ihr auf diese Weise zu Hilfe kam, und sie musste beinahe grinsen. In mancher Hinsicht waren sie tatsächlich ein eingespieltes Team.

Es war erst kurz nach drei, doch die Sonne stand bereits so tief, dass sie Thomas Hackmann genau ins Gesicht schien. Geblendet kniff er die Augen zusammen. Was für ein beschissener Tag. Am Samstag hatte er eine süße kleine Brünette mit üppiger Oberweite kennengelernt, doch bereits am Sonntagmorgen war sie ihm so auf die Nerven gegangen, dass er sich ohne ein Wort des Abschieds aus ihrer Wohnung verdrückt hatte. Das endlose Geplapper war echte Folter gewesen. Am Sonntag wollte er eigentlich mit ein paar Kollegen von der Wache Fußball spielen, doch er hatte den Arsch nicht hochgekriegt und war entsprechend mies gelaunt, zumal ihn im Büro der gleiche langweilige Aktenberg vom Freitagnachmittag erwartet hatte.

Und jetzt war er auf dem Weg zu einem Suizid. Irgendeine gelangweilte Hausfrau hatte sich von der Welt verabschiedet. Warum hatte Weynrath nicht Halverstett losgeschickt? Der war doch im Moment der Experte für Selbstmorde. Das Letzte, worauf Hackmann jetzt Lust hatte, war eine trauernde Familie. Wie ihn das alles ankotzte!

Hackmann setzte den Blinker und bog von der Schnellstraße ab. Immerhin war er in der Mission Lydia Louis einen Schritt weiter. Bei dem Gedanken daran leckte er sich unwillkürlich über die Lippen. Doch kein ganz verlorener Tag.

Er fand das Haus, ohne nach der Nummer Ausschau halten zu müssen. Ein Notarzt und ein Krankenwagen parkten in der Einfahrt, eine Streife stand am Straßenrand. Er hielt hinter dem Streifenwagen und stieg aus. Das Haus sah ein wenig vernachlässigt aus, nicht richtig verwahrlost, nur nicht so piekfein herausgeputzt wie die Nachbarn rechts und links.

Ein Kollege in Uniform kam Hackmann entgegen. Einer von den Jungs, mit denen er gestern hatte kicken wollen. »Wir haben dich vermisst, Thomas. Wo hast du gesteckt?«

»Hatte was Besseres vor.« Er grinste.

»Du Glückspilz.« Der Kollege wurde ernst und blätterte in seinem Notizblock. »Suizid. Tablettencocktail, so wie es aussieht. Seit etwa zwei Stunden tot. Die Frau war gelernte Krankenschwester, sie wusste also, was sie tat.«

»Irgendwelche Auffälligkeiten?«

»Eigentlich nicht. Die Badezimmertür war von innen abgeschlossen, der Notarzt musste sie aufbrechen. Einen Abschiedsbrief haben wir allerdings noch nicht gefunden.«

»Angehörige?«

»Ehemann. Steht unter Schock. Es gibt wohl noch eine Tochter, aber die ist nicht zu Hause. Der Mann sagt, sie sei bei Freunden zu Besuch. Mehr habe ich noch nicht aus ihm rausbekommen.«

»Gut. Danke.« Bevor Hackmann ins Haus trat, sah er aus den Augenwinkeln, wie ein Leichenwagen anrollte. Ein schöner sauberer Fall also. Dann konnte er wenigstens schnell wieder abhauen. Im Flur roch es muffig.

Suchend blickte er sich um. Von oben kam der Notarzt die Treppe herunter. Hackmann wies sich aus und ließ sich noch einmal bestätigen, was sein Kollege ihm erzählt hatte. Immer zwei Stufen auf einmal nehmend stieg er hinauf und betrat das kleine Bad.

Die Frau war um die vierzig, hatte ein paar Kilo Übergewicht und kurze, blonde Haare, die an der Schläfe von verkrustetem Blut verklebt waren. Sie lag auf dem Rücken, die Beine angewinkelt, die Arme seitlich vom Körper ausgestreckt. Der Rock war ein Stück hochgerutscht, sodass ihre kräftigen, weißen Oberschenkel zu sehen waren, die gestreifte Bluse saß perfekt. Sie hatte weder Strümpfe noch Schuhe an. Hackmann streifte sich ein Paar Latexhandschuhe über und beugte sich über die blutige Stelle am Kopf.

»Vermutlich vom Sturz«, sagte der Notarzt, der ihm nach oben gefolgt war.

Hackmann drehte sich zu ihm um. »Sicher?«

»Nein. Aber es sieht so aus, als hätte sie die Tabletten im Stehen geschluckt und dann gewartet, bis sie wirken. Beim Umfallen ist sie auf das Waschbecken geprallt.«

»Hm.« Hackmanns Blick fiel auf den linken Unterarm der Frau, sein Puls beschleunigte sich. Mit zwei Fingern schob er den Ärmel der Bluse hoch. Er hatte richtig gesehen. Das Handgelenk war grünblau verfärbt. Er ließ den Ärmel los und wandte sich wieder an den Arzt. »Die Tür war abgeschlossen?«

»Ja.«

»Und das Fenster?«

»Da habe ich nicht drauf geachtet.«

Der uniformierte Kollege tauchte im Türrahmen auf. »Alles klar?«

»Nicht ganz«, erwiderte Hackmann. »Ich will die Spusi hier haben. Niemand soll mehr etwas anfassen.«

»Du glaubst, dass es kein Suizid war?«

Hackmann zog stumm noch einmal den Ärmel der Bluse hoch.

»Scheiße«, murmelte der Kollege. »Ich funke die Leitstelle an.« Er stürmte aus dem Bad.

»Und ich rede mit dem Ehemann. Wo finde ich ihn?«

»In der Küche«, antwortete der Notarzt.

»Haben Sie ihm irgendwas zur Beruhigung gegeben?«

»Er wollte nicht.«

»Gut so.« Hackman zog die Handschuhe aus. Am Treppenabsatz drehte er sich noch einmal um. »Wie heißt der Mann eigentlich?«

»Olaf Schwarzbach. Seine Frau hieß Melanie.«

Rita Schmitt fischte den Teebeutel aus dem Becher und warf ihn in den Müll. Sie schnupperte und verdrehte genüsslich die Augen. »Ah.«

Halverstett warf ihr einen Blick zu. »Immer noch auf Wolke sieben?«

Rita lächelte. »Es geht mir gut, ja.« Sie nippte an dem Tee. »Aber du scheinst auch ein angenehmes Wochenende gehabt zu haben. Hat es sich zu Hause ein bisschen eingerenkt?«

Er sah sie überrascht an. Sie schien doch mehr von seinen privaten Konflikten mitbekommen zu haben, als ihm bewusst war.

»Entschuldige, ich wollte nicht aufdringlich sein.« Sie setzte sich wieder an den Schreibtisch und beugte sich über eine Akte.

»Du bist nicht aufdringlich. Ich war nur überrascht, dass du etwas gemerkt hast.«

Rita hob den Kopf. »Dass ich etwas gemerkt habe?« Wieder lächelte sie. »Meine Güte, Klaus. Du bist seit Wochen zerstreut und launisch. Mal euphorisch, dann wieder am Boden zerstört. Ich hätte ein Felsbrocken sein müssen, um nichts zu merken.«

»So schlimm?«

»Nicht schlimm. Eher – interessant.«

»Aha.« Er lehnte sich zurück und betrachtete seine Kollegin. Seit sie zusammenarbeiteten, hatten sie kaum mehr als ein Dutzend private Gespräche geführt. Wider Erwarten fühlte es sich gut an. »Ich dachte nur, weil du doch selbst frisch verliebt bist, hättest du es nicht bemerkt.«

»Im Gegenteil. Meine Beziehung mit Rafi schärft meine Sinne. Ich bin noch nie mit so offenen Augen durch die Welt gegangen.«

»Das freut mich für dich.« Halverstett meinte es ehrlich, auch wenn er einen Stich von Neid verspürte. Und er sah es Rita an. Ihr Gesicht war runder und strahlender geworden, ihre Augen leuchteten. Nur der bunte Pullover sah aus wie aus der Kinderabteilung eines Kaufhauses, und die lila Cordhose dazu empfand er auch nicht als sonderlich geschmackssicher. Aber dieser Rafi schien auf andere Dinge Wert zu legen. Musste ein kluger Mann sein.

»Meine Frau und ich, wir haben eine schwierige Zeit hinter uns«, sagte er.

»Und jetzt ist es besser?«

Halverstett zuckte mit den Schultern. »Ich glaube, wir haben noch einen langen Weg vor uns.«

»Mit welchem Ziel?«

Er starrte sie an. »Na, unsere Beziehung zu kitten.«

Rita sagte nichts.

»Reicht das nicht?«, fragte er irritiert. Er begann sich zu ärgern, dass er sich auf dieses Gespräch eingelassen hatte. Was für eine Schnapsidee, mit einer frisch verliebten jungen Frau über die Probleme einer langjährigen Ehe zu sprechen.

»Das musst du wissen.« Sie umfasste ihren Teebecher, trank aber nicht.

»Wir haben beschlossen, mehr als dreißig Ehejahre nicht einfach wegzuwerfen«, brummte er. »Das mag jungen Leuten wie dir lächerlich vorkommen. Uns ist es ernst. Und dafür muss man Opfer bringen.«

»Wie du meinst.« Rita nahm einen Schluck Tee. »Jedenfalls freut es mich, dass es zu funktionieren scheint.«

Halverstett senkte den Kopf. Er sollte dieses Gespräch sofort beenden. Er versuchte die Stelle in der Akte zu finden, die er eben gelesen hatte, doch seine Konzentration war dahin.

»Du bist anderer Meinung als ich?«, fragte er, ohne den Kopf zu heben.

»Du musst selbst wissen, was gut für dich ist, Klaus. Das kann dir keiner abnehmen. Aber wenn du bei irgendetwas ein schlechtes Gefühl hast, dann ist da vermutlich was dran.«

Er hob den Blick. Doch Rita hatte sich ebenfalls über ihre Akte gebeugt.

Es klopfte. Ein Kollege stieß die Tür auf. »Halverstett? Hier ist ein Herr, der dich unbedingt sprechen möchte. Er sagt, du erwartest ihn.«

Ein Mann in schmutzigen, abgerissenen Kleidern und

mit strähnigem grauem Haar schob sich ins Zimmer. Er hielt eine Wollmütze in der Hand und drehte sie verlegen hin und her.

Halverstett starrte ihn an. »Ecki?«

Der Mann nickte.

»Danke.« Halverstett winkte dem Kollegen, der sich rasch verzog, und sah wieder zu dem Stadtstreicher. »Setzen Sie sich.« Er deutete auf den Stuhl vor seinem Schreitisch.

Ecki trat näher und zog dabei eine Gestankwolke hinter sich her. Halverstett beobachtete, wie Rita unauffällig ein wenig zur Seite rückte. Der Mann blieb vor dem Stuhl stehen, doch er setzte sich nicht.

Er warf einen Blick zu Rita. »Ich würde gern unter vier Augen mit Ihnen reden, Herr Kommissar.«

Rita sprang sofort auf. »Kein Problem. Ich nehme mir die Akte mit in die Kantine.« Schon war sie verschwunden.

Zögernd schob sich der Mann auf den Stuhl.

»Ihr Name?«, fragte Halverstett und zog die Tastatur zu sich heran.

»Eckhard Gruber. Geboren am 25.8.1975.«

Halverstett hörte auf, die Informationen in die Maske auf dem Bildschirm einzugeben. Seine Finger verharrten reglos in der Luft. Er hätte den Mann zwanzig Jahre älter geschätzt. »Wissen Sie, warum ich nach Ihnen gesucht habe?«

»Wegen des Märchenonkels.« Der Mann knetete wieder seine Mütze. »Warum hat dieser Idiot mir auch das Handy geklaut?«

»Fred Gärtner hat Ihnen ein Handy gestohlen?«

»Ich hatte es gefunden.«

Halverstett schob die Tastatur zur Seite. Eintippen konnte er die Aussage später. Jetzt musste er gut zuhören. »Bitte erzählen Sie der Reihe nach, was passiert ist, Herr Gruber.«

Der Mann zögerte, musterte seine schmutzigen Finger.

»Fangen Sie bei dem Handy an«, ermunterte ihn Halverstett. »Woher hatten Sie es?«

»Ich hab's gefunden. Ehrlich. Es lag auf der Straße, unter ein paar Blättern, deshalb konnte man es nicht sofort sehen.«

»Wann war das?«

»Weiß ich nicht mehr. Vor ein paar Wochen. Ich hab's nicht benutzt, wollte es verticken. Aber dann habe ich es doch behalten. Ich habe ein paar Fotos damit gemacht.«

»Und der Märchenonkel?«

»Der hat gesagt, ich muss es bei der Polizei abgeben. Der Spinner. Die Tussi, der es gehört, hat doch sicher längst ein neues.«

»Tussi? Woher wissen Sie, dass das Telefon einer Frau gehörte?«

»Na, es war rosa.«

»Und dann?«

»An dem Tag – na, Sie wissen schon, an dem Tag war das Handy plötzlich verschwunden. Ich hab den Mistkerl überall gesucht.« Gruber machte eine Armbewegung, um seine Worte zu unterstreichen, und setzte damit erneut einen Schwall Gestank frei.

Halverstett schluckte und versuchte flach zu atmen. »Und auf dem Burgplatz haben Sie ihn gefunden.«

»Ich habe ihm nur gesagt, dass er mir das Telefon wiedergeben soll. Der Schwachkopf hat was davon gefaselt, dass es mir nicht gehört. Da hab ich ihn an der Jacke gepackt und geschüttelt. Nur um ihm klarzumachen, dass es mir ernst ist. Und plötzlich ist er gestolpert. Ich konnte nichts dafür, ehrlich. Ich hab ihn kaum angefasst. Es war ein Unfall, das müssen Sie mir glauben, Herr Kommissar.«

»Und was haben Sie danach gemacht?«

»Ich hab Panik gekriegt. Wer glaubt denn einem Penner wie mir? Also hab ich mich verdrückt.«

»Und das Handy?«

Eckhard Gruber senkte den Kopf. »Das habe ich vorher aus seiner Jacke genommen. Da waren ja meine Fingerabdrücke drauf. Ich wollte nichts riskieren.«

»Ich danke Ihnen, dass Sie zu mir gekommen sind, Herr Gruber«, sagte Halverstett. »Ich werde jetzt aufschreiben, was Sie ausgesagt haben, dann lese ich es Ihnen noch einmal vor, damit Sie sagen können, ob es so stimmt.« Er zog die Tastatur wieder zu sich heran. Sein Instinkt hatte wieder einmal richtig gelegen. Doch das Gefühl der Befriedigung, das er erwartet hatte, blieb aus. Dann fiel ihm etwas ein. »Das Handy, haben Sie das noch?«

Wortlos fischte Gruber ein rosa Mobiltelefon aus seiner Jacke und legte es auf den Schreibtisch. »Ich hab nur ein paar Fotos damit gemacht. Dann war der Akku leer. Es sind auch noch ein paar andere Bilder drauf, von der Tussi. Kinderbilder. Vielleicht hat sie ihre Gören geknipst. Meinen Sie, ich krieg vielleicht Finderlohn?«

Lydia trat ans Fenster, hinter dem die Schatten von Minute zu Minute länger wurden. Die Dämmerung senkte sich über die Stadt, obwohl der Tag erst vor wenigen Stunden begonnen hatte. Dunkelheit, der Fluch des

Winters. Lydia wandte sich ab und schaltete die Schreibtischlampe an. Sie war allein in ihrem Büro. Salomon war hinunter in die Kantine gegangen, doch sie hatte keinen Appetit.

Ihr Blick fiel auf den Drucker, ein Lämpchen blinkte. Das Papier war aufgebraucht. Lydia beugte sich vor, zog die untere Schreibtischschublade auf und erstarrte. Neben dem Paket Kopierpapier lag eine volle Flasche Johnnie Walker Black Label. Ihre Marke.

Ein plötzlicher Schwindel überkam sie, und sie musste sich an der Schreibtischplatte festkrallen. Ihr Atem ging stoßweise. Verdammt! Hatte sie die Flasche dort hineingelegt? Oder hatte ihr jemand einen üblen Streich gespielt? Sie wusste es nicht, ihr Gedächtnis war ein schwarzes Loch. Wenn das ein Scherz sein sollte, dann war er völlig daneben. Eine Flasche Whisky in der Schreibtischschublade konnte sehr unangenehme Folgen haben. Scheiße! Wenn sie sich doch nur sicher wäre, dass sie es nicht selbst war!

Lydia knallte die Schublade zu. Nein, sie hatte die Flasche nicht dort deponiert, sonst würde sie sich daran erinnern. Und sie wusste nur noch, dass sie darüber nachgedacht, dass sie mit dem Gedanken gespielt hatte. Sie rieb sich die Schläfen. Salomons Tabletten hatten gut gewirkt, doch jetzt ging das Pochen wieder los.

Das Telefon schrillte. Lydia ließ es achtmal klingeln, bevor sie sich meldete. Wenn jemand so hartnäckig war, war es womöglich wichtig. Das Krankenhaus. Der Arzt nannte seinen Namen, doch Lydia verstand ihn nicht. Dafür verstand sie umso besser, was er sagte.

Sie legte auf, ohne etwas zu erwidern, ließ den Kopf auf die Tischplatte sinken und schloss die Augen. Die

Flasche in der Schublade schien nach ihr zu rufen, leise, lockend. Ihr Schädel dröhnte wie ein Düsenflugzeug. Lydia stöhnte. Alle schienen sich gegen sie verschworen zu haben, sogar ihr eigener Körper.

Und dabei musste sie gerade jetzt ihre Sinne beisammenhaben: Walter Palmerson war soeben verstorben.

17

Es war bereits stockdunkel, als Thomas Hackmann das Institut für Rechtsmedizin betrat. Er marschierte den vertrauten Korridor entlang und die Treppe hinunter, bis er den Sektionssaal erreichte. Maren Lahnstein und ein Kollege waren gerade mit einer Wasserleiche beschäftigt, und der Gestank war unerträglich.

»Auf ein Wort, Frau Doktor Lahnstein«, rief Hackmann ihr von der Tür zu.

»Jetzt nicht«, murmelte sie durch ihren Mundschutz.

»Es dauert nicht lang. Aber ich muss wissen, wo ich mit den Ermittlungen ansetzen soll.«

Maren Lahnstein schaltete das Aufnahmegerät aus, das über dem Obduktionstisch hing, und drehte sich zu ihm um. »Sie sehen doch, dass wir zu tun haben. Worum geht es denn?«

»Der angebliche Suizid. Eine Melanie Schwarzbach.«

Maren Lahnstein sah ihren Kollegen an und zog den Mundschutz herunter.

»Fünf Minuten«, sagte sie. »Ich bin sofort zurück.«

Der Mann murmelte etwas Unverständliches und drehte sich zu einem Tisch um, auf dem verschiedene Spurenträger lagen.

Die Gerichtsmedizinerin kam auf Hackmann zu. »Ich habe bisher nur einen kurzen Blick auf die Leiche geworfen. Ich kann Ihnen noch nichts sagen.«

»Haben Sie den Arm gesehen? Die Hämatome?«

»Ja, habe ich.« Maren Lahnstein atmete einmal tief ein und aus. »Hämatome an beiden Armen, an der Hüfte und am Knie. Außerdem eine Schürfwunde am Kopf. Alle Verletzungen waren frisch. Womöglich ging ihrem Tod ein Kampf voraus. Haben Sie denn ihren Ehemann schon befragt? Hat er irgendeine Erklärung geliefert?«

»Sie hatten Streit, und er hat sie festgehalten, sagt er. Mehr nicht. Sie ist daraufhin angeblich wütend die Treppe hochgelaufen, und er dachte, sie läge schmollend im Bett.«

Maren Lahnstein gab einen zischenden Laut von sich. »Da hat er sie aber sehr gut festgehalten.«

»Gibt es sonst noch Hinweise darauf, dass die Frau die Tabletten nicht freiwillig genommen hat?«

»Im Augenblick nicht. Die Autopsie ist für morgen früh angesetzt. Danach wissen wir mehr.«

»Gut, danke.« Hackmann blickte ihr hinterher, wie sie zurück an den Obduktionstisch trat. Sie hatte eine perfekte Figur, und ihr rotbraunes Haar schimmerte verheißungsvoll. Doch er wusste, dass der äußere Eindruck täuschte. Maren Lahnstein war mindestens ebenso spröde wie Lydia Louis. Alle Frauen, mit denen er beruflich zu tun hatte, waren entweder attraktive Kotzbrocken wie die Louis und die Lahnstein oder hässliche, weinerliche Ziegen wie Ruth Wiechert. Vermutlich hatte er den falschen Job.

Draußen empfing ihn der dunkle Winternachmittag. Trotz der mageren Informationen, die er aus der Rechtsmedizin mitbrachte, war Hackmann bester Laune. Der Tag, der so mies begonnen hatte, hatte eine sensationelle Wendung genommen. Er sollte eine kleine Moko zusammenstellen, um den Tod von Melanie Schwarzbach zu untersuchen. Weynrath hatte ihm freie Hand gelassen. Und da die »Moko Toni« sich gerade aufgelöst hatte, standen ihm fast alle Mitarbeiter des KK 11 zur Verfügung. Er schlenderte die Stufen hinunter und stellte sich vor, wie er die Louis herumkommandierte. Er würde ihr die langweiligsten Aufgaben übertragen, oder noch besser, sie zu seiner persönlichen Assistentin machen. Bei der Vorstellung, wie sie mit Block und Kuli vor ihm saß und sich seine Anordnungen notierte, kribbelte es in seinen Lenden.

Leider wurde so schnell nichts daraus. Noch stand Lydia Louis im Dienstgrad über ihm. Doch das würde sich ändern. Es war nur eine Frage der Zeit.

Lydia hatte sich noch immer nicht von ihrem Schreck erholt, als Salomon ins Büro gestürzt kam.

Er war außer Atem. »Hast du es schon gehört?«

»Ja, Palmerson ist tot. Es kann sein, dass wir den Fall nicht richtig abschließen können. Es ist zum Kotzen.«

Er blickte sie ungläubig an. »Tot?«

»Ja. Das Krankenhaus hat eben angerufen. Das war's dann wohl.«

Salomon setzte sich. »Ach du Scheiße.«

Er sah aus wie ein Ballon, in den jemand eine Nadel gestochen hatte. Sein Paul-Newman-Gesicht blieb davon allerdings unberührt. Im Gegenteil, die Leidensmiene stand ihm gut, wie Lydia sich widerwillig eingestehen musste.

»Und was hast du für Neuigkeiten?«, fragte sie, als er keine Anstalten machte, das Schweigen zu brechen.

Er sah sie an. »Melanie Schwarzbach hat sich umgebracht.«

»Was? Wann denn? Warum sind wir nicht informiert worden?«

»Weil offenbar niemand wusste, dass die Familie Schwarzbach etwas mit unserem Fall zu tun hat. Hackmann ist mit der Untersuchung betraut worden. Offenbar gibt es Zweifel daran, dass es Suizid war.«

Lydia biss sich auf die Lippe. Ausgerechnet Hackmann, der letzte Mensch, mit dem sie jetzt reden wollte. Die Flasche fiel ihr ein. Ihm traute sie zu, dass er ihr so etwas antat. Doch wie hätte er den Whisky unbemerkt in ihrem Schreibtisch deponieren sollen? Er besaß schließlich keinen Schlüssel zu ihrem Büro.

»Wir müssen mit Weynrath reden«, sagte sie und stand auf. »Er muss den Fall der ›Moko Toni‹ übergeben. Schließlich könnten die beiden Todesfälle zusammenhängen.«

»Hackmann wird dir an die Gurgel springen. Er ist gerade dabei, die Leute für seine Moko zusammenzustellen. Wenn Weynrath ihm jetzt den Fall wieder abnimmt, rastet er vermutlich aus.«

»Er hasst mich doch sowieso. Was soll also passieren?« Lydia griff nach der Türklinke. »Komm! Ich habe das Gefühl, dass die ›Moko Toni‹ noch lange nicht fertig ist mit ihrer Arbeit.«

Sie gingen über den Flur zu Weynraths Büro und klopften, bevor sie eintraten.

»Na, ihr zwei, alles in trockenen Tüchern?«, begrüßte der Leiter des KK 11 sie.

»Noch nicht ganz«, antwortete Lydia. »Genau deshalb sind wir hier.« Sie hatte blitzschnell überlegt, Weynrath besser noch nicht darüber aufzuklären, dass ihr Hauptverdächtiger tot war. Dann würde er erst recht wollen, dass der Fall mit Palmerson als Täter möglichst rasch zu den Akten gelegt wurde. Sie hoffte, dass Salomon sofort schaltete und nichts verriet. »Es gibt eine neue Entwicklung. Eine Person, die in den Fall verwickelt ist, ist unter ungeklärten Umständen zu Tode gekommen.«

»Eine Person, die in den Fall verwickelt ist? Wer denn, zum Teufel? Sie sprechen in Rätseln, Louis!«

»Melanie Schwarzbach, die Mutter von Leonie, der mysteriösen Freundin von Antonia Bruckmann. Dem Anschein nach war es Selbstmord, doch es gibt Zweifel.« Lydia blieb vor dem Schreibtisch stehen. »Und Leonie ist übrigens verschwunden«, fügte sie rasch hinzu.

Das wirkte. Weynrath glotzte sie mit offenem Mund an. »Wir haben ein verschwundenes Mädchen?«

Lydia ruderte schnell zurück. Aber nur ein kleines Stück. »Wir haben einen angeblichen Aufenthaltsort, aber bisher konnten wir sie dort nicht erreichen.« Das stimmte sogar. Lydia hatte vorhin versucht, bei der Pflegefamilie anzurufen. Sie wollte den Fall nicht abschließen, ohne nicht wenigstens einmal mit Leonie gesprochen zu haben. Doch es hatte niemand abgehoben.

Weynrath beugte sich vor und kniff die Augen zusammen. »Und Sie glauben, dass es zwischen Antonia Bruckmanns Tod, dem Verschwinden dieses anderen Mädchens und dem Suizid von dessen Mutter einen Zusammenhang geben könnte?«

Lydia hielt seinem Blick stand. »Ja. Davon bin ich fest überzeugt.«

»Verdammt.« Weynrath lehnte sich zurück und musterte Lydia und Chris. »Sie beide machen mir das Leben nicht gerade leicht. Das wissen Sie ja wohl?«

Er schwieg, doch Lydia hatte nicht das Gefühl, dass er eine Antwort erwartete, also sagte sie ebenfalls nichts.

»Also gut. Die ›Moko Toni‹ wird noch nicht aufgelöst. Sie bleibt in der jetzigen Zusammensetzung bestehen. Ich will, dass die Hälfte der Leute weiterhin versucht, diesem Palmerson den Mord nachzuweisen. Die übrigen sollen den anderen Spuren nachgehen.«

»Danke«, presste Lydia hervor.

»Ach, noch etwas«, rief Weynrath. »Hackmann sollte ja eigentlich den Tod dieser Frau untersuchen. Er ist ab sofort dabei.«

Lydia unterdrückte einen Fluch. »Wie Sie meinen.«

Weynrath winkte ungeduldig. »Und jetzt raus hier, ich habe zu tun.«

Auf dem Flur warf Lydia Salomon einen Blick zu. Er sah sie neugierig an.

»Wir haben ein verschwundenes Mädchen?«, flüsterte er.

»Erkläre ich dir gleich.« Sie eilten zurück zu ihrem Büro. An der Tür drehte Lydia sich zu Salomon um. »Danke, dass du nichts von Palmerson gesagt hast.«

»Keine Ursache. Ich will auch, dass wir den wahren Täter kriegen.«

Kriminalhauptkommissar Klaus Halverstett blieb einen Augenblick vor dem Eingang des Polizeipräsidiums stehen und atmete die klare Winterluft ein. Obwohl er gründlich gelüftet hatte, stank das Büro immer noch nach Eckhard Gruber, nach Alkohol, Schmutz und einem Leben in der Gosse.

Langsam schlenderte Halverstett die Lorettostraße entlang. Er war früh dran für seine Verabredung. Noch einmal horchte er in sich hinein, und es fühlte sich immer noch gut an. Er hatte eine Entscheidung getroffen. Nachdem er mit Gruber fertig gewesen war, hatte er Maren Lahnstein eine SMS geschickt. *Habe auf meinen Instinkt gehört. Lust auf einen Kaffee?* Er hatte nicht aufdringlich sein und sie anrufen wollen, und er hatte auch nicht ernsthaft mit einer Antwort gerechnet. Doch wie so oft in letzter Zeit lag er falsch. Zwanzig Minuten, nachdem er die Nachricht verschickt hatte, hatte sein Handy gepiepst. *Frida. 17:00 Uhr?*

Das »Frida« lag nur ein paar Gehminuten vom Präsidium entfernt. Halverstett trat ein und blickte sich suchend um. In dem Café mit der mexikanisch bunten Einrichtung waren die meisten der abgewetzten Holztische belegt, doch ein kleiner am Fenster war noch frei. Da er Maren nirgendwo entdecken konnte, setzte er sich an den freien Tisch und bestellte einen Espresso.

Sie kam um zwanzig nach fünf, atemlos und mit von der Winterkälte geröteten Wangen. Ihr Anblick brachte seinen Herzschlag kurzzeitig aus dem Gleichgewicht.

»Hallo«, sagte sie. »Es hat etwas länger gedauert, als ich dachte. Tut mit leid.«

»Macht nichts.« Irgendetwas in seinem Schädel fuhr Achterbahn, und er musste sich konzentrieren, um nicht zu stottern. »Ich freue mich, dass du da bist.«

Sie legte ihren Mantel über die Stuhllehne und sah ihn an.

»Es war eine idiotische Vereinbarung«, fuhr er fort.

»Und ich möchte mich dafür entschuldigen.« Es war ein merkwürdiges Gefühl, gegen dieses höllische Rasen in seinem Inneren anzureden, und er fragte sich, ob Maren es ihm anmerkte.

Sie setzte sich. »Was sagt denn deine Frau dazu?«

»Noch nichts.« Er seufzte. »Ich werde heute Abend mit ihr reden. Ich habe mich spontan entschlossen, auch in diesem Fall meinem Instinkt zu folgen. Nachdem es sich an anderer Stelle auch als richtig erwiesen hat.«

»Der Stadtstreicher, der die Treppe hinuntergestürzt ist?«

»Ja.«

»Er ist gestoßen worden?«

»Stimmt.« Es half, über die Arbeit zu reden. Die Achterbahn wurde langsamer, er gewann die Kontrolle zurück. »Allerdings war es allenfalls Körperverletzung mit Todesfolge oder fahrlässige Tötung. Es lag keine Tötungsabsicht vor. Blöderweise habe ich immer noch das Gefühl, dass noch ein Puzzleteil fehlt. Vielleicht bin ich auch nur unzufrieden, weil sich durch meine Ermittlungen nichts Wesentliches am Ergebnis ändert. Außer dass irgend so ein armer Tropf jetzt vor Gericht muss.«

Maren bestellte einen Milchkaffee. »Wenn du bisher so erfolgreich deinem Instinkt gefolgt bist, dann bleib dabei.«

»Und wie?«

»Such das Puzzleteil.« Sie lächelte, und er war so froh wie seit Wochen nicht mehr.

Olaf Schwarzbach bog auf die Autobahn und beschleunigte. Während Häuser, Wiesen und Felder an ihm vorbeiflogen, überlegte er, ob er an alles gedacht hatte. Zwei

Taschen mit Wäsche, Pässe, Geld, die Fotoalben und die Bilder, die im ersten Stock an der Wand gehangen hatten. Nach kurzem Zögern hatte er auch Leonies Schulsachen eingepackt. Sie musste ja irgendwie weiterlernen, auch wenn er im Augenblick noch nicht wusste, wie er das organisieren sollte. Das würde sich finden. Erst einmal musste er sich auf wichtigere Dinge konzentrieren.

Dieser Kripobeamte, Hackmann, hatte ihn in die Mangel genommen wie einen Schwerverbrecher. Schwarzbach hatte gespürt, dass er ihn am liebsten auf der Stelle verhaftet und aufs Präsidium gebracht hätte. Beim nächsten Mal würde er das bestimmt tun. Deshalb würde Olaf Schwarzbach dafür sorgen, dass es kein nächstes Mal gab. Er hatte die dicke Frau angerufen und ihr strikte Anweisungen erteilt. Jetzt konnte er nur hoffen, dass sie sich daran hielt. In zwanzig Minuten war er bei Leonie, und dann würde er mit ihr verschwinden. Er hatte Svenja verloren. Er hatte Melanie verloren. Leonie nahm ihm niemand weg. Dafür würde er sorgen, notfalls auch mit Gewalt.

Er hatte sich immer an die Regeln gehalten, war anständig geblieben, hatte sich nie etwas zu Schulden kommen lassen. Trotzdem hatte das Leben ihn verhöhnt, ihm alles genommen, was ihm etwas bedeutete. Es wurde Zeit, dass er den Spieß umdrehte und endlich einmal an sich dachte. Scheiß auf die Firma, auf die Mitarbeiter, auf seine Verantwortung. Scheiß auf die Hypothek, auf die Rechnungen, auf das undichte Dach. Er würde einfach auf Nimmerwiedersehen verschwinden, sollten sich andere darum kümmern. Es hatte nichts mehr mit ihm zu tun, es scherte ihn nicht mehr. Nichts war mehr wichtig. Nichts außer Leonie.

Während er auf den Notarzt gewartet hatte, hatte er das Bild in der Zeitung entdeckt. Das Bild neben der Schlagzeile: *Ist das der Mörder der kleinen Antonia?* Das riesige grobkörnige Foto eines Mannes, der sich beide Hände vor das Gesicht hielt, hatte fast die Hälfte der Titelseite eingenommen. In das Foto war ein kleineres montiert worden, das des blonden Mädchens, das der Mann angeblich getötet hatte.

Olaf setzte den Blinker und nahm die Ausfahrt. Hier musste er aufmerksamer fahren, der Feierabendverkehr verstopfte die Landstraße. Er hätte es wissen müssen, oder zumindest ahnen. Schon damals in der Klinik hatte er dieses merkwürdige Gefühl gehabt, als er das andere Elternpaar mit ihrem Baby auf dem Arm gesehen hatte. Doch er hatte sich eingeredet, dass er sich täuschte. Schließlich sahen alle Neugeborenen gleich aus. Es war nicht wichtig gewesen. Es zählten nur Melanie, seine Frau, und Leonie, das kleine Mädchen, das sie retten, von ihrem Kummer erlösen sollte.

Er hätte wissen müssen, dass es nicht funktionierte. Dass man ein Kind nicht durch ein anderes ersetzen konnte. Nun war Leonie alles, was ihm geblieben war. Olaf drosselte das Tempo, um die Straße nicht zu verpassen, in die er einbiegen musste. Obwohl er nur einmal hier gewesen war, fand er den Weg auf Anhieb. Erst als er vor dem Haus hielt und den Motor abstellte, merkte er, dass seine Hände zitterten. Er hatte das Lenkrad so fest umklammert, dass er sich völlig verkrampft hatte.

Vorsichtig blickte Olaf Schwarzbach sich um. Kein Polizeiwagen, auch nicht der Toyota dieser neugierigen Kommissarin. Erleichtert stieß er den Atem aus. Er war fast am Ziel. Noch ein paar Minuten, dann war Leonie in Sicherheit. Noch zwei Stunden, und sie waren über die Grenze. Was danach geschah, darüber würde er nachdenken, wenn es so weit war.

18

Lydia wappnete sich innerlich, bevor sie sich den Ordner schnappte und mit Salomon das Büro verließ, um die Besprechung zu leiten. Hackmann würde ihr das Leben zur Hölle machen, Weynrath ebenfalls, wenn er erfuhr, dass Palmerson tot war, und ob sich bei den weiteren Ermittlungen tatsächlich eine neue Spur ergab, stand in den Sternen.

Salomon hielt ihr die Tür auf.

»Zeig's ihnen«, raunte er, bevor er sich neben ihr niederließ.

Widerwillig musste sie grinsen, eine plötzliche Gelassenheit ergriff von ihr Besitz. Sie ließ den Ordner geräuschvoll auf den Tisch knallen, sodass augenblicklich alle Gespräche verstummten.

»Liebe Leute, es gibt viel zu tun, also lasst uns anfangen.« Sie blickte in die Runde. Alle waren da, auch Hackmann, der ihr mit verschränkten Armen und versteinertem Gesicht gegenübersaß. »Zuerst möchte ich das neue Mitglied der Moko begrüßen, Thomas Hackmann. Schön, dass du dabei bist.«

Hackmann verzog keine Miene, die anderen trommelten kurz auf die Tischplatte.

»Es gibt einige neue Wendungen, wie ihr vielleicht schon wisst«, fuhr Lydia fort, als das Trommeln abgeebbt war. »Ich fasse noch einmal kurz zusammen. Das Wichtigste zuerst: Unser Hauptverdächtiger Walter Palmerson ist vorhin im Krankenhaus verstorben.«

Gemurmel erhob sich. Die Nachricht hatte sich also noch nicht herumgesprochen. Umso besser. Vielleicht gelang es ihr vorzutäuschen, dass der Anruf aus dem Krankenhaus erst nach dem Gespräch mit Weynrath eingegangen war. Das würde ihr einen Wutausbruch ersparen.

Schmiedel sprang auf, sein Stuhl krachte auf den Boden.

»So ein Mist«, sagte er. »So sehr haben wir ihm doch gar nicht zugesetzt.«

Meier hob den Stuhl auf und zog Schmiedel zurück auf seinen Platz. »Du brauchst dir keine Vorwürfe zu machen. Dass der Typ ein schwaches Herz hatte, ist nicht deine Schuld. Und dass er ein perverser Mistkerl war, auch nicht.«

»Na, na!«, rief Köster. »Ein bisschen mehr Respekt, bitte. Der Mann ist tot.«

»Ach, und deshalb ist er jetzt plötzlich ein netter Kerl«, schnauzte Ruth Wiechert ihn an.

»Ist er nicht«, räumte Köster ein. »Trotzdem müssen wir nicht so abfällig über ihn reden.«

Schmiedel starrte auf die Tischplatte. »Jedenfalls ist er zusammengeklappt, während ich ihn befragt habe. Besonders toll fühle ich mich nicht dabei. Was, wenn er das Mädchen gar nicht umgebracht hat?«

»Dann war er immer noch ein Exhibitionist, der jede Menge Frauen belästigt hat«, sagte Schröder.

Lydia schritt ein. »Schmiedel, falls es dich beruhigt: Er war auf dem Weg der Besserung. Er ist ins Koma gefallen, als *ich* ihn im Krankenhaus befragt habe. Wenn also jemand in Sack und Asche gehen darf, weil er ihn auf dem Gewissen hat, dann bin ich das.«

»Müsste es in diesem Fall nicht eine Untersuchung geben?« Hackmann beugte sich vor und sah Lydia herausfordernd an. »Ich meine, wenn der Beschuldigte während einer Befragung durch dich krepiert ist, Louis?«

»Er ist nicht während der Vernehmung gestorben, das weißt du ganz genau«, fuhr Lydia ihn an.

»Aber es könnte trotzdem mit deinen Verhörmethoden zusammenhängen.« Hackmann grinste selbstzufrieden. »Wir wissen schließlich alle, wie hart du rangehen kannst.«

»Blödsinn«, rief Salomon aufgebracht. »Aber du kannst den Vorfall ja bei der Internen melden. Dann musst du denen meinen Namen aber auch geben, ich war nämlich dabei.«

»Das ist doch albern«, meinte Schmiedel. »Was soll diese Diskussion?«

»Das sehe ich genauso«, sagte Lydia scharf. »Das Thema ist hiermit beendet. Wir haben Wichtigeres zu klären.«

Lydia wartete eine Weile, um sicherzugehen, dass sich alle beruhigt hatten. Sie war Salomon und Schmiedel dankbar für die Unterstützung, doch insgeheim musste sie sich eingestehen, dass Hackmann nicht ganz unrecht hatte. Ihr war selbst nicht wohl bei dem Gedanken, dass sie Palmerson vielleicht zu sehr zugesetzt hatte. Doch sie erlaubte es sich nicht, weiter darüber nachzudenken.

»Für uns bedeutet das«, fuhr sie fort, so als hätte es die Unterbrechung nie gegeben, »dass wir kein eindeutiges Geständnis mehr bekommen. Wir werden uns also weiterhin mit der Suche nach Zeugen und der Auswertung der Spuren befassen. Köster, Schröder, Meier und Schmiedel kümmern sich darum. In Ordnung?«

Niemand erhob Einwände.

»Und nun zu den anderen neuen Entwicklungen. Hackmann hat euch vermutlich bereits erzählt, dass Melanie Schwarzbach unter ungeklärten Umständen gestorben ist.« Sie schaute in die Runde, diesmal schien niemand überrascht. »Es gibt eine Verbindung zwischen den Schwarzbachs und den Bruckmanns, nämlich die beiden Töchter. Offenbar waren sie miteinander befreundet, auch wenn wir bisher nur Nora Dierckes Aussage haben. Das macht die Sache umso rätselhafter. Es scheint fast so, als wären die Mädchen heimlich befreundet gewesen. Und wir werden herausfinden, warum.«

»Die Verbindung erscheint mir aber ziemlich vage«, sagte Schröder. »Zumal es sich bei der Mutter doch um einen Suizid zu handeln scheint.«

»Da ist das letzte Wort noch nicht gesprochen«, rief Hackmann dazwischen. Er hatte den Rückschlag gut weggesteckt und bereits wieder Oberwasser, wie es Lydia schien. »Es gibt ein paar Umstände, die dringender Klärung bedürfen.«

»Und die wären?«, fragte Schröder, der wenig überzeugt aussah.

»Sie hatte jede Menge frische Hämatome, die nicht von dem Sturz nach der Einnahme der Tabletten stammen können, der Ehemann schien eher nervös als bestürzt.« Hackmann hob ein Blatt hoch und tippte zur Bekräftigung seiner Worte mit dem Finger darauf.

»Die Badezimmertür war abgeschlossen«, wandte Schröder ein.

»Aber das Fenster nur angelehnt«, gab Hackmann mit

einem triumphierenden Lächeln zurück. »Es führt auf das Garagendach. Spunte und seine Leute haben Fußabdrücke auf dem Dach gefunden, die zu Schwarzbachs Schuhen passen könnten.«

Das brachte Schröder zum Schweigen.

»Gut«, sagte Lydia. »Hackmann, du kümmerst dich um die Ermittlung der Todesumstände im Fall Melanie Schwarzbach. Für wann ist die Obduktion angesetzt?«

»Morgen früh.« Er sah sie nicht an, sondern studierte seine Unterlagen, doch Lydia erkannte an seinen mahlenden Kieferknochen, wie viel Kraft es ihn kostete, sich zu beherrschen. Er schäumte innerlich und malte sich bestimmt bereits aus, wie er sich für die Zurücksetzung revanchieren würde. Von ihr eine Arbeitsanweisung entgegenzunehmen war ihm offensichtlich zutiefst zuwider. Sie fragte sich, ob es nur daran lag, dass sie eine Frau war, oder ob es für seinen Hass persönliche Gründe gab.

»Fährst du hin?«, fragte sie.

»Natürlich«, blaffte er.

»Und danach hörst du dich ein bisschen in der Nachbarschaft um, ja? Wie war die Ehe? Gab es öfter Krach? Du weißt schon.«

»Geht klar.« Hackmann mied immer noch ihren Blick, schrieb etwas auf und lehnte sich in seinem Stuhl zurück.

»Was machen wir mit der Münchhausen-Geschichte?«, fragte Ingo Wirtz.

»Der sollten wir auf jeden Fall nachgehen«, antwortete Salomon.

»Ja, das denke ich auch«, sagte Lydia. »Es ist schon auffällig, dass sowohl Toni als auch diese Leonie öfter krank waren.«

»Also könnte es sein, dass wir es hier mit zwei Müttern mit Münchhausen-Stellvertreter-Syndrom zu tun haben?«, fragte Ruth Wiechert. »Das wäre aber ziemlich ungewöhnlich. Ist diese Krankheit nicht extrem selten?«

»Vielleicht haben die beiden Mädchen sich deshalb gesucht und gefunden«, sagte Wirtz. »Weil sie das gleiche Elend ertragen mussten.«

»Und diese Nora war eifersüchtig und hat deshalb die Geschichten über Leonie erfunden«, ergänzte Meier. »Dass sie die anderen zu den Diebstählen angestiftet hätte und so.«

Schmiedel verschränkte die Arme. »Also ich habe gehört, dass es diese Krankheit gar nicht gibt. Irgend so ein englischer Arzt soll sie erfunden haben, und aufgrund seiner Diagnose sind Dutzende von Müttern in den Knast gewandert, die man nachher wieder freilassen musste.«

»Das höre ich zum ersten Mal«, rief Ruth Wiechert.

»Ich habe das auch irgendwo gelesen«, sagte Wirtz nachdenklich. »Aber ich erinnere mich nicht mehr so genau, was da stand.«

»Gut«, sagte Lydia, »dann hast du jetzt die Gelegenheit, deine Erinnerung aufzufrischen. Ihr zwei, Wirtz und Wiechert, recherchiert zum Münchhausen-Stellvertreter-Syndrom. Und ihr sprecht mit den Kinderärzten von Antonia und Leonie. Gut wäre, wenn ihr auch mit Tonis früherem Arzt in Münster sprechen könntet. Und vielleicht noch mal mit den jeweiligen Lehrern.«

»Machen wir.« Wirtz machte sich Notizen.

»Gut.« Lydia nickte zufrieden. Nach den anfänglichen Schwierigkeiten lief die Besprechung besser als gedacht. Wenn man mit Männern arbeitete, musste man immer erst mühsam die Hackordnung festlegen. Das kostete

Kraft, aber anders ging es nicht, das hatte sie inzwischen begriffen. Sie warf einen Blick auf ihre Unterlagen, um zu überprüfen, ob sie nichts vergessen hatte. »Salomon und ich werden versuchen, endlich diese Leonie aufzutreiben und mit ihr zu sprechen«, fuhr sie fort. »Sie ist im Augenblick unsere wichtigste Spur. Danach reden wir noch mal mit ihrem Vater.«

Hackmann schnaubte und schlug mit der flachen Hand auf den Tisch. »Das gehört doch wohl zu meinem Fall! Olaf Schwarzbach ist mein Hauptverdächtiger.«

»Verdächtige sind kein Privatbesitz«, gab Lydia zurück. »Und *deinen* Fall gibt es nicht mehr. Wir arbeiten alle an einem Fall, bei dem ich die Ermittlungen leite. Ich dachte, das sei geklärt.« Lydia unterdrückte ein Seufzen. So viel zum Thema Hackordnung.

Hackmann murmelte etwas, das sie nicht verstand, und sie ignorierte ihn. Natürlich war der angebliche Suizid von Melanie Schwarzbach in erster Linie sein Fall, doch Lydia hatte mit den Schwarzbachs gesprochen, als Melanie noch gelebt hatte. Ihr fiel womöglich etwas auf, das Hackmann gar nicht auffallen konnte. Außerdem wollte sie keinen Zweifel daran aufkommen lassen, wer die Moko leitete.

»Noch Fragen?« Sie wartete ein paar Sekunden.

Alle schüttelten den Kopf, Hackmann blickte starr vor sich hin.

»Gut, dann treffen wir uns morgen früh um zehn Uhr wieder hier. Alle Ermittlungsergebnisse gehen an mich und an unseren Aktenführer Köster.«

Die Mitglieder der Moko erhoben sich, Ruth Wiechert und Ingo Wirtz waren bereits in eine angeregte Diskussion über psychische Krankheiten vertieft. Lydia verließ den Raum als Erste, sie wollte Hackmann keine Gelegenheit bieten, ihr unter vier Augen die Meinung zu sagen.

Als sie wieder im Büro waren, grinste Salomon. »Sehr clever eingefädelt.«

»Was?«

»Die Domestizierung des Thomas Hackmann.«

Lydia lächelte zufrieden.

Salomon griff nach seiner Lederjacke. »Und? Brechen wir gleich auf? Ich gebe zu, ich war schon lange nicht mehr so neugierig darauf, eine Zeugin kennenzulernen.«

»Mir geht es genauso.« Lydia stopfte Schlüssel und Handy in ihre Parkatasche. »Dieses Mädchen hat wahre Starqualitäten.«

»Dann wollen wir doch mal sehen, ob die echte Leonie mit dem Phantom mithalten kann.«

Chris Salomon schaute noch einmal auf seinen Zettel. »Hier müssen wir abbiegen.«

»Okay.« Die Ampel war gerade auf Rot gesprungen, und Lydia bremste so knapp vor der Kreuzung, dass sie nach menschlichem Ermessen nicht mehr sehen konnte, wann es Grün wurde.

Chris verkniff sich eine spitze Bemerkung. In den letzten zwei Tagen lief es zwischen ihm und Lydia so entspannt und kollegial wie selten. Sie arbeiteten fast wie normale Kollegen zusammen, die einander schätzten und vertrauten. Was einem Wunder glich, wenn man überlegte, wie es anfangs zwischen ihnen geknirscht hatte. Ganz zu schweigen von Freitagnacht. Aber vielleicht hatte ihr stürmisches Intermezzo wie ein reinigendes Gewitter gewirkt. Zumindest gefiel Chris diese Vorstellung.

Lydia gab ruckartig Gas. Chris hatte keine Ahnung, wie sie mitbekommen hatte, dass es Grün geworden war. Sie hatte jedenfalls nicht den Kopf verrenkt. Wieder einmal fiel ihm auf, wie unterschiedlich Sonja und Lydia waren. Lydia fuhr Auto, als reite sie einen wilden Mustang zu, bei Sonja hatte er eher das Gefühl, dass sie gerade ihre Fahrprüfung ablegte. Sie studierte jedes Verkehrsschild aufmerksam, blinkte bei jedem Spurwechsel und stellte an der Tankstelle den Tageskilometerzähler auf Null, um zu überprüfen, wie viel Sprit sie verbrauchte.

Chris war so in Gedanken, dass er beinahe den nächsten Abzweig verpasst hätte.

»Halt, hier müssen wir wieder rechts!«, rief er in letzter Sekunde.

Lydia riss das Lenkrad herum. Hinter ihr hupte jemand.

»Entschuldige«, murmelte Chris. »Ich hab gepennt.«

Lydia schaute zu ihm herüber, doch sie sagte nichts.

Zwei Minuten später hielt sie vor einem sechsstöckigen Mietshaus.

»Hat Olaf Schwarzbach uns nicht erzählt, dass seine Tochter zur Erholung auf dem Land ist?«, fragte Lydia trocken.

»Na ja, jedenfalls ist es im Bergischen Land. Schließlich hat er nichts von einem Bauernhof gesagt, oder?« Chris stieg aus.

Gemeinsam studierten sie die Klingelschilder. Die Frau, bei der Leonie angeblich untergebracht war, hieß Rosine Richards. Chris klingelte, kurz darauf ging der Summer. Sie fuhren mit dem Aufzug in den dritten Stock. Als die Aufzugtür aufglitt, musste Chris sich auf die Zunge beißen, damit ihm keine Bemerkung herausrutschte. Rosine Richards sah genauso aus, wie er sich eine Frau vorstellte, die Rosine hieß. Sie war fast so groß wie er und beinahe ebenso breit wie lang.

Lydia hielt ihr den Ausweis unter die Nase. »Kriminalpolizei. Lydia Louis. Das ist mein Kollege Chris Salomon. Wir möchten mit Leonie Schwarzbach sprechen.«

Die Frau studierte mit zusammengekniffenen Augen den Dienstausweis. »Was wollen Sie denn von der Leonie?«

»Das sagen wir ihr selbst. Bitte lassen Sie uns hinein. Oder möchten Sie das im Treppenhaus besprechen?«

»Ich möchte gar nichts besprechen«, sagte die Frau spitz. »Wissen Sie, Leonie ist völlig verstört. Sie hat Schreckliches durchgemacht. Was sie jetzt braucht, ist Liebe und Geborgenheit.«

»Bitte, Frau Richards, wir müssen mit Leonie sprechen«, sagte Chris. »Es ist wichtig.«

»Ja, bei euch ist immer alles wichtig«, gab die Frau schnippisch zurück. Ihr üppiger Busen wogte auf und ab, während sie sprach. »Aber leider erst, wenn es zu spät ist. Warum hat sich denn vorher keiner für das arme Mädchen interessiert?«

Rosine Richards spitzte die Lippen, und Chris trat instinktiv einen Schritt zurück, weil er befürchtet, sie würde ihn anspucken. Doch die Frau hatte nichts dergleichen im Sinn. Triumphierend verschränkte sie die Arme.

»Auch diesmal sind Sie übrigens zu spät«, sagte sie. »Herr Schwarzbach hat seine Tochter vor einer halben Stunde abgeholt.« Sie setzte ein überlegenes Lächeln auf. »Sie wissen es vielleicht noch nicht, aber Leonies Mutter hat sich umgebracht. War vermutlich besser so. Lieber keine Mutter als so eine.«

»Wie meinen Sie das?«, fragte Chris entsetzt.

»Die hätte ihre Tochter doch immer weiter kaputtgemacht. Und der Schwarzbach ist ein Schlappschwanz, früher oder später hätte er Leonie wieder nach Hause geholt, auch wenn seine Frau sich geweigert hätte, eine Therapie zu machen. Ich kenne solche Typen. Kein Rückgrat.«

»Können Sie uns irgendetwas über Leonie erzählen? Wie ist sie so?«, fragte Lydia, ohne auf die Schimpftirade der Frau einzugehen. Chris bewunderte ihre Kaltschnäuzigkeit. Er schaffte es nur mit Mühe, sich zu beherrschen.

»Und ob ich Ihnen was erzählen kann«, antwortete Rosine Richards. Sie warf einen Blick links und rechts ins Treppenhaus, doch alle Türen waren geschlossen, niemand schien sich für den Besuch der Polizei zu interessieren. »Das arme Kind war total verschreckt. Sie hat kein Wort gesprochen, und gegessen hat sie auch fast nichts. Dabei war sie völlig unterernährt. Ich habe extra lecker gekocht, aber das kleine Würmchen hat kaum was angerührt. Eine Schande, was dieses Dreckstück ihr angetan hat. So was dürfte sich von Rechts wegen nicht Mutter nennen, wenn Sie mich fragen.«

»Sie hat also nichts erzählt?«, hakte Lydia nach. »Von zu Hause? Von irgendwelchen Freundinnen? Einer Antonia vielleicht? Oder einer Nora?«

Die Frau schüttelte so heftig den Kopf, dass ihr ganzer Körper wabbelte. »Hat sie nicht. Ich glaube auch nicht, dass die Kleine überhaupt Freundinnen hat. So krank wie sie ist.«

»Gut«, sagte Lydia. »Dann danke ich Ihnen erst mal.«

Chris brachte es nicht fertig, sich von der Frau zu

verabschieden. Er nickte kurz und drehte sich weg. Im Aufzug sprachen sie kein Wort.

Erst als sie draußen beim Wagen standen, fragte Chris: »Was war das denn für eine?«

»Eine fanatische Kinderschützerin, denke ich.« Lydia schloss den Toyota auf. Sie schien nicht sonderlich beeindruckt, weder von der Frau noch davon, dass sie Leonie immer noch nicht gesprochen hatten. »Wir müssen uns diese Organisation mal näher anschauen, an die Olaf Schwarzbach sich gewandt hat. Überprüfen, ob diese Leute überhaupt seriös sind.«

»Gute Idee.«

Lydia legte den Kopf in den Nacken und schaute an der nackten grauen Fassade hoch. »Glaubst du, dass sie die Wahrheit gesagt hat?«

»Die Wahrheit? In Bezug auf was?«

»Dass Schwarzbach seine Tochter abgeholt hat.«

Der Gedanke war ihm gar nicht gekommen. Dieses Monstrum von einer Frau hatte ihn so überrollt, dass sein Verstand ausgesetzt hatte.

»Ich weiß nicht«, murmelte er.

»Wir fahren bei Schwarzbach vorbei«, sagte Lydia.

»Und wenn Leonie nicht dort ist?«

»Dann schreiben wir sie zur Fahndung aus.«

19

Dienstag, 11. Dezember

Es war das eingetreten, womit Lydia niemals gerechnet hätte. Sie hatten tatsächlich die Fahndung nach Olaf Schwarzbach und seiner Tochter Leonie eingeleitet.

Lydia war mit Salomon direkt von der Wohnung der Pflegemutter nach Wersten gefahren, doch das Haus der Schwarzbachs war verlassen, der Wagen verschwunden.

Bisher waren weder Vater noch Tochter aufgetaucht, und Lydia wurde mit jeder Minute nervöser. Eine ganze Nacht war verstrichen, die beiden konnten inzwischen sonst wo sein. Sie ärgerte sich, weil sie diese Spur bisher so halbherzig verfolgt hatte. Sie hätte auf ihr Gefühl hören sollen, nicht auf Weynrath. Sie hatte Salomon losgeschickt, um ein Foto von dem Mädchen zu besorgen, das sie am späten Vormittag bei der Pressekonferenz veröffentlichen wollten. Auch wenn Lydia die Zusammenhänge noch nicht begriff, ahnte sie, dass Leonie Schwarzbach in Gefahr war.

Ruth Wiechert kam ohne zu klopfen ins Zimmer gestürzt. Lydia verkniff sich die Zurechtweisung, die ihr bereits auf der Zunge lag, als hinter Ruth Wiechert eine Frau mit toupierter roter Turmfrisur und auffällig geschminktem Gesicht auftauchte.

»Entschuldige die Störung«, rief Wiechert atemlos. »Ich glaube, Frau Kaiser ist eine wichtige Zeugin.«

Lydia winkte beide herein. »Und in welcher Sache möchten Sie aussagen?« Vielleicht hatte die Frau ja Schwarzbach und seine Tochter gesehen.

»Ich möchte gegen Walter Palmerson aussagen«, erklärte die Frau mit wichtiger Miene. Die dick aufgetragene Schicht Make-up täuschte nicht darüber hinweg, dass sie über siebzig sein musste.

Lydia warf Ruth Wiechert einen Blick zu, die nur die Schultern hob.

»Bitte!« Lydia deutete auf den Stuhl.

Es dauerte einen Moment, bis Frau Kaiser sich hingesetzt und die Handtasche neben sich abgestellt hatte. »Müssen Sie nicht ein Band einschalten oder so? Sie müssen meine Aussage doch festhalten.«

Lydia ballte die rechte Hand zur Faust und öffnete sie wieder. »Das machen wir später. Jetzt möchte ich erst einmal hören, was Sie zu sagen haben.«

Die Frau schien nicht zufrieden, doch sie fügte sich in ihr Schicksal. »Also, ich habe den Palmerson gesehen. An dem Tag, als der die Kleine – na, Sie wissen schon. Dieser Perversling! Wenn ich gewusst hätte, dass ich mit so einem in einem Haus wohne!«

»Sie sind eine Nachbarin von Herrn Palmerson?«

»Ich wohne unter ihm, ja. Erschreckend, so etwas.«

»Sind Sie denn noch nicht von meinen Kollegen befragt worden?«

»Nein. Ich war ein paar Tage bei meiner Schwester. Ich bin erst gestern Abend zurückgekehrt.«

»Und Sie haben Herrn Palmerson gesehen? Wann denn?«

»Na, am Mordtag natürlich. Was meinen Sie denn? Sonst wäre es ja nicht von Belang für Sie, oder?«

»Wann genau haben Sie ihn gesehen?«

»Um zehn nach vier. Das weiß ich, weil ich ständig auf die Uhr geschaut habe, während ich auf ihn wartete. Er war einkaufen, und ich wollte ihn unbedingt erwischen. Wegen der Treppe. Seit seine Frau tot ist – die arme Frau, wie gut, dass sie davon nichts mehr mitbekommt! Nun ja, seit sie tot ist, klappt es mit der Treppe überhaupt nicht mehr. Männer. Was will man da erwarten. Ich wollte Palmerson sagen, dass es so nicht weitergehen kann.«

»Was ist mit der Treppe?«, fragte Lydia. Sie sprach jedes Wort langsam und betont. Am liebsten hätte sie Frau Wichtigtuerin-Kaiser auf der Stelle vor die Tür gesetzt und Ruth Wiechert dazu verdonnert, sich ihre Aussage anzuhören. Aber etwas von dem, was die Frau gesagt hatte, hielt sie zurück. Eine entscheidende Kleinigkeit.

»Na, sie muss geputzt werden«, sagte Frau Kaiser ungeduldig. »Nie putzt er die Treppe, wenn er dran ist. Er muss es ja nicht selbst tun. Männer können das sowieso nicht. Er sollte sich eine Putzfrau besorgen, das habe ich ihm schon zigmal gesagt. Aber meinen Sie, es passiert was?«

»Und am vergangenen Dienstag haben Sie ihn darauf angesprochen? Sind Sie sicher, dass es am Dienstag war?«

»Ja, natürlich. Denn am Mittwoch bin ich zu meiner Schwester gefahren, und da habe ich morgens im Radio von dem Mord gehört. Ich dachte noch: So eine schlimme Sache, und das gleich bei uns um die Ecke. Wenn ich gewusst hätte, dass ich mit dem Mörder unter einem Dach wohne!« Sie machte eine theatralische Geste.

»Und die Uhrzeit?«

»Zehn nach vier. Sagte ich doch schon. Fräulein, sind Sie sicher, dass Sie mir richtig zugehört haben? Sie hätten doch besser Ihr Aufnahmegerät eingeschaltet. Oder am besten ich spreche mal mit Ihrem Chef.«

Lydia lehnte sich zurück. »Ich bin Kriminalhauptkommissarin Lydia Louis und ich leite diese Ermittlung. Sie sprechen mit dem Chef.«

Frau Kaiser öffnete den Mund und schloss ihn wieder.

»Bitte beantworten Sie meine Frage!«

»Zehn nach vier. Auf die Minute.«

»Und da kam Herr Palmerson vom Einkaufen?«

»Ja. Mit einer vollen Tüte. Er kommt immer mit einer Tüte vom Einkaufen zurück. Vermutlich hat es sich noch nicht bis zu ihm herumgesprochen, dass dieses ganze Plastik schlecht für die Umwelt ist. Der hat bestimmt noch nie etwas von einer Einkaufstasche gehört. Na ja, was will man von so einem schon erwarten.«

»Wie lange haben Sie mit Herrn Palmerson gesprochen?«

»Ich weiß nicht. Bestimmt zehn Minuten. Vielleicht auch etwas länger. Wir haben über seine verstorbene Frau geredet, und wie schwer das alles für ihn ist. Die Tochter von den Senkmeiers ist noch vorbeigekommen. Sie besucht ihre Eltern immer am Dienstag. Sie hat auch kurz mit ihm geredet. Weil sie ihn doch schon von Kindesbeinen an kennt. Sie ist ja in dem Haus aufgewachsen.«

»Was hat Herr Palmerson gemacht, nachdem Ihr Gespräch beendet war?«

»Na, er ist in seine Wohnung gegangen.«

»Könnte er das Haus noch einmal verlassen haben?«

»Irgendwann bestimmt. Aber nicht sofort. Ich habe ihn über mir poltern hören. Das Haus hat so dünne Wände, wissen Sie. Und er braucht immer ewig, bis er seine Einkäufe verstaut hat.« Sie strich behutsam mit den perfekt manikürten Fingern über ihr Haar.

Lydia sah zu Ruth Wiechert hoch, die neben Frau Kaiser stehen geblieben war. »Bitte nimm ihre Aussage auf. Und lass dir die Adresse von dieser Tochter geben.«

»Sieht so aus, als hätte Palmerson ein Alibi«, sagte Ruth Wiechert.

Lydia nickte. »Ja, sieht so aus. Wird Zeit, dass wir Leonie und ihren Vater finden.«

Thomas Hackmann lehnte sich zurück und verschränkte die Hände hinter dem Kopf. Es war leichter gewesen, als er gedacht hatte. Nach der Geschichte im September hätte man meinen können, dass die Louis ihre Wohnungstür schleunigst mit einem vernünftigen Schloss versehen hatte, aber aus irgendeinem Grund hatte sie es versäumt. Vielleicht war sie noch nicht dazu gekommen, oder sie hielt sich für unverwundbar. Vielleicht wollte sie, dass jeder Idiot bei ihr rein- und rausmarschieren konnte. Bei den Weibern wusste man nie, bei denen war alles möglich. Jedenfalls war es ein Klacks, sich einen Zweitschlüssel machen zu lassen. Im Grunde wäre das nicht einmal nötig, denn das Schloss bekam man auch anders auf, doch den Schlüssel zu besitzen fühlte sich gut an.

Gestern Abend, nachdem diese verfluchte Schnepfe ihm den Fall abgenommen und bei der Besprechung versucht hatte, ihn fertigzumachen, hatte er beschlossen, seine Idee in die Tat umzusetzen. Sollte sie ruhig die Chefin spielen, die wahre Macht besaß er. Jederzeit konnte er nun nicht nur ihr Büro, sondern auch ihre Wohnung inspizieren. Schubladen durchsuchen, an ihrem Duschgel schnuppern, ihr beim Schlafen zusehen. Er könnte sogar einen Schlüpfer mitgehen lassen, als Souvenir. Die Vorstellung elektrisierte ihn.

Das Telefon klingelte, und Hackmann wäre beinahe vom Stuhl gefallen. Bevor er abhob, nahm er eine gerade Haltung an und räusperte sich. Wie gut, dass man vom anderen Ende der Leitung keinen Blick auf meinen Schritt werfen kann, dachte er und konnte sich das Grinsen nicht verkneifen.

Klaus Halverstett betrachtete das rosa Handy. Ein billiger Konsumgegenstand, für den ein Mann gestorben war. Er zwang sich, nicht darüber nachzudenken. Nicht heute, wo er sich gelöst fühlte wie lange nicht mehr. Allerdings hatte er sich gestern Abend darum gedrückt, Veronika von dem Treffen mit Maren Lahnstein zu erzählen. Er könnte sich zwar einreden, dass er es fest vorgehabt und dass Veronika selbst es verhindert habe, weil sie erst so spät heimgekommen war. Doch das wäre verlogen. In Wahrheit war er erleichtert darüber, das Gespräch hinauszögern zu können und den fragilen Frieden zwischen ihnen nicht gleich auf eine so schwere Probe stellen zu müssen. Dennoch bereute er seine Entscheidung nicht. Und wenn Veronika die Rettung ihrer Ehe davon abhängig machen wollte, dass er nicht mit Maren Lahnstein befreundet war, dann bitte schön! Dann war die Ehe eben nicht mehr zu retten. Der Gedanke beschleunigte zwar seinen Puls, doch er machte ihm keine Angst mehr.

Er schaute auf den leeren Platz ihm gegenüber. Rita Schmitt war bei der Staatsanwältin. Er sollte eigentlich die Unterlagen im Fall des Märchenonkels fertig machen und ebenfalls der Staatsanwaltschaft übergeben. Doch zuvor wollte er noch seine Neugier befriedigen. Die Kriminaltechnik hatte das Mobiltelefon untersucht. Der Käufer der Prepaid-Karte war nicht zu ermitteln. Immerhin hatten sie den PIN-Code geknackt und eine Liste der gespeicherten Nummern erstellt. Hauptsächlich weibliche Namen, nicht viele insgesamt, fast alle nur mit dem Vornamen gelistet.

Halverstett warf einen Blick auf den Bericht der Kriminaltechnik und tippte den PIN-Code ein. Das Telefon erwachte zum Leben. Jemand hatte es offenbar auch aufgeladen. Er ging die Kontakte durch, doch er fand nur die Nummern, die auf der Liste der Techniker standen. Dann öffnete er den Ordner mit den Fotos. Zunächst kamen einige Bilder aus der Altstadt, verwackelte Gesichter, Weihnachtsmarktstände, eine umgekippte Bierflasche. Halverstett runzelte irritiert die Stirn, bis ihm einfiel, dass Gruber erzählt hatte, er habe ein paar Fotos geschossen.

Plötzlich änderten sich die Bilder. Sie zeigten ein Mädchen in einem Park. Es hatte dunkle Haare und streckte die Zunge heraus. Auf dem nächsten Bild war ein blondes Mädchen zu sehen. Irgendetwas an ihr kam Halverstett bekannt vor, doch es fiel ihm nicht ein, wo er das Gesicht schon einmal gesehen hatte. Mehr Bilder mit den beiden Mädchen. Dann waren mit einem Mal zwei blonde Mädchen auf den Fotos, und Halverstett stockte der Atem.

»Ach du Scheiße«, murmelte er. »Das gibt es doch gar nicht.«

Immer wieder klickte er auf dem Display hin und her. Doch er hatte sich nicht geirrt. Und er erinnerte sich nun auch, woher er das Mädchen kannte. Er musste sofort mit Lydia Louis sprechen. Diese Bilder ließen den Mordfall Antonia Bruckmann in einem völlig neuen Licht erscheinen.

Lydia überprüfte noch einmal die Liste mit den Punkten, die sie auf der Pressekonferenz ansprechen wollte. Eben hatte sie sich mit Weynrath und der Staatsanwältin kurzgeschlossen, jetzt warteten sie nur noch auf Chris Salomon und das Foto von Leonie Schwarzbach.

Lydia trat ans Fenster und blickte hinaus auf den Hof,

wo die Dienstwagen parkten. Salomon war längst überfällig. Er hatte kurz vor der Besprechung angerufen und mitgeteilt, dass es später werde, da es in der Wohnung Spuren zu sichern gebe.

»Was für Spuren?«, hatte Lydia gefragt.

»Schwarzbach hat offenbar vor, für längere Zeit unterzutauchen«, hatte Salomon erwidert. »Er hat Wäsche und dergleichen für sich und seine Tochter eingepackt. Außerdem ist ein ganzes Regal im Wohnzimmer ausgeräumt. Ich weiß noch nicht, was dort stand.«

»Schwarzbach hat ein Regal geleert? Bist du sicher, dass da vorher was drin war? So überstürzt, wie der aufgebrochen ist, hat er doch wohl kaum das Teeservice seiner Großmutter mitgenommen. Oder seine Lieblingsbücher.«

»Den Spuren im Staub nach könnte Letzteres sogar hinkommen. Allerdings wüsste ich nicht, wieso ein Mann, der des Mordes an seiner Frau verdächtigt wird, mit einem Stapel Romane abhauen sollte. Das erscheint mir nicht plausibel.«

Lydia hatte gestöhnt. »Okay, wir halten die Besprechung ohne dich ab. Komm, sobald du kannst. Und schick jemanden mit dem Foto vorbei.«

»Mach ich. Sobald ich eins gefunden habe.«

»Um elf ist die Pressekonferenz. Dann brauche ich das Bild.«

»Das habe ich nicht vergessen.« Mit diesen Worten hatte er das Gespräch beendet. Das war jetzt über eine Stunde her.

Lydia ärgerte sich, dass sie nicht selbst vor Ort war. Was Salomon wohl noch in dem Haus entdeckt hatte, das ihn so lange aufhielt? Es waren nur noch wenige

Minuten bis elf, und wenn er nicht gleich auftauchte, musste sie ohne ein Foto des vermissten Mädchens vor die Presse treten. Sie hatte sogar schon in der Schule angerufen, doch Leonies Klassenlehrerin besaß nur ein Bild der gesamten Klasse, auf dem ausgerechnet Leonies Gesicht von einem anderen Kind verdeckt wurde. Es war wie verhext.

Lydia wandte sich vom Fenster ab und ging noch einmal die Liste durch. Sie hasste Pressekonferenzen. Sie hasste es, sich der Öffentlichkeit zu präsentieren. Die Gelegenheit, die viele Kollegen liebten, um sich für ein paar Minuten im Ruhm zu sonnen, war für sie jedes Mal ein Höllentrip. Die Kameras, die bohrenden Fragen, die mehr oder weniger unverhohlenen Vorwürfe, wenn es keine Ergebnisse vorzuweisen gab, machten sie nervös, vermittelten ihr das Gefühl, schutzlos zu sein. Ausgeliefert. Viel lieber arbeitete sie im Verborgenen, ohne dass die halbe Welt ihr dabei über die Schulter sah. Glücklicherweise nahm Weynrath ihr diese Arbeit oft nur allzu gern ab. Er liebte es, im Mittelpunkt zu stehen. Doch über diesen Fall war er nicht genug im Bilde, um die vielen Fragen angemessen beantworten zu können. Und vor allem, um zu beurteilen, welche besser unbeantwortet blieben. Das zu entscheiden war jedes Mal eine Gratwanderung. Und ein weiterer Grund, warum Lydia Pressekonferenzen nicht mochte.

Die Tür wurde aufgestoßen. »Tut mir leid, Louis. Wir haben bis eben alles abgesucht.« Salomon kam ins Büro gestürzt.

»Na, du hast es ja gerade noch geschafft. Komm mit.« Sie nahm ihre Notizen.

»Das meinte ich nicht.«

Sie sah ihn an, plötzlich hellhörig. Er wirkte zerknirscht.

»Was meintest du denn?« Eine Ahnung stieg in ihr auf.

»Im ganzen Haus war nicht ein einziges Foto. Weder von Leonie noch von dem Vater oder der Mutter. Nicht einmal das Bild von der verstorbenen älteren Schwester stand noch auf der Kommode im Wohnzimmer. Auch einen Computer, auf dem Dateien mit Fotos sein könnten, haben wir nicht gefunden. Im Wohnzimmer hat wohl ein Laptop gestanden, doch der ist ebenfalls fort.« Er hob in einer hilflosen Geste die Schultern. »Ich habe keine Erklärung dafür.«

»Ich fasse es nicht!« Lydia knallte die Unterlagen auf ihren Schreibtisch. Irgendetwas ratterte in ihrem Hinterkopf, doch es formte sich nicht zu einem Gedanken.

Salomon fuhr sich durch das Haar. »Das leergeräumte Regal. Es kann sein, dass es Fotoalben enthielt. Allerdings habe ich nicht die geringste Ahnung, warum Schwarzbach sie mitgenommen hat. Das ergibt doch keinen Sinn!«

Lydia warf einen Blick auf die Uhr, nahm die Notizen wieder in die Hand und ging zur Tür. »Darüber können wir uns später Gedanken machen. Jetzt müssen wir erst mal in die Höhle des Löwen und versuchen, das Beste draus zu machen. Weynrath wird nicht begeistert davon sein, dass wir kein Foto präsentieren können. Aber vielleicht fällt uns auf dem Weg noch eine gute Erklärung für die Presse ein. Kommst du mit?«

»Klar.« Chris folgte ihr auf den Gang.

»Warum hat das denn so lange gedauert?«, wollte Lydia wissen, während sie zum Treppenhaus gingen.

»Wir haben überall nach Fotos gesucht«, antwortete

Salomon. »Sogar im Keller und in der Garage. Wir haben die Nachbarn gefragt. Und wir haben versucht herauszufinden, ob er Bilder gezielt vernichtet hat. Spunte und sein Team haben sämtliche Mülltonnen durchwühlt.«

»Sonst nichts Auffälliges?«

»Ein paar offene Schranktüren. Ein paar Kleidungsstücke auf dem Boden. Schwarzbach hat offenbar in aller Eile gepackt.«

Lydia hechtete die Treppe hinunter. »Und trotzdem hat er sich die Zeit genommen, jedes einzelne Foto aus der Wohnung verschwinden zu lassen.« Sie blieb stehen und drehte sich zu Salomon um. »Warum, verdammt?«

Der Himmel war dunkelgrau, es dämmerte, tausende bunte Lämpchen funkelten in Vorgärten und Fenstern. Normalerweise liebte Kerstin Diercke den Anblick der vorweihnachtlichen Lichterpracht, doch heute verstärkte er ihre Unruhe. Die Konferenz hatte länger gedauert als gedacht. Nora war seit Stunden allein zu Hause. Am Vormittag hatte Heiner sich um sie gekümmert. Er war sofort vorbeigekommen, als Kerstin ihn am Sonntagabend angerufen hatte, und unterstützte sie seither, so gut es ging. Doch nachmittags musste er arbeiten. Das Arbeitsamt hatte ihm einen Job vermittelt, und deshalb konnte er nur bis zwölf Uhr bei Nora bleiben. Kerstin hatte gehofft, gegen zwei zu Hause zu sein. Inzwischen war es vier. Sie hatte Jan nicht erreicht und betete, dass er in der Universität über seinen Büchern saß und nicht irgendeinen Mist baute. Sie schloss die Haustür auf und stieg die Treppe hoch. Nichts war zu hören außer ihren müden Schritten. Auch in der Wohnung war es still.

Kerstin stellte die schwere Tasche auf dem Tisch in der Essecke ab und ging in Noras Zimmer.

Es war still und dunkel, und während Kerstin den Lichtschalter suchte, klopfte ihr Herz schneller. Nora lag in ihrem Bett und hatte die Augen geschlossen. Ihr Gesicht war gerötet, ihr Atem ging unruhig. Kerstin fühlte ihre Stirn. Sie war heiß. Mist! Warum hatte Heiner sie nicht angerufen? Wenn sie gewusst hätte, dass es Nora schlecht ging, hätte sie nicht an der Konferenz teilgenommen. Sie spürte, wie die alte Wut wieder in ihr aufstieg, über seine Unzulänglichkeit und seine Selbstsucht. Diese Wut hatte ihre Ehe aufgefressen. Als diese Wut schließlich drohte, die Familie zu vergiften, hatte Kerstin die Konsequenzen gezogen. Obwohl sie allein mit zwei Kindern war, bewältigte sie den Alltag ohne Heiner viel besser. Es war einfacher, die Dinge selbst zu erledigen, als ständig Feuerwehr zu spielen für jemanden, auf dessen Versprechungen man nichts geben konnte. Nur das Gefühl, versagt zu haben, hatte sie nicht verdrängen können.

Kerstin strich Nora über das verschwitzte Haar. Und nun hatte sie wieder versagt und ihre Tochter nicht beschützen können; nicht vor dem Verlust der besten Freundin, nicht vor der Trauer und den bohrenden Fragen der Polizei; und nicht vor der Angst vor einem Mörder, der vielleicht noch frei herumlief. Nachts plagten Nora Albträume. Kein Wunder, dass sie krank geworden war. Es war nicht fair, auf diese Weise der Kindheit entrissen zu werden.

Kerstin setzte sich auf die Bettkante und betrachtete ihre Tochter. Vielleicht war Noras Kindheit längst zu Ende, und sie hatte es nicht gemerkt. Nora hatte gestohlen, mehrfach, denn die Gegenstände in dem Schuhkarton stammten aus unterschiedlichen Geschäften. Wer weiß, was sie sonst noch ausprobiert hatte. Alkohol. Zigaretten. Kerstin wusste nur zu gut, dass manche Kinder bereits in Noras Alter damit anfingen. Sie sah sie schließlich täglich in der Schule, wie sie mit abgekauten Fingernägeln mit ihren Feuerzeugen herumspielten, wie sie nach dem Unterricht im Park Zigaretten in ihren mageren, verfrorenen Fingern hielten und ihr verschämt-provozierende Blicke zuwarfen.

Bisher hatte Kerstin gedacht, dass sie anders wäre, dass sie nicht zu diesen Eltern gehörte, die nicht richtig auf ihre Kinder achtgaben und denen es gleichgültig war, ob sie stundenlang vor dem Computer saßen oder hinter der Garage einen Joint herumgehen ließen, solange sie ihnen nicht auf die Nerven gingen. Wie vermessen von ihr.

Doch noch war es nicht zu spät, das Ruder herumzureißen. Diesmal würde sie nicht so lange warten wie bei Jan. Nora war erst zehn. Noch waren die Weichen nicht gestellt.

Kerstin stand auf. Jetzt galt es erst einmal, das Fieber zu senken. Außerdem musste sie einkaufen und mit Tommy rausgehen. Zum Nachdenken war später noch Zeit.

Lydia ignorierte die fragenden Blicke und stellte den Laptop auf dem Tisch ab. Salomon kümmerte sich um die Anschlüsse.

»Habt fünf Minuten Geduld«, sagte er. »Es lohnt sich.«

Hackmann tauchte im Türrahmen auf. Er war der Letzte. »Was ist denn los? Habe ich was verpasst?«

»Noch nicht«, antwortete Meier. »Wir sind alle sehr gespannt. Vielleicht kriegen wir einen Film zu sehen.«

Lydia hatte die Besprechung, die eigentlich um sechs sein sollte, um zwei Stunden vorverlegt. Nach der Pressekonferenz war Klaus Halverstett in ihrem Büro aufgetaucht, hatte ihr ein rosafarbenes Mobiltelefon überreicht und ihr eine Geschichte von zwei Stadtstreichern erzählt, die sich um das Gerät gestritten hatten, sodass einer von ihnen gestürzt und zu Tode gekommen war. Dann hatte er ihr die Fotodateien auf dem Handy gezeigt, und sie hatte ihren Augen nicht getraut.

Salomon hatte inzwischen den Laptop an den Beamer angeschlossen. Alle starrten gebannt auf die Wand, an der bislang allerdings nur der Desktop des Computers zu sehen war.

Lydia klopfte mit ihrem Stift gegen den Kaffeebecher, um für Ruhe zu sorgen. Kurz berichtete sie über Halverstett und seinen Fall. Die Moko lauschte wortlos.

»Wir haben die Foto-Dateien von dem Handy auf diesen Laptop überspielt. Jetzt möchte ich sie euch zeigen.« Sie öffnete den Ordner und klickte das erste Bild an.

Gemurmel war zu hören, als Lydia die Fotos aus der Altstadt schnell durchlaufen ließ, doch sie ignorierte es. Dann kam das Foto von dem dunkelhaarigen Mädchen.

»Moment«, rief Ruth Wiechert. »Das ist Nora Diercke.«

»Das muss das Handy sein, das Antonia in der Stadt verloren hat«, sagte Erik Schmiedel.

»Genau.« Lydia klickte weiter. »Dann wisst ihr ja auch, wer das ist.«

Ein blondes Mädchen war mitten in der Bewegung aufgenommen worden, ein etwas unscharfes Bild, doch ihr Gesicht konnte man gut erkennen.

»Das ist Antonia Bruckmann«, sagte Wiechert. Sie hatte mal wieder den Arm gehoben, bevor sie sprach, wie eine brave Schülerin.

»Stimmt.« Lydia klickte weiter.

Das nächste Bild zeigte Nora und Toni. Dann noch einmal Nora. Und wieder Toni. Alle Bilder waren im Freien aufgenommen worden. Dem Hintergrund nach zu urteilen konnte es der Hofgarten sein. Oder ein anderer Park in Düsseldorf. Vielleicht waren die Aufnahmen an dem Tag entstanden, als Toni das Handy verloren hatte.

»Okay, wir haben es kapiert«, stieß Hackmann ungeduldig hervor. »Kommt da noch irgendwas Interessantes?«

»Warte es ab«, erwiderte Salomon.

»Halt! Moment!«, schrie Ruth Wiechert plötzlich. »Die Aufnahmen sind anscheinend alle am gleichen Tag entstanden, aber das kann gar nicht sein. Toni hat verschiedene Jacken an. Erst eine fliederfarbene. Und auf diesem Bild eine weiße.«

»Gut beobachtet«, sagte Köster.

»Aber die falschen Schlüsse gezogen«, ergänzte Lydia und klickte auf das nächste Bild. Es zeigte Toni. Zweimal. Mit zwei verschiedenen Jacken. Arm in Arm.

»Ach, du Scheiße!«, rief Meier. »Das Mädchen hat eine Doppelgängerin.«

»Das gibt es doch gar nicht«, murmelte Ruth Wiechert. »Die sehen ja total gleich aus.«

»Ist das auch echt?«, fragte Ingo Wirtz. »Keine Fotomontage?«

»Definitiv keine Montage«, erklärte Salomon. »Das haben wir bereits mit der Kriminaltechnik abgeklärt.«

»Ich Trottel«, rief Gerd Köster. »Warum habe ich nicht geschaltet!«

»Was meinst du?«, fragte Lydia.

»Ich hatte gestern einen Zettel auf dem Schreibtisch. Bei der Tageszeitung hatten sich wohl eine Reihe Leute beschwert, dass ein falsches Foto von dem toten Mädchen abgedruckt worden sei. Auch bei uns in der Leitstelle sind offenbar Beschwerdeanrufe eingegangen. Ich nehme an, die Meldungen sind bei mir gelandet, weil ich die Akte führe. Na ja, ich habe nachgesehen, welches Foto genommen wurde, abgeklärt, dass es sich sehr wohl um eins von Antonia Bruckmann handelt, und das auch an die Zeitung so weitergegeben. Heute sind weitere Anrufe eingegangen, aber ich habe mich noch nicht darum gekümmert.« Er schlug mit der Hand auf den Tisch. »Mist! Das hätte mir doch auffallen müssen!«

»Mach dir keinen Kopf, Gerd«, sagte Salomon. »Da hätte vermutlich keiner von uns zweimal drüber nachgedacht. Wie auch? Es gehen immer so viele Beschwerden und falsche Hinweise ein. Und wer denkt schon an so was.«

»Es ärgert mich trotzdem.«

»Mich ärgert was ganz anderes«, sagte Meier und deutete auf das Bild an der Wand. »Ey, Leute, wisst ihr, was das heißt? Wir können noch mal von vorn anfangen. Wir wissen gar nichts über Antonia Bruckmann. Absolut nichts.«

»Na ja, ganz so schlimm ist es glücklicherweise nicht«, widersprach Lydia. »Ein paar Dinge wissen wir sehr wohl.« Sie zählte an den Fingern ab. »Erstens: Michael Bruckmann ist nicht Antonias leiblicher Vater. Zweitens:

Antonia hatte eine mysteriöse neue Freundin, von der sie niemandem erzählt hat außer Nora. Ich denke, die Freundin sehen wir vor uns. Und den Grund für die Geheimniskrämerei ebenfalls. Drittens: Ich denke, wir können davon ausgehen, dass Antonias Doppelgängerin Leonie Schwarzbach heißt. Alle Indizien sprechen dafür. Zum Beispiel viertens: Olaf Schwarzbach hat die ganze Zeit verhindert, dass wir Leonie zu Gesicht bekommen, am Schluss hat er sogar alle Fotos aus dem Haus verschwinden lassen. Fünftens: Angeblich hat sich Antonia in letzter Zeit seltsam verhalten und sich nach ihrer Herkunft erkundigt. Kein Wunder, wenn ihr mich fragt.« Lydia sah ihre Kollegen auffordernd an. »Ich würde gern eure Ideen und Theorien hören.«

»Nicole Bruckmann hatte eine Affäre, das hat sie ja zugegeben«, sagte Erik Schmiedel. »Es dürfte wohl klar sein, mit wem. Oder?«

»Die Frau eines Uniprofessors aus Münster hatte was mit einem Handwerker aus Düsseldorf?«, fragte Ingo Wirtz skeptisch.

»Umzugsunternehmer«, verbesserte Schmiedel.

»Vielleicht wollte sie ja mal 'nen richtigen Kerl ranlassen«, meinte Hackmann. »Spricht definitiv für sie.«

Ruth Wiechert blitzte ihn an und öffnete den Mund.

Lydia kam ihr zuvor. »Könnten wir bitte sachlich bleiben? Wir haben keine Zeit für blöde Witze.«

Köster rückte seine Brille zurecht. »Also ich verstehe ja nicht viel davon, aber ich finde, keins der beiden Mädchen sieht Olaf Schwarzbach sonderlich ähnlich. Sie haben blonde Haare. Okay. Aber das ist es auch schon, oder? Ich erkenne da weder die große Nase noch die kleinen, dunklen Augen.«

»Das ist ein gefährliches Terrain«, meinte Wirtz. »Die Vererbung geht manchmal seltsame Wege.«

»Halten wir fest, dass die Ähnlichkeit zwischen Toni und Leonie ungewöhnlich groß ist«, sagte Lydia. »So groß, dass wir nachforschen müssen, ob mehr als eine Laune der Natur dahintersteckt.«

»Könnte ja auch was mit künstlicher Befruchtung zu tun haben«, schlug Wiechert vor. Sie schaute demonstrativ nicht in Hackmanns Richtung. »Vielleicht hatten beide den gleichen Spender.«

»Aber Leonie hat eine ältere Schwester«, wandte Köster ein. »Die Schwarzbachs brauchten keine künstliche Befruchtung, um Kinder zu zeugen.«

»Was wir nicht genau wissen«, sagte Salomon. Er machte sich eine Notiz. »Vielleicht sollten wir überprüfen, ob Svenja Schwarzbach eine leibliche Tochter war.«

»Was ist denn mit der Obduktion von Melanie Schwarzbach, Thomas?«, fragte Meier. »Irgendetwas Neues? Der Lahnstein ist nicht zufällig aufgefallen, dass die Frau noch nie ein Kind geboren hat, oder so was?«

Hackmann schob ein paar Blätter mit Notizen hin und her. Lydia hatte den Eindruck, dass er absichtlich Zeit schindete, um sich der Aufmerksamkeit aller sicher zu sein.

Doch schließlich antwortete er. »Davon hat sie jedenfalls nichts gesagt. Aber ich hake noch mal nach. Ansonsten gibt es leider nicht viel. Die toxikologischen Untersuchungen sind natürlich noch nicht abgeschlossen, aber bisher sieht es so aus, als sei sie tatsächlich an einem Tablettencocktail gestorben. Fragt sich nur, ob sie das Zeug freiwillig geschluckt hat. Die Hämatome an den Armen sind eindeutig kurz vor ihrem Tod entstanden. Die Lahnstein meint, jemand habe sie an den Handgelenken festgehalten. Die Wunde am Kopf stammt von dem Aufprall auf das Waschbecken. Leider ist nicht sicher, ob jemand nachgeholfen haben könnte, sie vielleicht absichtlich gegen das Becken gestoßen hat. Es fehlen eindeutige Hinweise, etwa Fingerabdrücke im Nacken. Weiter bin ich noch nicht. Den Ehemann konnte ich ja noch nicht wieder befragen, da er sich abgesetzt hat. Die Kriminaltechnik ist mit der Auswertung der Spuren am Fenster und auf dem Garagendach noch nicht fertig, aber ich bleibe dran.«

»Nichts Eindeutiges also«, fasste Köster zusammen. »Schade.«

»Schade?«, rief Ruth Wiechert. »Was hättest du denn gern? Einen hübschen Beziehungsmord?«

»Wiechert«, sagte Lydia. »Was ich eben gesagt habe, gilt für alle.«

»Ich vermute, dass irgendein Geheimnis aufgeflogen ist, weil die beiden Mädchen sich so ähnlich sehen«, sagte Wirtz. »Eine Affäre, was weiß ich. Und deshalb musste Antonia sterben. Die Sexualstraftat war ja ohnehin nur vorgetäuscht. Es sollte von vornherein etwas vertuscht werden.«

»Und vielleicht hat Melanie Schwarzbach das Schweigen nicht länger ausgehalten«, sagte Köster. »Womöglich wollte sie reden und wurde deshalb ebenfalls umgebracht.«

»Wenn sie es nicht mehr ausgehalten hat, wäre das aber auch ein Motiv für Suizid.« Meier fuhr sich durch das Haar.

»Wir dürfen die anderen Spuren nicht vergessen«, sagte Salomon. »Was ist mit den Krankheiten der Mädchen?

Mit dem Münchhausen-Stellvertreter-Syndrom? Sind wir da schon weiter?«

»Also, ein paar Dinge hatte ich heute Morgen schon dazu gesagt, Chris, als du nicht da warst.« Ingo Wirtz nahm einen Notizblock in die Hand. »Doch ich fasse es noch mal kurz zusammen. Ist vielleicht im Licht der neuen Fakten für alle interessant.«

Er schaute fragend zu Lydia, die ihm zunickte.

»Zuerst zu dem Krankheitsbild«, fuhr er fort. »Das sogenannte Münchhausen-Stellvertreter-Syndrom, englisch Munchhausen syndrome by proxy, kurz MSBP, ist eine Form der Misshandlung, bei der die Erkrankung einer dritten Person, meistens des eigenen Kindes, entweder vorgetäuscht, dramatisiert oder aktiv herbeigeführt wird. Ziel ist es, eine Behandlung zu erzwingen. Deshalb sind häufige Arztbesuche mit dem Kind in diesen Fällen die Regel. Es sind zumeist Mütter, die an der Störung leiden, angeblich kommen sie auffällig oft aus medizinischen Berufen. Auch Melanie Schwarzbach war übrigens gelernte Krankenschwester. Es gibt keine sichere Diagnose. Zum ersten Mal beschrieben hat die Krankheit ein britischer Arzt namens Roy Meadow. Seine Hypothesen sind jedoch sehr umstritten, viele Prozesse, bei denen er Gutachter war, wurden vor einigen Jahren neu aufgerollt. Es gibt eine Reihe von Experten, die die Existenz dieser Störung infrage stellen. Sie sagen, dass MSBP eine Erfindung von Roy Meadow ist, für die es keine wissenschaftlichen Belege gibt. In Deutschland ist MSBP nicht als psychische Störung anerkannt, allerdings nicht weil die Existenz der Krankheit angezweifelt wird, sondern weil Täter, die Kinder misshandeln, nicht ungeschoren davonkommen sollen.«

Wirtz machte eine Pause und blickte in die Runde, dann sah er Ruth Wiechert an. »Möchtest du was zu den Kinderärzten sagen?«

Sie nickte. »Heute Vormittag haben wir mit Leonies Arzt gesprochen. Er hat seit langem den Verdacht, dass in der Familie etwas nicht stimmt. Leonie sei häufig krank und leide an für das Münchhausen-Stellvertreter-Syndrom typischen Störungen wie Magenbeschwerden und Kopfschmerzen, für die keine organische Ursache zu finden sei. Er hat auch schon diskret den Vater darauf angesprochen, aber der wollte nichts weiter unternehmen, da es in diesem Bereich zu viele falsche Anschuldigungen und Fehldiagnosen gebe.« Ruth Wiechert verzog das Gesicht. »Eine ziemlich miese Ausrede, wenn ihr mich fragt.« Sie blickte schuldbewusst zu Lydia und sprach rasch weiter. »Die Kinderärztin von Antonia konnte uns nicht viel sagen. Sie hat das Mädchen nur einmal gesehen, da hatte sie eine normale Erkältung. Den Arzt in Münster haben wir leider noch nicht ausfindig gemacht. Außerdem müssen wir bei den Krankenkassen noch wegen eventueller Krankenhausaufenthalte nachfragen, von denen die Hausärzte vielleicht gar nichts wissen.«

»Wenn die beiden Mädchen tatsächlich miteinander verwandt sind«, sagte Schmiedel, »dann könnten sie doch die gleiche Krankheit haben. Irgendein sehr seltenes erbliches Leiden, auf das noch keiner gekommen ist. Habt ihr darüber mal nachgedacht?«

»Bisher konnten wir darüber ja wohl nicht nachdenken«, schnauzte Wiechert ihn an, die sich offenbar persönlich angegriffen fühlte. »Schließlich wussten wir bis eben nicht, dass sie sich so ähnlich sehen.«

»Ich meinte das nicht als Vorwurf«, sagte Schmiedel

schnell. »Aber es könnte doch sein, oder?« Er blickte fragend in Lydias Richtung.

»Und was hat das mit Antonias Tod zu tun?«, fragte Köster skeptisch.

»Keine Ahnung«, antwortete Schmiedel. »Womöglich gar nichts. Das finden wir raus, wenn wir wissen, um welche rätselhafte Krankheit es sich handelt.«

Lydia hatte mitgeschrieben, jetzt hob sie den Blick und sah Wirtz und Wiechert an. »Im Augenblick halte ich fast alles für möglich. Deshalb möchte ich, dass ihr in diese Richtung weiterermittelt. Sprecht mit der Krankenkasse und mit den Ärzten. Vielleicht auch mit Maren Lahnstein. Könnte sein, dass sie eine Idee dazu hat.«

»Wir müssen auf jeden Fall noch einmal mit Nora reden«, sagte Schmiedel. »Sie ist die Einzige, die beide Mädchen kannte. Und die von der Ähnlichkeit zwischen ihnen wusste. Warum hat sie uns das nicht erzählt?«

»Gute Frage«, sagte Köster.

Eine Weile starrten alle schweigend auf die zwei riesigen Mädchengesichter, die von der nackten Wand auf sie herablachten.

Schmiedel seufzte. »Reinhold hatte doch recht. Wir wissen so gut wie nichts. Zumindest haben wir definitiv mehr Fragen als Antworten.«

»Und die unangenehmste haben wir noch gar nicht gestellt«, fügte Lydia hinzu.

»Und die lautet?«

»Ist das tote Mädchen überhaupt Antonia Bruckmann?«

20

Chris stieg in den Wagen und schlug die Tür hinter sich zu. Es war eiskalt. Nachdem Lydia den Motor gestartet hatte, drehte er die Heizung voll auf. Sie waren mal wieder auf dem Weg nach Vennhausen, während die übrigen Mitglieder der Moko anderen Hinweisen nachgingen. Nach der überraschenden Wendung engagierten sich alle wieder mit vollem Einsatz. Heinz Schröder, der ohnehin dem KK 12 angehörte, hatte schon am Morgen die Aufgabe übernommen, den Fall Walter Palmerson abzuschließen. Nachdem seine Nachbarin ihm, ohne es zu wollen, ein Alibi gegeben hatte, ging es nur noch um sexuelle Belästigung, im Fall Katja Kramer vielleicht auch um Nötigung, wenn das Mädchen auf seiner Aussage beharrte, angegriffen worden zu sein. Da der Beschuldigte tot war, spielte das allerdings keine große Rolle mehr.

Thomas Hackmann sollte sich weiterhin um den Suizid von Melanie Schwarzbach kümmern, der sich nun ebenfalls in neuem Licht darstellte. Köster sorgte dafür, dass sämtliche DNA-Proben noch einmal miteinander abgeglichen wurden. Auch die von Leonie und Olaf Schwarzbach, von denen sie in dem verlassenen Haus Vergleichsmaterial beschaffen wollten. Danach sollte er recherchieren, wann und wo Leonie geboren und woran ihre ältere Schwester gestorben war.

Wirtz und Wiechert gingen den merkwürdigen Krankheiten der Mädchen weiter auf den Grund, während Meier und Schmiedel die Fahndungsabteilung bei der Ermittlung von möglichen Aufenthaltsorten von Schwarzbach und seiner Tochter unterstützen sollten.

Bei der Gelegenheit würden sie den Fahndern auch ein Foto von Leonie Schwarzbach geben. An die Presse wollten sie das Bild unter diesen Umständen lieber nicht weiterleiten. Nicht bevor klar war, nach welchem Mädchen sie überhaupt suchten, welches noch lebte und welches in der vergangenen Woche im Haus der Bruckmanns gestorben war.

Lydia und Salomon wollten mit Nora und mit den Bruckmanns sprechen, um sie mit den neuen Fakten zu konfrontieren. Sofern es keine bahnbrechenden Neuigkeiten gab, wollte sich die Moko am nächsten Morgen wieder treffen.

Chris spähte durch die Frontscheibe. Der Himmel hatte sich zugezogen, und es fiel feiner Eisregen.

»Wenn das so weitergeht, ist heute Nacht die Hölle los auf den Straßen«, sagte er und sah zu, wie die Eiskörnchen auf die Scheibe prallten. »Noch bleibt das Zeug nicht liegen. Aber das kann sich jederzeit ändern.«

»Dann sollen die Leute eben zu Hause bleiben.« Lydia klang genervt.

Er ignorierte ihren Ton. »Ich bin jedenfalls froh, dass ich nicht im Verkehrsdezernat sitze.«

Lydia ging nicht auf seine Smalltalkversuche ein. »Wir waren solche Idioten, dass wir uns von diesem Palmerson haben ablenken lassen.«

»Es war naheliegend, ihn zu verdächtigen: Er war an der Veranda der Bruckmanns, und er hat sich verhalten wie jemand, der sich schuldig fühlt. Was hätten wir denn tun sollen?«

»Genauer hingucken. Auf das Täterprofil achten. Ein Typ wie Palmerson überfällt nicht plötzlich kleine Mädchen. Wir sind völlig blind durch diesen Fall gestolpert, haben uns von jedem an der Nase herumführen lassen wie blutige Anfänger. Und ich habe den Dilettantenhaufen angeführt.«

Chris sah sie erstaunt an, er hätte nicht gedacht, dass Lydia sich die Sache so zu Herzen nahm. Vielleicht ärgerte sie sich aber auch nur darüber, dass sie nicht eher auf die richtige Spur gekommen war.

»Es ist nicht alles optimal gelaufen. Aber ich finde, wir haben ordentliche Arbeit gemacht.«

»Melanie Schwarzbach könnte vielleicht noch leben, wenn wir besser aufgepasst hätten. Und wir hätten Olaf Schwarzbach niemals die Gelegenheit zur Flucht geben dürfen.«

»Es war Hackmanns Fall«, erinnerte Chris sie. »Niemand wusste von dem Zusammenhang.«

»Trotzdem haben wir bestimmte Anhaltspunkte nicht richtig gedeutet.«

»Zum Beispiel?«

Sie antwortete mit einer Gegenfrage. »Was glaubst du? Sind Leonie und Toni Doppelgängerinnen? Halbschwestern? Schwestern?«

»Ich habe keine Ahnung«, gab er zu. »Doch ich finde, sie sehen aus wie Zwillinge.«

»Ich glaube, dass sie genau das sind. Und wir hatten den entscheidenden Hinweis die ganze Zeit vor der Nase.«

Er schaute sie überrascht an. »Wie soll denn das gehen? Glaubst du, ein Elternpaar hat eins der Mädchen zur Adoption freigegeben? Weshalb?«

»Was weiß ich.« Lydia trat auf die Bremse, um an einer Ampel zu halten.

Chris hielt sich instinktiv am Armaturenbrett fest.

»Ich fahre seit achtzehn Jahren unfallfrei«, sagte Lydia, ohne ihn anzusehen.

»Erstaunlich«, murmelte er und wappnete sich für eine wütende Erwiderung.

Doch sie lachte auf.

Die Ampel schaltete auf Grün, und Lydia wurde wieder ernst. »Die DNA unter Tonis Fingernägeln. Du erinnerst dich, es war ihre eigene. Wir haben uns darüber gewundert, warum sie sich selbst das Gesicht zerkratzt haben soll.«

»Natürlich, verdammt! Zwillinge haben identische DNA. Es war Leonie, die Toni das Gesicht zerkratzt hat.« Chris kam ein unerhörter Gedanke. »Dann könnte es auch Leonie gewesen sein, die Toni die Treppe hinuntergestoßen hat.«

»Oder umgekehrt.«

»Scheiße, ja. Wie sollen wir das den Bruckmanns beibringen? Es ist möglich, dass ihre Tochter noch lebt. Sollte das zutreffen, wäre sie nicht das Opfer, sondern die Täterin.«

Lydia verzog das Gesicht. »Wenn die Mädchen Zwillinge sind, wissen die Bruckmanns das, darauf würde ich wetten. Wir sind die Idioten, die nichts gerafft haben. Es könnte sogar sein, dass Michael Bruckmann genau aus diesem Grund die Tat als Sexualmord getarnt hat. Um seine Tochter zu schützen, nicht seine Frau.«

»Und Olaf Schwarzbach macht da mit? Er deckt den Mord an seinem Kind und versteckt die Täterin in seinem Haus? Das halte ich für unwahrscheinlich.«

»Womöglich versteckt Schwarzbach das Mädchen gar nicht. Wer weiß, ob er überhaupt ihren Aufenthaltsort kennt. Wir haben Leonie – oder Toni – nie im Haus der

Schwarzbachs angetroffen. Wir haben keine Ahnung, wo sie sich in den letzten Tagen aufgehalten hat.«

»Stimmt.« Chris kaute auf seiner Unterlippe. »Trotzdem hat Schwarzbach beim Vertuschen geholfen und die Täterin gedeckt. Vorausgesetzt, es war tatsächlich eins der Mädchen. Und falls Leonie das Opfer war, wäre das ziemlich seltsam.«

»Okay. Das wäre seltsam. Oder auch nicht, wenn beide Mädchen in Wirklichkeit seine Töchter sind. Vielleicht brauchten die Schwarzbachs vor zehn Jahren dringend Geld. Und die Bruckmanns wollten unbedingt ein Baby, aber es hat nicht geklappt. Dafür hatten sie genug auf dem Konto. Solche Fälle soll es geben. Die Schwarzbachs haben vielleicht gedacht, dass es nicht so schlimm wäre, weil sie ja nur eine Tochter abgeben und die andere selbst behalten. Und dann ist Melanie Schwarzbach durchgedreht, aus schlechtem Gewissen gegenüber der Tochter, die sie verkauft haben, und hat angefangen, das andere Kind krank zu machen. Und Olaf Schwarzbach beschützt das Mädchen jetzt, obwohl sie so etwas Schreckliches getan hat, denn er fühlt sich ebenfalls schuldig.«

Chris starrte aus dem Fenster.

»Klingt verdammt plausibel«, murmelte er. »Erschreckend plausibel.«

Lydia schlug mit der Hand auf das Lenkrad. »Wir müssen herausfinden, wer die leiblichen Eltern von Leonie und Toni sind. Falls sie tatsächlich Zwillinge sind.«

»Das sind sie, davon bin ich fest überzeugt«, sagte Chris. »Und ich könnte wetten, dass du auch ansonsten mit deiner Theorie richtig liegst.«

»Das fürchte ich auch«, antwortete Lydia. »Aber ich

habe das Gefühl, dass wir noch immer nicht alle Puzzleteile zusammenhaben.«

Sie erreichten die Freiheitstraße, und Lydia lenkte den Toyota in die Einfahrt der Bruckmanns. Wie auf ein Zeichen blieben beide sitzen.

Chris hatte ein mulmiges Gefühl bei dem Gedanken an das bevorstehende Gespräch. Einerseits hatten die Bruckmanns ihre Tochter verloren, zumindest mussten sie weiterhin davon ausgehen, dass Toni das Opfer war. Und deshalb hatten sie Anspruch auf Mitgefühl und Verständnis. Wer wüsste das besser als er. Er hatte am eigenen Leib zu spüren bekommen, wie tief der Abgrund war, in dem man fiel, wenn einem ein Kind genommen wurde. Andererseits hatten Nicole und Michael Bruckmann der Polizei so viele Lügen aufgetischt, dass sie die Ermittlungen ernsthaft behindert hatten. Es war an der Zeit, eine härtere Gangart einzuschlagen.

»Wie willst du vorgehen?«, fragte er.

»Ich werde ihnen klarmachen, dass ich mich nicht länger verarschen lasse.«

»Gut.«

Sie sah ihn an. »Du kannst meinetwegen einen auf guten Cop machen, wenn du merkst, dass es zu viel wird. Aber kein Kuschelkurs, okay?«

»Klar, Chef.«

Sie schnitt eine Grimasse und stieg aus. Er folgte ihr zur Haustür. Hinter den Fenstern brannte Licht, trotzdem dauerte es lange, bis jemand öffnete.

Michael Bruckmann wirkte nicht überrascht, nur müde. Er ging voran ins Wohnzimmer, wo Nicole Bruckmann auf dem Sofa saß, die angezogenen Beine unter einer Decke verborgen.

Lydia ließ sich ohne Einladung auf dem Sessel nieder und zog einen Umschlag hervor. Sie hatten Ausdrucke von den Fotos gemacht. Michael Bruckmann nahm neben seiner Frau Platz, Chris setzte sich auf den zweiten Sessel.

»Gibt es etwas Neues?«, fragte Nicole Bruckmann mit brüchiger Stimme. »Hat dieser – dieser Mann gestanden?«

Lydia antwortete nicht, sondern legte das erste Bild auf den Tisch.

»Wer ist das?«

»Unsere Tochter. Was soll die Frage?«, stieß Bruckmann ärgerlich hervor. »Quälen Sie uns absichtlich? Haben Sie überhaupt kein Feingefühl?«

Lydia ließ sich nicht beirren.

»Wir haben Antonias Handy gefunden«, sagte sie und zog das nächste Bild hervor. »Diese Fotos waren auf dem Gerät abgespeichert.«

»Sie haben ihr Handy gefunden?«, fragte Bruckmann. »Wo? Sie hat es doch schon vor Wochen verloren.«

»Das ist im Augenblick irrelevant.« Lydia tippte auf das Foto. »Wer ist das?«

»Verdammt, was soll das?« Für einen Moment sah es so aus, als wollte sich Bruckmann auf Lydia stürzen. Chris rückte auf die Sesselkante vor, bereit, den Mann festzuhalten, wenn es sein musste.

»Das ist nicht ihre Jacke«, murmelte Nicole Bruckmann. »Woher hat sie diese Jacke?« Sie beugte sich über das Foto. »Warum guckt sie so komisch?«

Bruckmann beugte sich ebenfalls vor.

»Ich weiß nicht, was du meinst«, sagte er. Chris hörte ihm an, wie er mühsam seine Gereiztheit unterdrückte. »Sie guckt doch ganz normal.«

»Ich finde, sie sieht merkwürdig aus«, beharrte Nicole Bruckmann. »Ganz fremd.«

Bruckmann blickte auf und sah Lydia an. »Was soll das? Was für eine Show ziehen Sie hier ab?«

»Das würde ich gern von Ihnen wissen, Herr Bruckmann.« Lydia zog das Bild aus dem Umschlag, auf dem beide Mädchen zu sehen waren.

Nicole Bruckmann schrie auf und schlug die Hand vor den Mund.

Michael Bruckmann starrte wortlos das Bild an. Dann sprang er auf. »Das ist ein verdammt mieser Trick«, brüllte er. »Sagen Sie mir endlich, was das zu bedeuten hat!«

»Das ist kein Trick«, erwiderte Lydia ruhig. Im Gegensatz zu Salomon hatte sie nicht einmal gezuckt, als Bruckmann aufgesprungen war. »Wie ich bereits sagte, haben wir diese Fotos auf der Speicherkarte von Antonias Mobiltelefon gefunden. Es handelt sich nicht um eine Fotomontage, das haben wir bereits überprüfen lassen.« Sie lehnte sich zurück und sah zu Bruckmann hoch. »Und jetzt hätte ich gern eine Erklärung von Ihnen.«

Bruckmann blickte zu seiner Frau, die mit zitternder Unterlippe das Foto anstarrte. Behutsam fuhr sie mit dem Finger über das Gesicht des Mädchens, das die weiße Jacke trug.

»Das ist meine Toni«, flüsterte sie. Tränen liefen über ihre Wangen. »Das ist meine Toni.« Sie sah zu Chris. »Wer ist das andere Mädchen?«

Chris räusperte sich. Etwas saß in seinem Hals fest und hinderte ihn am Sprechen. Er krallte die Finger in das Sesselpolster, zwang sich, Nicole Bruckmanns Blick standzuhalten.

»Das wüssten wir gern von Ihnen«, hörte er Lydia sagen. Ihre Stimme klang dumpf und fern, so als spräche sie durch eine verschlossene Tür. Chris wusste, dass die Tür sich in seinem Kopf befand und dass er sie schleunigst aufstoßen musste, bevor er Nicole Bruckmann heulend in die Arme fiel.

»Sie haben uns doch erzählt, dass Antonia das Ergebnis eines Seitensprungs ist, Frau Bruckmann. Heißt dieser Seitensprung zufällig Olaf Schwarzbach? Ist er Tonis Vater?«

»Olaf Schwarzbach?« Nicole Bruckmann blickte verwirrt zu Lydia. »Den Namen habe ich noch nie gehört.«

»Das glaube ich Ihnen nicht, Frau Bruckmann.« Lydia tippte auf das Foto. »Diese beiden Mädchen sind eindeutig Schwestern. Eine ist angeblich Ihre Tochter. Wer ist der Vater Ihrer Tochter?«

»Ich weiß nicht«, stammelte Nicole Bruckmann.

»Frau Bruckmann, es ist nur noch eine Frage der Zeit, bis wir die Wahrheit herausfinden. In diesem Augenblick werden Ihre DNA-Proben abgeglichen. Aber es wäre für Sie von Vorteil, wenn Sie die Arbeit der Polizei nicht weiter behindern würden.«

»Aber – das hat doch nichts mit dem Mann zu tun, der Toni – der Toni das angetan hat.«

»Der Mann, den wir verhaftet haben, ist nicht für Antonias Tod verantwortlich«, sagte Lydia. »Also, sagen Sie endlich die Wahrheit!«

»Frau Bruckmann.« Chris hatte seine Fassung wiedergewonnen. »Was auch immer Sie vor uns verbergen, ich glaube, Sie haben Antonia wirklich geliebt, und Sie möchten, dass Ihr Mörder bestraft wird für das, was er getan hat. Ist es nicht so?«

Sie nickte mit tränennassem Gesicht.

»Dann müssen Sie uns alles sagen. Jetzt.«

Nicole Bruckmann blickte zu ihrem Mann auf, der wie versteinert dastand. Der Schock hatte ihn offenbar bewegungsunfähig gemacht.

»Michael«, flüsterte sie. »Wir müssen …«

»Nein!«, fuhr er sie an.

Sie duckte sich wie unter einem Schlag. Rasch setzte er sich neben sie und nahm sie in den Arm. Doch sie schob ihn von sich weg.

»Wir müssen es sagen, Michael«, wiederholte sie.

Diesmal reagierte er weniger heftig. »Bitte, sag nichts mehr, Nicole!«

Doch sie ließ sich nicht beirren. Entschlossenheit zeichnete sich auf ihrem blassen Gesicht ab. »Ich möchte reinen Tisch machen.«

Bruckmann schwieg.

Sie wandte sich wieder an Chris. Er tauschte einen schnellen Blick mit Lydia, die kurz nickte.

»Was möchten Sie uns sagen, Frau Bruckmann?«, fragte er sanft.

»Vor fünfzehn Jahren, kurz nachdem wir uns kennengelernt hatten, bin ich an Krebs erkrankt«, begann sie. »Ich habe gedacht, es sei das Ende. Doch ich bin noch einmal mit einem blauen Auge davongekommen.« Die Andeutung eines Lächelns huschte über ihr Gesicht. »Michael hat sich rührend um mich gekümmert. Ohne seine Pflege säße ich heute nicht hier. Nachdem ich wieder gesund war, wollten wir eine Familie gründen, unser neues Leben mit einem Kind teilen. Doch es klappte nicht, ich wurde nicht schwanger. Ich ließ mich untersuchen, die Ärzte machten mir wenig Hoffnung. Also bemühten wir uns um ein Adoptivkind. Doch auch das blieb uns verwehrt. Ich wurde wegen meiner Vorerkrankung als ungeeignet eingestuft, Michael war angeblich schon zu alt. Mit Anfang vierzig, wir konnten es nicht fassen! Michael hat nicht aufgegeben, er hat sich umgehört, im Internet nach anderen Möglichkeiten geforscht. Und da sind wir auf diesen Arzt gestoßen. Professor Doktor Vogeler. Er war Chefarzt der Waldklinik, einer Privatklinik im Bergischen Land. Er hat uns die Möglichkeit geboten, ein eigenes Kind zu bekommen.« Sie machte eine Pause. Als niemand sprach, fuhr sie fort. »Ich musste vor Freunden und Bekannten eine Schwangerschaft vortäuschen. Zwei Wochen vor dem vermeintlichen Entbindungstermin ging ich in die Waldklinik. Angeblich, weil ich wegen meiner Vorerkrankung eine besonders intensive Betreuung brauchte. Und dann, nach fünf Tagen, legte mir eine Schwester Antonia in den Arm. Sie war erst wenige Tage alt, ihr Nabel war noch nicht einmal ganz verheilt. Von der Klinik bekamen wir alle nötigen Papiere, um Antonia als unser leibliches Kind auszugeben.«

Wieder verstummte Nicole Bruckmann.

»Und was war mit Antonias richtigen Eltern?«, fragte Chris in die Stille.

Sie zuckte mit den Schultern. »Ich weiß es nicht. Dr. Vogeler hat uns versichert, dass die Eltern, mit denen er zusammenarbeitet, ihre Kinder aus unterschiedlichen Gründen zur Adoption freigeben. Es sei im Prinzip das Gleiche wie bei einer offiziellen Adoption, nur dass das Neugeborene als leibliches Kind der Adoptiveltern bei den Behörden gemeldet werde. Er hat uns mehrfach versichert, dass alles mit dem Einverständnis der Eltern geschehe und sie nur Babys aus Mitteleuropa nehmen würden, schon allein wegen der Ähnlichkeit zwischen dem Kind und den zukünftigen Eltern.«

Chris sah kurz zu Michael Bruckmann, der immer noch finster vor sich hinstarrte. »Und Sie hatten keine Ahnung, dass Antonia eine Zwillingsschwester hatte?«

»Natürlich nicht.« Wieder sammelten sich Tränen in Nicole Bruckmanns Augen. Sie nahm das Foto und betrachtete es. »Ist das diese Leonie, nach der Sie uns gefragt haben?«

»Wir nehmen es an.«

Lydia suchte Michael Bruckmanns Blick. »Wussten Sie auch nichts von einer Zwillingsschwester?«

Er schüttelte stumm den Kopf. Dann kam plötzlich Bewegung in ihn. »War sie hier? Bei uns im Haus?«

»Es ist möglich«, antwortete Lydia. »Die beiden Mädchen sind sich irgendwann im Herbst über den Weg gelaufen. Wir wissen nicht, was dann passiert ist. Vielleicht haben die beiden versucht, eine Erklärung zu finden, warum sie sich so ähnlich sehen. Antonia hat jedenfalls angefangen, sich für ihre Herkunft zu interessieren. Das haben Sie uns erzählt. Es ist möglich, dass Leonie Ihre Tochter besucht hat, dass sie hier im Haus war.«

Michael Bruckmann blickte von Lydia zu Chris. In seinen Augen blitzte etwas. Hoffnung.

»Dann ist es möglich, dass …« Er schaute zu seiner Frau und verstummte.

»Es ist möglich«, antwortete Chris leise. »Aber zum jetzigen Zeitpunkt nicht sehr wahrscheinlich.«

Nicole Bruckmann hatte die Andeutung ihres Mannes offenbar nicht begriffen. Sie schien nicht einmal zugehört zu haben. Unverwandt betrachtete sie das Foto.

»Es war nicht richtig, die beiden zu trennen«, sagte sie

mit bebender Stimme. »Ich hatte immer das Gefühl, dass Antonia etwas fehlt. Ich nahm an, es sei ihre leibliche Mutter. Ich dachte, irgendwie spürt sie, dass sie nicht richtig zu uns gehört.«

»Quatsch!«, stieß Bruckmann hervor. »Natürlich hat sie zu uns gehört. Sie war unsere Tochter, wir haben sie großgezogen.«

Nicole Bruckmann ignorierte ihren Mann. »Da war etwas. Eine unerklärliche Traurigkeit. Jetzt weiß ich, was ihr gefehlt hat. Sie hat ihre Schwester vermisst. Ihre Zwillingsschwester.«

21

Olaf Schwarzbach betrachtete seine Tochter, wie sie bis zum Hals zugedeckt in dem viel zu großen Hotelbett lag. Obwohl ihre Augen geschlossen waren, wusste er, dass sie nicht schlief. Dazu war ihre Haltung zu verkrampft, ihr Atem zu flach und unruhig. Sie hatte Angst. Und er konnte es ihr nicht verdenken. Er hatte selbst Angst. Doch seine Angst war gepaart mit etwas anderem, einem merkwürdigen Gefühl der Sicherheit, der Endgültigkeit, das ihm eine fast unheimliche innere Ruhe verlieh. Alltägliche Dinge wie der Stapel Rechnungen auf seinem Schreibtisch oder die schlechte Auftragslage seiner Firma hatten ihre Wichtigkeit verloren. In seinem Leben gab es nur noch seine Tochter Leonie. Niemand würde sie ihm wegnehmen, niemand würde ihn von seiner Tochter trennen, egal wie hoch der Preis dafür war.

Das Schicksal hatte ihm Svenja geraubt, und nun auch Melanie. Leonie würde er nicht hergeben. Wenn er sie nicht behalten durfte, bekam sie auch niemand anders. Leonie gehörte ihm, ihm allein. Sie war seine Tochter, er hatte sie großgezogen. Sollten sie doch mit irgendwelchen Tests nachweisen, dass zwei wildfremde Menschen Leonie gezeugt hatten; das bedeutete nichts. Er hatte sie durchs Haus getragen, wenn sie nachts Koliken hatte, sie getröstet, wenn sie mit dem Fahrrad gestürzt war, und an ihrem Bett gewacht, wenn sie fieberte. Sie war seine Tochter.

Eigentlich sollten sie längst in den Niederlanden sein, weit hinter der Grenze, oder schon in Frankreich. Doch gestern auf der A 52 hatte er das Radio eingeschaltet und in den Nachrichten gehört, dass die Polizei bereits nach ihnen suchte. Da war er kurz vor Roermond abgefahren. Das Risiko, an der Grenze von der Polizei abgefangen zu werden, war ihm zu groß gewesen. Er wusste, was für einen Aufwand die Behörden betrieben, wenn ein Kind in Gefahr schien. In Gefahr! So schnell wendete sich das Schicksal. Von einem Tag auf den anderen hatte er sich für die Welt vom liebevollen Vater in einen gefährlichen Entführer verwandelt. Und in einen Mörder.

Aber was hätte er denn tun sollen? Melanie hatte sich nicht beruhigt. Er hatte den Irrsinn in ihren Augen gesehen und nicht begriffen, warum sie so plötzlich durchgedreht war. Bis er das Foto in der Zeitung entdeckte. Das Foto von dem anderen Mädchen, das genauso aussah wie Leonie. Melanie musste gedacht haben, dass Leonie tot war und er es vor ihr geheim gehalten hatte; dass er sie angelogen hatte und Leonie gar nicht bei einer Pflegefamilie war. In ihrem Schock und in ihrem Wahn hatte sie nicht mehr klar denken können, hatte sie nicht gesehen, dass das Mädchen in der Zeitung bereits tot gewesen war, als Leonie noch zu Hause in ihrem Bett lag; dass dieses Mädchen einen anderen Namen hatte, und Eltern, die es betrauerten. Sie hatte nur das Bild vor Augen, das Gesicht ihrer Tochter, die von einem Tag auf den anderen aus ihrem Leben verschwunden war.

Immerhin war er so geistesgegenwärtig gewesen, die Zeitung verschwinden zu lassen, bevor die Polizei kam. Und die Fotos. Das verschaffte ihm einen Vorsprung. Früher oder später reimten seine Verfolger sich vermutlich alles zusammen, aber dann wäre es zu spät. Dann wären Leonie und er bereits an einem sicheren Ort. So zumindest hatte er es sich vorgestellt.

Doch jetzt saß er schon den zweiten Tag in einem Hotelzimmer am Niederrhein fest und hoffte, dass die arglose Hotelinhaberin nicht die Abendnachrichten sah und ihn wiedererkannte. Immerhin hatte sie Leonie nicht gesehen. Dafür hatte er gesorgt. Sie dachte, ein Ehepaar sei bei ihr abgestiegen, Herr und Frau Schneider. Herr Schneider hatte bar bezahlt und den Führerschein seiner Ehefrau als Ausweis vorgezeigt, weil er angeblich seine Papiere ganz unten im Koffer verstaut hatte. Wirklich zu blöd. Natürlich könne er seine Frau eben hereinholen, hatte er angeboten, damit sie unterschreibe. Aber die Hotelinhaberin hatte vollstes Verständnis gezeigt. Nein, das sei nicht nötig. Es handele sich ja nur um eine Formalität.

Melanies Mädchenname war Schneider, sie hatte ihren Führerschein nie ändern lassen. Olaf hatte den Schlüssel entgegengenommen und war zurück zum Wagen gegangen. Das Zimmer lag in einem Anbau. Vor Jahren hatte er hier bei einem Ausflug an den Niederrhein mit Melanie und Leonie zu Mittag gegessen. Gerade rechtzeitig war es ihm gestern Abend wieder eingefallen. Zumindest für diese zwei Nächte waren sie sicher. Und morgen würden sie irgendwo über die grüne Grenze fahren. Die Polizei konnte schließlich nicht jeden Feldweg überwachen.

Olaf schaltete die Nachttischlampe ein und löschte das Deckenlicht. Leonies Augen zuckten. Sie schlief immer noch nicht. Als sie sich vorhin umgezogen hatte, hatte er ein paar Kratzer an ihrem Hals entdeckt. Sie waren schon fast verheilt, doch sie mussten tief und schmerzhaft gewesen sein. Dass Melanie ihr Essen gegeben hatte, das sie krank machte, hatte er gewusst oder zumindest geahnt. Dass sie Leonie zudem misshandelt hatte, traf ihn wie ein Schlag. Er mochte sich nicht vorstellen, was seine Tochter hatte erdulden müssen. Sein armer Liebling! Und er hatte jahrelang tatenlos zugesehen! Er war ein Rabenvater gewesen, hatte in Melanie nur das gesehen, was er sehen wollte, und nicht erkannt, was für eine grausame Bestie sie in Wirklichkeit war. Doch jetzt würde er alles wiedergutmachen.

Er hatte Leonie noch nicht erzählt, dass ihre Mutter tot war. Er wusste nicht, wie. In den Nachrichten hatten sie glücklicherweise nichts darüber gebracht. Es hieß nur, dass ein Familienvater aus Düsseldorf im Zusammenhang mit einem ungeklärten Todesfall gesucht werde. Doch Leonie war nicht dumm. Vermutlich ahnte sie die Wahrheit. Er musste mit ihr reden. Morgen. Er konnte sich nicht länger davor drücken. Vielleicht konnte er sie davon überzeugen, dass es ein Unfall war. Das stimmte ja auch. Es war ein Unfall gewesen, ein unglückliches Zusammentreffen von Ereignissen. Hätte Melanie das Foto in der Zeitung nicht gesehen, wäre sie nicht durchgedreht – und vielleicht noch am Leben.

»Nora ist krank«, sagte Kerstin Diercke statt einer Begrüßung, als sie Lydia und Salomon vor ihrer Wohnungstür sah.

»Es wird nicht lange dauern«, sagte Lydia genauso abrupt. »Aber was wir mit Nora zu besprechen haben, duldet keinen Aufschub.«

»Ich bin nicht verpflichtet, Sie einzulassen«, erwiderte Kerstin Diercke.

Bevor Lydia darauf etwas erwidern konnte, schaltete Salomon sich ein. »Bitte, Frau Diercke. Es gibt eine neue Spur im Fall Antonia Bruckmann, und wir müssen dringend mit Ihrer Tochter sprechen. Sie möchten doch auch, dass der Täter gefasst wird, bevor er weitere Verbrechen begehen kann, oder? Es ist wieder ein Mädchen in Gefahr.«

»Du meine Güte!« Kerstin Diercke zog ohne weiteren Widerstand die Tür auf. »Das ist ja schrecklich! Ich dachte, Sie hätten den Täter.«

»Leider sieht es im Augenblick nicht danach aus.« Salomon trat ein, Lydia folgte ihm. Sie hätte der Frau gern ihre Meinung gesagt, doch sie wusste, wie unklug das war. Es ärgerte sie zwar, aber oft kamen sie mit Salomons Diplomatie weiter als mit ihrer Sturheit.

Nora sah tatsächlich elend aus, ihr Gesicht glühte vom Fieber, die Augen blickten glasig ins Leere. Als Lydia das Mädchen sah, leistete sie Kerstin Diercke innerlich Abbitte.

»Was hat sie denn?«, flüsterte Salomon, der ebenfalls erschrocken dreinblickte.

»Vermutlich nur eine starke Erkältung«, antwortete Kerstin Diercke. »Die Ärztin war eben hier und hat mir versichert, dass es nichts Ernstes ist. Sie steht immer noch unter Schock, deshalb sind ihre Widerstandskräfte geschwächt. Aus diesem Grund wäre ich Ihnen dankbar, wenn Sie sich kurz fassen könnten.«

»Machen wir.« Salomon trat ans Bett. »Hallo, Nora. Du erinnerst dich sicherlich an Lydia und mich. Wir müssen dich etwas ganz Wichtiges fragen. Wenn du uns sagst, was du weißt, sind wir schnell wieder weg.«

Lydia trat vor und zog ein Foto aus dem Umschlag. Angesichts der Umstände verzichtete sie auf das Drumherum und wählte direkt das Bild, auf dem die doppelte Antonia zu sehen war, und legte es vor Nora auf die Bettdecke.

Kerstin Diercke sog hörbar die Luft ein, doch sie schwieg. Nora warf nur einen kurzen Blick auf das Foto.

»Kannst du mir das erklären, Nora?«, fragte Chris sanft.

»Woher – woher haben Sie das?«

»Wir haben Antonias Handy gefunden.«

Nora riss die Augen auf.

»Ist das Leonie Schwarzbach?«, fragte Chris.

Nora nickte.

»Warum hast du uns das nicht gleich gesagt?«, fragte Lydia. Rücksicht hin, Rücksicht her. Nora hatte eine Mordermittlung behindert.

»Niemand sollte es wissen.«

»Warum nicht?«, fragte Chris.

»Wir haben es geschworen. Es war unser Geheimnis.«

»Wenn ein Mensch stirbt, darf es keine Geheimnisse mehr geben«, sagte Chris. »Wir müssen alles wissen, sonst finden wir Tonis – sonst finden wir den Menschen nicht, der Toni das angetan hat.«

»Aber Sie haben doch den Mörder«, wisperte Nora. »Jan hat es mir gesagt.«

Lydia sah, wie Chris zögerte.

»Es ist nicht sicher, dass dieser Mann Toni getötet hat«, sagte sie. »Im Gegenteil, es sieht so aus, als hätte er nichts damit zu tun.«

Nora schlug die Hand vor den Mund und senkte den Kopf.

Kerstin Diercke beugte sich vor und griff nach dem Foto. »Darf ich?«

Chris Salomon nickte.

Sie betrachtete das Bild.

»Die Mädchen sehen aus wie Zwillinge«, flüsterte sie. »Wer ist diese Leonie? Ist sie mit Antonia verwandt?«

»Wir wissen es noch nicht«, sagte Lydia. Sie wandte sich wieder an Nora. »Du hast gesagt, dass du Leonie nicht leiden kannst. Dass sie es war, die euch zu den Diebstählen verführt hat. Was kannst du uns noch über sie sagen?«

Nora blickte nicht auf, während sie sprach. Ihre Stimme klang monoton. »Bei meiner Oma um die Ecke, da ist ein kleiner Kiosk. Wir haben uns dort Eis gekauft. Ich bin schon rausgegangen, habe draußen auf Toni gewartet. Da kam sie plötzlich aus der anderen Richtung um die Straßenecke. Ich dachte erst, Toni hätte mir einen Streich gespielt. Es gäbe einen Hinterausgang oder so. Aber das Mädchen hatte andere Sachen an und hat mich gar nicht beachtet. Als sie vor mir stand, hat sie mich gefragt, warum ich sie so anglotze. Ich wusste nicht, was ich sagen sollte. Da kam Toni raus. Die beiden haben sich angesehen und – wir waren alle drei total geschockt. Wir sind auf den Spielplatz, haben uns auf die Schaukeln gesetzt und überlegt, was wir machen sollen. Toni wollte unbedingt wissen, ob Leonie und sie vielleicht Schwestern sind. Leonie fand das bescheuert, sie war ganz sicher, dass sie nicht adoptiert ist. Wir konnten uns nicht einigen. Aber wir haben geschworen, dass wir es keinem erzählen, dass es unser Geheimnis ist.«

»Was hast du damals von Leonie gedacht?«, fragte Salomon.

»Ich fand sie ein bisschen komisch. Sie hat so geredet, als wären alle Erwachsenen doof. Und sie hat erzählt, dass sie von zu Hause abhauen will, sobald sie vierzehn ist. Lauter so Zeug. Ich mochte sie nicht.«

»Aber Toni mochte sie.«

Nora sah Salomon an. »Sie dachte, dass sie ihre verlorene Schwester gefunden hat. Sie glaubte, dass Leonie ihre Zwillingsschwester ist. Deshalb hat sie heimlich zu Hause nachgeforscht. Den Schreibtisch von ihrem Vater durchsucht. Aber sie hat nichts über eine Schwester gefunden.«

»Hast du ihr dabei geholfen?«

»Nur einmal.«

»Wie?«

»Ich war mit Jan ...« Nora blickte zu ihrer Mutter.

»Erzähl alles, Nora«, sagte Kerstin Diercke. »Ich bin dir nicht böse.«

»Ich war mit Jan in dem Krankenhaus, wo Toni geboren wurde.« Sie wickelte ein Stück Bettdecke um ihren Zeigefinger. »Mit Mamis Auto. Heimlich.«

»Wirklich?«, fragte Salomon. In seiner Stimme schwang Bewunderung mit, wohl um Nora zum Weitersprechen zu ermutigen. »Das war aber clever von dir. War Toni dabei?«

»Nein. Sie durfte nicht mit. Natürlich wussten ihre Eltern nicht, was wir vorhatten, wir haben ihnen erzählt, dass wir in den Zoo wollten. Aber sie meinten, Jan wäre noch zu jung, um auf uns aufzupassen. Ich glaube, sie hatten Angst, dass er einen Unfall baut. Deshalb sind Jan und ich allein gefahren.«

»Habt ihr etwas herausgefunden?«

Nora schüttelte den Kopf. »Die wollten uns nichts sagen.«

»Warum hat Toni denn nicht mit ihren Eltern gesprochen? Sie hätte sie doch fragen können?«

»Quatsch!«, widersprach Nora heftig. »Sie hatten sie doch die ganze Zeit belogen. Toni war sicher, dass sie ihr nicht die Wahrheit sagen würden.«

»Toni war also fest davon überzeugt, dass Leonie ihre Schwester ist«, sagte Salomon.

»Ja. Sie hat von nichts anderem mehr geredet. Immer nur Leonie, Leonie. Deshalb hat sie auch alles gemacht, was Leonie vorgeschlagen hat. Leonie hat gesagt, dass es cool ist, einen Lippenstift zu klauen, also hat Toni einen Lippenstift geklaut.«

»Warst du eifersüchtig?«

»Nein! Ich fand nur blöd, wie Toni sich hat einwickeln lassen. Sie hat überhaupt nicht gemerkt, wie Leonie sie benutzt.«

»Und dann kam es zum Streit zwischen euch beiden.«

»Nein.«

»Sicher?«

»Ja. Irgendwann hat Toni nämlich doch gemerkt, dass Leonie eine blöde Kuh ist.« Nora blickte Salomon trotzig an.

»Wie das?«

»Sie hat uns erpresst.«

»Erpresst?«, rief Kerstin Diercke. »Du lieber Himmel! Wie denn?«

»Sie hat gedroht, dass sie unseren Eltern und unseren Lehrern sagt, dass wir geklaut haben. Angeblich hat sie sogar Fotos mit ihrem Handy gemacht. Ich dachte, sie macht sich nur wichtig. Aber Toni hatte richtig Angst. Weil ihr Vater doch so streng ist.«

»Was wollte sie von euch?«

Nora weinte leise. »Ich musste ihr meinen Lieblingspulli geben. Und von Toni wollte sie eine Jacke und eine CD.«

»Hat sie euch noch öfter erpresst?«

Nora schüttelte heftig den Kopf.

»Hast du von ihr gehört, seit – seit Toni tot ist?«

Wieder schüttelte Nora den Kopf.

»Möchtest du uns sonst noch etwas sagen?«, fragte Salomon behutsam.

Lydia biss sich beinahe die Zunge ab, um nicht mit einer bissigen Bemerkung herauszuplatzen. Woher nahm dieser Mann so viel Verständnis?

Nora sah ihn nicht an, als sie antwortete. »Sie hat komische Dinge gemacht.«

»Komische Dinge?«

»Sie hat so getan, als wäre sie krank, um ihre Mutter zu quälen.«

»Wie bitte?«

Jetzt sah Nora zu ihm hoch. »Sie hat gesagt, ihre Mutter macht alles für sie, wenn sie krank ist. Wenn sie stöhnt, dass sie Kopfschmerzen hat, braucht sie nicht in die Schule zu gehen oder ihr Zimmer aufzuräumen. Dann kriegt sie ihr Essen ans Bett gebracht und jeden Wunsch erfüllt. Ihre große Schwester ist auch krank gewesen, so krank, dass sie gestorben ist. Deshalb hat ihre Mutter totale Angst, dass sie auch stirbt. Manchmal hat sie sogar extra was gemacht, damit sie krank wird.«

»Was denn?«, fragte Lydia. Sie hatte das sichere Gefühl, die Antwort bereits zu kennen.

»Sie hat Salz geschluckt, damit ihr übel wird und sie erbrechen muss.«

Salomon sah zu Lydia hoch, und sie nickte.

»Das reicht für den Augenblick, Nora. Ich danke dir, dass du so offen warst.« Er stand auf.

Lydia nahm das Foto von Kerstin Diercke entgegen und steckte es zurück in den Umschlag. An der Wohnungstür blieben sie stehen.

»Ich hatte keine Ahnung«, sagte Kerstin Diercke leise.

»Ich weiß«, antwortete Salomon.

Sie gingen zurück zum Wagen.

»Antonia Bruckmann hatte eine gereizte Magenschleimhaut«, sagte Lydia, als sie hinter dem Steuer saß.

»Und Nicole Bruckmann hat sie dabei beobachtet, wie sie Salz essen wollte«, fügte Salomon hinzu.

»Vielleicht war es gar nicht ihre eigene Tochter, die sie erwischt hat.«

»Oder der Einfluss dieser Leonie war so groß, dass sie es ihr gleichtun wollte.«

Lydia kam eine andere Idee. »Es könnte auch Teil der Erpressung gewesen sein.«

»Scheiße, stimmt. Wir müssen dieses Mädchen finden. Schwarzbach und seine Tochter können sich doch nicht in Luft aufgelöst haben.« Salomon blickte auf die Uhr. »Verdammt. Schon gleich acht.«

»Hast du noch was vor?«

»Eigentlich schon.« Er starrte auf seine Fingerspitzen. Seine Verlegenheit hatte einen gewissen Charme.

»Soll ich dich irgendwo absetzen?«

Er sah sie an. »Wenn es dir nichts ausmacht.«

Eine halbe Stunde später lenkte Lydia den Toyota auf den Parkplatz des Präsidiums. Sie wollte noch den Bericht über die Befragungen schreiben und dann ebenfalls Feierabend machen. Sie hatte Salomon vor einem japanischen Restaurant in der Innenstadt abgesetzt und es sich verkniffen, einen neugierigen Blick ins Innere zu werfen. Es interessierte sie nicht wirklich, wie diese Sonja aussah. Vermutlich lernte sie sie noch früh genug kennen.

Die Flure der Festung waren leer, nur hinter der Glastür zur Wache war Stimmengewirr zu hören. Lydia nahm den Paternoster. Als sie vor der Bürotür stand und den Schlüssel ins Schloss steckte, hörte sie hinter sich Schritte. Misstrauisch fuhr sie herum. Doch es war nicht Hackmann, der vor ihr stand, sondern Gerd Köster.

»Auch noch hier?«, fragte er lächelnd.

»Muss noch die Berichte schreiben«, erklärte sie und schloss auf.

Er folgte ihr ungefragt hinein. »Soll ich uns Kaffee machen?«

»Nein. Für mich nicht, danke.« Lydia wünschte sich, dass er ging. Sie wollte allein sein. Aber sie brachte es nicht übers Herz, ihn hinauszuwerfen. Bei jedem anderen hätte sie keine Skrupel gehabt.

»Ich wollte dich was fragen, Louis.«

Lydia fuhr den Rechner hoch. »Ja?«

Er ließ sich auf Salomons Stuhl nieder, doch er antwortete nicht sofort. Lydia erinnerte sich daran, wie Salomon zum ersten Mal auf diesem Platz gesessen und sie ihn zum Teufel gewünscht hatte; denn dieser Platz hatte Decker gehört, ihrem langjährigen Partner, der an Krebs gestorben war. Jetzt ertappte sie sich dabei, wie sie dachte, dass Köster nichts auf diesem Platz verloren hatte, weil er Salomon gehörte und nur er dort sitzen durfte.

»Ich finde, niemand sollte an Weihnachten allein sein«, sagte Köster.

Lydia reckte den Kopf und sah ihn über ihren mit Haftzetteln gespickten Bildschirm hinweg an. »Bist du plötzlich sentimental geworden, Köster?«

»Nenn es, wie du willst. Ich bleibe dabei. Ich finde, Heiligabend sollte man in Gesellschaft verbringen.«

Lydia begriff immer noch nicht, worauf Köster hinauswollte, und sie hatte von Minute zu Minute weniger Lust auf dieses Gespräch. Wenn ihr Kollege auf seine alten Tage gefühlsduselig wurde, dann sollte er sie gefälligst damit in Ruhe lassen.

»Also, ich bin gern allein. Und an Weihnachten liegt mir sowieso nichts«, sagte sie und versuchte, sich auf den Bericht zu konzentrieren.

»Was hältst du davon, wenn ich dich zum Essen einlade?«

Vor Schreck tippte sie die falsche Tastenkombination und löschte alles, was sie bisher geschrieben hatte. Was, verdammt, war denn in Köster gefahren? Verspätete Midlifecrisis? Altersrührseligkeit? Oder …? Scheiße, nein. »Köster, das ist ein nettes Angebot, aber ich bin Weihnachten lieber allein. Ich halte nichts von diesem ganzen Firlefanz mit Geschenken und Tannenbäumen und so. Und jetzt muss ich diesen Bericht schreiben, sonst komme ich heute überhaupt nicht mehr ins Bett.«

Köster stand auf. Erleichtert registrierte sie, dass er nicht gekränkt schien.

»Mein Angebot steht«, sagte er. »Du kannst es dir jederzeit überlegen. Ich koche eine ganz gute Lasagne. Wirklich.«

Als er das Büro verlassen hatte, hörte sie auf zu tippen.

»Scheiße«, murmelte sie. »Verfluchte Scheiße.« Das Letzte, was sie gebrauchen konnte, war ein liebeskranker Kollege, der sie auf Schritt und Tritt mit seinen Aufmerksamkeiten verfolgte. Und dann auch noch ausgerechnet Köster. Er war ein netter Kerl und ein zuverlässiger Kollege, aber als Mann völlig indiskutabel, und das nicht nur, weil er fast zwanzig Jahre älter war als sie.

Vielleicht sollte sie sich einen Scheinliebhaber zulegen. Das würde zugleich den dummen Gerüchten, die in der Festung kursierten, ein Ende setzen. Auch wenn es ihr noch niemand ins Gesicht gesagt hatte, wusste sie, dass sie unter Kollegen wie Hackmann entweder als frigide oder lesbisch galt. Bisher hatte sie das nicht gestört. Allerdings hatte sie keine Lust darauf, demnächst mit Köster aufgezogen zu werden. Sie musste sich etwas einfallen lassen. Ein Foto auf dem Schreibtisch und ein paar geheimnisvolle Anrufe, mehr war nicht nötig. Und es hätte den Vorteil, die peinlichen Momente zwischen ihr und Salomon abzustellen.

Aber erst die Berichte. Und dann eine Nacht darüber schlafen. Oder zwei. Ein falscher Liebhaber konnte auch zum Fluch werden. Sie musste das Für und Wider genau abwägen, bevor sie sich entschied. Und heute hatte sie dafür definitiv keine Kraft mehr.

Chris Salomon sah fasziniert zu, wie Sonja mit geübten Fingern eine Sushi-Rolle zwischen ihre Essstäbchen nahm, in Sojasoße tunkte und genüsslich in den Mund steckte.

»Die hier nennt man übrigens Hoso-Maki«, erklärte sie kauend und tippte mit den Stäbchen an eine Reisrolle.

»Aha.« Chris hatte die Stäbchen nach ein paar vergeblichen Versuchen weggelegt und spießte eine Rolle mit der Gabel auf.

»Leider bin ich kein großer Kenner asiatischer Genüsse.«

Sonja lächelte. »Ich auch nicht. Eigentlich müssten wir mit den Fingern essen, das wäre korrekt.«

»Oh, das kann ich gut.«

»Dachte ich mir.« antwortete Sonja. »Da kannst du dich mit meinen Neffen zusammentun. Obwohl sie noch so klein sind, sind sie bereits begeisterte Sushi-Fans, was bestimmt auch daran liegt, dass sie ausnahmsweise einmal mit den Fingern essen dürfen.«

Chris hatte gemerkt, wie Sonjas Augen bei der Erwähnung der Jungen aufgeleuchtet hatten, und es hatte ihm einen Stich versetzt. Er war sich nicht sicher, ob er ihr geben konnte, was sie sich so sehr wünschte.

»Du hängst an deinen Neffen«, sagte er. Es klang wie eine Frage.

»Ja. Sie sind wunderbar. So voller Energie und Lebensfreude.«

Er wollte ihr sagen, dass sie bestimmt eines Tages eigene Kinder haben würde, aber die Worte kamen ihm nicht über die Lippen. Sie war fast vierzig, bestimmt hörte sie ihre biologische Uhr schon laut ticken. Und er sollte dieses Ticken abstellen. Doch er fühlte sich noch nicht bereit. Er brauchte Zeit, um sich von Anna zu verabschieden, um sicher zu sein, dass Sonja die Frau war, mit der er eine zweite Familie gründen wollte. Das konnte er ihr allerdings schlecht sagen. Es würde ihr wehtun, denn im Gegensatz zu ihm schien sie sich längst sicher zu sein, dass er der Richtige war.

»Apropos Neffen«, sagte sie und nahm einen Schluck Wein. »Ich wollte dich etwas fragen.«

Er hatte sich gerade ein Stück Fisch in den Mund gesteckt, das ihm plötzlich riesengroß vorkam. Er kaute, doch der Fisch schien in seinem Mund zu wachsen. Schließlich würgte er ein »Was denn?« hervor.

»Hast du Heiligabend schon etwas vor?«

Er schüttelte den Kopf, halb erleichtert, halb verwirrt.

»Hättest du Lust auf eine Feier mit Familienanschluss? Mein Bruder hat uns eingeladen. Es gibt Fondue. Wird bestimmt ein netter Abend. Die Einladung gilt allerdings nur, wenn das Baby bis dahin noch nicht da ist.«

»Oh, ich weiß nicht«, murmelte Chris. »Ich kenne deine Familie doch gar nicht.«

Sonja brach in ihr glucksendes Lachen aus. »Genau das möchte ich gern ändern. Du wirst sehen, wir sind alle ganz unkompliziert. Du musst auch keine Geschenke besorgen oder so. Das erledige ich.« Sie griff nach seiner Hand. »Du würdest mir eine große Freude damit machen.«

Er schluckte den Fisch hinunter. »Ich finde es schön, dass du Weihnachten mit mir verbringen willst, Sonja. Ich bin mir allerdings nicht sicher, ob ich eine gute Gesellschaft wäre.«

»Das lass mal meine Sorgen sein.«

Er drückte ihre Hand. »Habe ich Bedenkzeit?«

»Ja, natürlich.« Sie beugte sich vor und küsste ihn auf die Nasenspitze. »Solange du willst. Ich werde dich nicht drängen. Ich verstehe, dass ein solches Fest schmerzhafte Erinnerungen bei dir auslöst, vor allem im Kreis einer glücklichen Familie. Deshalb bin ich dir auch nicht böse, wenn du sagst, dass du es dir noch nicht zutraust.«

»Danke«, flüsterte er heiser.

Sie antwortete nicht, blickte ihn nur an. Wunderschön sah sie aus, ihr dunkles Haar schimmerte, ihre Augen leuchteten. Einen Augenblick lang war er versucht, sofort zuzusagen. Was hatte er schon zu verlieren? Einen einsamen Abend mit ein paar Flaschen Bier und dem Fernsehprogramm. Doch er schwieg. Wenn er jetzt ja sagte, gab es kein Zurück mehr.

22

Mittwoch, 12. Dezember

Die Sonne blinzelte durch die Wolkendecke, als der Wagen auf den Gebäudekomplex zurollte, der versteckt auf einer Waldlichtung lag. Das große Tor stand weit offen, ein Schild inmitten einer Ansammlung von Rhododendronbüschen verkündete, dass man das Gelände der »Waldklinik« betrat, einer Fachklinik für Geburtsheilkunde und Gynäkologie.

Ingo Wirtz glitt in eine Lücke auf dem Besucherparkplatz und stellte den Motor ab. »Ganz schön schick.«

Ruth Wiechert reckte den Hals und sah an dem Klinikgebäude hoch. »Riecht nach Geld. Nach viel Geld.«

»Und ist ziemlich abgeschottet.«

Sie stiegen aus.

»Also, dass die Bruckmanns hier eine Tochter zur Welt bringen, kann ich mir ja noch vorstellen«, sagte Ingo. »Aber die Schwarzbachs? Das passt irgendwie nicht.«

»Wir werden es herausfinden«, sagte Ruth und zog den Reißverschluss ihrer Jacke hoch. Es war kalt, viel kälter, als sie auf der Fahrt hierher in dem gut geheizten Dienstwagen vermutet hatte.

Sie folgte Wirtz durch die Glastür in eine Empfangshalle aus Marmor und cremefarbenem Leder. Gigantische Schwarz-Weiß-Fotos schmückten die Wände, ästhetische halbnackte Frauenkörper, die so perfekt aussahen, dass Ruth eine ohnmächtige Wut in sich aufsteigen spürte. Was war das hier, eine Schönheitsklinik? Eine Modelagentur? Welche Frau fühlte sich an einem Ort wohl, wo sie ständig mit ihrer eigenen Unzulänglichkeit konfrontiert wurde? Ärgerlich ging Ruth zur Empfangstheke, wo eine Blondine sie anlächelte, die nicht minder vollkommen schien als ihre Geschlechtsgenossinnen auf den Fotos. Ein Schildchen an ihrer Bluse wies sie als Jessica aus. Kein Nachname, keine Funktion, einfach nur Jessica. Ruth stellte sich vor, dass diese Jessica in dunkle Geschäfte verwickelt war, illegale Adoptionen, Menschenhandel. Was für ein Triumph wäre es, diesen Männertraum in Handschellen aus dem Gebäude zu führen!

Sie zog ihren Ausweis hervor, Wirtz folgte ihrem Beispiel. Wie gut, dass sie mit ihm hier war und nicht mit Thomas Hackmann. Der hätte Jessica bestimmt mit den Augen ausgezogen und Ruth nachher im Auto die vielen Vorzüge der jungen Frau aufgezählt.

Wirtz übernahm die Führung. »Guten Tag. Wirtz ist mein Name.« Er lächelte breit. »Das ist meine Kollegin

Ruth Wiechert. Wir sind von der Kripo. Wir bräuchten Einsicht in Ihre Patientenunterlagen.«

Ruth registrierte, wie geschickt er versuchte, die Klippen zu umschiffen. Sie hatten keinen Durchsuchungsbeschluss bekommen. Für den Ermittlungsrichter vom Amtsgericht Wermelskirchen waren die Anhaltspunkte für eine Straftat zu vage. Zudem hatten sie nicht einmal konkrete Hinweise darauf, dass Antonia Bruckmanns Herkunft etwas mit ihrem Tod zu tun hatte. Und für mögliche illegale Adoptionen im Kreis Wermelskirchen war die Mordkommission der Kripo Düsseldorf definitiv nicht zuständig.

Jessica lächelte freundlich, doch sie schien nicht so dumm, wie sie aussah. »Haben Sie eine richterliche Verfügung, die es Ihnen erlaubt, die Unterlagen einzusehen?«

»Nein«, sagte Wirtz und blickte zerknirscht drein. »Der Antrag läuft noch. Gefahr im Verzug, Sie verstehen. Ein kleines Mädchen ist verschwunden, und es gibt Hinweise darauf, dass ihr Verschwinden im Zusammenhang mit ihrer Geburt vor zehn Jahren hier in der Klinik steht.«

Jessica riss die Augen auf. »Tatsächlich?«

Wirtz beugte sich vor. »Ich bitte Sie! Wir brauchen nur diese eine Akte.«

»Tut mir leid. Das darf ich nicht.« Sie lächelte immer noch. »Aber wenn Sie möchten, kann ich fragen, ob der Klinikleiter zu sprechen ist. Vielleicht kann er Ihnen weiterhelfen.«

»Oh ja, bitte.«

Jessica griff nach dem Telefonhörer und drehte sich von ihnen weg. Das hatten sie eigentlich nicht beabsichtigt. Wenn über die Klinik tatsächlich illegale Adoptionen abgewickelt wurden, musste der Klinikleiter Bescheid wissen. Von ihm würden sie vermutlich nichts erfahren.

Jessica legte auf. »Professor Doktor Nassauer ist leider nicht im Haus. Aber Doktor Wesseling kommt gleich herunter und wird Ihnen Ihre Fragen so gut es geht beantworten. Wenn Sie bitte dort drüben warten würden.« Sie deutete mit ihrer perfekt manikürten Hand auf eine Sitzgruppe aus hellem Leder vor der großen Glasfront.

Ingo bedankte sich, und sie schlenderten zu den Ledersofas hinüber.

»Glaubst du, wir finden was raus?«, fragte Ruth.

Wirtz zuckte mit den Schultern. »Keine Ahnung. Ich fürchte allerdings, dass man uns freiwillig keine Akten zeigen wird. Vielleicht ist unser Besuch hier sogar kontraproduktiv. Jetzt sind sie gewarnt und können alles verschwinden lassen. Wenn wir beim nächsten Mal den Durchsuchungsbeschluss mitbringen, sind die Akten vermutlich längst vernichtet.«

»Mal den Teufel nicht an die Wand.« Ruth sah alle Hoffnung schwinden, die vollkommene Jessica doch noch festnehmen zu können.

Bevor Ingo Wirtz antworten konnte, kam ein Mann im Arztkittel auf sie zu. Er hatte gewelltes braunes Haar, blaue Augen und ein verschmitztes Lausbubengesicht. Ruth sah gleich, dass er zu jung war, als dass er zum Zeitpunkt von Antonias Geburt schon in der Klinik gearbeitet hätte. Sie fluchte innerlich. Wahrscheinlich hatte die Klinikleitung den Mann genau aus diesem Grund vorgeschickt.

»Guten Tag. Mein Name ist Dr. Wesseling.« Er schüttelte ihnen beiden die Hand. »Ich leite die Entbindungsabteilung. Sie sind von der Kriminalpolizei?«

»Ja«, sagte Ruth, die sich nicht wieder in die Rolle der stummen Zuhörerin drängen lassen wollte. »Ruth Wiechert. Das ist Ingo Wirtz. Wir bräuchten die Unterlagen einer gewissen Nicole Bruckmann, die angeblich vor zehn Jahren hier ihre Tochter Antonia zur Welt gebracht hat.«

»Darf ich fragen, zu welchem Zweck?« Das Lausbubengesicht wurde geschäftsmäßig ernst, und Wesseling wirkte sogleich einige Jahre älter.

»Es hat sich inzwischen herausgestellt, dass Antonia Bruckmann nicht mit ihren Eltern verwandt ist.«

»Ach du liebe Güte, eine Verwechslung?« Für einen Moment sah Wesseling ehrlich entsetzt aus.

»Eher nicht«, sagte Ingo Wirtz. »Nicole Bruckmann war nie schwanger. Sie und ihr Mann behaupten, man hätte ihnen hier in der Klinik ein Neugeborenes übergeben, das offiziell in den Papieren als ihre leibliche Tochter eingetragen wurde. Gegen entsprechende Bezahlung natürlich.«

Der Arzt verschränkte die Arme und trat einen Schritt zurück. »Das kann nicht sein. Sie müssen sich irren.«

»Dann macht es Ihnen doch sicherlich nichts aus, uns die entsprechenden Unterlagen vorzulegen.«

»Es tut mir leid. Dazu habe ich keine Befugnis. Und Sie haben ja wohl keinen Durchsuchungsbeschluss, oder?« Er sah auf die Uhr. Der Lausbube war aus seinen Zügen verschwunden, die blauen Augen wirkten mit einem Mal kalt. »Ich habe eine Patientin, die auf mich wartet.«

»Was ist mit Professor Vogeler? Er hat Frau Bruckmann behandelt. Wir würden ihn gern sprechen.«

Der Arzt sah sie an. Seine Augen waren immer noch ausdruckslos, doch Ruth meinte, ein triumphierendes Blitzen darin zu erkennen.

»Das können Sie gern tun. Ich glaube, Jessica hat seine Telefonnummer.« Er warf einen Blick in Richtung Empfangstheke. »Er hat sich vor einigen Jahren zur Ruhe gesetzt, wenige Monate, nachdem ich hier angefangen habe. Er wohnt in Spanien, Marbella, wenn ich das richtig im Kopf habe.« Er trat noch einen Schritt zurück. »War es das? Ich habe wirklich keine Zeit mehr.«

»Ja«, sagte Wirtz. »Danke.«

Dr. Wesseling wandte sich ab und ging zum Aufzug.

»Wir kommen wieder!«, rief Ruth ihm hinterher.

Der Arzt betrat den Aufzug und drehte sich um. Durch die gläserne Tür sah sie sein arrogantes Lächeln.

Sie machte einen Schritt vorwärts, doch Ingo Wirtz hielt sie fest.

»Lass gut sein«, zischte er ihr zu.

Unsagbare Wut überkam sie.

»Ihr seid immer alle so scheißbeherrscht«, stieß sie hervor, riss sich los und stürmte aus dem Gebäude.

Draußen schlug ihr ernüchternd kalte Luft entgegen. Ruth blieb stehen. Atmete ein und aus. Zähneknirschend gestand sie sich ein, dass sie sich mal wieder zum Affen gemacht hätte, wenn Ingo Wirtz nicht eingeschritten wäre. Was war nur mit ihr los? Warum hatte sie sich nicht besser im Griff? Warum hatte sie nicht wie die anderen ihre Gefühle unter Kontrolle? Aber denen würde sie es noch zeigen, eines Tages würden sie erkennen, was in Ruth Wiechert steckte! Oh ja, die würden sich noch wundern, und zwar gewaltig!

Ingo Wirtz trat neben sie. »Ich hätte dem arroganten Mistkerl auch gern einen Tritt in seinen Designerhosenhintern verpasst.«

»Wirklich?« Ruth sah ihn ungläubig an, er wirkte völlig gelassen.

»Natürlich. Und dieser Barbiepuppe hinter der Empfangstheke auch.«

»Vielleicht können wir das nachholen, wenn wir die richterliche Anordnung haben«, sagte sie, plötzlich wieder optimistisch gestimmt.

Er zog die Brauen hoch.

»Metaphorisch, meine ich.«

Der Wagen holperte den Waldweg entlang bis zu einer Kreuzung. Olaf Schwarzbach bremste, nahm die Karte von seinen Knien und studierte sie. Verdammt! Die Kreuzung war nicht verzeichnet. Eigentlich sollte der Weg hier eine langgezogene Kurve machen und in einen anderen münden. Er musste irgendwo falsch abgebogen sein. So ein Mist! Er reckte den Kopf vor und versuchte, die Hinweisschilder für Wanderer zu entziffern. Doch sie bestanden nur aus Zahlen und Buchstaben, nach Ortsnamen suchte er vergeblich.

Von rechts kam ein Jogger mit Hund. Auch das noch.

»Runter, Leonie!«, zischte er. »Hock dich hinter meinen Sitz, so tief es geht.«

Er blickte in den Rückspiegel. Leonie saß auf der Rückbank und starrte verstockt geradeaus. Dumme Gans! Warum machte sie das? So blöd konnte sie doch nicht sein! Er hatte ihr erklärt, wie wichtig es war, dass sie nicht gesehen wurde.

»Los, duck dich! Mach schon!« Er drehte sich um und streckte die Hand nach ihr aus.

Endlich kam Bewegung in das Mädchen. Sie ließ sich in die Lücke zwischen der Bank und der Rückenlehne gleiten, das Gesicht von ihm abgewandt. Gerade noch rechtzeitig. Der Jogger erreichte die Kreuzung und begaffte neugierig das Auto. Kurz trafen sich ihre Blicke, dann rannte der Mann weiter.

Olaf atmete tief ein und aus. Schweiß stand ihm auf der Stirn. Er betete, dass sie die Grenze bald erreichten. In den Niederlanden konnte er dann wieder auf normalen Straßen fahren.

»Du kannst hochkommen«, sagte er zu Leonie.

Stumm tauchte sie wieder auf. Sie sah verschreckt aus, kreidebleich. Und sie schien eingeschnappt zu sein.

»Es tut mir leid, dass ich dich so angebrüllt habe«, sagte er, bemüht um einen besänftigenden Tonfall. »Aber es ist wichtig, dass du genau das tust, was ich dir sage. Ich erkläre dir später, was los ist.«

Sie verschränkte die Arme. »Das ist nicht nötig. Ich weiß, was los ist.«

Er erschrak. »Wirklich?«

»Ich bin doch nicht blöd.«

Olaf Schwarzbachs Herz hämmerte, er verspürte Erleichterung und Angst zugleich. Er hatte sich schon die ganze Zeit gewundert, dass Leonie nicht ein einziges Mal nach ihrer Mutter gefragt hatte; dass sie das alles fast klaglos über sich ergehen ließ. Andererseits wirkte sie nicht traurig. Vermutlich war sie zu geschockt, um Trauer zu empfinden. Das war alles zu viel für sie, schließlich war sie noch ein Kind. Er suchte nach den passenden Worten.

»Das tut mir alles so leid, Liebes. Ich – ich wollte nur, dass es uns gut geht.«

Sie sagte nichts, musterte ihre Schuhspitzen.

»Deine Mama, sie hat dich über alles geliebt, Kleines.

Das musst du mir glauben. Lass dir von niemandem etwas anderes einreden.«

Leonie schaute fragend hoch.

»Es ist meine Schuld, dass sie tot ist«, sagte er leise.

Leonie riss die Augen auf. »Tot?«

Ein heißer Schreck durchfuhr ihn. »Oh, mein Gott, Kind! Du hast doch gesagt, du wüsstest es. Ich dachte …« Er versuchte, über ihren Kopf zu streichen, doch sie rutschte in die andere Ecke. Jetzt hatte er es ausgesprochen, vielleicht war es besser so. »Ja, deine Mami ist tot, Liebes. Sie ist eingeschlafen, einfach so. Aber du brauchst keine Angst zu haben. Ich bin bei dir. Ich werde dich nie verlassen.«

Leonie sah ihn an. Etwas in ihrem Blick war fremd, nein, feindselig.

»Bitte, vertrau mir, mein Engel«, beschwor Olaf sie. »Ich bin doch dein Vater. Ich werde dich beschützen. Egal was kommt.«

Sie starrte ihn immer noch wortlos an.

Etwas Kaltes, Hartes legte sich um sein Herz.

»Leonie? Sag was, Kind!«

»Ich hasse dich!« Sie kniff die Augen zusammen, ihre Stimme war voller Verachtung. »Ich hasse dich! Du bist nicht mein Vater!«

Sie fummelte am Türgriff herum. Es gelang ihr nicht auf Anhieb, die Tür zu öffnen, doch Olaf reagierte nicht. Ihre Worte hatten ihn härter getroffen als ein Faustschlag. Wie benommen saß er da, sah zu, wie sie an dem Hebel zerrte. Leonie, das Auto, der Wald hinter der Wagenscheibe, alles verschwamm zu einer graubraunen Masse, drehte sich, saugte ihn ein wie ein Strudel. Er öffnete den Mund, wollte etwas sagen, wollte den Arm ausstrecken und nach seiner Tochter greifen, doch der Arm gehorchte ihm nicht.

Die Tür schwang auf, Leonie sprang aus dem Wagen und rannte in die Richtung, aus der sie gekommen waren. Erst als ihre Gestalt hinter der Biegung verschwand, löste sich Olafs Erstarrung. Er stürzte aus dem Wagen und hechtete ihr hinterher.

»Leonie!«, rief er verzweifelt. »Leonie! Komm zurück! Komm sofort zurück!«

Er erreichte die Biegung. Vor ihm erstreckte sich der Waldweg. Eine Fahrspur, von einer Grasnarbe geteilt, verlor sich in einiger Entfernung hinter einer erneuten Biegung. Ein paar schmutzige Schneereste. Dichte Büsche rechts und links, die meisten bereits kahl. Dahinter Bäume, struppige Kiefern und knorrige Laubbäume, an denen sich kraftlose braune Blätter im Wind hin- und herbewegten. Im Laub zu seiner Linken raschelte es, eine Amsel huschte über den Weg. Von Leonie keine Spur.

Chris Salomon schaltete das Aufnahmegerät an.

»Sie haben doch nichts dagegen, wenn ich unser Gespräch aufzeichne, Herr Bruckmann?«

Michael Bruckmann schüttelte den Kopf.

»Nein.« Er war von sich aus gekommen, hatte erklärt, dass er eine wichtige Aussage zu machen habe. Lydia und Chris hatten ihn daraufhin ins Vernehmungszimmer geführt. Jetzt blickte Chris erwartungsvoll zu Lydia, die kerzengerade auf dem Stuhl links von ihm saß. Die Anspannung war mit Händen zu greifen.

»Herr Bruckmann, Sie wollten eine Aussage machen«, begann Lydia. »Worum geht es?«

»Um – um meine Tochter.« Bruckmann stockte. Sein

Mundwinkel zuckte. »Das mit dem Besenstiel – das war ich.«

Einen Moment lang war es still. Wieder sah Chris zu Lydia hinüber, die immer noch dasaß, als hätte sie einen Stock verschluckt. Oberflächlich betrachtet wirkte sie desinteressiert, so als handle es sich um eine Routinebefragung. Doch Chris wusste, dass die steife Haltung daher rührte, dass sie sich mühsam beherrschte. Und ihm ging es nicht besser: Der Mann, der ihm gegenübersaß, widerte ihn an. Wie hatte er sich nur eine Sekunde lang einbilden können, sie beide hätten etwas gemeinsam? Bruckmann hatte die Vergewaltigung seiner Tochter vorgetäuscht. Nein, das stimmte nicht. Er hatte Antonia vergewaltigt, mit einem Besenstiel. Seine eigene Tochter. Es war, wie sie von Anfang an vermutet hatten. Doch dass sich ihr Verdacht bestätigte, hinterließ einen schalen Nachgeschmack.

»Erzählen Sie der Reihe nach«, forderte Lydia Bruckmann mit tonloser Stimme auf.

»Es gibt nicht viel zu erzählen«, antwortete er leise. »Ich kam nach Hause, gegen kurz nach halb fünf muss das gewesen sein. Es war genau so, wie ich ausgesagt habe. Ich bin sofort in die Küche gegangen, um ein Glas Wasser zu trinken. Erst als ich zurück in die Diele kam, habe ich sie dort liegen sehen.« Er unterbrach sich, fingerte ein Taschentuch aus seiner Hosentasche, nahm seine Brille ab und putzte sie umständlich. Als er sie wieder aufgesetzt hatte, fuhr er fort. »Ich begriff sofort, dass sie tot war. Ich sah die Kratzer in ihrem Gesicht, die aufgerissenen Augen. Mir wurde schwindelig, ich habe mich an der Wand abgestützt. Dann ist mir irgendwie die Sicherung durchgebrannt. Ich war überzeugt, dass Nicole unsere

Tochter die Treppe hinuntergestoßen hatte. Toni war in letzter Zeit so – so aufmüpfig, hat ständig Widerworte gegeben, unsere Autorität infrage gestellt. Ich bin damit ganz gut zurechtgekommen, aber Nicole hat nicht so starke Nerven. Außerdem hat sie sich mit Selbstzweifeln herumgeplagt, sich für eine schlechte Mutter gehalten. Ein paarmal ist sie wegen einer Kleinigkeit aus der Haut gefahren, hat Toni geschüttelt und angebrüllt. Das letzte Mal wenige Tage vor – vor Tonis Tod. Sie standen oben am Treppenabsatz. Ich glaube, Toni wollte rausgehen. Es war früher Abend und bereits dunkel. Nicole hat Toni an der Schulter gepackt und an ihr herumgezerrt. Dieses Bild habe ich vor mir gesehen, als Toni unten am Treppenabsatz lag. Ich war mir sicher, dass Nicole sie gestoßen hatte. Nicht absichtlich natürlich. Ich bekam furchtbare Angst. Um Nicole. Sie ist so zerbrechlich. Deshalb wollte ich den Verdacht in eine andere Richtung lenken.«

»Und da haben Sie Ihrer eigenen Tochter einen Besenstiel in die Vagina gerammt?«, fragte Lydia kalt.

Chris zuckte unwillkürlich zusammen. Er suchte Lydias Blick, doch sie wich ihm aus.

»Ja«, flüsterte Michael Bruckmann. »Sie hat es nicht mehr gespürt. Sie war doch schon tot.«

»Haben Sie ihr auch die Strumpfhose ausgezogen?« Chris blätterte in der Akte, um sich ins Gedächtnis zu rufen, wie der Tatort ausgesehen hatte. Außerdem beruhigte es ihn, etwas mit den Händen zu tun. Damit unterdrückte er den Drang, die Faust zu ballen und Bruckmann einen Hieb zu verpassen.

»Ja. Und den Schlüpfer.«

»Und beides fein säuberlich gefaltet.« Chris hörte auf zu blättern.

»Das war dumm, ja.« Bruckmann zupfte an dem Taschentuch, mit dem er seine Brille geputzt hatte, seine Finger zitterten.

»Wann ist Ihr Nachbar hinzugekommen?«, fragte Lydia.

Wieder nahm Michael Bruckmann die Brille ab, diesmal legte er sie vor sich auf den Tisch.

»Als ich – als ich fertig war, habe ich aus dem Fenster geschaut und ihn im Vorgarten gesehen. Da habe ich laut um Hilfe gerufen. Ich dachte, es wäre gut, einen Zeugen zu haben.«

Chris wusste nicht, wohin mit seinen Händen. Er ballte die Fäuste, öffnete sie wieder.

»Weiß Ihre Frau, was Sie getan haben?«

Bruckmann tupfte sich mit dem Taschentuch die Augen.

»Ich habe es ihr gestern Abend gezählt, nachdem Sie gegangen waren. Sie war entsetzt, aber sie hat mir verziehen. Sie hat mich überredet, zu Ihnen zu kommen.«

Lydia beugte sich vor. »Und wer sagt uns, dass Sie nicht sich selbst schützen wollten? Vielleicht hat Toni Sie provoziert? Waren Sie sauer, weil sie ihre Hausaufgaben noch nicht gemacht hatte?«

»Nein! Ich habe ihr nichts getan!«, rief Bruckmann empört.

»Das stimmt nicht«, erwiderte Lydia scharf. »Sie haben ihr sehr wohl etwas getan.«

»Das ist doch etwas ganz anderes!«

Chris gelang es nicht, einen empörten Aufschrei zu unterdrücken.

Doch Bruckmann hörte ihn offenbar nicht, sondern sah ihn hilfesuchend an. »Bitte, Sie müssen mir glauben.

Ich hätte ihr nie etwas antun können. Sie war doch meine Tochter.«

»Eben das stimmt nicht.« Lydia verschränkte die Arme.

»Sie war meine Tochter«, widersprach Bruckmann. Er klang, als würde er jeden Moment in Tränen ausbrechen. »Für mich hat es keinen Unterschied gemacht, dass sie nicht mein Fleisch und Blut war.«

Lydia ließ ihn nicht vom Haken. »Am Anfang vielleicht. Aber als sie anfing, aufsässig zu werden, haben Sie da nicht manchmal darüber nachgedacht, was für schlechte Gene sie mitbekommen hat? Ob sie vielleicht die Tochter einer Verbrecherin war? Einer Drogensüchtigen oder einer Prostituierten? Haben Sie sich vor Antonia geekelt? Haben Sie sie gehasst?«

»Quatsch!« Bruckmanns Gewissensqualen schlugen in Empörung um. »Warum unterstellen Sie mir so etwas? Haben Sie denn gar kein Mitgefühl?«

Lydia lehnte sich zurück, ihre Augen wurden zu Schlitzen. »Sie haben die Leiche ihrer Tochter geschändet, wenige Minuten nach ihrem Tod. Schlimmer noch: Sie konnten überhaupt nicht wissen, ob sie wirklich tot war. Ihr Körper war noch warm, bestimmt sah sie aus, als würde sie nur schlafen.« Sie fixierte ihn. In ihrem Blick lag Verachtung. »Und das einzig und allein auf die vage Vermutung hin, Ihre Frau könnte die Beherrschung verloren und Toni geschubst haben? Dabei war Ihre Frau nicht einmal im Haus. Ich finde, man muss ganz schön kaltschnäuzig sein, um so etwas fertigzubringen. Herzlos. Und paranoid. Es wäre doch viel plausibler, wenn Sie so gehandelt hätten, um Ihre eigene Tat zu vertuschen.«

Bruckmann war bei den Worten »kaltschnäuzig« und

»herzlos« zusammengezuckt, seine Empörung war verflogen. Er wirkte mit einem Mal müde.

»Ich habe Toni nicht getötet«, sagte er leise. »Mir ist klar, was Sie von mir denken, und ich nehme es Ihnen nicht übel. In Ihren Augen bin ich vermutlich ein Unmensch. Aber ich sage die Wahrheit: Ich habe mein Kind nicht getötet. Als ich nach Hause kam, war sie bereits tot. Ich sah sie da liegen und habe einfach die Nerven verloren.«

Schweigen breitete sich aus. Chris spürte Lydias fragenden Blick, doch er wusste auch keine Antwort. Er war geneigt, Bruckmann zu glauben, obwohl er ihn gleichzeitig verabscheute.

Ihm fiel noch etwas ein. »Wieso haben Sie es Ihrer Frau gerade jetzt gestanden?«

Michael Bruckmann sah ihn an. »Wegen – wegen des anderen Mädchens. Leonie. Ich dachte, es könnte doch sein, dass – dass Toni gar nicht tot ist. Dass es das andere Mädchen war.« Tränen standen in seinen Augen. »Das war nicht meine Tochter. Bestimmt nicht. Es muss diese Leonie gewesen sein.«

Chris' Abscheu bröckelte, als er beobachtete, wie Bruckmanns Gesicht hoffnungsvoll aufleuchtete. Jäh sah er Annas strahlend blaue Augen vor sich, hörte ihr Lachen. Schnell schob er das Bild beiseite. »Warum sind Sie da plötzlich so sicher?«

»Ich weiß nicht«, wisperte Bruckmann. Seine Worte waren kaum zu verstehen. »Es ist nur so ein Gefühl.«

»Sie haben also keine konkreten Anhaltspunkte für Ihren Verdacht?« Chris kämpfte noch immer mit dem Bild in seinem Inneren. Ihm war schwindelig, sein Magen zog sich zusammen. Es war, als schließe die Hoffnung, die

Bruckmann empfand, ihn mit ein. Wenn es für Toni noch eine Chance gab, warum nicht auch für Anna?

»Nein«, antwortete Bruckmann. »Es ist nichts Konkretes. Ich habe auch nicht darauf geachtet. Ich wusste ja nicht, dass Toni eine Doppelgängerin hatte. Aber es wäre doch möglich, oder?« Er warf Chris einen beschwörenden Blick zu.

Chris schluckte, versuchte die Achterbahn in seinem Inneren anzuhalten. »Sie wünschen sich, dass nicht Toni gestorben ist, sondern das andere Mädchen«, sagte er mit warmer Stimme und versuchte, Lydias ärgerlichen Blick zu ignorieren. »Ich verstehe das sehr gut.«

Lydia räusperte sich. »Hatte Ihre Tochter unverwechselbare Merkmale, Herr Bruckmann? Eine Narbe vielleicht?«

Bruckmann starrte auf den Tisch. »Ich glaube nicht.«

»Sie glauben? Das müssten Sie doch wissen!« Lydia schüttelte den Kopf.

»Mir fällt nichts ein.« Er zuckte hilflos mit den Schultern. »Sie hatte keine Operationen. Und auch kein auffälliges Muttermal.«

»Schade.« Lydia schob ihre Unterlagen zusammen.

»Ach, doch.« Bruckmanns Augen leuchteten mit einem Mal auf. »Sie hatte eine Narbe. Am linken Unterarm. Oder war es der rechte?« Er runzelte die Stirn. »Nein, der linke. Eine kleine Narbe, sie ist beim Schlittschuhlaufen gestürzt.« Er sah Chris mit einem Mal aufgeregt an. »Das tote Mädchen hatte an dieser Stelle keine Narbe, stimmt's?«

»Das kann ich Ihnen nicht sagen«, erwiderte Chris steif. Der erwartungsvolle Gesichtsausdruck des Mannes schmerzte ihn. Es war, als schaue er in einen Spiegel. Er fing Lydias Blick auf und nickte. Für den Augenblick war das genug.

»In Ordnung, Herr Bruckmann«, sagte Lydia. »Sie können jetzt gehen. Vorerst. Ich muss Sie jedoch bitten, sich zu unserer Verfügung zu halten.«

Als Bruckmann weg war, nahmen sie sich den Obduktionsbericht vor. Von einer Narbe am linken Unterarm war keine Rede. Allerdings beschrieb Maren Lahnstein an der entsprechenden Stelle ein größeres Hämatom. Es war also möglich, dass sie die Narbe übersehen hatte.

Es dämmerte bereits wieder. Doch wenigstens war es trocken, wenn auch eiskalt. Olaf Schwarzbach parkte den Wagen neben einer Grillhütte. Um diese Zeit waren hier keine Spaziergänger mehr zu erwarten, der Platz dürfte sicher sein. Den ganzen Tag hatte er Leonie gesucht, erst zu Fuß, dann mit dem Wagen, er war die Spazierwege abgefahren, hatte sich in immer größeren Kreisen um die Stelle bewegt, wo sie ausgestiegen und weggerannt war. Er war heiser, so oft hatte er ihren Namen gerufen, seine Augen brannten, so konzentriert hatte er die Umgebung abgesucht.

Immer wenn Spaziergänger auftauchten, hatte Olaf sich schnell versteckt oder rasch das Seitenfenster hochgefahren und eine Miene aufgesetzt, als hätte er im Wald einem offiziellen Auftrag zu erledigen. Glücklicherweise war er niemandem zweimal begegnet. Das hätte bestimmt Misstrauen hervorgerufen.

Leonie blieb verschwunden. Doch er hatte im Radio gehört, dass nach wie vor nach ihnen beiden gefahndet wurde. Also irrte auch sie noch herum. Wo steckte sie bloß? Warum war sie überhaupt weggelaufen? Eine eiserne Klammer legte sich um seine Brust, raubte ihm die Luft zum Atmen. Leonie! Bitte, komm zurück! Ich werde dich nicht mehr anschreien, ich verspreche es!

Olaf schloss für einen Moment die brennenden Augen. Er musste seine Tochter finden. Ihnen stand eine eisige Nacht bevor. Wenn Leonie sie im Freien verbrachte, wäre das ihr sicherer Tod. Nicht dass das noch etwas ausmachte. Er lachte bitter. Sie würde ohnehin sterben. Sie beide würden sehr bald sterben. Doch die Vorstellung, dass seine kleine Tochter irgendwo allein dort draußen im Dunklen hockte und vor Angst und Kälte zitterte, drückte ihm die Luft ab. Er keuchte, fuhr sich mit zitternden Fingern über die Stirn, die nass war vom kalten Schweiß. Er wollte bei ihr sein, wenn sie aus dem Leben schied, sie in seinen Armen halten und trösten. Genau so, wie er es geplant hatte. Deshalb hörte er nicht auf, sie zu suchen.

Aber zuerst musste er noch etwas erledigen. Olaf öffnete die Augen, holte tief Luft, atmete gegen den stechenden Schmerz in seiner Brust an. Es half, ein wenig zumindest. Er stieg aus und öffnete den Kofferraum. Die beiden Kartons hatte er vorgestern in aller Eile gepackt. War das wirklich erst zwei Tage her? Es kam ihm vor wie eine Ewigkeit. Wie in einem anderen Leben. Er hievte die Kartons aus dem Kofferraum und stellte sie nebeneinander auf den festgetretenen Boden der Lichtung. Er lauschte. Alles war still. Keine Spaziergänger mehr unterwegs. Er kannte die Gegend inzwischen gut. Das nächste Haus war über einen Kilometer entfernt. Die Autobahn noch ein Stück weiter. Der richtige Ort. Trotzdem war es möglich, dass jemand die Flammen oder den Rauch sah und die Feuerwehr alarmierte. Er musste auf der Hut sein und dafür sorgen, dass alles sofort Feuer fing. Wenn die Kartons erst einmal vernichtet waren, war die letzte Brücke zur Vergangenheit abgebrochen. Dann war er frei.

Es dauerte länger, als er dachte, bis die Pappe Feuer fing. Er überlegte bereits, wie er etwas Benzin aus dem Tank saugen könnte, um das Feuer zu beschleunigen, als die ersten Flammen hochschossen. Sofort breitete sich eine lähmende Hitze aus. Olaf trat einen Schritt zurück. Das Feuer knisterte und zischte. Ein Funkenregen stob auf, ein Foto segelte vor seine Füße. Es zeigte Melanie und Leonie zwischen den Dünen am Strand von Dänemark. Ein Bild aus besseren Zeiten, als sie sich noch leisten konnten, in Urlaub zu fahren. Leonie war vielleicht zwei oder drei, sie hielt eine Sandschaufel in die Luft und lachte fröhlich in die Kamera. Sie sah aus wie ein normales Kind, nur ihr schmales Gesicht deutete darauf hin, dass sie gerade wieder eine langwierige Krankheit überstanden hatte.

Olaf schubste das Foto mit dem Fuß in die Flammen. Nein. Kein Bild aus besseren Zeiten. Die Wahrheit war, dass es nie bessere Zeiten gegeben hatte. Die Krankheiten hatten immer wie drohende Wolken über ihnen gehangen, erst Svenjas Krankheit und dann Leonies Krankheit. Leonies Krankheit, die in Wirklichkeit Melanies Krankheit gewesen war. Er suchte einen Stock und schob damit die glimmenden Überreste zusammen. Das Feuer war bereits im Begriff zu verlöschen. Die Erinnerungen vieler Jahre, zu Asche geworden in wenigen Minuten.

Hinter Olaf im Wald knackte es. Er hielt in der Bewegung inne und lauschte. Alles war still, doch er spürte, dass jemand da war. Es musste Leonie sein. Ein Lächeln huschte über seine Lippen. Sein Herz hämmerte wild, drohte, die eiserne Klammer um seine Brust zu sprengen. Jetzt wurde doch noch alles gut.

Er drehte sich um.

»Komm ans Feuer«, sagte er mit sanfter Stimme in die Dunkelheit. »Hier ist es schön warm.«

Einen Moment lang geschah nichts. Dann trat sie zwischen den Stämmen hervor. Sie sah aus wie ein Geist, dürr und bleich, ihr Gesicht schien sich in den verlöschenden Flammen zu immer neuen Fratzen zu verzerren.

»Ich habe Hunger«, sagte sie leise.

Er legte den Arm um ihren kalten mageren Körper. »Ich habe Kakao im Auto. Und Kekse. Wir machen es uns gemütlich.« Sanft strich er ihr über das Haar. »Eine Nacht noch, dann wird alles gut.«

Lydia fuhr erschrocken hoch. Schläfrig blinzelte sie ins Dämmerlicht. Draußen dunkelte es bereits wieder, Salomon saß nicht an seinem Platz. Sie musste eingenickt sein. Auf der Uhr an ihrem Rechner war es zwanzig nach vier. Lydia erhob sich. Etwas drang in ihr Bewusstsein, ein Geräusch, das sie geweckt hatte, ein Rascheln.

Ruckartig wandte sie sich um und blickte zur Tür. Auf dem Fußboden lag etwas Weißes. Verfluchter Mist! Augenblicklich war Lydia hellwach. Sie sprang auf und schnappte sich das Blatt. Wieder ein von Hand zurechtgeschnittener Ausdruck im DIN-A5-Format.

Ich warne dich, Lydia Louis. Dein Sturz wird tief sein.

Lydia schüttelte ungläubig den Kopf. Was für ein melodramatischer Blödsinn. Gerade wollte sie das Blatt in Fetzen reißen, als Salomon hereinkam.

Er stockte, als er sie sah. »Was ist passiert?«

Wortlos reichte sie ihm das Blatt.

Er las und schüttelte den Kopf. »Was ist denn das für ein Schwachsinn? Woher hast du das?«

»Hat irgendwer unter der Tür durchgeschoben. Das ist Botschaft Nummer zwei. Am Sonntag habe ich schon eine gefunden: *Hochmut kommt vor dem Fall.*«

»Ach, deshalb hast du mich danach gefragt.« Er drehte das Blatt um, als wäre auf der Rückseite des Rätsels Lösung zu finden. »Hast du eine Ahnung, von wem das sein könnte?«

Sie zuckte mit den Schultern. »Mir fällt nur Hackmann ein. Aber eigentlich passt das nicht zu ihm, oder?«

»Ich weiß nicht«, sagte Salomon nachdenklich. »Der Kerl ist unberechenbar. Willst du der Sache auf den Grund gehen?«

Lydia winkte ab. »Nein. Ich habe vor, diesen Mist zu ignorieren.«

Salomon gab ihr den Zettel zurück. »Es gibt doch nichts … ich meine, es kann doch niemand etwas gegen dich in der Hand haben, oder?«

»Wie meinst du das?«, fauchte sie ihn an.

Er hob die Hände. »Sorry, ich wollte dir nichts unterstellen, ich wollte nur wissen, ob diese Person dir Schaden zufügen könnte, ob wir besser etwas unternehmen sollten.«

»Etwas unternehmen? Wir?«, fragte Lydia mit schneidender Stimme. Dieser Idiot wollte sich doch wohl nicht als ihr Retter aufspielen! Den edlen Ritter konnte er bei seiner Sonja raushängen lassen, die brauchte seine Hilfe vielleicht. Wie gut, dass sie ihm nicht auch von der Flasche erzählt hatte! »Keine Sorge, du musst nichts unternehmen. Und ich ebenfalls nicht.« Sie zerriss das Blatt und ließ die Schnipsel in den Papierkorb regnen.

Er zog die Augenbrauen hoch. »Dann ist ja alles bestens.«

»Leider kann man das nicht über unseren Fall sagen.«

Salomon nickte. »Uns fehlt ein entscheidendes Puzzleteil.«

»Ich glaube eher, dass das Teil vor unserer Nase liegt und wir es nicht sehen.« Lydia machte eine vage Handbewegung, die sämtliche Papierstapel auf ihrem Schreibtisch einschloss.

»Dann sollten wir es finden, bevor noch etwas geschieht. Ich habe das Gefühl, dass sich etwas Schreckliches zusammenbraut.«

23

Klaus Halverstett erreichte den Treppenabsatz und warf einen Blick auf seine Armbanduhr. Er musste nur noch schnell seinen Mantel aus dem Büro holen. Gerade heute wollte er sich nicht verspäten. Veronika erwartete ihn im Foyer des Schauspielhauses. Sie hatte die Karten besorgt, Ibsens *Wildente*, ausgerechnet. Ein Stück über Lebenslügen. Ob sie damit auf etwas hinweisen wollte oder ob es Zufall war, darüber mochte Halverstett lieber nicht nachdenken. Jedenfalls hatte er Veronika gesagt, dass er die Bedingung nicht weiter aufrechterhalten könne, dass Maren eine Freundin sei, die zu seinem Leben gehöre. Dass er sie bereits wieder getroffen hatte, hatte er verschwiegen.

Veronika hatte ihn so lange wortlos angesehen, dass er

das seltsame Gefühl bekam, in einer Zeitschleife festzusitzen. Als sie endlich sprach, waren ihre Worte nicht weniger befremdlich gewesen als ihr Schweigen. »Gehst du morgen mit mir ins Theater? Ich habe Karten besorgt.«

»Ja, gern«, hatte Halverstett gestammelt.

Danach hatte sie das Thema gewechselt. Halverstett traute dem Braten noch nicht. Er war sicher, dass er nicht so glimpflich davonkommen würde. Veronika war nicht die Frau, die einen solchen Affront ohne ein Wort hinnahm. Und ein Affront musste es in ihren Augen sein. Dass er Maren nicht mehr traf, war ihre einzige Bedingung für einen Neuanfang gewesen. Und er hatte sich darüber hinweggesetzt.

Halverstett betrat den Korridor und wäre beinahe mit Thomas Hackmann zusammengestoßen, der im letzten Augenblick auswich, dabei aber eine Akte und einen Ring mit zwei Schlüsseln fallen ließ.

Rasch bückte Halverstett sich und half beim Aufsammeln der Blätter, die aus der Akte herausgerutscht waren.

»Wie sieht es mit eurem Fall aus?«, fragte er. »Habt ihr das Rätsel um die Doppelgängerin schon gelöst?«

»Leider noch nicht«, murmelte Hackmann. »Die ist nämlich spurlos verschwunden.«

»Ja, habe ich gehört.« Halverstett stand auf. »Eine seltsame Geschichte.«

»Kann man wohl sagen.« Hackmann raffte seine Unterlagen zusammen, ließ den Schlüsselring in seine Hosentasche gleiten und verschwand in seinem Büro.

Halverstett sah ihm hinterher. Hackmann war ein komischer Typ, mit dem er nie richtig warm geworden war. Für gewöhnlich hatte er eine große Klappe und spielte sich auf. Jetzt gerade hatte er jedoch eher den Eindruck gemacht, als hätte er etwas ausgefressen und Angst, dabei erwischt zu werden.

Halverstett wandte sich ab und ging auf sein Büro zu. Vermutlich war Hackmann einfach abgekämpft wie alle Mitglieder der »Moko Toni«; ein solcher Fall ging an niemandem spurlos vorüber. Halverstett griff nach der Klinke und stockte kurz, als er von drinnen Stimmen hörte. Er trat ein. Neben seiner Kollegin Rita stand eine junge Frau mit strubbeligem schwarzem Haar und moosgrünen Augen. Ihr Gesicht verzog sich zu einem breiten Lächeln, als sie Halverstett sah.

»Du musst Klaus sein, Ritas Kollege.« Sie streckte ihm die Hand entgegen.

Verwirrt erwiderte er den Gruß.

»Es ist doch in Ordnung, wenn ich Klaus zu dir sage, oder?«

Halverstett sah hilflos zu Rita, die über das ganze Gesicht strahlte.

»Ritas Freunde sind auch meine Freunde«, murmelte er.

»Das ist schön.« Sie hakte sich bei Rita unter, die schon Jacke und Mütze trug, ein rosafarbenes, plüschiges Etwas, das ihr Gesicht winzig erscheinen ließ. »Und du hast doch sicher nichts dagegen, wenn ich Rita jetzt entführe? Wir haben nämlich noch etwas vor.« Sie zwinkerte in Ritas Richtung, der die Röte ins Gesicht schoss.

»Geht nur«, sagte er. »Ich bin auch im Aufbruch.«

»Ich schreibe den Bericht morgen zu Ende«, sagte Rita und sah ihn fragend an. »Ist das okay?«

Er nickte. »Klar.«

»Dann mal los.« Die Unbekannte zog Rita zur Tür, blieb aber noch einmal stehen. »Es freut mich, dass wir uns endlich persönlich kennengelernt haben, Klaus. Ich habe schon so viel von dir gehört. Rita ist total glücklich, dass sie mit dir zusammenarbeitet.«

»Das höre ich gern.« Wieder huschte Halverstetts Blick verwundert zu Rita. »Allerdings hatte ich leider noch nicht das Vergnügen, viel über dich zu hören. Ich kenne nicht einmal deinen Namen.«

Die Frau lachte auf und schüttelte ihren schwarzen Wuschelkopf. »Wie unhöflich von mir. Ich bin Raffaela.« Sie verdrehte die Augen. »Meine Mutter hatte eine romantische Ader. Na ja, es hätte mich auch noch schlimmer treffen können.« Sie zwinkerte. »Sie können mich Rafi nennen.«

Halverstett klappte die Kinnlade herunter. Rafi. Der geheimnisvolle Liebhaber, der Ritas Leben auf den Kopf gestellt hatte. Rafi – eine Frau.

»Oh, hallo, Rafi«, stammelte er.

»Hallo.« Sie grinste. Dann zog sie Rita auf den Flur.

Die Tür fiel zu. Halverstett blieb allein zurück und versuchte zu begreifen. Er hätte schwören können, dass Rita das Wort »er« benutzt hatte, wenn sie von Rafi sprach. Oder hatte er sich das nur eingebildet? Hatte er automatisch die falschen Schlüsse gezogen? War das typisch für sein Geschlecht, selbstredend davon auszugehen, dass ein Mann dahinterstecken musste, wenn eine Frau verliebt war?

Lydia unterdrückte ein Gähnen. Seit Stunden wälzten sie nun Akten, ohne dass sie neue Erkenntnisse gewonnen hatten. Es fehlten die entscheidenden Informationen, vor allem das Ergebnis der DNA-Untersuchungen. Eben hatte sie noch einmal beim LKA angerufen und klargemacht, wie dringend der Fall war, doch es hatte nichts genützt.

»Wir haben Dutzende dringende Fälle hier liegen«, sagte der Beamte. »Sie sind leider nicht die Einzigen, die auf ein Ergebnis warten.«

»Und ist bei denen auch ein Kind verschwunden?«, fragte Lydia ärgerlich.

»Als die Spurenträger hier ankamen, war noch nicht von einem vermissten Kind die Rede«, entgegnete der Mann.

»Aber jetzt.«

»Morgen früh.«

Genervt hatte sie aufgelegt. Wenn sie wenigstens bei der Fahndung Erfolg hätten! Doch auch da herrschte Funkstille. Es war, als hätten Leonie und Olaf Schwarzbach sich in Luft aufgelöst.

»Fuck«, murmelte Salomon.

»Was ist los?«

»Fuck! Fuck!«

»Hey, Salomon, sprich mit mir! Hast du was?«

Er sah auf. »Nur eine Idee.«

Sie legte den Kopf schief. »Und?«

Er hob ein Blatt Papier hoch. »Kennst du das doppelte Lottchen?«

»Das Buch?« Lydia starrte ihn an. Eigentlich war Erik Schmiedel derjenige, der seine kriminalistische Inspiration aus literarischen Texten bezog.

»Ja. Kennst du die Geschichte?«

»Nein. Du etwa? Ist das nicht ein Mädchenbuch? Sag bloß, du hast es gelesen?«

»Das ist doch wohl egal, woher ich die Geschichte kenne, oder?« Er klang verletzt.

»Natürlich«, sagte sie schnell. »Was wolltest du sagen?«

»In dem Buch geht es um Zwillingsschwestern, die nichts voneinander wissen. Die eine lebt beim Vater, die andere bei der Mutter. Sie treffen sich zufällig und beschließen, die Rollen zu tauschen.«

»Verdammt, ja!«, rief Lydia. »Das ist es!«

Salomon wedelte mit dem Blatt. »Der Grundriss, den wir in Tonis Papierkorb gefunden haben. Ich wette, der war für Leonie. Toni konnte sie ja nicht mit nach Hause bringen und ihr alles zeigen. Es durfte sie niemand zusammen sehen. Dass sie sich begegnet waren, sollte ihr Geheimnis bleiben. Also hat sie alles aufgezeichnet.«

»Ja, natürlich, das würde eine Reihe von Ungereimtheiten wie die verletzten Finger erklären. Das war dann nämlich nur eine Ausrede, weil Leonie nicht Geige spielen kann.«

»Eben.«

»Und als Nicole Bruckmann gesehen hat, wie ihre Tochter Salz schlucken wollte, da hat sie Leonie, nicht Toni, erwischt. Vielleicht hat Leonie versucht, sich die Aufmerksamkeit von Nicole Bruckmann mit den gleichen Mitteln zu sichern wie die ihrer eigenen Mutter. Vielleicht konnte sie diese Gewohnheit nicht so einfach ablegen.«

»Das tote Mädchen hatte eine gereizte Magenschleimhaut«, sagte Salomon nachdenklich.

Lydia nickte. »Was dafür sprechen würde, dass es Leonie ist.«

»Genau. Wir müssen Maren Lahnstein morgen früh gleich als Erstes nach der Narbe fragen.« Salomon verzog das Gesicht. »Nora hat bestimmt von dem Tausch gewusst. Was bedeutet, dass sie uns noch immer nicht die ganze Wahrheit erzählt hat.«

»Aber warum?«

»Ich weiß nicht.«

Lydia dachte nach. »Was, wenn sie dabei war? Wenn sie weiß, dass Toni das andere Mädchen in den Tod gestoßen hat? Wenn sie ihre Freundin schützen will?«

»Und dafür muss Toni für alle Zeiten als Leonie bei der Familie Schwarzbach bleiben?«

»Die Mädchen sind zehn Jahre alt. Sie haben das bestimmt nicht zu Ende gedacht.«

»Ja, du hast recht. Es wäre möglich.« Salomon runzelte die Stirn. »Also schützt Nora die tatsächliche Toni und Olaf die vermeintliche Leonie.«

Lydia lehnte sich zurück. »Das ist vollkommen absurd, aber absolut möglich.«

»Bis wir eine sichere Identifizierung haben, bleibt uns wohl nichts anderes übrig, als noch einmal mit Nora zu sprechen. Sie weiß, ob Leonie und Toni beide zur Tatzeit im Haus waren. Selbst wenn sie gegangen ist, bevor es passierte.«

»Ich bin mir sicher, dass sie dabei war. Dass sie die Tat beobachtet hat.«

»Warum auf einmal?«, fragte Salomon.

»Denk an das Bild, das sie gemalt hat. Das blonde Mädchen mit dem schiefen Hals. Sie hat die Tote gesehen! Außerdem hat sie nicht ein einziges Mal versucht herauszufinden, ob das Opfer wirklich Toni ist. Dafür kann es nur einen Grund geben: Sie wusste, dass es nicht Toni war. Nur so lässt sich erklären, dass sie uns nicht die Wahrheit gesagt hat. Sie will ihre Freundin decken.«

Salomon griff nach dem Telefon. »Dann wollen wir doch mal hören, was sie dazu zu sagen hat.«

Lydia stand auf. »Nicht am Telefon. Ich möchte ihr Gesicht sehen.«

Klaus Halverstett nippte an seinem Prosecco. Eigentlich mochte er dieses Zeug nicht, aber was tat man nicht alles um des lieben Friedens willen! Veronika trug ein hautenges schwarzes Kleid, das ihr ausgesprochen gut stand, trotzdem gefiel sie ihm nicht darin. Es betonte ihre Magerkeit. Sie wirkte hart und knochig. Er schämte sich für seine abfälligen Gedanken, wandte sich ab und ließ seinen Blick durch das Foyer des Schauspielhauses schweifen.

»Wir sind viel zu selten hier«, bemerkte er, nur um etwas zu sagen.

»*Du* bist zu selten hier, mein Lieber«, konterte Veronika. »Ich gehe recht oft ins Theater.« Sie musterte ihn abschätzend von oben bis unten, und Halverstett ahnte, dass ihr Urteil nicht besser ausfiel als das seine. Im Gegenteil, vermutlich ließ sie kein gutes Haar an ihm. Er hatte nicht die Zeit gehabt, sich umzuziehen, hatte es auch nicht für nötig befunden. Ein Irrtum, wie er nun feststellen musste. Neben ihrer eleganten Erscheinung wirkte er vermutlich wie ein Trampel.

Halverstett trank seinen Prosecco in einem Zug aus und erntet einen missbilligenden Blick.

»Sollen wir hochgehen?«, fragte er.

»Wir haben noch jede Menge Zeit.« Ihre Augen schweiften suchend umher, Veronika musterte die übrigen Theaterbesucher, die in kleinen Grüppchen zusammenstanden, so als halte sie nach jemandem Ausschau.

Plötzlich glitt ein Lächeln über ihr Gesicht. Halverstett drehte erstaunt den Kopf, um herauszufinden, was diesen Stimmungswandel bei seiner Frau ausgelöst hatte. Zunächst fiel ihm nichts auf, doch dann entdeckte er einen Mann, der sich aus der Menge schälte und auf sie zukam.

Er war etwa in Halverstetts Alter, doch das war so ziemlich das Einzige, was er mit ihm gemeinsam hatte. Er war schlank, sein volles Haar schimmerte silbrig elegant, sein Anzug sah unverschämt teuer aus und saß perfekt. Das Glas Prosecco hielt er mit einer solch lässigen Selbstverständlichkeit, als sei er damit geboren.

»Meine liebe Veronika«, säuselte er, als er zu ihnen trat. »Wie schön, dich zu sehen.« Er hauchte ihr einen Kuss auf die Wange.

»Ganz meinerseits, Richard.« Veronika drehte sich zu Halverstett um. »Darf ich vorstellen, Richard Weidenrath, ein leidenschaftlicher Kunstliebhaber. Richard, das ist mein Mann Klaus.«

»Nicht einfach nur ein Kunstliebhaber«, verbesserte Weidenrath und reichte Halverstett die Hand, ohne seinen Blick von Veronika abzuwenden. »Sondern Liebhaber einer ganz besonderen Künstlerin.« Er lächelte anzüglich, Veronika errötete.

Halverstett schwirrte der Kopf.

»Angenehm«, murmelte er und blickte hilflos von Weidenrath zu Veronika. Was sollte das alles? Wollte dieser eitle Pfau ihn provozieren? War er Veronikas Geliebter? Ein Anhänger ihrer Malkunst? Oder beides? War das Veronikas Art, ihm mitzuteilen, dass sie ein Verhältnis hatte?

Das Klingeln riss ihn aus seiner Erstarrung.

»Wollen wir?«, fragte Weidenrath und bot Veronika seinen Arm.

Halverstett fehlten die Worte. Ein Zufall war dieses Treffen jedenfalls nicht. Im Foyer des Schauspielhauses, was wollte seine Frau damit bezwecken? Den größtmöglichen dramatischen Effekt?

Veronika und ihr Begleiter waren bereits ein paar Schritte vorausgegangen, jetzt drehte sie sich noch einmal um. »Was ist, Klaus? Worauf wartest du?«

»Sei mir nicht böse«, erwiderte Halverstett betont ruhig. »Aber mir ist heute nicht nach Theater. Du bist ja in guten Händen und kommst sicherlich auch ohne mich klar.«

Einen Augenblick lang musterte sie ihn schweigend. »Ganz wie du meinst«, sagte sie schließlich und wandte sich ab.

Halverstett knallte sein Glas auf den nächstbesten Stehtisch und stürmte nach draußen.

Kerstin Diercke leistete keinen Widerstand, als Lydia und Salomon ein weiteres Mal vor der Tür standen. »Gibt es Neuigkeiten? Haben Sie diese Leonie gefunden?«

»Noch nicht«, antwortete Lydia knapp. »Wir müssen noch einmal mit Ihrer Tochter sprechen.«

»Ich verstehe.«

»Wie geht es Nora?«, fragte Salomon, während Kerstin Diercke durch den Flur voranging.

»Ein wenig besser«, antwortete die Frau. »Ich schätze, es hat ihr geholfen, sich dieses Geheimnis von der Seele zu reden.«

»Leider müssen wir davon ausgehen, dass das noch immer nicht die volle Wahrheit war«, sagte Lydia.

Kerstin Diercke hielt in der Bewegung inne, klopfte dann jedoch an die Zimmertür. »Nora, Liebes, die beiden Kommissare sind noch einmal gekommen.«

Von drinnen kam keine Antwort. Kerstin Diercke öffnete die Tür. Nora saß im Bett, Kopfhörer auf den Ohren, ein MP3-Player lag auf der Bettdecke. Ihr Gesicht war nicht mehr fiebrig rot, doch ihre Augen lagen tief in den Höhlen. Sie ignorierte ihren Besuch, bis ihre Mutter das Gerät an sich nahm und ausschaltete.

»Ich habe alles gesagt«, murmelte sie und verschränkte die Arme.

»Kennst du das doppelte Lottchen?«, fragte Salomon ohne Einleitung.

Sie starrte ihn an, dann nickte sie langsam.

»Toni und Leonie haben es genauso gemacht wie die Zwillinge in dem Buch, stimmt's? Sie haben die Rollen getauscht. Leonie ist als Toni zu den Bruckmanns gegangen, und Toni als Leonie zu den Schwarzbachs. Wann war das?«

Nora sah ihn nicht an, als sie antwortete. »Vor zwei Wochen ungefähr.«

»Und dann?«

Sie zuckte mit den Schultern. »Nichts. Keiner hat was gemerkt.«

»Nicht einmal Tonis Eltern?«

»Nee, die doch nicht. Die sind eh nur mit sich selbst beschäftigt. Solange Toni ihre Hausaufgaben macht und pünktlich heimkommt, merken die nicht einmal, dass es sie gibt.«

Lydia schluckte und warf Salomon einen raschen Blick zu. Diese Einschätzung war neu. Sie entsprach nicht dem Bild, das sie bisher von den Bruckmanns gewonnen hatten. Zudem hatte Nora in der Gegenwart von Toni gesprochen. Das konnte allerdings auch bedeuten, dass sie den Tod ihrer Freundin noch nicht verinnerlicht hatte.

»Aber Leonie kann nicht Geige spielen«, warf Salomon ein.

»Sie hat so getan, als hätte sie sich die Finger geklemmt.«

»Wie lange sollte diese Verwechslungskomödie dauern?«

»Eigentlich nur einen Tag.« Nora zögerte. »Aber dann hat Leonie vorgeschlagen, eine ganze Woche weiterzumachen. Toni wollte erst nicht, ich glaube, bei Leonies Familie war es nicht so toll, sie wollte nicht mehr dorthin zurück. Leonie hat sie überredet.«

»Überredet oder erpresst?«, fragte Lydia.

Nora fummelte an dem MP3-Player herum, den ihre Mutter ihr wieder ausgehändigt hatte. »Sie hat gesagt, dass sie sonst das mit dem Klauen erzählt.«

»Also haben die beiden die Vertauschung verlängert?«

Nora nickte. »Eine Woche. Toni war echt froh, als sie endlich zu Hause war. Sie hat gesagt, dass sie das nie wieder machen will.«

Langsam bekam Lydia eine Vorstellung davon, was am vergangenen Dienstag geschehen sein musste. Sie ertappte sich bei dem Wunsch, Walter Palmerson wäre der Täter gewesen.

»Aber Leonie wollte mehr«, sagte sie mit belegter Stimme.

Nora nickte wieder, sagte jedoch nichts.

»Wer war am letzten Dienstag bei dir, Nora?«, fragte Salomon. »War es wirklich Toni?«

Lydia hörte, wie Kerstin Diercke neben ihr einen erschrockenen Laut von sich gab. Auch sie schien langsam das ganze Ausmaß der Tragödie zu begreifen.

Nora antwortete nicht.

»Nora!«, sagte Salomon nachdrücklich. »Wir müssen das wissen. Es ist sehr wichtig. Wen hast du letzte Woche Dienstag nach Hause begleitet, Toni oder Leonie?«

»Toni. Ehrlich!«

»Und was ist geschehen, als ihr im Haus der Bruckmanns angekommen seid?«

Nora biss sich auf die Lippe, Tränen liefen über ihre Wangen. »Leonie war da.«

Lydia fiel etwas ein. »War sie es, die kurz vorher hier angerufen hat?«

Nora nickte. »Sie hat gesagt, dass sie für einen ganzen Monat tauschen will. Sie hat uns gedroht, angeblich hatte sie Fotos von uns gemacht, als wir geklaut haben. Toni hatte Angst. Sie hat geweint.«

»Was geschah dann?«, fragte Salomon.

Nora zuckte mit den Schultern. »Ich weiß nicht. Ich bin nach Hause gegangen.«

»Du bist einfach fortgegangen und hast Toni mit dieser Erpresserin allein gelassen?«, fragte Lydia. »Das glaube ich nicht, Nora. Toni war deine Freundin. Du hättest sie nicht einfach so im Stich gelassen!«

»Ich wollte ja dableiben. Aber Toni hat mich weggeschickt. Sie wollte das allein regeln. Ich konnte doch nicht wissen, dass …«

Kerstin Diercke drängte sich zwischen ihnen durch und nahm ihre Tochter in den Arm. »Es ist nicht deine Schuld, Liebes. Du hast nichts falsch gemacht.« Sie drehte sich zu Lydia und Salomon um. »Ich denke, es wäre besser, wenn Sie jetzt gehen.«

»Wir sind noch nicht ganz fertig«, sagte Lydia. Sie wollte sich nicht noch einmal mit halben Wahrheiten abspeisen lassen. »Nora, ich glaube nicht, dass du gegangen bist. Du hast deine Freundin nicht allein gelassen. Aber du konntest ihr nicht helfen. Ist es nicht so? Du hast mitbekommen, was passiert ist. Du konntest es nicht verhindern. Es ging alles viel zu schnell. Es war ein Unfall. Toni und Leonie haben sich gestritten, und noch ehe du eingreifen konntest, ist eine von beiden die Treppe hinuntergestürzt. Genau so war es, nicht wahr, Nora?«

Nora senkte den Kopf.

»Stimmt das, Nora?«, fragte Kerstin Diercke mit kaum hörbarer Stimme. »Warst du dabei? Hast du gesehen, wie es passiert ist?«

»Nein!« Nora ballte die Fäuste und starrte ihre Mutter wütend an. »Nein, nein! Ich war schon weg! Ich habe nichts gesehen!« Sie schlug die Hände vor das Gesicht und schluchzte.

Lydia sah Chris an, der mit den Schultern zuckte.

»Wir sollten gehen«, sagte er.

»Warum sagt sie nicht die Wahrheit?«, zischte Lydia. Wut stieg in ihr auf, dieses Mädchen führte sie schon die ganze Zeit an der Nase herum.

»Weil sie ihre Freundin beschützen möchte.« Salomon berührte sie am Arm. »Komm«, raunte er ihr zu. »Wir versuchen es morgen noch mal.«

Widerstrebend verließ sie mit Salomon die Wohnung.

»Wir haben doch jetzt eine ganz gute Vorstellung davon, was geschehen ist«, sagte er, als sie am Wagen waren. »Das sollte fürs Erste genügen.«

»Bist du dir sicher? Bisher hat sich fast alles, was Nora uns erzählt hat, als Lüge entpuppt.«

»Ich glaube auch, dass sie die Tat gesehen hat«, räumte Salomon ein. »Doch das ändert nichts mehr an den Fakten: Das eine Mädchen hat das andere im Streit die Treppe hinuntergestoßen. Vermutlich ist das Opfer Leonie Schwarzbach und nicht Antonia Bruckmann. Darauf weisen die Magenschleimhaut und die fehlende Narbe hin.«

»Was wir noch überprüfen müssen.«

»Ich weiß.« Salomon seufzte.

»Lass uns fahren.«

Sie stiegen ein.

Salomon lehnte sich zurück und schloss die Augen. »Ich sage das nur selten, aber jetzt könnte ich wirklich einen Drink gebrauchen.«

Lydia zuckte zusammen. Unvermittelt musste sie an die Flasche in ihrem Schreibtisch denken. Eigentlich hatte sie ihm nichts davon sagen wollen, aber jetzt war es ihr egal. »Ich muss dir was zeigen, Salomon.«

Er öffnete die Augen und sah sie an. »Was?«

»Lass dich überraschen.«

Die Festung wirkte wie ausgestorben, von irgendwoher wehte ein schwacher Duft nach Tannenzweigen und Kerzenwachs, wohl die Hinterlassenschaft einer Weihnachtsfeier. Im Korridor des KK 11 war es stockduster.

Lydia schloss das Büro auf, ging zu ihrem Schreibtisch und zog die untere Schublade auf. »Das hat irgendwer hier reingelegt. Nicht du, nehme ich an?«

Salomon schaltete das Licht ein und beugte sich über die Schublade. Als er die Flasche sah, stieß er einen Pfiff aus. »Hast du einen Verdacht, wer das getan haben könnte?«

»Den gleichen wie du.«

»Hackmann.« Er sah sie an. »Dann sind die Zettel mit den Drohungen und die Flasche von ihm?«

»Ich weiß nicht«, erwiderte Lydia zögernd. »Irgendwie passt das nicht, oder? Andererseits wüsste ich nicht, wer sonst dafür infrage käme.«

Salomon runzelte die Stirn. »Die Zettel sind albern und letztendlich harmlos, aber das hier ist echt fies. Das könnte dir einen Höllenärger einbringen.«

»Allerdings.«

Salomon hockte sich vor die Schublade. »Hast du sie schon angefasst?«

»Fingerabdrücke?«

»Könnte doch sein.«

Lydia verzog das Gesicht. »Hackmann ist ein Arschloch, aber er ist nicht dumm.«

»Vermutlich hast du recht.« Salomon erhob sich wieder. »Was hast du jetzt vor?«

»Das Beweisstück vernichten. Hilfst du mir dabei?«

»Vernichten?« Salomon blinzelte irritiert.

»Ich dachte, du könntest einen Drink gebrauchen?«

Er grinste. »Ich bin dabei. Allerdings würde ich eine nettere Umgebung vorziehen.«

»Wie du weißt, wohne ich ganz in der Nähe. Wenn du magst …« Sie brach ab. Hoffentlich missverstand er ihr Angebot nicht. Das Letzte, was sie wollte, war eine Neuauflage von Freitagabend.

Einen Augenblick lang sah er sie schweigend an, dann nickte er wortlos und nahm die Flasche aus der Schublade. »Auf geht's.«

Zehn Minuten später schloss Lydia die Wohnungstür auf. Sie holte zwei Gläser aus der Küche, ließ Salomon einschenken und legte eine Platte auf. Dann setzte sie sich im Schneidersitz auf das Sofa. Salomon ließ sich neben ihr nieder. Eine Weile lauschten sie schweigend der Musik.

»Sonja möchte, dass ich mit ihr und ihrer Familie Weihnachten verbringe«, sagte Salomon unvermittelt. »Aber ich glaube, das würde ich nicht durchstehen.«

Lydia nippte an ihrem Glas. »Köster möchte, dass ich mit ihm und seinem Hund Heiligabend Lasagne esse, und das stehe ich keinesfalls durch.«

»Köster? Echt?« Salomon blickte sie überrascht an. »Ich wusste gar nicht, dass ihr euch so nahesteht.«

Lydia schnitt eine Grimasse. »Ich auch nicht.«

Er schaute in sein leeres Glas. »Erwartet dich an Weihnachten nicht deine Familie?«

»Mit meiner Mutter habe ich seit Jahren nicht gesprochen«, sagte Lydia. »Sonst gibt es niemanden. Und das ist mir ganz recht so.« Sie erschrak über ihre Offenheit. Nicht einmal Köster gegenüber hatte sie je ihre Mutter erwähnt. Vielleicht lag es am Whisky, von dem Salomon gerade nachschenkte, vielleicht an dem nervenaufreibenden Fall oder an der kitschigen Weihnachtsbeleuchtung auf der gegenüberliegenden Straßenseite, die bis in ihr Wohnzimmer blinkte.

»Ich hätte einen Vorschlag.« Salomon nahm einen großen Schluck, Lydia hatte das ungute Gefühl, dass er sich Mut antrank. »Wenn ich mich gegen einen Heile-Welt-Abend im Kreis von Sonjas Familie entscheide und du keine Lust auf Kösters Lasagne hast, könnten wir ja gemeinsam mit unserem Freund Johnnie« – er tippte auf die halbleere Flasche – »und ein paar Filmen die Zeit totschlagen.«

»Hm.« Lydia setzte das Glas an die Lippen, um nicht sofort antworten zu müssen. Sie war sich nicht sicher, was sie von Salomons Vorschlag halten sollte. Vor allem begriff sie nicht recht, was er sich dabei dachte. Sollte sie als Vorwand herhalten, sodass er der familiären Enge mit Sonja entfliehen konnte? Oder stellte sie eine nette Abwechslung dar? Träumte er am Ende sogar davon, gleichzeitig mit ihr und Sonja eine Beziehung zu haben?

Salomon beugte sich vor und stellte sein Glas etwas zu abrupt auf dem Fußboden ab. »War nur so eine Idee. Vermutlich ist sie ziemlich blöd«, sagte er. »Ich sollte langsam aufbrechen.«

Lydia presste die Lippen zusammen. Wenn er jetzt ging, würde die Unruhe wieder über sie hereinbrechen und sie hinaustreiben in die Kälte, in fremde Arme, in denen sie Vergessen suchte. »Du kannst gern auf dem Sofa schlafen. Und über deine Idee denke ich nach. Wie ist denn deine Lasagne?«

Er sah sie an und grinste. »Hervorragend. Ich brauche nur eine Nummer in mein Handy tippen, und eine halbe Stunde später steht sie vor der Tür.«

»Das dachte ich mir«, sagte Lydia mit einem Lächeln. »Wenn du schon nicht kochen kannst, dann sorg wenigstens dafür, dass ich nicht verdurste.« Sie hielt ihm das Glas hin.

»Gern.« Er schenkte nach.

»Zumindest etwas, wozu du zu gebrauchen bist, Salomon.«

»Es freut mich, wenn ich zu Diensten sein kann, Louis.«

24

Donnerstag, 13. Dezember

Es schneite seit den frühen Morgenstunden. Inzwischen hatte sich eine dünne weiße Decke über die Stadt gelegt wie ein eisiges Leichentuch. Chris sah zu, wie Lydia sich den Schnee vom Parka klopfte, während der Paternoster in den zweiten Stock ruckelte. Er hatte tatsächlich die Nacht auf ihrem Sofa verbracht und wider Erwarten tief und fest geschlafen. Während er Lydia durch die Glastür in den Trakt des KK 11 folgte, ertappte er sich dabei, wie er sie zum wiederholten Mal mit Sonja verglich. Es war ihm ein Rätsel, wie er zwei so unterschiedliche Frauen auf so unterschiedliche Weise anziehend finden konnte. Gestern Abend hatte er mehr als einmal an den letzten Freitag denken müssen, und die Erinnerung hatte ihn zu seiner Überraschung erregt. Glücklicherweise hatte Lydia offenbar nichts von seinem Gefühlschaos mitbekommen. Jedenfalls hatte er beim Aufwachen spontan beschlossen, Sonjas Einladung anzunehmen. Es war an der Zeit aufzuhören, vor sich selbst davonzulaufen.

Als sie im Büro ankamen, schaltete Lydia den Rechner ein und sah auf die Uhr. »Es sind noch zwanzig Minuten bis zur Besprechung, könntest du bitte nachfragen, ob es von der Fahndung etwas Neues gibt? Ich mache dem LKA noch mal Beine. Und dann rufe ich die Lahnstein wegen der Narbe an.«

Chris hängte seine Jacke auf. »Geht klar.«

Eine Viertelstunde später nahm Chris seine Notizen und folgte Lydia auf den Korridor. Im Besprechungsraum herrschte verschlafene Stille. Wirtz blätterte in einer Akte, Schmiedel tippte eine SMS in sein Handy, und Meier verteilte gähnend Kaffeebecher. Köster und Hackmann starrten mit ausdruckslosem Gesicht vor sich hin. Lediglich Ruth Wiechert zappelte voller Tatendrang auf ihrem Stuhl herum.

»Was ist denn das für ein verschlafener Haufen?« Lydia knallte die Tür hinter sich zu und setzte sich.

»Dir auch einen schönen guten Morgen, Chefin«, erwiderte Schmiedel, ohne von seinem Handy aufzublicken.

Ruth Wiechert meldete sich. »Ich hätte da was. Soll ich anfangen?«

Chris nahm schnell einen Schluck Kaffee, um seinen Ärger herunterzuspülen. Diese Wiechert war eine Nervensäge. Und unsäglich naiv.

Lydia schien das nicht zu stören. Sie setzte sich und nickte ihr zu. »Gern. Schieß los.«

»Ich habe gestern Nachmittag mit Antonia Bruckmanns Kinderarzt aus Münster telefoniert. Er kannte das Mädchen von Geburt an und hat mir etwas sehr Bemerkenswertes erzählt. Sie war in den ersten Lebensmonaten sehr häufig krank. Und zwar so häufig, dass er den Verdacht hatte, es könne eine Immunschwäche vorliegen. Wie nannte er es?« Sie beugte sich über ein Blatt mit Notizen. »›Verdacht auf einen Immundefekt‹. Und – haltet euch fest – er hat sogar einen Aidstest machen lassen. Das Ergebnis war allerdings negativ. Trotzdem war er sicher, dass etwas nicht stimmt. Angeblich gibt es sehr viele Formen der Immunschwäche, sogar eine, die durch das Atomunglück in der Ukraine 1986 hervorgerufen wurde, das sogenannte Tschernobyl-Aids.«

»Davon habe ich ja noch nie gehört«, rief Meier dazwischen.

»Tja, solche Sachen werden leider zu gern totgeschwiegen«, antwortete Ruth Wiechert. »Das heißt aber nicht, dass sie nicht existieren. Es gibt Regionen in Weißrussland und der Ukraine, da findet in den Schulen kein Sportunterricht statt, weil die Kinder so geschwächt sind. Und das nach all den Jahren.«

»Das ist zwar sehr interessant«, unterbrach Lydia sie, »aber es hat nichts mit unserem Fall zu tun. Bleib bitte bei der Sache, Wiechert.«

»Klar.« Wiechert senkte den Kopf. »Jedenfalls ging es Antonia zunehmend besser und gegen Ende des ersten Lebensjahres schien sie ihre Anfälligkeit überwunden zu haben. Sie war zwar immer noch auffällig klein für ihr Alter, aber weitgehend gesund.«

»Vielleicht haben wir es mit dem Kind einer Drogenabhängigen zu tun«, sagte Schmiedel. »Irgendwoher muss dieser feine Klinikprofessor doch die Neugeborenen für seine Kunden bezogen haben.«

»Eine gute Idee«, sagte Chris. »Das würde erklären, warum sie so kränklich war. Und so klein.«

»Oder sie war tatsächlich ein Zwilling. Die sind auch oft kleiner als andere Babys«, ergänzte Köster.

»Das war sie auf jeden Fall«, sagte Lydia. »Eben habe ich nämlich vom LKA die Testergebnisse bekommen. Antonia Bruckmann und Leonie Schwarzbach sind Zwillinge. Und die Eltern sind nicht mit ihnen verwandt. Ich habe die Informationen gleich nach Wermelskirchen weitergeleitet. Während wir hier sitzen, wird diese dubiose Klinik auseinandergenommen. Allerdings fürchte ich, dass die längst alle Beweise vernichtet haben. Und außerdem hat das alles wohl nur indirekt mit unserem Fall zu tun. Nämlich insofern, als Antonia und Leonie sich eines Tages begegnet sind und diese Begegnung ein tragisches Ende nahm.«

»Weil die eine Schwester es besser angetroffen hatte und die andere deshalb neidisch war?«, fragte Reinhold Meier skeptisch.

»So was in der Art.«

»Und wer ist die Tote?«, bohrte Meier weiter.

»Das ist die Eine-Million-Euro-Frage«, bemerkte Schmiedel trocken.

»Das stimmt leider«, räumte Lydia zögernd ein. »Es gibt da nämlich ein Problem: Laut der Aussage des Vaters hat Antonia Bruckmann eine kleine Narbe am Unterarm. Maren Lahnstein hat keine solche Narbe in ihrem Bericht erwähnt. Doch der Leichnam hatte an der betreffenden Stelle ein großes Hämatom. Deshalb könnte sie sie übersehen haben.«

»Dann soll sie es eben noch mal überprüfen«, blaffte Hackmann ungeduldig.

»So weit war ich auch schon«, gab Lydia zurück. »Ich habe eben mit der Rechtsmedizin telefoniert. Die Leiche wurde bereits am vergangenen Freitag freigegeben. Heute ist die Beisetzung.«

»Scheiße.«

»Was machen wir denn jetzt?«, fragte Wiechert.

»Wir können keinesfalls bei der Beerdigung auflaufen«, sagte Köster bestimmt. »Das geht gar nicht. Lieber lassen wir den Leichnam gleich morgen wieder exhumieren. Hast du mal nachgefragt, Louis, wann genau sie beigesetzt wird? Vielleicht ist ja noch Zeit, eben in den Sarg zu schauen.«

Chris antwortete an Lydias Stelle. »Zu spät. Ich habe gerade noch im Beerdigungsinstitut angerufen, vor einer Stunde hat der Gottesdienst begonnen.«

»Dann ist sie vielleicht noch nicht unter der Erde«, sagte Meier.

»Du spinnst wohl«, zischte Wiechert.

»Wir müssen wissen, wer die Tote ist, das hat ja wohl Vorrang«, entgegnete Meier. »Sei nicht so zimperlich!«

»Ich bin nicht zimperlich!«, herrschte Wiechert ihn an. »Aber du bist ein herzloses Arschloch.«

»Zicke!«

»Stopp!«, fuhr Lydia dazwischen. »Thema beendet. Wir werden nicht in die Beerdigung platzen, aber ich habe veranlasst, dass das Grab nicht sofort zugeschüttet wird. Wir können uns den Leichnam im Laufe des Tages ansehen. Die Lahnstein wollte zudem die Fotos noch mal genau unter die Lupe nehmen, die sie von den Verletzungen gemacht hat.« Lydia wandte sich an Meier und Schmiedel. »Wie sieht es bei euch aus?«

»Die Fahndung nach Schwarzbach und seiner Tochter läuft, das wisst ihr ja«, sagte Meier. »Schwarzbachs Mutter lebt in Hamburg, ihr Haus wird observiert, das Telefon überwacht, bisher ohne Ergebnis. Seine Firma wird ebenfalls observiert, die Angestellten sind befragt worden, doch die wissen von nichts. Einem hat Schwarzbach wohl erzählt, dass er sich ein paar Tage freinimmt. Sonst nichts. Ein Ferienhaus oder etwas Ähnliches scheint es nicht zu geben.«

»Wäre ja auch zu schön gewesen«, sagte Wirtz.

»Und was ist mit dir, Hackmann? Irgendwas Neues?«

Hackmann zuckte mit den Schultern. Chris fiel auf, wie schweigsam er heute Morgen war.

»Wie man's nimmt«, antwortete er. »Melanie Schwarzbach hat vor Jahren schon einmal einen Suizidversuch unternommen, kurz nach dem Tod ihrer älteren Tochter. Nachdem Leonie geboren war, schien es ihr besser zu gehen. Ach ja, die Lahnstein hat noch was entdeckt.« Er zog ein Blatt hervor. »Die Frau hatte eine Entbindung, bei der es irgendwelche Komplikationen gegeben haben muss. Fragt mich nicht nach Details. Jedenfalls konnte sie nach dieser Entbindung nicht mehr schwanger werden.«

Meier schlug mit der Hand auf den Tisch. »Das muss bei der Geburt der ersten Tochter passiert sein. Deshalb war Leonie adoptiert.«

»Immerhin ein Rätsel gelöst«, seufzte Köster.

Lydia nickte zustimmend. »Und im Zusammenhang mit Melanie Schwarzbachs Tod? Gibt es weitere Hinweise darauf, dass es kein Suizid gewesen ist?«

Hackmann hob die Hände. »Weiterhin nichts Eindeutiges. Auf den Tablettenpackungen waren nur ihre Fingerabdrücke, und zwar so, wie man es erwarten würde, wenn sie die Tabletten selbst genommen hat.«

»Vielleicht bestand Schwarzbachs Tatbeteiligung darin, dass er nicht rechtzeitig Hilfe gerufen hat«, meinte Köster.

»Und das Fenster im Bad?«, warf Hackmann ein. »Wir haben Dezember, da vergisst man nicht, ein Fenster zu schließen.«

»Womöglich hat sie selbst versucht herauszuklettern«, sagte Schmiedel. »Sie hat es sich anders überlegt, konnte aber aus irgendeinem Grund die Tür nicht öffnen. Deswegen hat sie es mit dem Fenster versucht.«

Hackmann verschränkte die Arme. »Sie lag vor dem

Waschbecken. Das Fenster ist über der Badewanne. Das passt nicht.«

Lydia warf einen Blick in die Runde. »Sonst noch etwas?«

Wirtz räusperte sich. »Ich sollte doch überprüfen, ob Toni im Netz unterwegs war, in Chatrooms, bei Facebook oder so. Fehlanzeige. Vielleicht war sie einfach noch ein, zwei Jahre zu jung dafür. Eine Lehrerin sagte, dass es bei den meisten in der fünften oder sechsten Klasse losgeht. Das Gleiche gilt übrigens für ihre Freundin Nora und, soweit ich das ermitteln konnte, für Leonie Schwarzbach. Allerdings gibt es das Profil einer Leonie Schwarz aus Düsseldorf bei Facebook. Angeblich ist sie vierzehn, aber mir ist daran irgendwas suspekt. Die ganze Seite wirkt unecht.«

»Du meinst, es könnte ein gefälschtes Profil von Leonie Schwarzbach sein?«, fragte Schmiedel.

»Es wäre möglich. Aber es ist nur ein vager Verdacht.«

»Steht denn da was bei dieser Leonie Schwarz, das für uns von Interesse sein könnte? Verdächtige Kontakte, zum Beispiel?«, fragte Lydia.

»Nichts dergleichen. Scheint alles harmloser Teenagerkram zu sein.«

»Gut.« Sie überlegte kurz. »Versuch herauszufinden, ob es diese Leonie Schwarz tatsächlich gibt. Aber verschwende nicht zu viel Zeit damit. Ich fürchte, das ist eine Sackgasse.«

»Das denke ich auch.« Schmiedel verzog das Gesicht. »Zu schade. Dann bleibt uns also nichts anderes übrig, als darauf zu hoffen, dass die beiden Vermissten bald gefunden werden? Das kann doch wohl nicht sein! Was, wenn sie sich längst ins Ausland abgesetzt haben und einfach nicht wieder auftauchen?«

Chris zuckte unwillkürlich zusammen. Schmiedels Worte hatten ihn getroffen wie ein elektrischer Schlag. »Sie werden wieder auftauchen, verlass dich drauf«, sagte er rasch.

Schmiedel verschränkte die Arme. »Was macht dich da so sicher? Kommt doch vor, dass Leute verschwinden und man nie wieder von ihnen hört.«

Chris brach der Schweiß aus. Aus unerfindlichen Gründen musste er an die Weihnachtsfeier mit Sonjas Familie denken, und er hatte das Gefühl, als drücke ihm jemand die Luft ab. Er öffnete den oberen Knopf seines Hemdes. Am liebsten wäre er hinausgestürmt. Wie durch dichten Nebel nahm er wahr, wie Lydia neben ihm leise stöhnte.

Abrupt erhob sie sich. »Ja. Das kommt vor. Aber nicht in diesem Fall. Das garantiere ich euch. Und wenn ich persönlich jeden Stein umdrehen muss.« Sie nahm ihre Unterlagen vom Tisch. »Jeder macht da weiter, wo er unterbrochen hat. Und ich möchte, dass ihr alles gebt. Dieser Schwarzbach ist womöglich im Begriff durchzudrehen. Seine Frau ist tot, vielleicht sogar von seiner Hand gestorben, sein Leben geht gerade den Bach hinunter. Ich fürchte, wir haben ihn mit unserer Fahndung noch zusätzlich in die Enge getrieben. Lange hält der das nicht durch. Das Mädchen, das bei ihm ist, egal ob Leonie oder Toni, ist in höchster Gefahr.«

Das leise Singen der Gleise riss ihn aus seiner Erstarrung. Olaf Schwarzbach packte Leonie am Arm. »Mach schon, beeil dich.«

Grelle Scheinwerfer kamen näher, in ihrem Licht tanzten Schneeflocken. Ein starker Luftzug erfasste sie, als die Waggons an ihnen vorbeirasten. Leonies Haar wirbelte um ihren Kopf, sie klammerte sich bibbernd an seinen Arm. Sie fror, obwohl ihre Stirn glühte. Sie hatte Fieber bekommen über Nacht. Dabei hatte sie mehrere Schichten Kleidung übereinander getragen und war in die Decke eingehüllt gewesen, die Olaf von zu Hause mitgebracht hatte. Zwischendurch hatte er immer wieder den Motor angestellt, um das Auto aufzuheizen, aber die Wärme war jedes Mal innerhalb von wenigen Minuten entwichen. Egal. Dort, wo sie hingingen, gab es keine Kälte, keinen Schnee und keine Polizei. Dort gab es nichts mehr. Nur Frieden.

»Ich will nach Hause«, sagte Leonie leise. »Bitte.«

»Bald«, antwortete Schwarzbach.

»Ich kann nicht mehr«, jammerte sie. »Meine Füße tun weh. Ich friere.«

»Du schaffst das.« Er zog an ihrem Arm. »Es ist nicht mehr weit.«

Sie hatten das Auto auf einem Wanderparkplatz abgestellt. Zu viel Ballast.

Leonie blieb stehen und hielt sich an ihm fest. »Bitte! Bitte lass mich nach Hause gehen.«

»Ich sagte doch, dass es nicht mehr weit ist!« Ungeduldig zerrte er sie weiter. Ihr Gejammer machte ihn wütend. Was hatte er nicht alles für dieses Kind getan! Nächte durchwacht, spezielle Schonkost zubereitet, ihr am Bett stundenlang Geschichten vorgelesen, bis ihm selbst die Augen vor Erschöpfung zufielen. Und nicht ein bisschen Dankbarkeit brachte sie ihm entgegen.

Die Gleise machten eine Biegung. Sehr gut, darauf

hatte er gewartet. Auch wenn es dunkel war und schneite, wollte er auf keinen Fall riskieren, dass dem Lokführer Zeit blieb zu bremsen. Er hatte nur diesen einen Versuch, es musste auf Anhieb klappen.

»Mir ist so kalt«, sagte Leonie leise.

Er nahm ihre eisigen Finger. »Komm, du kannst die Hände in meine Jackentasche stecken.«

Sie gehorchte dankbar. Eine Weile liefen sie schweigend weiter. Leonie stolperte unbeholfen neben ihm her. Doch wenigstens war sie still.

Stille, das war genau das, wonach er sich am meisten sehnte. Endlich Stille. So wie die Stille, die plötzlich ins Haus eingezogen war, nachdem Melanie die Tabletten genommen hatte. Es war nicht seine Schuld gewesen, sie hatte es freiwillig getan. Als er ins Badezimmer gestürmt war, hatte sie vor dem Waschbecken gestanden, die Packungen in der Hand. Ihre Finger zuckten, ihr Gesicht war tränennass.

»Warum?«, flüsterte sie.

Ohnmächtige Wut ergriff mit einem Mal von ihm Besitz, ungestüm und übermächtig.

»Sind das die Tabletten, die du Leonie immer verabreichst?«, brüllte er. »Machst du sie damit krank, ja?«

Sie erwiderte nichts, was seine Wut noch steigerte. »Was hast du jetzt vor? Willst du das Zeug selbst nehmen?« Er rammte seine Faust gegen die gekachelte Wand, der Schmerz feuerte ihn an. »Tu es doch! Mach schon! Nimm das Zeug, dann ist endlich Ruhe!«

Melanie sagte immer noch nichts, lediglich das Zittern ihrer Hände verstärkte sich.

»Na los, oder bist du zu feige? Wenn deine Tochter die Dinger schluckt, kannst du das ja wohl auch!« Er griff nach dem Zahnputzbecher und füllte ihn mit Wasser. »Fang an! Los!«

Stumm drückte Melanie die erste Tablette in die Handfläche und führte sie zum Mund.

Ihre Langsamkeit machte ihn rasend. »Nicht so lahm«, schrie er. »Du willst doch wohl nicht jede verdammte Pille einzeln einnehmen!«

Melanie gehorchte und drückte den Rest des Päckchens in ihre Hand. Sie stopfte die Tabletten in den Mund und nahm den Becher entgegen, den Olaf ihr hinhielt.

Es ist nur eine Lektion, dachte er, ich erteile ihr eine Lektion. Damit sie weiß, wie es sich anfühlt. Damit sie begreift, was sie ihrer Tochter all die Jahre angetan hat. Wenn sie alles geschluckt hat, stecke ich ihr den Finger in den Hals.

Melanie begann, den Inhalt des nächsten Päckchens zu schlucken. Ihr Gesicht war ausdruckslos.

»Hey, nicht einschlafen!«, rief Olaf, als sie einen Augenblick zögerte. Er füllte Wasser nach.

Nachdem Melanie alles geschluckt hatte, senkte sich mit einem Mal eine unheimliche Stille über das Haus. Selbst der Verkehrslärm von der Straße schien zu verstummen. Noch einen kleinen Moment, sagte er sich. Sie soll spüren, wie es ist. Vielleicht ist der Schock heilsam.

Melanie begann zu wanken. Er fing sie nicht auf, sondern machte einen kleinen Schritt zur Seite. Er wollte sie nicht anfassen.

»Ich habe unserer Tochter nie ein Medikament gegeben, das ihr nicht vom Arzt verschrieben wurde«, sagte Melanie leise. Sie lallte ein bisschen, klammerte sich an das Waschbecken, ihre Knöchel waren weiß. »Ich habe … «

Von plötzlichem Ekel erfasst, stürmte Olaf aus dem Badezimmer. Er wollte es nicht hören. Er wollte nichts mehr hören, nie mehr. Er wartete im Wohnzimmer, er wusste nicht, wie lange, saß einfach da. Irgendwann hörte er ein Poltern, doch er reagierte nicht. Er wollte ganz sicher sein, bevor er den Notarzt rief.

Nach einer Ewigkeit stand er auf und stieg die Treppe hoch. Melanie lag auf dem Boden. Noch bevor er ihren Puls fühlte, wusste er, dass sie tot war. Es war vorbei. Er dachte nicht nach, tat einfach, was seine innere Stimme ihm befahl. Er schloss die Badezimmertür von innen und öffnete das Fenster. Das Garagendach lag nur einen Meter unter ihm. Er sprang hinaus, schob das Fenster vorsichtig zu, ohne Fingerabdrücke zu hinterlassen. Die Haustür war nicht verschlossen. Ein paar Minuten noch genoss er die Stille, dann ging er zum Telefon.

Melanie war tot, doch das bedeutete ihm nichts. Sie war nur vorausgegangen. Wieder begannen die Gleise zu singen. Es war so weit.

25

Die Meldung kam, als Lydia nach einer verspäteten Mittagspause und einem nervenaufreibenden Gespräch mit dem Untersuchungsrichter das Büro aufschloss. Antonia Bruckmanns Grab war entgegen der Absprache direkt nach der Beisetzung zugeschüttet worden, und jetzt brauchten sie eine richterliche Anordnung für eine Exhumierung. Vielleicht war das aber auch nicht mehr nötig, denn sie hatten Olaf Schwarzbachs Wagen gefunden. Auf einem Parkplatz im Wald, unweit der niederländischen Grenze.

Zehn Minuten später rasten sie auf der A 52 in Richtung Roermond. Es dämmerte bereits wieder. Lydia fuhr so schnell, wie es bei dem Schneetreiben möglich war. Salomon koordinierte per Mobiltelefon die Suche. Über Funk war das zu gefährlich, zu viele Aasgeier hörten mit. Er fluchte leise vor sich hin, weil fast alle zusätzlichen Kräfte mit den vielen Auffahrunfällen beschäftigt waren, die der Schnee jedes Mal mit sich brachte. Schließlich lehnte er sich erschöpft zurück und schloss die Augen.

»Kann es sein, dass Schwarzbach zu Fuß über die Grenze will?«, fragte Lydia.

»Ich fürchte, der ist längst über alle Berge«, antwortete Salomon resigniert.

»Das glaube ich nicht. Er ist seit drei Tagen weg. Der Förster ist aber sicher, dass der Wagen heute Morgen noch nicht da stand. Schwarzbach ist also immer noch in der Gegend. Warum wohl? Er hatte jede Menge Zeit unterzutauchen, könnte längst in Südfrankreich sein. Oder in der Karibik.«

Salomon fuhr sich durch das Haar. »Das gefällt mir gar nicht. Ich habe ein ungutes Gefühl.«

»Ich auch.« Der Schneefall hatte nachgelassen, und Lydia beschleunigte. Sie musste unter allen Umständen verhindern, dass ein zweites Mädchen starb, und wenn sie den ganzen Wald allein durchkämmen musste.

Das Funkgerät krächzte.

»Düssel 94/21 für Viktor.« Viktor war der Rufname der Leitstelle Viersen.

Salomon nahm das Funkgerät.

»Kommen Sie, Viktor.«

»Personenschaden auf den Gleisen, Bahnlinie Viersen-Venlo. In einem Waldstück südlich von Kaldenkirchen. Opfer männlich, wurde von einem Güterzug erfasst.«

»Scheiße«, stieß Lydia hervor.

»Identifizierung?«, fragte Salomon.

»Negativ«, kam es zurück.

»Nur eine Person?«

»Sieht so aus.«

»Haben verstanden, Viktor.« Salomon ließ das Funkgerät sinken. »Vielleicht ist es ein Zufall.«

Noch bevor Lydia antworten konnte, meldete sich die Leitstelle erneut. »Die Kollegen haben die Papiere gefunden. Es ist die Zielperson, Olaf Schwarzbach. Von dem Mädchen fehlt jede Spur.«

Salomon ließ sich den Weg zu der Unfallstelle beschreiben. Sie befand sich nur wenige hundert Meter Luftlinie von dem Parkplatz entfernt, wo der verlassene Wagen gefunden worden war. Seine Hand zitterte leicht, als er nach dem Handy griff und dem Kollegen, der die Suche im Wald leitete, neue Instruktionen gab.

Sie erreichten das Kreuz Mönchengladbach und wechselten auf die A 61. Vor ihnen schlingerte ein LKW, weil er auf dem Schneematsch viel zu schnell in die Kurve ging. Lydia hupte genervt und überholte.

»Glaubst du, sie lebt noch?«, fragte Salomon tonlos.

»Viel Hoffnung habe ich nicht«, gab Lydia zögernd zu. »Er hat sich nicht umgebracht und Leonie allein zurückgelassen. Das passt nicht zu ihm. Das hätte er niemals getan.«

Salomon nickte. »Das denke ich auch. Wenn es Selbstmord war, dann hat er seine Tochter mit in den Tod genommen.« Er presste die Faust vor den Mund. »Oder er hat sie zuerst umgebracht. Bevor er sich vor den Zug warf.«

»Es sei denn, er wusste, dass es nicht seine Tochter war.«

»Ich glaube nicht, dass er noch in der Lage war, rational zu denken. Für ihn war sie seine Tochter.« Salomon studierte die Schilder. »Hier müssen wir raus.«

»Vermutlich hast du recht.« Lydia lenkte den Wagen auf die Ausfahrt.

»Wir sind gleich an der Unfallstelle. Dahinten kommt ein Kreisverkehr, da müssen wir nach links.«

Salomons Handy klingelte. Er griff danach und lauschte kurz. »Wir sind in fünf Minuten da«, sagte er schließlich und unterbrach die Verbindung. »Sie haben sie gefunden.« Er klang mit einem Mal aufgekratzt. »Sie lebt, aber sie kommen nicht an sie heran. Fahr geradeaus weiter. Und gib Gas!«

Salomon pflanzte das Blaulicht aufs Dach.

»Was soll das heißen, sie kommen nicht an sie ran«, rief Lydia über den Lärm hinweg.

Der Toyota rollte in den einsamen Kreisverkehr und schlingerte durch die Kurve. Schnee spritzte auf. Als sie wieder auf gerader Strecke waren, trat Lydia das Gaspedal durch.

»Was weiß ich. Vielleicht hat sie sich irgendwo eingeschlossen.«

»Im Wald?«

»Keine Ahnung.«

Sie rasten durch ein Dorf und bogen auf einen Wanderweg, der schnurgerade entlang einer breiten Schneise verlief. Rechts war ein schmaler Graben, links eine Überlandstromleitung. Der Schnee tauchte die nächtliche

Landschaft in gespenstisch fahles Licht. Er lag hier höher als auf der Landstraße, und Lydia musste das Tempo drosseln. Salomon nahm das Blaulicht vom Dach. Vor ihnen blinkte es, sie hatten den Streifenwagen erreicht.

Lydia bremste scharf und sprang aus dem Auto, dicht gefolgt von Salomon.

»Wo ist sie?«, rief sie den beiden Kollegen zu, die unentschlossen bei ihrem Fahrzeug standen. Einer der Polizisten hob den Arm und lenkte den Lichtkegel seiner Stablampe auf einen Strommast. Einige Meter über ihnen hockte eine Gestalt zwischen den Metallverstrebungen.

Salomon drückte den Arm des Kollegen nach unten. »Weg mit dem Licht! Das könnte sie verschrecken.« Er sah sich um. »Wo sind die Suchtrupps?«

»Weiter östlich. Bei den Gleisen«, antwortete der Polizist mit der Stablampe. »Wir hatten die Anweisung, in diesem Planquadrat die Wege abzufahren. War reiner Zufall, dass wir die Kleine da oben entdeckt haben.«

»Wir haben die Feuerwehr angefordert«, ergänzte der andere Kollege. »Und einen Verhandlungsspezialisten. Aber es kann noch etwas dauern. Wegen des Schnees sind alle Kräfte im Einsatz.«

»Das darf doch wohl nicht wahr sein!«, stieß Salomon hervor. »Das hier hat ja wohl eindeutig Vorrang.«

»Wir haben keine Zeit zu warten«, sagte Lydia und stapfte auf den Mast zu. Sie drehte sich zu Salomon um. »Lass die Bruckmanns herbringen.«

Er folgte ihr.

»Und wenn es doch Leonie ist?«, fragte er leise.

»Risiko«, raunte sie ihm zu. »Oder hast du eine bessere Idee?« Sie blickte abschätzend nach oben. Das Mädchen hockte mindestens fünf Meter über ihr, die kleine Gestalt war nichts weiter als ein grauer Fleck zwischen den Verstrebungen des Mastes.

»Komm bloß nicht auf dumme Gedanken!«, sagte Salomon. »Das ist gefährlich. Die Streben sind bestimmt saukalt und glatt. Wir sollten besser auf die Feuerwehr warten.«

Lydia rieb sich die Hände.

»Mach den Kollegen Beine«, sagte sie und griff nach der ersten Strebe.

Das Metall war eisig, und sie verfluchte sich, weil sie nicht daran gedacht hatte, Handschuhe einzustecken. Doch sie biss die Zähne zusammen und zog sich hoch.

»Lydia!«, rief Salomon hinter ihr. Er klang ernsthaft besorgt. »Mach keinen Scheiß!«

»Zu spät«, erwiderte sie keuchend. »Und für dich immer noch Louis.«

Sie suchte mit den Füßen nach Halt und erklomm die nächste Strebe. Langsam, aber sicher kletterte sie nach oben. Das Metall war so bitterkalt, dass sie glaubte, ihre Finger würden daran festfrieren, ihr Atem, der immer schneller ging, schnitt ihr messerscharf in die Kehle. Unter sich hörte sie, wie Salomon erst anordnete, Nicole und Michael Bruckmann herbringen zu lassen, und dann der Feuerwehr Dampf machte.

»Wir brauchen eine Drehleiter«, rief er. »Sofort! Ein Kind ist in Lebensgefahr. Und eine Kollegin!«

Als Lydia das Gefühl hatte, schon endlos weit hinaufgeklettert zu sein, blickte sie zum ersten Mal nach unten. Die Kollegen waren immer noch ziemlich nah, höchstens drei Meter unter ihr. Sie schaute hoch. Das Mädchen schien nach wie vor unerreichbar weit oben.

»Bleib weg!«, rief sie plötzlich.

»Keine Sorge, ich tu dir nichts«, keuchte Lydia. »Ich möchte nur mit dir reden. Willst du mir nicht ein Stück entgegenkommen, damit ich nicht so schreien muss?«

Das Mädchen schüttelte den Kopf. »Kann nicht.«

Das hatte Lydia befürchtet. Der Aufstieg war immer leichter als der Abstieg. Vermutlich konnte die Kleine weder vor noch zurück. Sie biss die Zähne zusammen und umfasste die Strebe über ihr. Sie hatte kaum noch Gefühl in den Fingern, doch sie kletterte verbissen weiter. Als sie nur noch ein kleines Stück von dem Mädchen entfernt war, hielt sie erneut inne.

»Mehr schaffe ich nicht«, murmelte sie atemlos. »Ich glaube, mir fallen gleich die Finger ab.«

»Du musst deine Arme um die Stange legen«, sagte das Mädchen. »So wie ich.«

Lydia folgte ihrem Beispiel. Es funktionierte tatsächlich. »Du bist ganz schön sportlich, Toni.«

Das Mädchen antwortete nicht.

»Du bist doch Toni?«

»Ich wollte das alles nicht.«

»Ich weiß. Es war ein Unfall.« Lydia veränderte ihre Position, sodass ihr linkes Bein nicht mehr so verdreht war, dann blickte sie wieder nach oben. »Deine Eltern sind auf dem Weg hierher. Sie sind sehr glücklich, dass du unversehrt bist.«

»Sie sind bestimmt furchtbar böse auf mich.«

»Sie lieben dich.«

»Er wollte, dass ich mit ihm vor den Zug springe, aber ich habe mich losgerissen. Ich habe gesagt: ›Ich bin nicht Leonie! Ich bin Toni!‹ Aber er hat mich trotzdem Leonie genannt. Er war so wütend, ich hatte furchtbare Angst.«

»Er kann dir nichts mehr tun.«

Toni schwieg.

»Sollen wir nicht versuchen runterzuklettern? In dem Polizeiauto ist es trocken und warm.«

Toni blickte nach unten. »Ich kann nicht.«

»Verstehe. Schaffst du es denn, dich noch ein bisschen festzuhalten? Gleich kommt die Feuerwehr mit einer großen Leiter.«

Sie nickte. »Es tut so weh.«

»Was tut weh?«

»Mein Arm. Er hat ihn mir verdreht.«

Lydia seufzte. Sie hauchte ihre Finger an, dann machte sie sich daran, das letzte Stück auch noch hinaufzuklettern. Sie erreichte das Mädchen und legte ihren Arm um seinen mageren kalten Körper.

»Ich will zu meiner Mami«, sagte Toni leise. Sie hatte glasige Augen und dunkelblaue Lippen.

»Sie ist gleich hier.«

»Ich gehe nie mehr in dieses schreckliche Haus.«

»Welches Haus?«

»Leonies Haus. Es ist mir egal, was sie meinen Eltern erzählt. Lieber gehe ich ins Gefängnis.«

»Du musst nicht ins Gefängnis, Toni. Kinder müssen nicht ins Gefängnis.«

»Ehrlich nicht?«

»Ehrlich nicht. Ich bin Polizistin. Ich weiß das.«

Toni lehnte ihren Kopf an Lydias Schulter und schluchzte erleichtert auf. Lydia biss die Zähne zusammen und versuchte, trotz der zusätzlichen Last nicht das Gleichgewicht zu verlieren. Lange würde sie das nicht durchhalten. Ihr ganzer Körper war taub und steif vor Kälte.

In der Ferne hörte sie eine Sirene. Die Feuerwehr!

Lydia starrte über die Baumkronen hinweg bis sie die Lichter sah, die durch den verschneiten Wald zuckten. Als Toni ihre Arme bewegte, um die Metallstrebe neu zu umfassen, rutschte der Ärmel ihrer Jacke nach oben und gab den Blick auf ihren Unterarm frei. Die Narbe. Selbst in dem fahlen Dämmerlicht war sie gut zu sehen. Erleichtert stieß Lydia Luft aus. Immerhin waren die richtigen Eltern auf dem Weg hierher.

Sie mussten noch mehr als zehn Minuten ausharren, bis die Feuerwehrleute das Fahrzeug in die richtige Position und die Leiter mit dem Korb ausgefahren hatten. Als Lydia endlich wieder festen Boden unter den Füßen hatte, hätte sie beinahe vor Erleichterung geweint. Noch nie in ihrem Leben war ihr so kalt gewesen, ihre Zähne klapperten unkontrolliert, ihr ganzer Körper war starr, ihre Finger brannten vor Schmerz.

Tonis Eltern trafen in dem Augenblick ein, als ein Feuerwehrmann das Mädchen aus dem Korb hievte. Nicole und Michael Bruckmann stiegen aus dem Wagen. Nicole Bruckmann rief: »Toni!« Und Toni rannte zu ihr. Nicole Bruckmann hielt das Mädchen fest, Michael Bruckmann schlang die Arme um seine Frau und seine Tochter und schluchzte hemmungslos.

Salomon trat neben Lydia und legte ihr eine Decke über die Schultern. Er hatte irgendwo heißen Tee organisiert und reichte ihr einen Becher.

»Ziemlich verrückt, findest du nicht?«, sagte er. »Heute Morgen haben sie ihre Tochter beerdigt, und jetzt halten sie sie plötzlich wieder im Arm.«

Lydia griff dankbar nach dem dampfenden Getränk. »Das muss völlig unfassbar für sie sein.«

»Wie ein Wunder.«

Das Wunder, auf das du auch immer noch hoffst, dachte Lydia. Vorsichtig nippte sie an dem heißen Tee, verbrannte sich die Zunge und trank trotzdem gierig weiter.

26

Lydia legte auf. »Das Krankenhaus. Antonia Bruckmann geht es so weit gut. Sie war stark unterkühlt, aber sonst fehlt ihr nichts.«

»Gut.« Salomon lehnte sich zurück. »Ist doch schön, wenn man zwischendurch auch mal ein Leben retten kann. Übrigens, bei Schwarzbachs Leichnam wurde das Handy seiner Tochter gefunden. Auf der Speicherkarte waren tatsächlich Fotos, die Nora und Toni beim Ladendiebstahl zeigen. Etwas unscharf und verwackelt, aber man konnte sie erkennen.«

»Zumindest ein Detail, das eindeutig geklärt ist.« Lydia betrachtete nachdenklich die Tastatur ihres Rechners. »Eins der wenigen Puzzleteile, die am richtigen Platz liegen.«

»Morgen können wir Antonia vernehmen, dann klären sich die übrigen Fragen.«

»Einige vielleicht.« Lydia nahm einen Schluck Tee. Der fünfte Becher inzwischen, doch richtig warm war ihr noch immer nicht. Die Kälte hatte sich tief in ihre Knochen gefressen. Trotzdem hatte sie darauf bestanden, mit Salomon aufs Präsidium zu fahren, um den Bericht zu verfassen. Nicht nur, weil sie unbedingt bis zum Schluss dabei sein wollte, sondern auch weil irgendetwas an ihr nagte, das nicht ins Bild passte.

»Du hast recht«, sagte Salomon. »Ich habe eben mit den Kollegen in Wermelskirchen telefoniert. Die Durchsuchung der Klinik hat nichts ergeben. Die Daten über die Geburt von Leonie und Antonia weisen keine Besonderheiten auf. Natürlich wird man die Klinik damit konfrontieren, dass Antonia Bruckmann und Leonie Schwarzbach Zwillinge und beide nicht mit ihren angeblich leiblichen Eltern verwandt sind, aber ich fürchte, es wird niemandem eine Schuld nachzuweisen sein. Eine Hebamme hat angedeutet, dass dieser Professor Vogeler im Alleingang krumme Geschäfte gemacht habe. Als die Klinikleitung ihm auf die Schliche kam, versuchte er, sie zu erpressen, drohte damit, den guten Ruf des Hauses zu ruinieren. Da finanzierte man ihm einen standesgemäßen Ausstieg aus dem Beruf.«

Lydia runzelte skeptisch die Stirn. »Glaubst du das?«

»Ich halte es für unwahrscheinlich, dass man so etwas ohne Helfer und ohne Wissen der Klinikleitung durchziehen kann.« Er zuckte mit den Schultern. »So oder so wird das Ganze vermutlich im Sand verlaufen.«

»Und die leiblichen Eltern von Toni und Leonie wird man nie ausfindig machen.«

Salomon stand auf und trat ans Fenster. »Vielleicht suchen sie überall nach ihren Töchtern.«

Lydia stellte sich neben ihn. »Ja, vielleicht.«

»Und sie werden nie erfahren, was aus ihnen geworden ist. Das ist das Grausamste, was man Eltern antun kann.«

Lydia legte die Hand auf seine Schulter. »Das Leben ist ein Arschloch.«

»Ein mieses, beschissenes Arschloch«, bestätigte Salomon.

»Wirtz hat übrigens eben reingeschaut. Anscheinend

steckte hinter dem Profil dieser Leonie Schwarz bei Facebook tatsächlich Leonie Schwarzbach. Aus ihren Einträgen geht hervor, dass sie ihre sogenannten Freunde im Internet systematisch ausgehorcht hat. Wer weiß, was sie mit diesem Wissen vorhatte. Dieses Mädchen scheint ganz schön durchtrieben gewesen zu sein. Und frühreif.«

»Das ist doch nicht ihre Schuld!«, stieß Salomon hervor. »Sie hat es echt schwer gehabt. Sie wurde nicht nur von ihrer leiblichen Mutter getrennt – unter welchen Umständen auch immer –, sondern sie war von Anfang an nur das Ersatzkind für ihre verstorbene Stiefschwester. Ist doch klar, dass sie einen Knacks hatte. Das ist kein Grund, sie noch nach ihrem Tod schlechtzumachen!«

Lydia sah ihn erschrocken an. Sein Gefühlsausbruch hatte sie völlig unerwartet getroffen. War er nicht eigentlich der, den nichts aus der Ruhe brachte? Der ganze Fall war ihm offenbar sehr unter die Haut gegangen.

»Ich wollte Leonie nicht verurteilen, Salomon«, sagte sie beschwichtigend. »Ich habe nur die Fakten benannt.«

»Nur die Fakten, klar.« Er verschränkte die Arme. »Die anderen beiden Mädchen sind schließlich auch nicht ohne, oder? Haben geklaut, ihre Eltern und Lehrer belogen. So richtige Unschuldsengel sind alle drei nicht.«

Etwas machte Klick in Lydias Kopf.

Sie schlug sich vor die Stirn. »Verdammter Mist!«

»Was ist los?« Salomon schien nicht mehr wütend.

Doch Lydia hatte keine Zeit für lange Erklärungen. »Du hast recht, Salomon. Komm mit! Wir haben uns geirrt.«

Es schneite immer noch. Inzwischen war es fast zehn. Chris rannte hinter Lydia her zum Parkplatz.

»Willst du mir nicht wenigstens sagen, was dir so plötzlich eingefallen ist?«, fragte er atemlos.

»Steig ein.«

Sie fuhren schweigend den inzwischen vertrauten Weg nach Vennhausen. Chris hatte es aufgegeben, Lydia mit Fragen zu bestürmen. Wenn sie unbedingt wollte, spielte er eben Doktor Watson, oder besser noch Mr. Stringer, und wartete auf die große Enthüllung.

»Ich fürchte, wir werden Tonis Eltern nicht zu Hause antreffen«, sagte er, als sie fast da waren. »Die bleiben bestimmt die ganze Nacht im Krankenhaus. Sie haben ihre tot geglaubte Tochter wieder. Ich an ihrer Stelle würde sie auch keine Sekunde aus den Augen lassen.«

»Wir fahren nicht zu den Bruckmanns.«

»Aha.«

Kerstin Diercke stand die Überraschung ins Gesicht geschrieben. Dann lächelte sie. »Das ist aber nett, dass Sie extra vorbeikommen, um uns Bescheid zu sagen. Eben hat Michael – Herr Bruckmann hier angerufen. Wir wissen es schon. Toni lebt! Ist das nicht wunderbar?« Sie stockte und senkte verlegen den Kopf. »Natürlich ist es tragisch, dass dieses andere Mädchen, diese Leonie, tot ist.«

»Wir würden gern mit Nora sprechen«, sagte Lydia knapp.

»Aber gern.« Kerstin Diercke zog die Tür auf.

Nora saß am Tisch in der Essecke. Chris fiel auf, dass er das Mädchen zum ersten Mal außerhalb seines Zimmers sah.

Lydia setzte sich zu ihr. »Toni geht es gut.«

»Ja.« Nora hatte eine Tasse Kakao vor sich stehen, auf dem sich bereits eine faltige Haut gebildet hatte.

»So richtig zu freuen scheinst du dich nicht«, stellte Lydia fest.

Chris warf einen raschen Blick zu Noras Mutter, die wie er stehen geblieben war, dann schaute er wieder zu Lydia und Nora. Eine Ahnung stieg in ihm auf. Scheiße!

»Soll ich dir sagen, was ich glaube?«, fragte Lydia.

Nora sah sie nicht an, sondern fuhr mit dem Finger über den Tassenrand.

»Du hast Leonie die Treppe hinuntergestoßen.«

Kerstin Diercke schrie leise auf. Nora reagierte nicht. Chris hielt den Atem an.

»Ich glaube, dass es ein Unfall war. Toni und Leonie haben gestritten, doch am Ende hat Toni nachgegeben. Was blieb ihr auch anderes übrig? Leonie hatte euch in der Hand. Sie hätte euch immer weiter erpresst, ihr hättet alles tun müssen, was sie von euch verlangt. Und eines Tages hätte sie vielleicht ganz Tonis Platz eingenommen.«

»Sie hat gesagt, dass sie die echte Toni ist«, flüsterte Nora. »Dass sie für immer bei Nicole und Michael bleibt. Und dass Toni zu ihren Eltern muss.«

»Das wolltest du nicht zulassen.«

»Toni hat mit ihr gestritten. Sie hat gesagt, dass sie sich nicht mehr erpressen lässt. Doch dann hat Leonie gefragt, welches Mädchen ihre Eltern wohl lieber haben möchten, eins, das immer brav ist, oder eins, das lügt und klaut. Da hat Toni geweint.«

»Was ist dann passiert?«

»Toni ist gegangen. Sie wollte den Bus nehmen, zurück in dieses schreckliche Haus fahren, wo Leonie wohnt. Ich wollte nicht, dass sie geht, doch sie hat gesagt, dass sie keine Wahl hat, dass ihre Eltern ihr nie verzeihen würden, dass sie geklaut hat.«

»Und du bist allein mit Leonie zurückgeblieben.«

»Ja.« Tränen tropften in den Kakao. »Ich habe sie angefleht, uns in Ruhe zu lassen. Aber sie hat nur gelacht. Ich – ich war so wütend. Ich wollte nicht, dass sie die Treppe hinunterstürzt. Ich wollte nur, dass sie aufhört zu lachen.«

»Das Leben ist ein noch größeres Arschloch, als ich dachte«, sagte Salomon, als sie wieder im Wagen saßen.

Sie hatten die Familie Diercke in der Obhut einer Psychologin zurückgelassen. Am nächsten Tag sollte Noras Aussage im Präsidium aufgenommen werden. Das Jugendamt kümmerte sich nun um den Fall, doch für Nora waren keine Konsequenzen zu erwarten. Es war ein tragischer Unfall gewesen, der zwei weitere tragische Tode nach sich gezogen hatte. Ein Unfall, dessen Ursache weit in der Vergangenheit lag, in einer Klinik, wo ein gieriger Arzt zwei neugeborene Schwestern auseinandergerissen und zwei verschiedenen Elternpaaren übergeben hatte. Nun war eine Familie ausgelöscht, während die andere eine zweite Chance bekam.

»Ein absolutes Riesenarschloch«, bestätigte Lydia.

»Wie bist du darauf gekommen, dass es Nora war?«, fragte Salomon.

»Als ich mit Toni da oben auf dem Mast saß, hat sie etwas Komisches gesagt, nämlich dass sie nie wieder zurück zu den Schwarzbachs gehen würde, egal womit Leonie ihr drohe. Sie sagte: ›Es ist mir egal, was sie meinen Eltern erzählt. Lieber gehe ich ins Gefängnis.‹«

»Sie wusste gar nicht, dass Leonie tot ist?«

»Genau.«

»Glaubst du, dass die Bruckmanns Toni behalten dürfen?«

Lydia sah ihn an. »Keine Ahnung. Es wäre jedenfalls das Beste für sie.«

Er sah aus dem Fenster. »Da hast du wohl recht.«

Sie fuhren schweigend zurück zur Festung. Als sie auf dem Parkplatz angekommen waren, stiegen sie nicht sofort aus.

»Wie hast du dich eigentlich entschieden?«, fragte Lydia.

»Entschieden?«

»Die Weihnachtseinladung. Sonja.«

Salomon sah sie an. »Ich glaube, das schaffe ich noch nicht.«

»Okay. Dann also die Filme. Bei mir oder bei dir?«

Er grinste. »Bei dir. Jeder darf einen Film aussuchen.«

»Nur einen? Ich dachte, es soll eine lange Filmnacht werden?«

»Du weißt ja noch nicht, welchen Film ich gucken will.«

»Ich ahne Böses. *Lawrence von Arabien*?«

»Schlimmer.«

Lydia schnitt eine Grimasse. »Ich glaube, mir fällt gerade siedend heiß ein, dass ich Heiligabend Dienst habe.«